À PROPOS DE NORA

Kristin Koval

À PROPOS DE NORA

Traduit de l'anglais (États-Unis)
par Héloïse Esquié

SONATINE ÉDITIONS

Directeurs de collection : Arnaud Hofmarcher
et Marie Misandeau
Coordination éditoriale : Pierre Delacolonge

Titre original : *Penitence*
Éditeur original : Celadon Books

Cet ouvrage a été publié avec l'aimable collaboration
de Brandt & Hochman Literary Agents, New York,
et La Nouvelle Agence, Paris

Sonatine Éditions
92, avenue de France
75013 Paris
lisezsonatine.com
info@sonatine-editions.fr

Ouvrage réalisé par Cursives à Paris

ISBN 978-2-38399-173-1
N° d'édition : 1173/01 – Dépôt légal : janvier 2026

À Bea et Bernie, ma mère et mon père

Nous sommes tous davantage que la pire chose
que nous ayons faite.

Bryan Stevenson

Prologue

Nora Sheehan est assise dans une cellule de prison à Lodgepole, Colorado, entourée de trois murs de parpaings et de barreaux d'acier gris et froids tels qu'elle n'en avait vu jusque-là qu'à la télévision. Elle a treize ans, la femme qu'elle deviendra peut-être n'est encore qu'une ombre, bien qu'elle soit prête, déjà, à se défaire de son enfance. L'envie d'avoir son pingouin en peluche – cadeau de son grand frère, Nico, pour son quatrième anniversaire – s'empare d'elle avec une intensité qu'elle ne comprend pas, et elle emmêle ses bras fins pour en serrer ses épaules, tel un oiseau sans plumes qui se réchauffe de ses ailes nues. Elle n'a pas l'air du genre de fille qui vient de tuer son frère.

Dans la pièce voisine, les deux flics qui débattent de ce qu'il convient de faire maintenant ne prennent pas le temps de se demander si Nora a froid. Lodgepole, à trois heures de route de la ville moyenne la plus proche, n'est pas équipée pour se charger d'un meurtre ou d'une meurtrière, et encore moins d'une criminelle de treize ans, quel que soit son méfait. Le plus vieux des deux policiers pense à sa fille de quatorze ans, qui dort à la maison sous une couette à pois, et à sa *quinceañera* prochaine, la fête de ses quinze ans, laquelle, s'imagine-t-elle, fera d'elle une femme. Le plus jeune pense à la vitesse à laquelle la vie s'est enfuie par les trois trous dans le corps du garçon mort, à la vitesse à laquelle un corps humain pâlit une fois vidé de son sang. Les deux hommes se tordent les mains, serrant si fort, par moments, que le bout de leurs doigts blanchit. Des trucs pareils, ça n'arrive pas dans leur ville. Ça n'arrive qu'aux infos. Ça ne peut pas être vrai.

Angie Sheehan est chez elle, dans la maison mauve sur Pine Street dont la peinture s'écaille, et elle fixe les rubans jaune et noir qui bloquent la porte de la chambre de son fils, la scène du crime. Le même ruban bloque la porte de la chambre de sa fille. Le lit de Nico est vide, et elle voudrait pouvoir se vautrer dans l'empreinte à peine perceptible laissée par son corps sur le matelas, sentir le parfum délicieusement masculin du déodorant qu'il l'a convaincue d'acheter pour masquer les effluves naissants de sa sueur d'adolescent. Angie frissonne, pas sous le coup du choc, ou de la terreur, mais parce que quand son mari, David, est sorti pour aller trouver une avocate, il a laissé la porte d'entrée entrouverte, et un courant d'air froid circule dans la maison. *Je devrais aller fermer cette porte,* se dit-elle. *On ne peut pas se permettre de faire grimper la facture d'électricité, pas maintenant.* Elle est seule avec les bruits de son foyer déserté, des bruits qui vont l'accompagner pour le restant de ses jours. Elle ferme les yeux pour ne plus voir le ruban jaune et noir, le froid et l'aube morose qui filtre par la fenêtre au fond du couloir.

À l'autre bout de la ville, David tambourine à la porte de Martine Dumont. Il est venu car Martine n'a pas répondu au téléphone – pourquoi l'aurait-elle fait, à 5 h 25 du matin ? – et il a déjà appuyé sur la sonnette une fois, deux fois, trois fois. Il a fait la queue derrière elle au Bea's Market, hier, quand il est passé acheter des cookies à la mélasse et au gingembre, les préférés de Nico, donc il sait qu'elle est en ville. Il a toujours éprouvé une certaine antipathie envers Martine, parce qu'elle s'occupe des divorces sordides et représente des criminels, comme la fille, à deux comtés d'ici, qui a abandonné son nouveau-né dans une poubelle derrière son lycée. Et parce que c'est la mère de Julian. Quand il l'a vue, calme et maîtresse d'elle-même, répondre à des questions au sujet du procès de cette fille lors d'une conférence de presse, son antipathie s'est muée en une révulsion qui lui a fait monter de la bile dans la gorge – comment une mère avait-elle pu jeter son enfant à la poubelle, et comment Martine pouvait-elle la défendre ? Mais à présent, il a besoin d'elle. Il a besoin de quelqu'un qui soit calme et maître de soi. Il cogne plus fort à la porte.

Martine, pour l'heure en plein sommeil béat, pas encore partie prenante de la tragédie qui se déroule, dort du côté gauche du lit, bien que son mari, Cyrus, soit absent depuis plus d'un an. Elle s'est endormie au son des hululements d'un grand duc dont l'écho se répercutait par la cheminée métallique de la maison, des *hou-hou* qui se succédaient en cascade et se fondaient l'un dans l'autre en une modulation délicate qu'elle ressentait plutôt qu'elle ne l'entendait, et qui parcourait ses membres en une douce synesthésie. Quand les coups à la porte la réveillent enfin, elle se redresse en sursaut. Quelqu'un est mort ; c'est la seule explication à une visite impromptue à une heure pareille. *Julian*, se dit-elle dans un moment de panique, mais ça ne dure pas. Il n'aurait pas donné son nom comme contact d'urgence, pas après tout ce temps, d'autant qu'il vit à New York. Quelqu'un venu l'avertir d'un incendie, peut-être, mais la saison est trop avancée. La neige recouvre déjà la ville, une lourde et morne couche de bouillie blanche amenée par un vent de nord-ouest il y a deux nuits, et qui a pris les chasse-neige par surprise. Elle a réjoui les skieurs en avance sur la saison, mais déprimé tout le monde à part eux. Ce bruit, ce n'est sans doute qu'un ours qui renverse une poubelle, cherchant de quoi s'engraisser avant l'hibernation. Elle enfile un pantalon de survêtement, sautille pour remonter la jambe gauche, et se cogne le gros orteil contre la table de nuit. Quand elle s'écrie « Merde ! » et se penche, prenant appui sur le lit pour frotter son pied douloureux, son mari, alors vivant, elle-même, plus jeune, et Julian et Gregory encore petits garçons lui jettent un regard réprobateur depuis le cadre argenté posé sur la table de nuit.

Julian, qui est incapable de se rappeler la dernière fois qu'il a parlé à sa mère, se trouve à deux fuseaux horaires d'ici, il est déjà au cabinet. Avocat pénaliste à Manhattan, il ne se doute pas que les conséquences de ses actes passés depuis longtemps ont germé et donné des fruits qu'il n'aurait jamais pu prévoir. Martine apparaîtra aux infos ce soir, répétant encore et encore sa formule guindée sur sa nouvelle cliente, sous forme de petite phrase soigneusement sélectionnée par les journalistes afin d'appâter un public obsédé par le malheur de son prochain. Quand il verra le titre, à l'arrière d'un Uber qui le ramène chez lui, à minuit, il cessera de faire défiler les pages pour parcourir l'article, en partie parce que le meurtre a eu lieu au Colorado, et en partie parce que l'affaire ressemble à des dossiers dont il s'occupe parfois bénévolement. Quand il verra le nom de Martine, il ralentira pour lire plus attentivement. Et quand il lira le nom de sa ville natale, et celui de la mère de la meurtrière – Angie Sheehan –, il retournera son téléphone et regardera par la fenêtre du véhicule, sans plus voir ni entendre les voitures qui klaxonnent à un carrefour embouteillé.

Et Nico ? Nico est à la morgue.

1
Octobre 2016

Le temps que David finisse de lui expliquer ce qui s'est produit, ou ce qu'il croit s'être produit, Martine est complètement réveillée. Pas parce qu'il a mis un long moment à lui raconter ou lui a laissé le temps de préparer son café du matin, mais parce qu'il a craché son récit d'une seule traite, et le choc a éclipsé celui qu'elle a ressenti en se cognant l'orteil quelques instants auparavant. Pour elle, il ne s'agit pas tant d'un meurtre que d'un fléau, un de plus, qui vient frapper cette pauvre Angie, laquelle était déjà prise en sandwich entre sa mère atteinte d'Alzheimer et son fils malade – Nico, qui n'avait que quatorze ans, avait récemment été diagnostiqué comme souffrant de la maladie de Huntington juvénile –, même avant *ça*. Angie porte son fardeau avec élégance, mais ça fait bien longtemps que Martine ne l'a pas vue sourire.

Ils sont debout dans le vestibule, un vent glacial s'engouffre par la porte que David a laissée entrouverte derrière lui, et la neige de ses bottes fond sur le sol chaud. Il est en short et en tee-shirt malgré le temps, et Martine lève les yeux, gênée par l'intimité de la vue des poils frisés sur ses mollets. David est garde forestier pour le Service des parcs nationaux, et il doit être habitué au grand air, à avoir chaud l'été et froid l'hiver, mais ses jambes nues couvertes de chair de poule laissent entrevoir une faille dans son armure, tel un aveu de désespoir. Une fente entre deux lames de plancher boit l'eau qui forme une flaque à côté de son pied droit, l'absorbant dans les entrailles de la maison victorienne de Martine.

« Je suis désolée », dit-elle, bêtement, car qu'est-ce que ça signifie, au fond ? Qu'elle va lui apporter un gratin maison ? Que sa contrition a le pouvoir de réparer un tant soit peu ce qui s'est passé ? Ces mots, plus creux encore qu'à l'accoutumée, restent suspendus entre eux.

David change de jambe d'appui et déloge une autre plaque de neige de la croûte sous ses bottes. Encore de l'eau pour gauchir le plancher en chêne déjà gondolé. Ses cheveux auburn, striés aux tempes d'un roux passé, rebiquent en mèches grasses, mais ses yeux sont plantés dans ceux de Martine, comme une poignée de main trop ferme, comme s'il refusait de lâcher.

« On a besoin de toi. Ils ont mis Nora en prison. »

Martine le regarde en silence, s'efforçant de garder son air impassible. Ça a toujours été un de ses meilleurs atouts dans son métier d'avocate : personne ne sait jamais ce qu'elle pense.

« Elle n'a que treize ans, poursuit-il. C'est une enfant. La procédure est forcément différente pour les enfants.

– David, je prends ma retraite dans deux mois. Je peux t'adresser à un avocat qui fera un meilleur travail que moi. Je ne me suis occupée que d'une seule affaire de ce genre, et encore, il s'agissait seulement d'une tentative de meurtre. »

Elle ne peut pas prendre de nouveaux clients. Elle a soixante-douze ans et elle est fatiguée, fatiguée des divorces acrimonieux, des affaires de garde d'enfant pleines de rancœur et des procès pour loyers impayés, fatiguée de rédiger des testaments pour des parents inquiets, des baux pour le nouveau magasin de spiritueux, fatiguée de défendre des fondus de ski jugés pour ivresse sur la voie publique. Ces dernières années, elle a le sentiment d'être une mangeuse de péchés, qui défend ses clients pour tous leurs manquements, tout en gardant leurs secrets. Au fil des années, la magie du métier d'avocate – représenter chaque personne en donnant le meilleur d'elle-même, plaider, postuler et faire des compromis –, cette magie s'est dissipée. Peu à peu, elle a commencé à diriger ses clients vers une autre avocate qui a racheté son cabinet, une jeune femme qui en veut encore, et qui n'a pas fini de développer sa clientèle. Elle sait que David est au courant, car Lodgepole est une petite ville. Tout le monde sait tout sur tout le monde.

Il lui rend un regard tout aussi impassible.

« Angie m'a prévenu que tu dirais ça. Mais Nora a besoin d'un avocat. »

Oui, pense Martine. *Mais pas moi.* Surtout pas pour cette famille. Cependant, Nora n'est qu'une enfant. Elle n'a rien à faire dans une cellule. Et la femme qui a racheté sa clientèle n'y connaît rien au pénal. Elle appartient à cette nouvelle génération d'avocats qui ne font que ce qui leur plaît, comme s'ils étaient trop bien pour se salir les mains, et transfèrent toutes les affaires de ce type à Waring, à plus d'une heure d'ici.

« Angie a dit qu'il fallait que tu le fasses, à cause de Diana. On n'a pas les moyens d'engager quelqu'un d'autre. On a pris une seconde hypothèque pour payer les frais médicaux de Nico. Tu es notre seul recours, sinon elle va finir avec un commis d'office. »

Elle s'attendait à ces arguments, et elle hoche la tête une fois, ne voulant pas paraître enthousiaste, ou pire, laisser voir qu'elle est prise au piège et n'a d'autre choix que de s'exécuter.

« Attends ici. Laisse-moi cinq minutes, je vais m'habiller. »

Il hoche la tête à son tour et croise les bras sur sa poitrine, se drapant dans son enfer personnel sans prendre garde au vent qui s'engouffre à présent par la porte ouverte, et elle renonce à lui demander de la fermer.

Tandis que Martine et David traversent le parking désert devant la prison, elle se félicite d'une chose : la ville est encore endormie. Quand tout le monde va se réveiller, il y aura une flambée de curiosité, et pas seulement de la part des voisins indiscrets de Lodgepole. Elle a détesté avoir affaire à la presse lorsqu'elle a représenté la fille de seize ans qui avait abandonné son bébé – tous ces reporters avides d'un scoop, de quelqu'un à condamner. Quoi, pourquoi, comment. La faute à qui. La faute de la mère adolescente. La faute du père adolescent. La faute de l'État, qui n'a pas assez fait l'article pour sa loi sur les refuges. Ta faute, car tu représentes une criminelle. La faute de la mère de la mère. Ce sont désormais Nora, Angie et David qui vont être pointés du doigt. Et peut-être une fois de plus Martine. Elle hésite un bref instant, puis pousse la porte vitrée qui donne dans le hall et entre.

Ce n'est pas vraiment un hall, puisque la prison n'est qu'une extension du petit poste de police de Lodgepole, construit dans les années 1960 à côté du tribunal en brique alors tout neuf. La porte vitrée ne parvient guère à couper le froid du dehors. Angie, au moins, a un blouson, mais comme David elle est en short et tee-shirt, peut-être la tenue dans laquelle elle a dormi, et son anorak ouvert glisse sur une de ses épaules. Autrefois, Julian a aimé Angie, et Angie a aimé Julian – il y a de cela des décennies, quand ils étaient au lycée – et une tendresse inattendue à son égard déborde soudain Martine, éclipsant sa réticence à s'occuper de l'affaire. Angie ne semble pas se rendre compte qu'elle grelotte, et Martine replace son blouson sur son épaule et remonte la fermeture Éclair, écartant doucement ses cheveux en désordre. Les néons au plafond lui donnent un teint cireux, et Martine a l'impression de la voir dans le futur, vieille, ou sur le point d'être enterrée. Pendant un bref instant, enlisée dans la douleur impossible que doit éprouver Angie, Martine oublie qu'elle est venue pour travailler.

« Je suis tellement désolée. »

Ces mots creux jaillissent une nouvelle fois de la bouche de Martine avant qu'elle puisse les retenir, mais Angie ne l'entend pas, car elle s'est déjà dirigée vers les deux policiers installés au guichet.

« Je veux voir ma fille. »

Le plus vieux, Ignacio, s'éclaircit la gorge. D'après ce que sait Martine, il est bourru mais juste. Cependant, il a l'air médusé, ne sachant quelles règles s'appliquent à une jeune adolescente qui a tué son frère à coups de revolver.

« Je ne sais pas si c'est autorisé, Mrs Sheehan.

– Bien sûr que oui, c'est autorisé, réplique sèchement Martine. Nora a treize ans.

– La shérif a dit qu'elle revenait juste après avoir pris sa douche. C'est elle qui décide.

– Ma fille n'a rien à faire dans une cellule de prison. »

La voix d'Angie tremble tandis qu'elle regarde David, en quête de soutien. Il lui presse la main, mais ne dit rien, craignant peut-être que sa voix chevrote et trahisse son hésitation quant à l'endroit où sa fille devrait se trouver.

« C'est tout ce qu'on a. On n'a pas d'autre lieu sécurisé pour une gamine qui... »

Ignacio bute sur ses mots, puis se tait. Il semble rechigner à dire tout haut le reste de sa phrase.

« Il y a une procédure pour ça, dit le plus jeune, Colin, hochant la tête comme pour appuyer ses propos. C'est obligé. Mrs Dumont a raison. On ne peut pas garder une enfant là-dedans. »

Ignacio pousse un *pfff*, exaspéré, frustré ou hésitant, comme David, et Martine s'avance, car tout cela est ridicule.

« Elle a le droit de voir son avocate. » Elle tapote le guichet et se redresse autant que son corps de plus en plus rabougri le lui permet. « Laissez-moi la voir, ou j'appelle le juge Castro pour lui faire savoir ce qui se passe dans ce poste de police. »

Ignacio adresse finalement un signe de tête à Colin, qui conduit Martine derrière le guichet, au fond d'un couloir. Le linoléum crisse sous ses bottes mouillées, et il est difficile de dire si le sol terne est gris ou juste recouvert d'une couche de neige crasseuse. Ce son l'horripile, et elle tente d'atténuer le bruit de ses pas en posant chaque pied le plus doucement possible, en se faisant plus petite et plus légère, mais avant qu'elle n'y parvienne, ils ont quitté le couloir et sont entrés dans le bloc cimenté où se trouvent les cellules.

« Vous pouvez discuter à l'intérieur. »

Colin déverrouille la porte et fait signe à Martine d'entrer.

Nora fixe le sol. Ses bras nus sont couverts de chair de poule, comme les jambes de David tout à l'heure, et des poils minuscules se dressent, isolément, sur sa peau en quête de chaleur, de réconfort, de n'importe quoi qui ne soit pas la réalité présente. Ses cheveux, plus roux que ceux de David, pendent dans son dos, mous comme des brins de laine. Ses épaules remplissent à peine son tee-shirt, comme si elles n'étaient qu'un portemanteau dans un placard.

« Trouvez-lui une couverture, un sweatshirt, quelque chose ! » lance Martine vers Colin, en espérant qu'il l'entende.

Elle s'assoit au bord du banc dur, face à Nora. Elle n'a accepté l'affaire du bébé abandonné que parce que personne d'autre n'en voulait, et sa connaissance du droit pénal est trop rudimentaire pour qu'elle s'occupe d'une affaire de meurtre. Elle ne sait pas du tout par où commencer, quoi dire.

« Tu te souviens de moi, Nora ? Je m'appelle Martine Dumont. Je suis une... Je suis une amie de ta mère, et elle m'a demandé de te parler. Je vais être ton avocate. »

Une amie, c'est vraiment ce qu'elle est pour Angie ? Elle était amie avec la mère d'Angie, autrefois, et elles se sont liguées pour séparer Angie et Julian après la mort de Diana. Dire *Je suis la mère de l'ancien petit ami de ta mère* ne serait pas compréhensible, et ne présenterait d'ailleurs aucun intérêt pour Nora. *Amie* devrait faire l'affaire.

Les yeux de Nora, toujours rivés au sol, bougent rapidement d'avant en arrière, comme si elle cherchait quelque chose sur le ciment.

« Est-ce que ça va ? » demande Martine, d'une voix plus douce.

L'historique de ses relations avec cette famille ne doit pas entrer en ligne de compte. Nora n'est qu'une enfant. Martine retire son manteau et le pose sur les épaules de Nora.

« Tu ne vas pas rester ici très longtemps. Dès que la shérif reviendra, elle te conduira au centre de détention pour mineurs du comté de Pinyon – c'est là qu'on envoie les délinquants juvéniles de l'ouest du Colorado en attendant le début de leur procès. Là-bas, tu seras avec d'autres jeunes. Tu ne devrais pas te trouver dans cette cellule. »

Martine grimace en prononçant le mot *délinquants*. C'est bien le terme juridique qui convient à ce qu'est Nora, mais il paraît à la fois plus grave et moins grave qu'il ne devrait. Nora est bien plus, bien pire qu'une délinquante.

« Elle sera là bientôt, et je ne pourrai pas rediscuter avec toi avant demain, donc il faut qu'on parle maintenant, poursuit Martine. Je sais que tu n'as pas dormi de la nuit et que tu es fatiguée, mais il faut que je te pose quelques questions, d'accord ? Tout ce que tu me dis est protégé par le secret professionnel. Ça veut dire que je n'ai le droit d'en parler à personne, et que quoi que tu me dises, je garderai le secret. »

Nora reste parfaitement immobile, ses yeux nerveux désormais fixes, perdus dans le vide. Martine a déjà représenté des adolescents, mais toujours plus vieux – des jeunes qui s'étaient fait prendre à vendre de l'herbe ou à conduire en état d'ivresse. Qu'est-ce qu'une gamine de treize ans peut comprendre du secret professionnel ? Qu'est-ce que Nora peut comprendre de son acte, des conséquences d'un meurtre ?

« Tu peux me dire ce qui s'est passé chez toi hier soir ? Ce qui s'est passé avec Nico ? »

Nora ressemble à une statue inachevée, une silhouette de marbre figée sur place par un sculpteur qui a oublié d'insuffler de la vie à sa création. Martine garde un visage neutre, mais le silence entre elles enfle, et elle remue sur son banc.

« Des questions auxquelles on répond par oui ou par non, ça serait plus facile ? Essayons. Est-ce que tu as appelé le 911 hier soir pour signaler que tu avais tiré sur Nico ? »

Rien.

« Qu'as-tu dit à l'opératrice, au téléphone ? »

Toujours rien.

Malgré elle, Martine s'est déjà écartée des questions fermées. Merde. Elle tente de repartir de zéro.

« Est-ce que ton père garde son arme de service à la maison ? »

Non seulement Nora ne parle pas, mais elle ne secoue pas la tête pour infirmer ou confirmer. Elle est presque catatonique.

« Est-ce que tu as tiré un coup de feu hier soir ? »

« Est-ce que le coup est parti par accident ? »

Martine sent la nervosité poindre dans sa voix, et elle se force à cesser de poser des questions pour bien réfléchir à ce qu'elle sait et à ce qu'elle ne sait pas. Nora pourrait bien avoir besoin d'un *tuteur ad litem* – ses parents vont se retrouver en porte-à-faux, vu qu'ils sont à la fois ceux de la meurtrière et de la victime – et il lui faudra absolument un psychiatre pour enfants. Nora a tiré sur Nico à bout portant à trois reprises ; une fois dans l'œil et deux fois dans la poitrine. Ce serait presque impossible de plaider l'accident au tribunal. Et si c'était intentionnel, Nora doit être en pleine décompensation. Sans quoi une enfant de treize ans n'aurait pas pu faire ça. Est-ce que ça signifie qu'elle pourrait plaider l'« irresponsabilité pour cause d'abolition du discernement » et faire en sorte que Nora soit envoyée dans un établissement psychiatrique où elle recevra des soins ? Elle a entendu dire que ce type de défense l'emporte difficilement, mais peut-être la simple existence d'un trouble mental suffirait-elle à alléger la peine encourue par Nora, à lui éviter la prison à vie, au moins. Mais comment pourra-t-elle plaider quoi que ce soit si Nora refuse de lui parler ?

Elle ferme les yeux et s'efforce de se remémorer la dernière fois qu'elle a vu Nora en ville, de se souvenir de toute bribe d'information susceptible de faciliter cette conversation, mais tout ce qui lui vient, c'est un fouillis d'images, surtout de Nico. Nico avant son diagnostic, tout en genoux et en coudes, comme si son corps se développait par poussées mal coordonnées, s'empressant d'être grand avant qu'il ne soit prêt ; souriant en première page du *Lodgepole Ledger* après avoir gagné le prix du skieur de slalom junior de l'année. Encore avant, Nora et Nico en ville, ricanant, à sept et huit ans, chez le glacier. Et il y a longtemps, Nico petit garçon, glissant sur un toboggan au parc, deux ans tout juste après le mariage d'Angie et David. Elle chasse Nico de ses pensées, se concentre de nouveau sur Nora, et dit la première chose qui lui passe par la tête.

« J'habite à l'autre bout de la ville, par rapport à chez vous. Près du cimetière. Je vais m'y promener tous les matins avec mon chien, Jack. »

Rien.

« Parfois je vois des hiboux. La nuit dernière, il y avait un grand duc sur mon toit quand je suis rentrée de ma promenade. »

Martine ouvre une photo sur son téléphone et la grossit de façon que Nora puisse voir le hibou sur la corniche du toit, partiellement caché par les branches des cotonniers d'Amérique qui surplombent sa maison.

Nora a un mouvement de recul en voyant la photo, puis elle ferme les yeux. Martine range son téléphone.

« Je suis désolée », dit-elle, et cette fois, ces mots ne sont plus creux ; elle pose sa main sur celle de Nora. « Ça va être dur. »

« Les flics ont emporté plein de trucs, dit David, et on n'a pas le droit d'aller dans leurs chambres pour l'instant. Ils doivent revenir inspecter les lieux dans la matinée. Ils ont pris mon arme de service, aussi. »

Il pousse la porte de la chambre de Nico et se penche à l'intérieur sans entrer. Le lit est défait, et le matelas, le cadre de lit et le sol sont couverts de taches, témoins de la violence de la veille au soir. Si Nico avait été une fille, le rouge sombre sur le matelas blanc aurait pu à la limite être imputé à ses règles, le signe d'un cycle de vie régulier et non la preuve d'une fin précoce. Le reste de la chambre est bien rangé, les livres sont à leur place et les tiroirs de la commode fermés.

« Nico était au lit quand... quand ça s'est passé. »

La voix d'Angie se brise, et elle baisse les yeux vers la moquette du couloir. David n'esquisse pas un geste pour la réconforter ; il ne lui prend pas la main, ne lui frotte pas le dos. Il est soit stoïque, soit sidéré, et Martine, un peu hébétée elle-même, détourne le regard et se concentre sur la chambre.

Des décorations typiques d'une chambre de garçon de quatorze ans – un poster Ferrari, une affiche de ski, un maillot de foot au nom de Messi – recouvrent l'un des murs. Mais il y a aussi une rangée de vieilles peluches sur une étagère, exclusivement des oiseaux : un perroquet arc-en-ciel, une autruche dont le cou duveteux ne parvient pas à maintenir la tête, un pygargue à tête blanche drapé dans une bannière étoilée. Il y a d'autres oiseaux, en deux dimensions ceux-ci, perchés sur un arbre peint sur l'un des murs. Les branches couvertes d'écorce et garnies de feuilles vertes s'écartent du tronc et s'étirent jusqu'au plafond et sur les murs voisins. Des familles entières d'oiseaux sont posées dessus, et des becs d'oisillons s'ouvrent, béants, dans des nids de brindilles, espérant qu'un ver peint leur tombe dans le gosier. Un colibri volette dans un ciel bleu, ne laissant voir qu'un faible éclat de ses ailes, son mouvement perpétuel à peine arrêté par le pinceau de l'artiste. Et au sommet de l'arbre : un hibou difforme. Martine comprend maintenant la réaction de Nora.

« Nico aimait les oiseaux ? »

David confirme d'un hochement de tête.

« Ça a commencé avec *Sesame Street* quand il était petit, tu vois ? À cause de Big Bird. Dès qu'il a commencé à lire, il s'est mis à emprunter tous les livres sur les oiseaux de la bibliothèque. On croyait que ça lui passerait, mais finalement, ça s'est transformé en passion pour les oiseaux de proie, parce qu'il avait skié un jour sur une montagne dont c'était le nom, Birds of Prey. Il faisait des économies pour partir dans un camp de fauconnerie l'été prochain.

– Angie, tu as fait du beau travail, ces peintures sont magnifiques », dit Martine.

Au lycée, Angie était douée pour le dessin, et Martine a entendu dire qu'elle avait obtenu une bourse d'études pour l'École de design de Rhode Island et travaillé dans une galerie d'art à Soho après avoir obtenu son diplôme.

« Nora a participé aussi, dit David. Elle a essayé, en tout cas. »

La mâchoire d'Angie se contracte.

« J'ai peint ça pour Nico quand il était petit, puis j'ai ajouté des éléments chaque année pour son anniversaire. Pour ses quatorze ans, j'ai voulu peindre un faucon, mais Nora est venue en douce un jour pendant qu'on était à un rendez-vous médical avec Nico, et elle a essayé de l'agrandir. Comme ça lui faisait une drôle de touche, je l'ai temporairement transformé en hibou en attendant de faire mieux. J'avais promis à Nico de le rechanger en faucon dès que je pourrais.

– Elle voulait seulement *participer*. Si tu l'avais laissée faire quand elle a proposé, ça ne serait pas arrivé », marmonne David. Angie lui jette un regard noir, et il se tourne vers Martine. « Nora adorait peindre aussi. Adore, je veux dire. Elle adore peindre.

– Et elle adorait Nico, ajoute Angie. C'est pour ça que ça n'a aucun sens, toute cette histoire.

– Je peux jeter un œil à la chambre de Nora ? Il faudrait que je voie s'il y a quoi que ce soit qui pourrait m'aider pour préparer sa défense », dit Martine.

Angie tourne la tête vers le fond du couloir, mais elle a les yeux vitreux, larmoyants, et elle ne regarde rien, comme si elle était n'importe où, sauf ici.

« Elle adorait Nico », répète-t-elle.

David ouvre la porte de l'autre côté du couloir, s'arrêtant là encore sur le seuil, bloqué par le ruban délimitant la scène de crime.

« On ne peut pas y entrer non plus. »

La chambre de Nora n'a rien à voir avec celle de Nico. Une couette fripée traîne par terre à côté du lit défait. Des peintures et dessins réalisés sur des pages de cahiers et de petites toiles, surtout des paysages de rivières et de montagnes, recouvrent les murs et les flancs de la petite commode, et des tee-shirts et des jeans dépassent des tiroirs ouverts, comme si une bombe de vêtements avait explosé là. Des papiers froissés, des cannettes de soda et des sachets vides du Bea's Market débordent de la petite poubelle.

« Elle n'aime pas ranger sa chambre », commente David.

Martine approuve d'un hochement de tête.

« Aucun adolescent n'aime ça.

– Je n'ai jamais peint ses murs, parce qu'une fois qu'elle est née, je me suis retrouvée avec deux bébés », explique Angie, croisant les bras sur sa poitrine. Sa voix, dépourvue d'émotion, contredit sa posture défensive. « Je n'avais plus le temps de peindre. Et dès toute petite, elle tenait à accrocher ses propres dessins aux murs.

– Ils ont pris sa tablette, son téléphone, et tout ce qu'il y avait dans son sac à dos. Mais ses pinceaux et ses couleurs sont toujours là. »

David désigne le matériel, entassé sur une étagère dans un coin de la chambre.

« Une fois qu'ils auront terminé l'enquête préliminaire, j'aimerais revenir voir tout ça de plus près, dit Martine.

– Tu veux du thé ? » propose David.

Il prend Angie par le coude et la guide vers la cuisine.

« On pourra parler de Nico pendant qu'il infuse », fait Angie.

Nora, se dit Martine. *On pourra parler de Nora. C'est elle, l'enfant qu'il vous reste. La fille que vous m'avez chargée de défendre.*

Pendant que David fait bouillir de l'eau, Angie et Martine regardent par la fenêtre de la cuisine un tremble aux branches habillées de feuilles dorées bordées d'un liseré marron qui rebique – un arbre véritable, avec de véritables oiseaux. Des mangeoires garnies de graines sont suspendues à deux des branches, et des merles d'Amérique et des mésanges y plongent la tête, puis s'enfuient, menacés par un corbeau.

« C'était l'endroit préféré de Nico dans la maison, avec le fauteuil devant la Xbox. Il s'installait là pour faire ses devoirs, mais il se laissait distraire par les oiseaux. »

David tend à Martine et Angie de grandes tasses fumantes, et ils prennent place tous trois autour de la table en chêne. Sa surface est couverte de griffures et d'éraflures, et dans un coin, le prénom d'Angie est gravé dans le bois. C'est la table de l'enfance d'Angie, récupérée auprès de sa mère, Livia, la même table, dans la même cuisine, où Martine et Livia buvaient autrefois le café ensemble – du temps où elles étaient encore amies.

« Le seul moment où il l'évitait, c'était au début de l'été, quand les geais bleus venaient voler les œufs des merles, ou même les oisillons, s'ils avaient déjà éclos. Les geais les mangent. Les petits, je veux dire. Nico aimait les oiseaux de proie, mais je ne sais pas pourquoi, il détestait les geais bleus parce qu'ils mangeaient les bébés merles. Il était très sensible, pour un garçon. »

Il verse trois cuillerées de sucre dans sa tasse.

« Personnellement, je n'éprouve aucune pitié pour les merles. Ils ont toute la forêt à disposition pour cacher leurs nids, mais il faut toujours qu'ils choisissent de les faire ici. »

Martine boit son thé à petites gorgées tandis que David parle dans le vide, mais décline son offre lorsqu'il pousse le sucre vers elle. Vingt-cinq ans se sont écoulés depuis la dernière fois qu'elle est venue dans cette maison, et un bizarre sentiment de déjà-vu lui donne des brûlures d'estomac. Avec ou sans Livia, Martine aurait préféré ne jamais revenir.

« Qu'est-ce que vous pouvez me dire à propos de Nora ? »

Angie et David lui jettent un regard interdit, puis David, comme s'il n'avait pas écouté la question, répond.

« On t'a déjà expliqué ce qui s'est passé.

– Oui, mais pour trouver le meilleur moyen de la défendre, j'ai besoin d'en savoir plus sur Nora. La question n'est pas de savoir si elle l'a fait ou pas. Elle a appelé le 911, dit qu'elle avait tué son frère. Ça constitue un aveu, et il sera recevable au tribunal. » David hoche la tête, la mâchoire lâche, et Martine poursuit. « On va devoir déterminer la meilleure manière de construire sa défense, juridiquement, pour pouvoir…

– C'était un accident, coupe Angie. Ils devaient être en train de jouer avec le revolver de David. »

David pose une main sur celle d'Angie.

« Écoutons ce que Martine a à dire.

– Eh bien, le procureur risque de tenter de faire valoir que c'était intentionnel, et étant donné que trois coups ont été tirés dans le cœur et la tête de Nico, il pourrait bien y parvenir. » Martine dit ça le plus doucement qu'elle peut, et exprime la chose au passif pour ne pas bouleverser Angie et David plus que nécessaire. Affirmer purement et simplement que le procureur *va* faire valoir que le meurtre était intentionnel car Nora a tiré trois fois de suite sur Nico à bout portant ne ferait qu'aggraver les choses. « Alors si on ne peut pas établir que c'était un accident, il faut aussi qu'on connaisse l'état mental de Nora, qu'on sache si elle est en capacité de comparaître au tribunal ou si on peut s'appuyer sur son état psychologique pour réduire sa peine de prison.

– Sa peine de prison », répète David, comme pour tester ces mots dans sa bouche.

C'est le domaine d'expertise de Julian, et Martine voudrait être capable de ravaler sa fierté et l'appeler, mais il l'a envoyée balader trop souvent. Ils ne sont pas fâchés, pas tout à fait, mais lui demander de l'aide de la part de la petite amie qu'il n'a pas vue depuis le lycée ne contribuera sûrement pas à retisser leur lien mère-fils. Elle donne la meilleure réponse qui lui vienne.

« Comme il s'agit d'un homicide, elle va forcément purger une peine quelque part. Si les faits le permettent, et si tout se passe pour le mieux au tribunal, en fonction de ce qu'elle plaide, on peut peut-être s'arranger pour qu'elle soit condamnée à un séjour dans un établissement psychiatrique qui pourra lui administrer des soins. Pour que je parvienne à ça, il faut que je sache tout ce que vous pourrez me dire. Ce que Nora aimait faire de son temps libre, comment elle s'en sortait au collège. Sa personnalité, et si elle a changé ces derniers temps. Si elle s'entendait bien avec Nico. »

David place ses mains autour de son mug et le silence emplit la pièce. Martine s'éclaircit la gorge mais attend, et une fois qu'il commence à parler, il ne s'interrompt plus pendant une heure.

Elle prend des notes sur un bloc de papier brouillon : Nora adorait Nico, il veut que ce soit bien clair. Martine dessine une étoile devant « Nora adorait Nico » chaque fois qu'il le dit, et quand il a fini de parler, il y en a dix, l'encre bleue ayant bavé sur la plupart d'entre elles. C'est un méli-mélo d'informations : avec leurs onze mois d'écart, les deux enfants étaient des « jumeaux irlandais », et ils faisaient tout ensemble – avant, en tout cas. Ils aimaient la fantasy, surtout les films Marvel et les adaptations de Harry Potter. Ils jouaient aux jeux vidéo avec leurs amis. Nora écoutait du rap et de la pop mais détestait la country. Ils étaient dans l'équipe de ski, mais Nico était meilleur skieur. Ils jouaient au foot. Nora était – est – une brave gosse. Cette phrase reçoit sept étoiles baveuses. Nora adorait – adore – la peinture, tout comme Angie. Elle prenait des antidépresseurs parce que, l'année dernière, elle s'était mise à s'enfermer souvent dans sa chambre et avait cessé de passer du temps avec sa famille. Ça avait commencé juste après que Nico avait été diagnostiqué – là, Angie interrompt David pour dire :

« On a pensé que c'était ça qui la rendait triste. »

David confirme.

« Elle et Nico, ils en savaient suffisamment long sur Huntington pour comprendre ce que ça signifiait pour lui. Les médecins nous ont prévenu que quand la maladie allait progresser, ce serait comme s'il avait à la fois dystrophie musculaire, trouble bipolaire, maladie d'Alzheimer, syndrome de la Tourette, schizophrénie et maladie de Parkinson, et ça nous faisait peur à tous.

– Mais Nico n'était pas si malade que ça, pas encore. Ça aurait pu être une simple crise d'adolescence normale, dit Angie. Des histoires avec les filles de l'école. C'est difficile d'être une ado de cet âge. Sa dépression pouvait aussi venir de là. »

Les deux affirmations – la litanie des symptômes que Nico allait finir par développer et le fait qu'il « n'était pas si malade que ça, pas encore » – désarçonnent Martine. Et pourtant, peut-être ces deux énoncés ne sont-ils pas contradictoires. N'est-ce pas ce qui arrive avec toutes les maladies – on va bien jusqu'au moment où tout d'un coup ça dégénère ? Cette discordance dans la discussion lui fait le même effet que du papier de verre sur sa peau, et bien qu'elle ne puisse pas poser la question, elle se demande combien de temps il lui restait.

« Peut-être », dit David d'un ton qui ne revient pas tout à fait à dénigrer les propos d'Angie mais montre bien cependant qu'il n'est pas d'accord. Il attrape une photo encadrée sur la fenêtre et la tend à Martine. « Cette photo date d'il y a deux ans, avant le diagnostic de Nico, quand les médecins pensaient encore que ses notes en chute libre et ses comportements bizarres étaient dus à un Asperger ou un TDAH. Nora venait de se faire poser un appareil pour corriger l'espace entre ses dents. »

Nico est au milieu de la photo, entouré de David, Angie, Nora et Livia. Nora sourit, un grand sourire, de toutes ses dents, et le flash se reflète sur son appareil. Ses cheveux sont attachés en une épaisse tresse haute, brillante, passée sur son épaule. Sa posture, épaules voûtées, est le miroir de celle de David. En fait, tout, chez elle, vient de lui – les pommettes saillantes, les sourcils arqués, la peau pâle. Nico sourit aussi. Il ne ressemble ni à David ni à Angie, et Martine se demande si c'était, ça aussi, un signe avant-coureur, caché, de son Huntington juvénile. Elle sait que l'amaigrissement du visage peut être un symptôme de certaines maladies neurodégénératives, car Cyrus a traité quelques patients qui en étaient atteints. Mais bon, peut-être le visage de l'homme qu'il aurait pu devenir était-il simplement caché derrière la douceur de sa physionomie de petit garçon, son menton à fossette et ses joues imberbes. Livia, corps et tête réduits à une fraction de leur taille passée, comme si elle avait été capturée par un chasseur de têtes, se cramponne aux épaules de Nora, comme pour protéger sa petite-fille d'un danger invisible.

Lorsque Martine rentre enfin chez elle, elle constate avec soulagement que Jack n'a pas fait pipi dans la maison. Quand il s'oublie, c'est toujours sur le vieux tapis persan de Cyrus, sous la table de la salle à manger, et il devient de plus en plus difficile de se débarrasser de l'odeur. Superviser le transfert de Nora au centre de détention pour mineurs, s'entretenir avec les Sheehan et répondre aux questions de la presse lui a pris plus de temps qu'elle ne pensait. Jack remue la queue, plein d'espoir, et elle lui sourit comme s'il pouvait déchiffrer son expression.

« C'est bien, Jack. Bon garçon. » Heureusement qu'il y a les chiens, bon Dieu. Quel que soit le temps qu'il ait dû attendre, il est content de la voir chaque fois qu'elle rentre à la maison. Elle ébouriffe les poils rugueux autour de ses oreilles. « Viens, on va se promener. »

Ils finissent au cimetière, terrain de jeu préféré de Jack et lieu de réflexion préféré de Martine. Une clôture grillagée entoure la vaste étendue d'herbe et de tombes, et le gardien ne voit pas de mal à ce que les chiens y gambadent sans laisse. Martine et Jack croisent en général un ou deux voisins, humains et chiens, et ces moments de loisir empêchent Jack de souffrir de la solitude. Elle grimace lorsqu'il lève la patte et fait pipi sur la tombe d'Ethel Sweeney – c'est l'une des plus anciennes du cimetière historique, et Ethel ne verrait peut-être pas la chose d'un très bon œil – mais avant qu'elle puisse le gronder, il détale vers un labrador orange qu'il adore.

À l'idée de parler à quiconque de sa journée, de Nico et Nora et de ce que ça signifie pour Angie et David, elle est accablée, et elle s'enfonce sur la gauche de l'allée principale pour tenter d'éviter la propriétaire du labrador. C'est le type même de la vieille commère dans un corps de femme d'âge moyen, et elle chercherait à amadouer Martine pour lui soutirer un maximum d'informations sur l'affaire. *Où étaient les parents ? Elle est folle, Nora ? Nico a souffert ? Comment a-t-elle pu tirer sur son propre frère ?* Elle en saurait juste assez pour que Martine se mette à se demander s'il n'y a pas des fuites du côté de la police, et tout ce qu'elle apprendrait se mettrait aussitôt à circuler en ville, jusqu'à se retrouver aux infos. Les médias se sont déjà branchés sur le meurtre, et s'il y a une chose que veut éviter Martine, c'est de révéler un détail qu'un journaliste pourrait utiliser pour créer un récit et transformer ce qui s'est passé en fiction de son cru, ou faire de Nora la méchante aux yeux du public, à sa guise. Le procureur est en campagne pour sa réélection, donc l'opinion publique va avoir un vrai poids. Elle n'est peut-être pas une experte en affaires de meurtre impliquant des mineurs, mais elle sait qu'elle doit faire très attention à l'image qui est donnée de Nora.

Elle finit devant la tombe de Diana, juste à côté de celle, presque identique, de Roberto, le défunt mari de Livia. Il y a un espace de l'autre côté pour Livia, mais pas pour Angie, soit qu'ils aient cru en l'immortalité de leur fille aînée, soit qu'ils aient supputé qu'elle reposerait plus tard dans la parcelle des Sheehan, aux côtés de David.

DIANA ALESSIA DELUCA, 7 ANS
19 JUILLET 1983 - 28 FÉVRIER 1991
NOTRE ANGE DANS LES CIEUX

1991, de l'histoire ancienne qui ne relâche toujours pas son emprise sur elle. Comment s'est-elle laissé contraindre à représenter Nora, alors qu'elle a passé toutes les années écoulées depuis à faire de son mieux pour éviter tous les membres de la famille DeLuca ? Elle a évité DeLuca's, leur restaurant italien, et changé de trottoir chaque fois qu'elle apercevait Livia ou Roberto dans la rue. Finalement, Roberto est mort et Livia a été frappée par la maladie d'Alzheimer. Entre-temps, Angie s'est mariée avec David; elle enseignait le dessin au lycée, elle était prise par ses enfants et elle vivait sa vie, et Martine a baissé la garde, elle s'est dit qu'elle allait pouvoir oublier le passé.

Quand elle croisait Angie en ville, jusque-là, elle se concentrait sur ce qu'elle était désormais – une adulte avec une vie d'adulte, plutôt que l'ancienne petite amie de Julian. Nico et Nora se rendaient très souvent sur un terrain de jeux qui se trouvait sur le trajet des promenades de Martine, et il lui arrivait de temps en temps de les regarder. Ils étaient, après tout, les enfants d'Angie. Nico était turbulent et tapageur, toujours en train de courir et de rire, plein de l'énergie espiègle qu'elle adorait chez Julian et Gregory quand ils étaient petits, blond filasse comme Julian autrefois. Nora était plus calme, c'était le genre de gamine à qui il arrivait de grimper dans un arbre pour lire tranquille au creux d'une branche, mais elle passait le plus clair de son temps aux côtés de son frère. Si Julian et Angie étaient restés ensemble, ils auraient pu être ses petits-enfants, et parfois elle s'imaginait jouer avec eux, monter avec Nico sur le tape-cul branlant ou pousser Nora sur la balançoire. Martine soupçonnait déjà qu'elle n'en aurait peut-être jamais à elle. Julian avait fini par se marier, mais lui et sa femme, Mayumi, étaient assez vieux pour que cela puisse bien être trop tard, et Gregory, un journaliste atteint d'une bougeotte maladive, était toujours en voyage, occupé à rendre compte du génocide au Myanmar, de la sécheresse en Somalie, ou des feux de forêt en Australie, donc elle gardait pour elle ses rêves de petits-enfants. Elle adressait un signe de la main à Angie de l'autre bout du parc, mais ne s'arrêtait jamais pour dire bonjour.

À mesure que les enfants avaient grandi, Martine avait croisé la famille de moins en moins souvent. Les rares fois où ça se présentait, David n'était jamais là – il travaillait au parc national de Black Canyon of the Gunnison, et rien que le trajet pour s'y rendre devait lui prendre des heures chaque jour. Certains gardes forestiers y passaient plusieurs semaines d'affilée, et c'était sans doute son cas. Elle apercevait parfois Nora sur le sentier le long de la rivière, en train de peindre des paysages, avec un chevalet. Nora, en général, lui souriait et lui faisait un signe, certainement sans se douter de qui était Martine, si ce n'était une dame qu'elle croisait souvent en ville; mais aujourd'hui, en prison, c'était la première fois que Martine la voyait depuis des mois. À un moment donné, la petite fille joyeuse qui courait sur le terrain de jeux, inséparable de son frère, s'était muée en la jeune adolescente pubère qui l'avait tué.

Reconstruire le passé d'une manière susceptible de donner un sens à ces événements lui semble insurmontable. La pression de la journée s'accumule dans sa poitrine, comme si le diable en personne était assis dessus, comprimant son sternum et la forçant à éprouver tout ce qu'elle veut éviter d'éprouver. Après avoir eu sa première crise cardiaque, Cyrus lui avait dit que la douleur était pareille à un éléphant assis sur ses côtes. Après la deuxième, celle qui l'a tué, Martine a eu la sensation que son propre cœur se brisait, mais aujourd'hui elle ressent la douleur décrite par Cyrus. Elle devrait se sentir soulagée, car ce n'est pas une crise cardiaque, et ce n'est pas un éléphant, mais elle ne le peut pas, car cette douleur vient du monde entier, qui écrase ses poumons du poids de toutes ses tragédies. C'est le stress de devoir résoudre une énigme insoluble, de donner du sens à l'absurde. C'est Nico, et Nora, et David, et Angie. Par-dessus tout, Angie.

Angie éprouve la même chose, seulement elle ne peut le formuler. Elle est assise sur un canapé délavé par le temps et le soleil, dans sa maison à la peinture mauve écaillée, et c'est tout juste si elle respire. Les poumons et le cœur sont conçus pour travailler sans l'intervention du cerveau, automatiquement, mais elle s'aperçoit qu'elle doit désormais leur dire quoi faire. Inspirer, expirer, inspirer, expirer. Battre, battre, battre. Dès que son esprit s'égare et qu'elle oublie de se concentrer sur ces tâches élémentaires, elle prend conscience qu'elle n'a pas respiré et que les battements de son cœur se sont réduits à un écho.

David, installé à la table de la cuisine, recopie les dates importantes que leur a données Martine sur les pages du calendrier qu'il a imprimé :

Jour 1 (13 octobre) : Arrestation
Jour 3 (15 octobre) : Comparution initiale relative à la détention
Jour 6 (18 octobre) : Dépôt de la requête criminelle
Jour 36 (17 novembre) : Audience préliminaire
Jour 51 (2 décembre) : Déclaration de plaidoyer
Jour 111 (1er février) : Cour d'assises des mineurs
Jour 166 (28 mars) : Rendu de la décision de justice

Méthodique et organisé, il emploie un stylo bleu pour la date et un vert pour l'événement correspondant. Martine a prévenu que tout cela n'était pas gravé dans le marbre, que ces dates ne s'appliquent qu'à la justice pénale des mineurs, et si le procureur décide que Nora doit être jugée comme une majeure, le calendrier changera. Lorsqu'il a fait remarquer ce qu'il pensait être une évidence, que Nora, à treize ans, *était* une mineure, Martine l'a regardé, elle a regardé Angie, et elle a secoué la tête. Il a lu de la pitié dans ses yeux, et il a compris ce qu'elle pensait : que lui et Angie ne pouvaient pas en supporter davantage. Il n'a pas protesté. Ils verraient le moment venu. Il allait se concentrer sur ces dates pour l'instant. La comparution relative à la détention, le jour 3, permettrait de confirmer que Nora serait incarcérée dans un centre de détention pour mineurs. Martine a été claire : il était inenvisageable que le juge accepte de fixer une caution et de lui accorder la détention à domicile, pas pour un homicide. Il lui était difficile de saisir tout ce que disait Martine car il avait encore les oreilles qui sifflaient, soit à cause des coups de feu qu'il avait entendus dans la nuit, soit sans raison, mais il chercherait la signification de « dépôt de la requête criminelle » et de « déclaration de plaidoyer » sur Google plus tard. L'odeur âcre de la poudre de son Sig Sauer .45 s'attarde dans ses narines même si Angie affirme qu'elle ne sent rien. Il se mouche si fort que ses oreilles claquent, puis retourne à son calendrier. Une fois qu'il a terminé, il rebouche ses stylos et se lève pour coller les six prochains mois de sa vie, de la vie de Nora, sur le frigo, mais s'aperçoit qu'il ne parvient pas à marcher. Il baisse les yeux sur ses pieds, toujours chaussés des bottes qu'il a enfilées ce matin pour se rendre chez Martine.

2
Octobre 2016

Angie ne peut empêcher son cerveau de revenir à cette nuit-là. Un instant, elle allait se coucher, pensant à la semaine à venir. Une semaine qui, croyait-elle, serait semblable à toutes ses semaines depuis que Nico était tombé malade l'année dernière : rendez-vous chez le médecin, rendez-vous chez le kiné, rendez-vous chez le psy ; conduire Nico à tous ces rendez-vous, trouver le temps de conduire Nora au foot ou au collège, ou l'encourager à trouver quelqu'un d'autre pour l'emmener. Faire la lessive, la cuisine et le ménage. Rendre visite à sa mère. Conduire, encore conduire, toujours conduire. Aider Nico à préparer ses devoirs pour lui éviter de prendre encore plus de retard. Faire les courses, si toutefois elle se trouvait un peu de temps pour elle ; sans quoi David s'en chargerait. S'occuper de la dépression que Nico avait développée après avoir cherché « maladie de Huntington juvénile » sur Google et compris qu'il allait finir par sombrer dans la démence – « Comme mamie Livia ? » avait-il demandé, les yeux pleins de terreur – et mourir d'ici cinq à dix ans. Elle essayait de rester positive face à un pronostic qui n'avait rien de positif, mais à la fin de chaque journée, quand elle s'enfonçait dans son lit, elle était vidée.

L'instant suivant, David et elle étaient réveillés par des coups de feu, des bruits violents de détonation qui les avaient arrachés à leur sommeil profond. Au départ, ils avaient cru que quelqu'un avait jeté une pierre contre une fenêtre, qui s'était brisée. Mais quand ils s'étaient précipités dans le couloir, ils étaient tombés nez à nez avec Nora, vêtue du survêtement qu'elle portait depuis trois jours, en train de téléphoner sur son portable.

Elle avait le revolver de David à la main, et des éclaboussures rouges sur le visage. Pendant une fraction de seconde, Angie s'était demandé pourquoi Nora faisait de la peinture en pleine nuit, mais il y avait du sang, une telle quantité de sang, dans la chambre de Nico. Elle avait entendu David aboyer des ordres à quelqu'un – à elle, sans doute, ça ne pouvait pas être à Nora – mais elle était paralysée et ne pouvait rien faire d'autre que le regarder appliquer des serviettes de toilette sur les plaies de Nico. La police et les secours étaient arrivés en l'espace de quelques minutes et les avaient poussés hors de la chambre, dans le couloir. Des lumières bleues et rouges clignotaient devant la maison, et plusieurs voisins s'étaient attroupés dehors. Le sifflement dans ses oreilles s'était mué en rugissement éclipsant tous les autres sons, comme un avion en train de décoller, qui n'aurait jamais cessé d'accélérer. Le reste de la nuit se perd dans l'obscurité, telle une aquarelle hideuse recouverte de noir à grands coups de pinceau rageurs. Elle ne se souvient pas de la dernière fois qu'elle a vu Nico, ne sait plus si elle s'est retournée pour le regarder une dernière fois ou si elle n'a pas saisi cette occasion.

Depuis, elle a demandé à maintes reprises à David ce qui s'est passé ensuite. Chaque fois il répond la même chose, sans expression, ses émotions cachées sous la surface comme c'est toujours le cas. Ils se sont entretenus avec la shérif Nelson sur la pelouse, devant la maison, pendant qu'Ignacio et Colin interrogeaient

Nora dans une voiture de patrouille. Les hommes ont emmené Nico dans une housse noire avec une fermeture Éclair – *son enfant, dans une housse mortuaire* –, la même, en plus grand, que celle contenant les vêtements couverts de sang de Nora, et ils ont emmené Nora, menottée.

« À partir de là, je me souviens », dit toujours Angie à ce stade de son récit.

Mais elle ne veut pas se souvenir. Elle s'est sentie, se sent encore emprisonnée dans un tunnel étroit, suffoquée par les murs qui se resserrent autour d'elle. Peut-être que c'est pour ça qu'elle ne cesse de demander à David de lui répéter le déroulé de cette nuit-là. On dirait un cauchemar, comme elle en faisait de temps en temps autrefois ; à son réveil, elle avait l'impression que quelqu'un était mort, elle savait que ce n'était pas réel, mais elle avait la sensation très nette du contraire. Elle s'arrachait à la terreur en sursaut, comme si quelqu'un lui coupait le souffle d'un coup de poing dans l'estomac ; son cœur battait à tout rompre et de la sueur s'accumulait sous ses seins, et elle était à demi consciente qu'il lui suffisait de se réveiller complètement pour faire disparaître sa vision, et au matin, appeler la personne que son cerveau avait crue morte pour entendre sa voix. Ce qu'elle veut, au fond, quand David lui fait ce récit, c'est qu'il lui annonce que c'est *bien* un cauchemar, qu'il la réveille et la rassure, qu'il entrouvre pour elle les chambres des enfants afin qu'elle puisse voir de ses yeux leurs corps endormis, leurs poitrines qui montent et descendent au rythme de leur respiration.

Mais cette réalité persiste. Chaque jour elle se réveille *dans* ce cauchemar. La police a fini par retirer le ruban jaune et noir qui bloquait les chambres des enfants, mais les portes sont toujours fermées, et un lambeau de ruban déchiré reste coincé dans une rainure du chambranle de l'une des portes, une trace jaune pour raviver constamment sa mémoire, trace qu'elle ne peut retirer car elle n'arrive pas à se résoudre à la toucher. David a porté le matelas de Nico à la décharge et en a commandé un neuf. Angie a nettoyé la chambre de Nico, frottant la moquette et les murs pour faire partir les taches de sang avec des produits chimiques qui lui ont donné une migraine épouvantable. Elle a changé de place les objets sur les étagères et fourré son sac à dos du collège dans le placard sans l'ouvrir. Il n'y avait pas de sang dans la chambre de Nora, mais elle a mis un peu d'ordre, fait son lit, lavé les vêtements sales qui jonchaient le sol et les a rangés dans des tiroirs. David a essayé d'apporter quelques-uns de ces vêtements à Nora, et ils se sont disputés à ce sujet, âprement, car Martine avait expliqué que les jeunes détenus étaient obligés de porter les survêtements fournis par l'État. Quel intérêt d'apporter à Nora des habits qu'elle ne pouvait pas porter ? Ça n'avait pas de sens, mais il a insisté, et quand il est rentré, il a fourré les jeans et les tee-shirts dans les mauvais tiroirs. Elle ne savait pas trop ce qui la dérangeait le plus : d'imaginer Nora dans un uniforme de prisonnière, ou de voir David s'imaginer qu'il pouvait – voire devait – lui apporter des vêtements. Nora avait tué Nico. Son frère, leur fils. Ne comprenait-il pas ça ?

Les chambres de leurs enfants (un enfant mort est-il toujours « son » enfant ?) sont toutes les deux au rez-de-chaussée, l'une sur la gauche, au début du couloir, l'autre sur la droite, au fond, et le couloir était comme un cordon ombilical reliant deux enfants qui n'avaient jamais partagé un utérus, mais semblaient vivre dans des mondes jumeaux. Chaque jour, Angie fait les cent pas dans la maison, elle va de la porte d'entrée au salon, à la cuisine, au couloir des enfants, à leur salle de bains, et retour, encore et encore. David est sorti, pour aller soit au travail, soit rendre visite à Nora, et marcher ainsi est la seule chose que puisse faire Angie pour empêcher son cœur emballé d'exploser, pour empêcher ses pensées bouillonnantes de déborder. Elle sent son pouls dans son visage, dans ses mains, dans la veine qui ressort de son cou, et compte ses pas dans les deux sens. Quand elle a David ou Martine, les deux seules personnes à qui elle accepte de parler, au téléphone, elle se rend vaguement compte que son élocution est trop rapide, qu'elle bute sur les mots comme elle bute sur ses pensées, mais elle ne parvient pas à ralentir. Son pantalon a commencé à lui tomber sur les hanches, et David lui fait boire un verre d'eau le soir, quand il rentre, mais la nourriture se durcit dans sa bouche comme du ciment en train de sécher au soleil, et elle ne parvient pas à se résoudre à ingurgiter quoi que ce soit. Si son pantalon tombe, c'est parce qu'elle ne mange pas, ou à cause de son cœur qui bat trop vite, qui sait, et chaque fois qu'elle dit ça à David, il fronce les sourcils et la supplie d'avaler une tranche de pain avec du beurre de cacahuète, de s'asseoir avec lui sur le canapé et de respirer profondément, mais la seule chose à laquelle elle arrive à penser, c'est le matelas neuf qu'il a commandé, et sans cesse, elle se tourne vers lui et répète la même question :

« Mais qui va dormir dessus ? »

Les obsèques se déroulent dans l'intimité, car Angie n'a pas l'énergie d'affronter un monde dans lequel tous ceux qu'elle croise savent que l'un de ses enfants a tué l'autre. Quand elle a cherché les noms de Nico et de Nora sur Google, chose qu'elle n'aurait jamais dû faire, elle le savait, mais qu'elle a faite quand même, des articles provenant de tout le pays sont apparus. Les dangers de garder des armes à feu chez soi, la violence des adolescents d'aujourd'hui, provoquée par les jeux vidéo et les films. D'autres articles donnaient dans la spéculation : une histoire de drogue, peut-être, ou un problème psychiatrique. Comme Nora était mineure, la plupart du temps, elle était seulement désignée par l'expression « la sœur de Nico âgée de treize ans », mais il n'avait qu'une sœur, donc il n'y avait pas de doute sur l'identité de la personne évoquée par les médias. Le *Lodgepole Ledger* était le plus clément, s'en tenant aux faits, n'écrivant que sur Nico et ses succès de jeune skieur avant sa maladie ; mais elle a fait l'erreur de consulter les commentaires et elle a pleuré en les lisant : des trolls condamnant Nora, la disant maléfique, ou attribuant la responsabilité des faits aux parents, David et elle. Depuis lors, ces derniers jours, si elle sort de chez elle, Angie évite de croiser les regards. Elle étudie le sol, ses pieds ou le ciel.

Dans l'église catholique St. John's, avec seulement le père Lopez, David, les parents de David et Martine, elle se sent en sécurité. Nora n'est pas là, car l'État ne l'a pas autorisée à quitter le centre de détention pour la cérémonie. Et Livia non plus, car Angie ne l'a pas informée de la mort de Nico, et l'enterrement ne ferait qu'ajouter à sa confusion. Ça fait un bon moment que la mère d'Angie ne reconnaît plus Nico et Nora, et la plupart du temps, elle ne sait même pas qui est sa fille. En outre, Nora était sa préférée. Les obsèques d'un petit-fils oublié abattu par une petite-fille préférée auraient été trop perturbantes.

Lors de la cérémonie, le cercueil est déjà fermé. L'employé des pompes funèbres a eu beau reboucher les trous dans le corps de Nico provoqués par le revolver que tenait Nora, il n'est pas parvenu à réparer complètement son visage. David l'a annoncé à Angie hier soir, par ces mots choisis avec soin, comme si lui aussi avait peur de prononcer les termes exacts, plus laids, à haute voix, et Angie a répondu d'un hochement de tête, se félicitant de leur solidarité dans la peur. C'est le seul plan sur lequel elle se sent solidaire de lui, la seule chose qui la retienne de dire ce qu'elle pense : que cet enterrement est sa faute, la présence du revolver dans la maison est sa faute, tout est sa faute.

Elle est déjà allée à des enterrements, bien sûr. Sa propre sœur, son père. Elle a pleuré les deux fois. Et bien qu'elle le connaisse à peine, elle avait les larmes aux yeux à celui du capitaine des pompiers il y a quatre ans quand il est mort, non pas en luttant contre un incendie, mais dans un accident de voiture. Elle ne pleurera pas aujourd'hui, cependant. Ce n'est pas qu'elle n'en a pas envie. Elle ne peut pas. Elle ressent chaque émotion, tout un carrousel d'émotions, sauf celle qui ferait monter ses larmes.

Durant la messe, Angie garde les yeux fixés sur le cercueil. Il est plus volumineux qu'il ne devrait l'être pour un enfant, car Nico était grand pour son âge, et ce volume lui fait l'effet d'un affront : un cercueil taille adulte pour quelqu'un qui n'a jamais pu le devenir, pour un enfant qui n'aura jamais pu vivre son rêve. Quand le comportement de Nico a commencé à devenir erratique et que les médecins lui ont diagnostiqué Asperger et TDAH, elle a révisé à la baisse les rêves qu'elle avait pour lui. Peut-être qu'il n'irait pas à Middlebury ou à l'École de design de Rhode Island, mais ils l'aideraient à trouver la bonne fac, le travail adéquat. Peut-être qu'il travaillerait en plein air, comme garde forestier ou entraîneur de ski, dans une profession où sa différence n'aurait pas d'impact sur sa réussite. Puis, lorsqu'ils ont annoncé que le premier diagnostic était erroné, qu'il avait la maladie de Huntington juvénile, elle a révisé ses rêves à la baisse une fois de plus. Elle s'est dit qu'il leur restait quelques années heureuses, des années où il pourrait continuer à être un gamin normal – aller à l'école, faire du ski en famille même s'il devait renoncer à la compétition, partir en vacances à Disneyland ou à la mer –, ils trouveraient le moyen de remplir son temps d'un maximum de vie avant que la maladie prenne le dessus, que la démence vole sa personnalité avant même que la maladie lui prenne la vie. À présent, les lambeaux de ces rêves gisent dans une boîte en bois. À l'intérieur de cette boîte repose son fils, allongé sur le dos, les bras le long du corps, ou peut-être croisés sur la poitrine. Les veines du bois clair se rapprochent et créent des imperfections, des spirales dans les coins, juste derrière la poignée en métal que quelqu'un tiendra lorsqu'ils l'abaisseront dans le sol. *On commence sa vie dans un récipient,* se dit-elle. *Un utérus. Et on la finit dans un autre. Une boîte.*

Est-elle vraiment censée le laisser seul dans cette boîte où il fait noir ? L'abandonner ?

Son estomac se rebelle contre l'odeur écœurante de l'encens qui brûle à côté de l'autel, et elle inspire par la bouche et expire par le nez pour apaiser sa nausée. Quand elle était petite, elle pensait que c'était l'odeur de Dieu, mais Dieu doit être absent aujourd'hui, sans quoi cet enterrement n'aurait pas lieu. À moins – et maintenant son cœur fait des sauts périlleux – que ce soit une erreur, une plaisanterie. Elle regarde autour d'elle, dans l'attente d'un signe. Un signe de Dieu, un Dieu en lequel sa mère croit, mais pas elle. Ou mieux qu'un signe de Dieu, un message de son fils. *Je suis juste là, maman.* À présent, elle tend l'oreille, non pas pour entendre le père Lopez, mais à l'affût du son de la voix de Nico, de l'accent qu'il mettait sur les mots *je suis là* pendant leurs parties de cache-cache, quand elle n'arrivait pas à le trouver. Il bondissait de sa cachette, en général son panier en osier, les yeux pétillants, ravi. *Je t'ai bien eue. J'ai gagné.* Avec ses doigts potelés d'enfant de quatre ans, il lui pinçait les joues et lui arrachait un sourire. Elle se rappelle la douceur de la peau de ces doigts, parfois un peu collants s'il avait chapardé du miel à même le pot dans le placard.

À présent elle attend, retenant sa respiration. Elle espère.

Mais rien. Nico n'est pas là. Nico n'est nulle part.

Le seul son dans l'église, c'est la voix nasale du père Lopez qui entonne ses Notre Père et ses Je vous salue Marie.

Dieu n'est pas ici. Dieu n'est pas là. Dieu n'est nulle part.

Une hystérie sans joie qu'elle ne peut contrôler qu'à grand-peine menace de la déborder. C'est le Dr Seuss qui scande ses comptines absurdes pendant les funérailles de son fils. Pas ici, pas là, nulle part.

Les questions tourbillonnent dans sa tête. Jusque-là, c'est surtout à David qu'elle a fait porter la responsabilité de ce qui s'est passé, à cause du revolver, mais à présent elle se retourne contre elle-même. Qu'a-t-elle fait, quel genre de mère a-t-elle été, pour laisser une telle horreur arriver à Nico ? Comment se retrouve-t-elle mère de ces enfants qu'elle a vus sur Google ? Peut-être les trolls qui la montrent du doigt dans les médias ont-ils raison. Peut-être a-t-elle été une mauvaise mère. Peut-être que c'est sa faute.

Une peluche sur sa robe noire attire son regard, et elle la retire, puis triture une imperfection dans la couture, tirant sur un fil jusqu'à l'arracher complètement. Elle s'attaque à un second, mais David lui donne un petit coup de coude et secoue la tête comme si elle était une petite fille qui se tient mal à la messe. Un impératif désespéré de découdre et de recoudre la robe, telle Livia raccommodant une chemise déchirée avec une aiguille pointue, la submerge.

Pendant un bref instant, elle regrette de n'être pas plutôt en train d'enterrer sa mère, car au moins ce serait dans l'ordre des choses. Elle se donne une gifle à cette pensée, une forte claque, sa main se dressant de son propre chef pour venir heurter sa pommette, et la douleur inonde sa peau telle la pluie, car sa mère a dû ressentir la même chose lorsque Diana est morte – sauf que Livia a peut-être souhaité sa mort à elle, Angie, elle l'a peut-être condamnée comme Angie condamne aujourd'hui Nora. David retire sa main de son visage et la presse dans la sienne quand ses parents se retournent, choqués, au son percussif de la rencontre entre sa paume et sa joue.

Comment peut-elle appréhender la mort de Nico, la mort de son enfant ?

La chaleur se répand dans sa joue, la chaleur de la violence, de la douleur physique, qu'elle accueille avec soulagement car au moins, elle la comprend, et plus tard elle pourra voir la marque de sa main, l'empreinte de ses doigts en éventail sur sa peau comme de la dentelle tachée de sang.

Après la messe, ils quittent l'église séparément ; David pour aller voir Nora, Angie pour aller voir Livia. Sur le parking désert, lui la main sur la portière de son pick-up noir et elle frissonnant à côté du minivan, il lui jette un regard impatient.

« C'est Nora, que tu devrais aller voir, pas ta mère », dit-il.

Sa voix est étranglée, par l'effort de prononcer ces mots ou celui d'en retenir d'autres. Il ne s'est pas rasé depuis des jours, et la barbe couleur brique qui point sur ses pommettes ne fait que souligner son air hagard, tels les bourgeons rouges sur un tremble blême à la fin de l'hiver.

« Je ne peux pas », répond Angie.

Il n'y a qu'une heure de route pour se rendre à la maison de retraite à Waring, tandis qu'il en faut trois pour rejoindre le centre de détention pour mineurs de Rimrock Junction, mais ce n'est pas pour cette raison qu'elle choisit de rendre visite à Livia plutôt qu'à Nora. Elle n'est pas encore allée voir sa fille parce qu'elle ne sait pas quoi dire, ne sait pas comment *être* quand elle se retrouvera en sa présence. Elle a peur de se laisser déborder par sa colère, de la laisser se déchaîner contre Nora, dans son malheur, piétinant sans merci la culpabilité et la tristesse qu'Angie voit parfaitement pendant les audiences de sa fille – elle les comprend intellectuellement, mais ne parvient pas à compatir. Nora n'a pas pris qu'une vie lorsqu'elle a abattu Nico. Qui sait combien de temps il lui restait à vivre, cinq, huit ou dix ans ? Mais tout ce que veut chacun, c'est davantage de temps. C'est ça que Nora a volé. Le temps.

« Je ne suis pas prête », ajoute-t-elle d'une voix blanche.

Elle ne sait pas si elle le sera jamais. Voir Nora, regarder ces mêmes yeux avec lesquels sa fille a visé Nico, le revolver en main, ces yeux qui ont dû observer David lorsqu'il retirait ce revolver de son holster pour le ranger dans l'armoire sécurisée, qui ont dû enregistrer la combinaison afin de pouvoir l'ouvrir à son tour – il lui faudrait croiser ce regard, et pardonner à ces yeux, à ce visage, à cette enfant. Une mère est censée aimer sa fille, mais quand elle pense à Nora, Angie fourmille de rage, une rage qu'elle n'est pas sûre de parvenir à contenir si elle la voit. Une rage qui pourrait bien virer à la haine.

Une espèce de souffrance passe sur le visage de David, et elle voudrait pouvoir tendre la main, le serrer dans ses bras, ou qu'il tende la main et la serre dans les siens, mais ni l'un ni l'autre n'esquisse un geste.

« C'est toi l'adulte, là. Il faut que tu sois prête. Tu dois être là pour ta fille.

– C'est pas elle, la victime, réplique Angie. Personne n'a besoin d'être là pour elle. »

Ces mots sont cruels, même à ses propres oreilles, mais elle trouve une certaine satisfaction à projeter un peu de sa douleur vers David. Elle monte dans le minivan et met le contact, un terme sans conclusion à une conversation qu'ils ont eue trois fois. Il faut que quelqu'un soit là pour Nora, oui, mais elle se sent empêtrée dans un paradoxe absurde : comment continuer d'aimer Nora sans trahir Nico ? Elle démarre et s'éloigne sans se retourner.

Peut-être a-t-elle raison ; peut-être est-elle, et a-t-elle toujours été, une mauvaise mère. David rend visite à Nora chaque fois qu'il le peut, il fait les trois heures de route dans les deux sens sans se plaindre. Il lui apporte des affaires – pas seulement des vêtements, mais aussi des bonbons, des chips, des peluches – bien qu'on ne l'autorise jamais à les lui donner, même s'il supplie ; il ne peut lui offrir que les friandises disponibles au distributeur du centre de détention. Nora n'a toujours pas ouvert la bouche, mais David raconte qu'il lui parle des émissions de télé, de ce qu'il a vu en forêt pendant son service. De quoi parlerait Angie ? Est-elle censée dire : *Salut, Nora, tu es punie pour avoir abattu ton frère* ? Ou pourquoi pas : *Salut, Nora, on revient de l'enterrement du frère que tu as tué, et la messe était très belle* ? Ou ce qu'elle a réellement envie de dire : *Je n'arriverai jamais à te pardonner.* Elle savait déjà qu'il n'existait pas de guide du bon parent – elle en a pris pleinement conscience lorsqu'elle a compris qu'elle allait devoir, à la fin, apporter à son fils le même type de soins qu'elle apportait déjà à sa mère, quand elle a appris qu'il allait lui rester moins de capacités intellectuelles qu'à une vieille dame atteinte de la maladie d'Alzheimer – mais pour ce qui se passe maintenant, il y en a encore moins. Et même s'il existait, de toute évidence, elle ne l'a pas respecté. Sans quoi, Nora n'aurait jamais fait ce qu'elle a fait. Elle, Angie, a dû malgré elle être la cause de la transformation de Nora en monstre. Peut-être que c'est elle, Angie, le monstre.

Il est plus facile de rendre visite à Livia. Si Angie dit ou fait quelque chose de travers, sa mère l'aura oublié avant même qu'elle reparte.

La route serpente jusqu'au bas de la vallée et ressort du canyon, puis remonte vers la mesa de Waring. Tandis que les pins tordus et les épicéas laissent la place aux trembles puis aux broussailles, Angie monte le son de la radio et se concentre sur la vue. La flambée des couleurs d'automne finira par s'éteindre et les feuilles par se dessécher et tomber au sol avant d'être recouvertes d'un manteau blanc, mais pour l'instant, les trembles sont encore touffus et les aronias arborent un rouge intense. Le minivan n'est pas idéal dans les virages en tête d'épingle, et elle pourrait facilement finir dans la rivière San Moreno, mais elle se penche en avant et ne lève pas le pied de l'accélérateur. La musique crée une barrière qui la protège de la voix furieuse dans sa tête et elle reprend les paroles en chœur, braillant sans se soucier de qui peut l'entendre car le volume est réglé tellement fort qu'elle n'entend pas non plus la voix à l'extérieur de sa tête.

À l'accueil, Angie évite le regard de la réceptionniste, comme si elle ne la connaissait pas depuis désormais des années, ne la voyait pas chaque fois qu'elle vient rendre visite à Livia. Angie sait tout ce qu'il y a à savoir sur sa vie. Mais la réceptionniste connaît aussi la vie d'Angie, et c'est là le problème. C'est une gentille, et sa pitié bienveillante la blesserait encore plus que la cruauté des trolls sur Internet. Elle se rend directement dans la chambre de sa mère.

« Salut maman, dit-elle aussi gaiement qu'elle peut. Je suis là. »

Livia est sur le canapé, entourée de coussins en peluche, et elle se cramponne aux perles d'un chapelet. Comme pour chaque visiteur, son visage s'illumine et elle claque dans ses mains, laissant échapper ses perles. Ces dernières années, à mesure que sa mémoire s'est obscurcie, la colère et le chagrin qui se sont emparés d'elle à la mort de Diana ont perdu de leur emprise et elle s'est adoucie, devenant quelqu'un d'autre, une femme qui ressemble davantage à la mère qu'Angie se souvient avoir eue pendant sa petite enfance. Elle regrette que son père n'ait pu voir le changement, car la fin de sa vie a été dominée par une épouse dure et en colère. Quand un jour, fatiguée du stoïcisme insolent de sa mère alors qu'il était en train de mourir de son cancer, Angie s'en était plainte, il avait poussé un soupir. *On est forcé de s'endurcir pour survivre à une vie dure,* avait-il murmuré. *Elle a eu sa vie à elle, avec la jeunesse qu'elle a passée dans un petit village italien dont tu ne sais rien et que tu ne peux pas comprendre.* Puis il s'était retourné et endormi.

Angie se laisse tomber à côté de Livia sur le canapé et replace le chapelet dans ses mains. Même si elle ne sait plus du tout pourquoi elle les récite, Alzheimer n'a atténué en rien son souvenir du Notre Père et du Je vous salue Marie. Les perles et la croix en bois sont tellement usés qu'ils sont devenus parfaitement lisses. Elle a fait remonter le chapelet sur sa cordelette au moins cinq fois, même si parfois ce nombre augmente au fil des versions de l'histoire racontées par Livia.

La peau qui recouvre ses mains crochues s'érafle facilement si on la frotte dans le mauvais sens, comme du velours ; Angie prend la crème à la menthe poivrée sur la petite table et lui en met. Une douleur sourde lui tord les tripes et les larmes s'accumulent dans sa gorge. Plus que tout, elle voudrait que sa mère puisse la consoler, l'envelopper dans ses bras comme le faisait Roberto quand elle était petite. Livia n'a jamais été une mère facile – et la mort de Diana lui a ôté le peu de douceur qu'elle avait autrefois – mais Angie se contenterait de tout ce que son ancienne mère pourrait lui donner à présent, car au moins, elle aurait compris ce que c'était de perdre un enfant.

Lorsque Livia est entrée dans l'établissement, il lui arrivait encore d'être elle-même, mais à mesure qu'Alzheimer a gagné du terrain, les périodes de lucidité en ont perdu. À présent, Angie doit détourner les conversations du présent vers le passé, le seul endroit où Livia vive encore. Plus sa conscience du présent diminuait, plus sa réticence à parler de son histoire s'estompait. Ses souvenirs d'il y a quarante, cinquante, soixante ans ont ressurgi telles des mitaines retrouvées sous une congère fondue. Elles ont des discussions en profondeur sur la période où Livia est venue en Amérique pour épouser Roberto, sur les frères et les sœurs qu'elle a laissés en Calabre, et la tante, guère plus âgée que Livia elle-même, qui les a élevés, laquelle sautait parfois des repas afin que les plus jeunes puissent manger à leur faim. Les histoires se métamorphosent parfois, leurs formes sont souples, obéissant seulement aux caprices des neurones emmêlés de Livia, mais les personnages sont toujours les mêmes, et Angie se demande si c'est le fait d'écrire et de réécrire constamment son histoire qui a adouci Livia, la transformant en une mère qu'Angie veut garder dans sa mémoire.

« Tu veux sortir voir les trembles ? Les feuilles sont encore jaunes.

– Je les vois d'ici. »

Angie aide sa mère à se lever et la transfère dans un fauteuil roulant, supportant presque tout son poids d'un seul bras. Sa mère est plus légère et plus facile à aider qu'autrefois, et une fois qu'elle l'a assise dans le fauteuil, elle la pousse jusqu'à la fenêtre. Quelquefois, Angie a l'impression que c'est sa seule activité, à elle aussi, s'installer devant des fenêtres et regarder ce qui se passe dehors, séparée du monde réel par une vitre si fine qu'il lui arrive d'avoir le sentiment qu'elle pourrait la briser d'un simple coup de poing, si seulement elle en avait l'énergie. Aujourd'hui, cependant, la vitre offre un répit bienvenu, tel un écran géant lui permettant de prendre un rôle de spectatrice sans souffrir de la pression de faire quoi que ce soit, si ce n'est contempler les feuilles qui volettent jusqu'au sol.

« Regarde ! dit Livia. C'est… c'est ce truc, avec le masque. Là ! Tu le vois ?

– Oui, maman. C'est un raton laveur. À mon avis, il s'est mélangé dans ses horaires, parce qu'en général, ils ne sortent que la nuit. » Elle dit ça avec douceur, faisant toujours bien attention à ne pas s'adresser à Livia comme à une petite fille incapable de comprendre ce qu'on lui dit, même si c'est parfois le cas. « Il essaie sans doute de se gaver de nourriture au maximum avant l'hiver, comme les ours. »

Livia hoche la tête, comme si elle comprenait. Quelquefois, Angie apporte des aquarelles et elles font de la peinture, et c'est plus facile que d'entretenir des discussions sur ce qui se trouve de l'autre côté de la fenêtre, mais aujourd'hui, il y a une chose dont elle voudrait parler, une chose dont elle espère qu'elle s'est produite il y a suffisamment longtemps pour que Livia s'en souvienne encore. Les premiers jours après que Nora a tué Nico, Angie n'a pensé qu'à sa propre souffrance. Mais sa prise de conscience, aujourd'hui, à l'enterrement – quand elle s'est rendu compte que c'est ce que sa mère a ressenti il y a de longues années –, l'a consternée. Avant cela, elle n'avait jamais pensé à la mort de Diana que de son propre point de vue, mais à présent, elle éprouve le besoin de s'en souvenir d'une façon qu'elle a toujours évitée. Peut-être que si elle comprend la douleur de Livia face à la perte d'un enfant, la sienne en sera adoucie.

« Maman, je voudrais te parler de Diana », dit-elle, puis elle attend de voir quelle partie de Livia est présente aujourd'hui.

Elle ne devrait pas insister, elle le sait très bien, mais l'enterrement de Nico, son absence quotidienne, son absence éternelle la rongent.

Les yeux de sa mère s'illuminent au nom de Diana, de la même manière qu'ils s'illuminent toujours quand elle prononce celui de Nora.

« Diana. Quelle belle enfant. Elle a les yeux verts, comme ma mère. On a préparé des cannoli ensemble la semaine dernière, tu savais ça ? C'était pour son cinquième anniversaire. Ils étaient modelés à la perfection. Diana était chargée de les tremper dans les pépites de chocolat. »

Angie acquiesce d'un hochement de tête, espérant que Livia reste dans l'instant. Elle ne se rappelle pas cette anecdote, et elle se demande si c'est sa propre mémoire qui flanche, ou si c'est sa mère qui fabule. Ce ne sont pas des mensonges, affirme le Dr Bartlett. Elle comble les trous avec ce qui lui vient, c'est tout.

« Puis Angela est entrée et... »

Livia ralentit et regarde à droite et à gauche, comme pour inspecter la chambre. De ses yeux, rendus laiteux par la cataracte, s'écoule un liquide jaunâtre, pas tout à fait des larmes mais pas tout à fait rien.

« Et ensuite ? »

Livia ramène sa voix à un chuchotement.

« *Li ha rovinati. Mangiò uno, e quando l'ho beccata, ha rovesciato il vassoio e sono caduti a terra.* Elle les a gâchés, comme elle gâche tout. Elle les a tous écrasés. »

De plus en plus souvent, sa mère revient à sa langue maternelle, oubliant son anglais. Livia a refusé d'apprendre l'italien à ses filles – une fois installée en Amérique, elle n'y avait recours que lorsqu'elle était en colère ou qu'elle avait peur – mais Roberto en a enseigné suffisamment à Angie pour qu'elle comprenne grosso modo ce que vient de dire sa mère. Ce n'est pas la première fois que Livia, même diminuée, fait preuve de méchanceté – le changement de personnalité fait partie d'Alzheimer, cependant, il sera toujours irrégulier, a expliqué le Dr Bartlett – mais elle sait que ce n'est pas vrai, pas dans ce cas-là. Angie pince les lèvres mais ne dit rien.

« *Diana è qui?* Elle est venue me rendre visite ?

– Non, maman, elle ne peut pas te rendre visite. Elle est morte, tu te rappelles ? »

Livia se redresse.

« Non.

– Je suis désolée, mais si. Elle avait sept ans et j'en avais dix-sept, tu te rappelles ? » réplique Angie, et sa voix se durcit.

Pour la deuxième fois de la journée, elle se drape dans la cruauté.

Les lèvres de Livia tremblent et des larmes véritables lui montent aux yeux.

« C'était il y a longtemps. Tu ne m'as jamais reparlé de Diana, et pourtant je l'ai perdue, moi aussi. Mais j'ai besoin de savoir une chose, maman. C'est important. » L'anecdote inventée sur les cannoli, la faute rejetée sur Angie pour un méfait qui n'a jamais eu lieu, la blesse encore, et elle insiste. « Je veux savoir au bout de combien de temps tu as cessé de souffrir, après sa mort. »

Les yeux de Livia se font vitreux, puis vides, tout éclat la quitte de la même façon que la vie a quitté Nico. Sa bouche se ramollit et elle regarde autour d'elle, désorientée.

Angie saisit l'avant-bras pâle de sa mère, la peau fine et veloutée qui pendouille comme une voile en putréfaction, lâche et ridée, et le serre dans ses mains, peau et os. Dans l'un de ses premiers souvenirs, elle piétine des flaques tout juste gelées, au début de l'automne ; ses bottes en caoutchouc jaunes brisaient la fine pellicule de glace transparente qui flottait sur l'eau, et les fissures de la glace s'étalaient comme une toile d'araignée quand elle enfonçait le bout du pied dans la surface vitreuse qui se pulvérisait lorsqu'elle rabattait ses talons, faisant gicler des gouttelettes d'eau et des fragments de glace. À présent, elle presse le bras de sa mère, enfonce doucement les doigts dans cette peau distendue comme elle enfonçait le pied dans la glace fine ; puis elle sort de la chambre sans un regard.

3
1991

En février 1991, Martine était convaincue que sa famille recomposée resterait toujours le foyer soudé pour la construction duquel elle avait déployé tant d'efforts. Cyrus était encore en vie, Julian avait dix-huit ans, Gregory douze. Le cabinet médical de Cyrus marchait très bien. Les patients venaient le voir pour toutes les affections possibles et imaginables, qu'il s'agisse d'un accouchement, d'une fracture à réduire ou d'un cancer, et le fait qu'il parlait avec une infime pointe d'accent ne semblait gêner personne. L'activité de Martine avait mis plus de temps à décoller – quand ils étaient arrivés de New York au milieu des années 1970, il était plus facile pour les habitants de cette partie du Colorado d'accepter un médecin iranien qu'une femme avocate, toutes origines confondues – mais cet hiver-là, elle avait du travail aussi. Ils étaient tous les deux généralistes, forcés de tout faire comme s'ils vivaient un siècle plus tôt, à l'époque où la spécialisation n'existait pas pour les médecins ou les avocats, tant ils étaient peu nombreux en ville. Les jours de semaine étaient remplis, pour eux par le travail, pour les enfants par les devoirs; les courses de ski et les sorties camping remplissaient les week-ends. Martine redoutait le départ de Julian pour la fac – il avait été recruté par Middlebury, où il entrerait dans l'équipe de ski – mais elle savait qu'ils se verraient souvent, puisque Cyrus et elle avaient prévu de se rendre à toutes ses courses et de le faire revenir pour toutes les vacances.

Lorsque Julian l'appela, le 28 février, du petit hôpital de la ville, elle comprit immédiatement que quelque chose de terrible, d'abominable s'était produit, et que leur petite cellule familiale allait se désintégrer avant même qu'il parte à Middlebury. Son estomac se retourna tandis qu'elle l'écoutait parler ; son récit était hésitant et maladroit, parfois incompréhensible. Diana était à l'hôpital mais déjà morte, Angie était en état de choc et on lui avait administré un sédatif, Roberto et Livia étaient en route. Julian semblait ailleurs, comme si lui aussi était en état de choc, cependant Martine comprit qu'il n'y avait pas que ça.

« C'était un arbre, maman. Elle est rentrée dans un arbre. Angie et moi, on est partis juste après elle, mais elle skiait vite, trop vite, et elle a contourné Big Bend sans nous. Le temps qu'on arrive... »

Sa voix s'étrangla. Il appelait du seul téléphone à pièces de l'hôpital, celui qui se trouvait à côté de la salle d'attente, et derrière lui, on entendait les *bip* aigus des machines et les voix des infirmières.

Martine déglutit à grand-peine, ravalant une bile amère. Big Bend, c'était le surnom que l'équipe de ski donnait à un zigzag étroit à mi-hauteur de No Way Out, une pente abrupte qui redescendait jusqu'à la station de ski. Des épicéas et des trembles immenses encadraient la piste, et une fois qu'un skieur avait pris le virage, c'était vrai qu'il disparaissait à la vue de tous, mais il était inconcevable que Diana soit allée trop vite pour que Julian et Angie la rattrapent. Elle n'avait que sept ans, elle descendait encore les pistes noires en chasse-neige, c'est tout juste si elle était prête pour la compétition enfants. Julian et Angie faisaient de la compétition tous les week-ends, et Julian était excellent en descente. Il avait dépassé le mètre quatre-vingt-deux l'année précédente et les quatre-vingt-dix kilos à l'automne, et il avait des quadriceps si énormes que les autres jeunes disaient qu'il avait « des troncs d'arbres » à la place des jambes, des muscles qui lui permettaient de supporter une vitesse de près de cent kilomètres à l'heure sur les pentes glacées, rapides, lors des courses. Il n'y avait pas que la voix de Julian qui était bizarre. Son récit aussi.

« Ne dis rien à Roberto et Livia, recommanda-t-elle. Ne leur parle pas de l'accident.

– Maman, je ne peux pas ne pas leur parler. Ils vont vouloir savoir ce qui s'est passé. Et quand je dis qu'elle a heurté un arbre, ça c'est vrai. Angie et moi, on... »

Martine l'interrompit sans le laisser finir, redoutant ce qu'il allait dire ensuite.

« Va te passer de l'eau froide sur la figure, ne lésine pas, et bois un café. Je serai là dès que possible. Vous étiez soûls... ou défoncés. »

Ce n'était pas une question, et Julian ne nia pas.

« Maman », dit-il.

Rien de plus. Elle entendait la peur dans sa voix, le léger chevrotement qui survenait quand il savait qu'il avait fait une bêtise. Ça le trahissait chaque fois. Il faisait ça depuis le moment où il avait appris à mentir – au temps où le pire méfait que puisse commettre son petit garçon aux joues si douces, c'était voler un cookie ou oublier de tirer la chasse d'eau.

« Là, Julian, c'est ton avocate qui te parle, pas ta mère. Tu te tais. Tu ne dis que le strict nécessaire. Elle allait trop vite et elle a heurté un arbre. Pas un mot de plus. »

La tête de Martine se mit à tourner tandis que l'ensemble des possibilités se succédaient à toute allure dans sa tête. Elle n'avait aucun doute sur la présence de l'alcool ou de l'herbe. C'était un ado, il avait l'âge des expériences. Peut-être qu'ils n'avaient pas surveillé Diana quand ils auraient dû parce qu'ils étaient défoncés. Dans ce cas, les DeLuca pouvaient très bien porter plainte contre Julian pour négligence et il pouvait être poursuivi pour possession de marijuana. Mais ça pouvait aussi être bien pire. Et s'il était rentré dans Diana et l'avait précipitée contre cet arbre ? Martine n'avait pas fait beaucoup de droit pénal, mais elle se demanda si une collision constituerait un homicide par négligence criminelle ou pire, un homicide involontaire. Quelle que soit la vérité, ce qui s'était produit risquait de détruire la vie de Julian si elle ne trouvait pas le moyen d'empêcher que ça dégénère.

Il ne fallut pas longtemps à Martine pour se rendre compte que ses efforts n'avaient pas suffi. Après l'enterrement de Diana à St. John's, les voisins apportèrent des gratins et des cookies chez les DeLuca et servirent du whisky et du thé tandis que tout le monde s'affairait à consoler Livia et Roberto, échangeant des murmures sur l'accident. Mais lorsque Martine s'approcha pour présenter ses condoléances, Livia l'accueillit avec un regard noir.

« Va-t'en, siffla-t-elle, puis elle passa à l'italien, ce qui lui arrivait rarement. *Vai via,* et emmène ton fils. Je sais que Julian est pour quelque chose dans ce qui s'est passé. Ce n'est pas la faute d'Angela. Et ce n'est certainement pas la faute de ma Diana. »

Elle prononça ces mots assez doucement pour que personne d'autre n'entende, et Martine battit en retraite, et s'en alla aussi vite que possible sans faire de scène. Elle entraîna Julian avec elle, laissant Angie seule sur le canapé, les yeux pleins de larmes mais les épaules et le dos droits comme un soldat.

Livia savait quelque chose, mais Martine ignorait quoi – peut-être Angie avait-elle avoué avoir bu ou fumé de l'herbe, voire tout mis sur le dos de Julian. Julian soutenait qu'Angie ne pouvait pas avoir parlé à sa mère, car elle se serait incriminée autant que lui, mais Martine ne pouvait en être certaine. Elle ne voulait pas que Julian s'approche de Livia ou de Roberto. Ni d'Angie. Elle ne savait toujours pas s'il lui avait dit toute la vérité – peut-être qu'il avait fauté davantage qu'il ne l'avait admis et qu'Angie le couvrait, ou l'inverse. Plusieurs semaines après, les rumeurs n'étaient pas taries – elle s'y était attendue au début, car dans une petite ville comme Lodgepole, les ragots allaient bon train, mais elle avait espéré que ça se tasserait vite et que les gens passeraient à autre chose ; mais non : un commentaire par-ci, un coup de téléphone par-là, tout le monde voulait savoir ce qui s'était vraiment passé, comment Martine et sa famille tenaient le coup – et ses pires craintes se confirmèrent. Julian avait toujours été un enfant déluré, il avait une réputation de tête brûlée qui ferait tout pour gagner une course, prêt à essayer de nouvelles figures – 720 ou sauts de falaises – qu'aucun autre jeune n'était assez fou pour tenter. Cela faisait longtemps que son entraîneur de ski conseillait à Martine de le calmer, mais cette fois il appela pour suggérer que Julian prenne congé de l'équipe pendant un petit moment, le temps de se reprendre, de faire oublier son rôle dans la mort de Diana. Elle refusa, étant donné qu'il ne restait qu'une seule course, mais elle ne savait pas où pourraient mener les racontars persistants ; ne risquaient-ils pas de pousser Livia à agir, à force ? Le tenir à distance des DeLuca ne suffisait pas. Pour préserver son avenir, elle devait l'exfiltrer de Lodgepole.

Cyrus était d'accord. Il avait consulté le rapport d'autopsie, et certains éléments ne correspondaient pas aux blessures généralement encourues par un skieur qui heurte un arbre.

« Elle présentait les blessures typiques dans un cas pareil – l'aorte sectionnée et le dos brisé – et il serait difficile de prouver que ce qui s'est produit ne correspond pas à ce que Julian a raconté, mais je m'inquiète quand même. Elle avait les deux tibias brisés, et ça, c'est plus courant en cas de collision entre deux skieurs. »

Sa mère habitait à New York, où elle avait rencontré Cyrus, et cela semblait la meilleure solution. Julian pourrait y finir son année scolaire, trouver un job l'été suivant, puis se rendre à Middlebury à l'automne. Pendant deux ou trois ans, ils s'arrangeraient pour qu'il trouve des stages à New York pendant les vacances d'été, et ils n'auraient qu'à fêter Noël tous ensemble chez sa mère. Ils le tiendraient à distance de Lodgepole et des DeLuca.

Quand Martine et Cyrus annoncèrent à Julian qu'il allait partir s'installer à New York, Gregory n'était pas là, il passait la nuit chez un ami. Julian, assis par terre, caressait le tapis en laine d'avant en arrière, suivant l'arbre de vie qui en constituait le motif ; cachant ses yeux derrière la tignasse ébouriffée qu'il avait laissée pousser pour imiter Kurt Cobain, il semblait incapable de croiser leur regard. Quand il se mit à enfoncer les doigts dans les poils du tapis, malmenant le seul souvenir qui restait à Cyrus de sa famille en Iran, celui-ci faillit le gronder, mais Martine posa sa main sur la sienne, lui rappelant en silence qu'ils avaient des sujets plus importants à aborder.

Dans un premier temps, Julian protesta.

« C'est... c'est pas juste. Et ma dernière course ? Et l'entraînement de basse saison pendant les vacances de printemps ? Je ne peux pas louper ça. Et le lycée ?

– Tu peux faire la dernière course, répondit Cyrus. Mais tu t'installeras chez mamie aux vacances de printemps. Il va falloir que tu trouves un autre moyen de rester en forme avant de rejoindre l'équipe de ski à Middlebury. Tu iras au lycée à côté de son appartement.

– Je vais louper les examens de fin d'année. »

Il dit ça sans conviction, suivant les motifs de l'arbre au lieu d'y enfoncer les doigts cette fois.

« Tu les passeras à New York. On viendra fêter ça avec toi », dit Martine.

Julian ne dit pas ce qu'il pensait vraiment, elle le savait – *Et Angie ?* – car à ce moment-là, sa mère lui avait déjà interdit de sortir avec elle, et même de la fréquenter en dehors du lycée et de l'équipe de ski. Et Martine comprenait ses sentiments, sincèrement, elle comprenait. Du jour où ils s'étaient rencontrés au CP, Julian et Angie étaient devenus inséparables. Ils étaient comme deux satellites qui se tournaient autour, inextricablement liés par une invisible force magnétique. Mais leur amour était comme un premier baiser, rien de plus, et l'attraction serait atténuée par le temps, reléguée à une simple étincelle dans son esprit lorsqu'il passerait au chapitre principal de sa vie, celui où il irait à la fac, trouverait un travail, et rencontrerait et aimerait d'autres filles. Martine ne croyait pas au concept d'âmes sœurs. Le père biologique de Julian était mort quand Julian était nourrisson, et elle avait épousé Cyrus moins d'un an plus tard. Leur mariage était heureux et durable, et elle aimait tout autant Cyrus qu'elle avait aimé le père de Julian. Le jeune homme pouvait commencer une vie toute neuve une fois qu'il arriverait à Middlebury, loin de Lodgepole et d'Angie, loin de la tragédie qui s'était déroulée sur cette piste de ski.

Martine avait peur de Livia, peur de ce que celle-ci était susceptible de faire si elle découvrait la vérité, ou pensait, même à tort, que Julian était à blâmer. Martine et Livia s'étaient liées d'amitié, au départ, parce qu'il n'y avait pas en ville d'autres mères qui travaillaient, et Martine aimait le côté patronne de restaurant coriace de Livia, mais celle-ci avait aussi une tendance vindicative, une noirceur qui lui donnait le désir d'anéantir quiconque lui aurait fait du tort, à elle ou à sa famille. Martine en avait été témoin plus souvent qu'à son tour : Livia nourrissait des rancœurs tenaces contre des amies communes, des employés du restaurant, voire contre des enfants, les gamins qui snobaient Angie quand elle et Julian étaient petits, ou ceux qui rudoyaient Diana au parc. Et elle n'hésitait pas à se venger, recourant à des stratagèmes élaborés ou mesquins : par exemple, elle faisait tomber la tranche de gâteau d'anniversaire d'une gamine par terre, ou prétendait n'avoir pas de pansements dans son horrible sac à main jaune lorsqu'un petit coupable s'écorchait le genou. Une fois que Julian et Angie s'étaient mis à sortir ensemble officiellement, Livia – fervente catholique persuadée que le sexe avant le mariage constituait un péché mortel – s'était raidie, refusant d'admettre ce que cette relation impliquait quant aux activités de sa fille pendant son temps libre, et elle s'était éloignée de Martine et de leur amitié. Elle en voulait déjà à son fils avant l'accident de Diana, et Martine ne comptait pas lui laisser l'occasion de faire payer à Julian la perte de sa fille préférée.

Julian partit une semaine plus tard. Martine supporta sa colère pendant le vol du petit aéroport de Lodgepole jusqu'à Denver, puis entre Denver et New York. Il refusa de lui adresser la parole, refusa de manger à l'aéroport comme dans l'avion Continental, et refusa de sourire lorsque la *skyline* de New York apparut par le hublot.

« Regarde. » Elle lui donna un petit coup de coude, montrant d'un signe de tête l'ovale coiffé de brume. « Là c'est les Twin Towers, là, la statue de la Liberté...

– Je sais que c'est la statue de la Liberté, maman. » Il dit ce mot, *maman*, comme s'il était toxique. « Bon sang, je suis pas un bébé. J'ai dix-huit ans. Et je suis déjà venu. Je suis né ici, et on a rendu visite à mamie.

– Oui, répondit Martine, tentant de contenir sa vexation, mais ça fait quelques années. Tu avais treize ans la dernière fois qu'on est venus. En général, c'est mamie qui vient nous voir. Je croyais juste que tu pourrais avoir besoin de....

– Non. J'en ai pas besoin. J'ai besoin de rien. J'ai pas besoin qu'on me rappelle le nom des gratte-ciel, qu'on me rappelle d'être enthousiaste, ou d'être poli chez elle. » Sa voix blanche baissa d'une octave. « J'ai pas besoin qu'on me rappelle que vous m'avez chassé de Lodgepole. Séparé d'Angie de force. »

Tu as besoin qu'on te rappelle pourquoi ? se dit Martine.

Il resta morose pendant le trajet en taxi de Newark à Manhattan, gardant les yeux fixés droit devant lui tandis qu'ils traversaient le Lincoln Tunnel puis remontaient la West Side Highway, pendant la visite de la chambre que la mère de Martine avait préparée pour lui – le lit d'enfant de Martine désormais garni d'une couette bleu marine, les murs dénudés afin de faire de la place pour la décoration de Julian – et pendant le dîner de nourriture chinoise à emporter qu'ils mangèrent sur la petite table de la cuisine exiguë. À peine grimaça-t-il un sourire lorsque la mère de Martine apporta un plat de cookies aux pépites de chocolat.

« Depuis que ton grand-père est mort, je n'ai jamais personne à qui en préparer, dit-elle, alors je suis contente que tu sois là. Je vais prendre bien soin de toi. »

Il repoussa sa chaise en arrière, faisant crisser les pieds, et secoua la tête.

« Merci, mamie. Je peux garder le mien pour demain ? J'ai pas faim et je voudrais défaire ma valise. »

Il embrassa la mère de Martine, mais pas Martine, puis ferma la porte de sa chambre juste assez doucement pour qu'on ne puisse pas dire qu'il l'avait claquée.

« Laisse-le, va, dit sa mère. Ça ne doit pas être facile pour lui. »

Est-ce que c'est censé l'être ? pensa Martine. Elle promena ses doigts le long des veines de la table en chêne.

« Tu sais s'il y est pour quelque chose, seulement ? » La voix de sa mère se réduisit à un murmure. « S'il a vraiment provoqué l'accident ?

– Il avait bu ou fumé, maman, il ne l'a jamais nié. Il prétend que Diana avait pris tellement d'avance sur eux qu'ils n'ont pas pu l'arrêter, mais à mon avis, ce n'est pas toute la vérité, il y a quelque chose qu'il ne me dit pas. » Martine croisa les bras sur sa poitrine, retenant une question dont elle redoutait la réponse – Julian était-il rentré dans Diana ? – car celle-ci changerait pour toujours la façon dont sa mère voyait Julian. Elle préférait que celle-ci soit en colère contre sa fille que contre son petit-fils. « Je n'ai plus envie d'en parler, d'accord ? Ce qui est fait est fait.

– Mais est-ce que ta famille est vraiment obligée de se diviser ? Je ne comprends toujours pas pourquoi vous ne venez pas tout simplement vous réinstaller ici, Cyrus, Gregory et toi. Ou alors, vous pourriez trouver ce qui s'est passé et faire face. »

Martine ignora l'injonction à « faire face ».

« Parce que Lodgepole, c'est chez nous. C'est là-bas que j'ai mon cabinet d'avocate, et il m'a fallu longtemps pour me construire une vraie clientèle. Cyrus a tous ses patients sur place. Gregory a toute sa vie.

– Et pas Julian ? »

Sa mère se leva et jeta les cartons de nourriture vides à la poubelle, puis nettoya la table. Les mains qui traçaient des cercles avec la lavette étaient couvertes de taches de vieillesse, et Martine s'empêcha de se demander comment sa mère allait réussir à tenir un adolescent rongé par la rancœur.

« Julian était sur le point de partir pour la fac. Sa vie s'apprêtait déjà à changer. Et qui sait s'il serait jamais revenu à Lodgepole ? Les enfants ne reviennent pas toujours dans leur ville natale après leurs études.

– Ils rentrent pour les vacances.

– On viendra ici, pour les vacances, ou on partira ensemble, on prendra la voiture et on ira sur le Jersey Shore ou en Floride, ou bien dans le Vermont pour faire du ski. Déjà, on revient pour son diplôme en juin, puis en septembre pour le conduire à Middlebury. »

Martine prononça ces mots avec toute l'assurance qu'elle parvint à rassembler, comme si elle savait, sans l'ombre d'un doute, qu'elle faisait le bon choix. Chaque nuit, elle essayait de soupeser le pour et le contre. Angie et Julian étaient sans doute défoncés – il aurait fallu que Livia soit naïve pour croire que sa fille était seulement en état de choc cette nuit-là, que ses yeux rouges, dans le vague, venaient du sédatif que les médecins lui avaient administré – et Martine savait que Livia, en tant que mère, tenait absolument à distribuer les torts, mais ce n'était pas comme s'il l'avait fait exprès, si toutefois il avait bien fait quelque chose. Peut-être qu'il protégeait effectivement Angie, ou peut-être que l'accident en était vraiment un. Les accidents faisaient partie de la vie, et elle ne voulait pas que celui-ci détruise celle de son fils.

Au fond du couloir – soit bien plus près, dans cet appartement new-yorkais, que s'il avait été dans sa chambre à la maison –, Julian entendit la conversation et fut écœuré de la facilité avec laquelle Martine se débarrassait de lui. Elle n'avait même pas envisagé l'éventualité qu'il ait la conscience tranquille, et bien qu'il ne l'ait pas, le dédain de sa mère pour son innocence potentielle était une insulte. Il sortit son Walkman et se couvrit les oreilles de manière à ne pas avoir à entendre ce qu'elle pourrait bien ajouter, puis il ouvrit la lettre que lui avait donnée Angie lors de son dernier jour au lycée. Il l'avait déjà lue une douzaine de fois, peut-être davantage. Elle avait été acceptée dans deux écoles d'art – NYU et l'École de design de Rhode Island – mais la bourse pour l'EDRI était plus conséquente, et sa mère ne l'aurait pas laissée s'installer à New York, de toute façon. Ils seraient tout de même suffisamment proches pour se voir, et ils auraient des téléphones dans leurs chambres à la Cité universitaire. Ils pourraient rester ensemble, et leurs familles n'auraient pas besoin de le savoir. Personne ne pouvait les séparer, car ils s'aimaient. Il caressa les derniers mots, griffonnés de l'écriture brouillonne d'Angie, et regretta que le papier n'ait pas la même texture, chaude et frémissante, que sa peau après l'amour; mais ce n'était que du papier. Peu importait. Angie avait raison.

Il tint sa porte fermée tout le reste de la soirée et ne sortit de sa chambre que pour se brosser les dents et se rendre aux toilettes. Une fois sa mère et sa grand-mère couchées, il se glissa furtivement dans la cuisine pour prendre un cookie, puis se posta à la fenêtre et contempla les lumières de la ville.

Sa grand-mère avait raison sur un point. Sa mère ne savait pas toute la vérité, et elle ne la saurait jamais. Personne ne l'apprendrait, car Livia aurait tué Angie si elle avait su. Peut-être pas littéralement, mais au figuré. Et elle l'aurait tué, lui. Sans doute littéralement.

C'était Angie qui avait chopé la beuh, par l'opérateur des remontées mécaniques, le type avec la longue barbe qui travaillait sur cette montagne depuis toujours, et c'était Angie qui avait insisté pour fumer avant la dernière descente de la journée. Ils étaient allés se planquer derrière les arbres en face du relais chauffé de l'équipe de ski, avaient fumé le joint, puis avaient attendu, plantés sur leurs skis dans la neige. Angie gloussait, tout excitée. C'était sa première fois, la deuxième de Julian. Il n'avait pas aimé la sensation d'être stone, la première fois – il avait surtout éprouvé de l'anxiété – mais il espérait que là, ce serait différent. Ils avaient joué à lutter en attendant que l'herbe leur monte à la tête, et ils avaient fini par terre, skis et bâtons emmêlés, morts de rire. Il l'avait embrassée, et elle avait glissé de la neige dans le dos de son blouson. À cet instant, il avait désiré que la vie ne se transforme jamais, que le temps se fige afin de pouvoir rester pour toujours avec elle. Il ne pouvait pas imaginer une autre vie, ne pouvait pas imaginer avoir envie que les choses changent.

Quand ils s'étaient enfin relevés, Angie s'était plainte de ne pas se sentir défoncée, et elle avait attrapé la flasque que Julian avait dans sa poche. Ce n'était que plus tard qu'il avait pris conscience qu'elle avait fini toute la vodka en quelques gorgées, engloutissant l'équivalent de quatre ou cinq shots. Ils étaient déjà en retard, à présent – la montagne était presque déserte – et ils étaient retournés dans le relais pour récupérer Diana. L'entraîneur des juniors avait râlé parce qu'ils l'avaient fait attendre.

Ils avaient décidé de descendre No Way Out parce que c'était une piste raide, et excitante, mais qui coupait un sentier plus facile, Meander, lequel la longeait presque jusqu'en bas. Ils n'auraient qu'à surveiller Diana tandis qu'elle skierait sur la pente légère, rencontrant la leur, plus abrupte, à intervalles réguliers, et ils l'attendraient à chaque croisement. Diana accepta la proposition d'un hochement de tête, faisant rebondir le pompon jaune de son bonnet, et s'élança à toute vitesse sur Meander. Avant qu'ils puissent la suivre, Angie devint toute verte, se pencha sur le bord de la piste, et vomit la vodka. Julian cria à Diana de s'arrêter puis essuya doucement le visage d'Angie avec de la neige fraîche.

« J'ai bu trop vite, dit-elle. Et j'ai oublié de déjeuner, je crois bien. »

Sa tête bourdonnait et le monde lui semblait vibrant – l'herbe avait commencé à faire effet, pas de doute – et lorsqu'il regarda vers le bas de la pente, Diana avait disparu. Soit elle ne l'avait pas entendu lui demander d'attendre, soit elle leur en voulait d'avoir pris du retard. Angie eut un nouveau haut-le-cœur et il se retourna vers elle.

« Vas-y, gémit-elle. Je vous rejoins. »

Le temps s'étire quand on est stone, il s'effile comme du caramel, et par intermittence, il revient à son état premier en claquant tel un chewing-gum ; Julian ne savait pas du tout depuis combien de temps Angie et lui s'étaient arrêtés. Il se mit à descendre No Way Out tout droit pour rejoindre Diana et éviter les ennuis qu'ils allaient avoir si Livia apprenait qu'ils l'avaient laissée skier toute seule. Il n'avait jamais skié défoncé, mais il eut la sensation de s'élever au-dessus de la piste plutôt que de la descendre en trombe. Quand il faisait des courses, en cas de turbulences, l'adrénaline le tenait, aidant ses quadriceps à absorber la vitesse et son esprit à se concentrer sur sa volonté d'aller encore plus vite; elle lui disait quand tourner afin de passer une porte et l'aidait à repousser ses limites alors même que chacun de ses muscles le brûlait et que ses skis crissaient sous ses pieds sur les itinéraires garnis d'ornières. Mais à présent, il flottait sur la neige, oublieux du crissement, oublieux de la douleur et de sa vitesse réelle, et lorsqu'il atteignit le premier rail, à l'intersection de Meander et de No Way Out, il s'élança dessus et sauta, regardant à droite et à gauche au cas où Diana se serait arrêtée sur la piste pour attendre. Il eut la sensation de rester dans les airs une éternité, à planer tel un faucon jouant sur les courants d'air. En atterrissant, il aperçut du mouvement un peu plus bas, et se convainquit – perdu dans un tunnel d'euphorie – qu'il allait la rejoindre avant d'arriver en bas, et qu'ils attendraient Angie ensemble. Alors il poursuivit sa descente, flottant, glissant, fendant l'air dans un chuintement. Si tard dans la journée, les arbres en bordure de la pente projetaient des ombres épaisses, mais il connaissait si bien la piste que ça n'avait pas d'importance. Il ne voyait plus Diana, et à l'intersection suivante, il s'élança du rail à pleine puissance. Il se sentait invincible, persuadé de pouvoir faire six, neuf, douze mètres dans les airs.

Le bruit sourd à l'atterrissage le surprit. Elle était restée invisible dans la lueur crépusculaire, cachée sous le rail tel un piéton derrière un angle mort après une côte sur la route. Lorsqu'il lui rentra dedans, le choc absorba presque toute la vitesse de Julian. Il resta étourdi, sur le flanc, et ne réalisa pas d'abord qu'il avait heurté Diana. Il aurait pu jurer qu'elle était plus bas sur le flanc de la montagne, et il pensait être rentré dans une souche d'arbre ou un buisson mal placé ; mais son corps, qui avait été propulsé sur le bord de la piste, gisait contre un arbre, mou et désarticulé comme une poupée de chiffon, le torse plié à un angle peu naturel. L'impact avait fait tomber son bonnet et ses lunettes, et le pompon jaune traînait, abandonné, au milieu de la piste. Julian se précipita vers elle, trop ahuri pour faire ce qu'il aurait dû. Il savait prendre le pouls d'un blessé, connaissait les gestes de réanimation de base, simplement il ne les pratiqua pas.

Il ne savait pas combien de temps il était resté là avant qu'Angie descende. Il agita les bras pour attirer son attention et elle s'arrêta dans un dérapage. Ils restèrent plantés là, Angie répétant *Oh mon Dieu, Oh mon Dieu, Oh mon Dieu* dans un souffle, encore et encore, un espoir projeté à coups d'hyperventilation vers un être divin qui, d'après l'expérience de Julian, ne répondait jamais aux suppliques de quiconque.

« Elle est rentrée dans un arbre ?

– Je… je sais pas ce qui s'est passé », bégaya Julian.

Et il savait, en fait, mais il ne savait pas. Son cœur battait à toute vitesse et de la sueur collante s'accumulait sous son blouson épais, si bien qu'il pinça la couture sous son aisselle. Il prit soudain conscience qu'il détestait être stone, qu'il ne voulait plus jamais, jamais ressentir ça. Angie savait-elle ? Avait-elle vu ? La forêt vacillait autour de lui, et il plaça sa main devant ses yeux, inconscient pour l'instant du fait que la douleur lancinante dans sa tête venait d'une commotion cérébrale, pas de la beuh.

« Elle est rentrée dans un arbre », dit Angie. Ce n'était pas une question, cette fois, et il ne la corrigea pas. « *Merde merde merde.* Il faut qu'on appelle les secours. »

Elle le regarda, la panique dans les yeux.

Julian se pencha en avant et tira Diana sur la piste de ski, ravalant sa nausée et faisant mine de ne pas avoir le vertige. Il l'avait heurtée, forcément, mais pourquoi ne l'avait-il pas remarquée avant le choc ?

« Attends là, je vais chercher les secouristes, dit-il. J'irai plus vite. Quand elle va se réveiller, c'est toi qu'elle voudra voir. »

Puis il dévala la piste plus vite qu'il ne l'avait jamais fait en compétition, l'adrénaline compensant l'effet relaxant de l'herbe. Il avait compris qu'elle n'allait pas forcément se réveiller.

À présent, dans l'appartement de sa grand-mère, son cœur cognait à toute vitesse au simple souvenir de la scène. Il aurait voulu avoir une autre chance, pouvoir dire non au moment où Angie avait voulu fumer avant la dernière descente, qu'elle n'ait pas vomi et ne soit pas restée en haut, il aurait voulu n'avoir pas skié si vite ni sauté si haut, il aurait voulu avoir trouvé les secouristes plus vite, même si ceux-ci dirent par la suite qu'elle était sans doute morte sur le coup. Mais on n'avait pas de deuxième chance, dans la vie. Il le savait désormais.

Il n'avait jamais corrigé Angie quand elle avait affirmé que Diana était rentrée dans un arbre. Pour ce qu'elle en savait, c'était vrai. Ils s'étaient mis d'accord pour déclarer à l'enquêteur de l'équipe de secouristes qu'ils avaient vu l'accident, car Angie ne voulait pas avouer pour l'herbe, la vodka et la crise de vomissements, toutes ces choses qui avaient fait que Diana avait skié sans surveillance. Et quand Angie lui avait raconté à quel point sa mère était en colère, et qu'elle lui avait secoué les épaules jusqu'à lui faire craquer le cou et lui donner des vertiges, il avait su, avec une clarté absolue, qu'il ne pourrait jamais raconter ce qui s'était vraiment passé ni à Angie, ni même à sa propre mère.

Certains soirs, il en voulait à Angie pour les avoir fait fumer, pour avoir bu tant de vodka qu'elle avait vomi et qu'ils avaient perdu Diana de vue. Certains soirs, il en voulait à Diana de s'être éloignée sans eux. Peut-être qu'elle se cachait sous le rail volontairement, espérant leur jouer un bon tour. Ou peut-être qu'elle s'était arrêtée pour se reposer, sans se douter qu'on ne pouvait pas la voir d'en haut. Mais le plus souvent, notamment ce soir-là, c'était à lui-même qu'il en voulait, parce que peut-être que quelqu'un qui n'était pas stone l'aurait vue.

Son cœur s'était emballé, un déluge vain d'adrénaline qu'il ne parvenait pas à calmer. Il termina son cookie, épousseta soigneusement les miettes, puis ouvrit le placard et but une gorgée du whisky de son défunt grand-père, suivie d'une autre, plus longue, pour apaiser son pouls. La ville scintillait dehors, des lumières blanches, rouges et jaunes, dans les immeubles et dans les rues, une marée humaine au-dessus et au-dessous de l'appartement de sa grand-mère au quinzième étage.

4

Octobre 2016

À Lodgepole, Nora monopolise l'attention de tout un chacun. On ne parle que d'elle. Mais entre les murs du centre de détention pour mineurs du comté de Pinyon, elle est une ado parmi d'autres. Peut-être même moins que ça, car elle ne parle toujours pas. Elle a passé la première semaine enfermée à l'infirmerie ; elle y a reçu un arsenal de médicaments dont elle avait peut-être besoin et qui l'ont peut-être aidée, néanmoins on ne lui a pas donné son traitement habituel, un petit cachet ovale qu'elle prenait pour sa dépression. À présent, elle va partager une chambre avec trois autres filles. Elles ne savent qu'elle s'appelle Nora que parce qu'un gardien le crie à un autre en l'escortant au dortoir.

« Nora Sheehan, mineure numéro un zéro deux. » Comme elle hésite sur le seuil, il la pousse à l'intérieur. Il y a deux lits à couchettes superposées, un de chaque côté de la pièce aux murs de parpaings, et deux petits bureaux en plastique moulé fixés au mur par des boulons, à partager entre les quatre filles, avec chacun un tabouret circulaire fixé au sol. « Couchette en haut à gauche. Les vêtements et affaires de toilette vont dans ton bac en plastique sous le lit. »

À l'orée terrifiante d'une vie alternative, un genre de vie dont elle n'a jamais soupçonné l'existence, Nora se cramponne à ses maigres possessions : un jogging, un tee-shirt et un sweatshirt de rechange, et des sous-vêtements et chaussettes, tous usagés, et pas qu'un peu ; une brosse à dents, du dentifrice et un savon, neufs. Elle est vêtue d'un autre pantalon de jogging, d'un tee-shirt et d'un sweatshirt, et porte une paire de baskets à lanières à Velcro, le tout fourni par une gardienne après une fouille au corps. Ses chevilles et ses poignets sont encore meurtris par les menottes et les fers employés pour l'attacher les huit derniers jours – à son arrestation, par moments à l'infirmerie, et lors des allers-retours à Lodgepole pour les audiences au tribunal. Elle tire les manches de son sweatshirt trop grand sur les traces rouges à ses poignets.

« On est colocs », dit la plus petite des trois filles.

Elle lit un livre sur la couchette du haut mais le pose sur la couverture en laine pour examiner Nora.

« Non, dit la plus forte. On est codétenues. On est en prison pour mineurs, Jacqueline. C'est la taule, pas une colonie de vacances. »

Cette fille-là, Paradise, est allongée sur la couchette située en dessous de celle qui a été attribuée à Nora. Paradise est trop grande pour la couchette, elle fait presque un mètre quatre-vingts. Dans une autre vie, elle aurait pu jouer au volley ou au basket au lycée, peut-être même à la fac. Au lieu de ça, elle est là, parce qu'elle n'arrête pas de se faire choper en train de vendre la meth que prépare la tante chez qui elle vit. Les deux pieds posés sur la barre de métal au bout de son lit, elle fait craquer ses jointures en prononçant le mot *taule*.

Paradise a raison. Paradise sait qu'elle a raison parce que bien qu'elle n'ait que seize ans, c'est son troisième séjour en centre de détention pour mineurs, et sa tante est allée en prison trop de fois pour les compter. Quand elles sont toutes les deux libres d'habiter dans leur mobile home en même temps, elles échangent leurs impressions sur la taule. Elle gagne bien sa vie en vendant de la meth, mieux que si elle travaillait au Dollar Store de sa ville, et elle n'a aucune intention d'arrêter; il faut juste qu'elle trouve le moyen de ne pas se faire choper.

La troisième, Maria Elena, allongée sur la couchette en dessous de celle de Jacqueline, regarde Nora et plisse les yeux. Elle n'est pas aussi grande que Paradise, mais tout de même trop pour sa couchette, elle aussi. Ses pieds sont également posés sur la barre de métal au bout de son lit, et on voit la peau sale par un trou de sa chaussette plus gros que son talon. Toutes les couchettes sont trop petites, et la seule fille de la pièce dont le corps loge entièrement sur son fin matelas en mousse, c'est Nora. Nora est plus petite et plus jeune que Jacqueline, Paradise et Maria Elena. Plus petite et plus jeune que toutes les filles actuellement en détention au centre.

Maria Elena se lève et prend sa pile d'affaires des mains de Nora. On pourrait presque croire à un geste bienveillant, un signe de bienvenue, mais ce serait une erreur. Les vêtements ne lui iront pas, mais elle confisque la brosse à dents, le dentifrice et le savon neufs de Nora et les fourre dans son propre bac, puis lui tend les siens, usagés. Maria Elena, un prénom qui se prononce d'un seul souffle, comme s'il n'y en avait qu'un, pas deux, est incarcérée pour vol à main armée, en dépit du fait qu'elle s'est juste laissé entraîner à conduire la voiture avec laquelle se sont échappés les voleurs et n'a pas participé au braquage proprement dit. Elle a dix-sept ans et c'est la première fois qu'elle se retrouve là. Bien que ce soit sa troisième incarcération et qu'elle ait commis quant à elle le délit dont elle est accusée, Paradise suit Maria Elena partout comme un chiot.

Toutes les deux, elles bombardent Nora de questions – *Pourquoi t'es là ? Qu'est-ce que t'as fait ? C'est ta première fois ?* – mais lâchent l'affaire en voyant qu'elle ne répond pas. Si ça l'amuse de cacher son crime comme Jacqueline, elles s'en foutent. Cacher un crime, ce n'est pas la même chose qu'enfouir sa honte, et elle aura beau faire ce qu'elle veut, rien ne la protégera des conséquences de ses actes. Elles retournent à leur conversation et Jacqueline à son livre, et elles ignorent toutes la nouvelle qui grimpe à sa couchette et se roule en boule, face au mur, tel un chien qui tente de se faire aussi petit que possible.

Les filles d'ici sentent que Nora a grandi dans une maison où elle avait une chambre à elle, du foot le week-end et une mère en minivan. Peut-être même du ski en famille. En la voyant, elles imaginent des leçons de piano, des vacances et des vêtements neufs pour l'école. Elle laisse une traînée d'indices chaque fois qu'elle lève le petit doigt. Dans sa bouche, elle a deux rangées de dents blanches et régulières, son père lui rend visite fréquemment, et elles sentent pratiquement le fumet des cupcakes que sa mère devait lui préparer pour chaque anniversaire, qui traîne derrière elle dans un nuage de vanille sucrée. Elle a eu des privilèges dont n'a joui pratiquement aucune des autres filles, des privilèges qu'elles méprisent mais n'auraient jamais envoyé valser négligemment comme elle l'a fait. La troisième visite de son avocate, une avocate qui n'est clairement pas une commise d'office mais une professionnelle que ses parents doivent avoir les moyens de payer, vient confirmer leurs soupçons.

Au centre, cependant, Nora porte le même survêt usé que tout le monde, elle suit les mêmes cours, avec les mêmes profs. Les troisièmes font des mathématiques de base, et les terminales aussi. Les cours de science portent sur la santé, pas sur la chimie, la physique ou la biologie. Nora a appris un peu d'espagnol au collège, mais pas de cours de langues ici. Les personnes hispaniques ne représentent que vingt pour cent de la population de l'ouest du Colorado, mais plus de trente pour cent des ados enfermées, et elles parlent déjà espagnol chez elles. Même si ce n'était pas le cas, l'État ne finance pas l'apprentissage de langues étrangères pour les détenues. Arts plastiques, une fois par semaine. Nora a de la chance d'aimer dessiner et peindre, car c'est la seule option. Pas de céramique, de sculpture ou de photographie, car le matériel pour ce type de cours est trop coûteux. Pendant leur temps libre, les jeunes regardent la chaîne sur laquelle est réglée la télé. Pas de Netflix, pas de Prime Video, pas de YouTube. La télévision est enfermée dans une cage métallique, mais parfois un gardien change de chaîne si une fille le demande. Il arrive qu'il exige un service en retour, en général dans l'escalier, loin des caméras de surveillance.

Toutes les filles savent que même si Nora est semblable aux autres dans le centre de détention, à l'heure de son procès, ses privilèges se verront réaffirmés. Certaines détenues la chicanent sans pitié, mais bien qu'elle se croie prise pour cible, en réalité, la plupart des ados ont peur. Elles sont toutes harceleuses, mais elles sont toutes harcelées. Chaque jour, Nora traîne les pieds pour aller de sa cellule aux murs incolores au réfectoire bondé pour le petit déjeuner, puis aux salles de classe, avec les fiches d'exercices qu'elle a déjà faits en sixième. Elle garde les yeux rivés au sol, ou au mur. Quand elle marche, c'est les mains dans le dos, comme tout le monde, pouce et index repliés en diamant, afin de laisser voir aux gardiens qu'elle ne transporte pas d'articles de contrebande. Elle ne demande pas à être resservie lors des repas, elle ne réclame pas de crayons de couleur supplémentaires, ne conteste pas le choix des chaînes de télé. Elle ne parle toujours pas. Sans son roux flamboyant, elle pourrait se fondre dans les murs. Elle est presque invisible.

L'un des procureurs, un gros type rougeaud à la voix haut perchée, a affirmé devant le juge qu'elle refusait de coopérer, mais ce n'est pas vrai. Nora obéit aux règles, elle fait tout ce qu'on lui demande, à part répondre aux questions. Dans son bac en plastique, sous les lits superposés, elle conserve un morceau de papier avec un calendrier écrit à la main. Elle le consulte chaque matin quand elle se réveille et chaque soir avant de se coucher, se demandant quand elle pourra partir, espérant que le prochain X qu'elle dessinera dans les cases qui marquent les jours sera le dernier. En général, les centres de détention ne sont qu'une étape dans le parcours des filles, mais ce que Nora ne sait pas, c'est qu'elle restera ici bien plus longtemps que la plupart des autres. Certaines seront libérées après une incarcération de sept ou dix jours – elles seront remises à leurs parents dans l'attente de leur procès ou, pour celles qui ont commis des délits mineurs, bénéficieront d'un sursis avec mise à l'épreuve. D'autres, telles Nora et ses camarades de cellule, sont soit trop dangereuses, soit récidivistes, et devront rester jusqu'à leur verdict. Cette institution mixte possède deux moitiés, l'une constituée par ce centre de détention, l'autre par un établissement pénitentiaire destiné aux mineurs qui ont déjà été jugés et condamnés. Mais Nora et les autres ne voient que leurs semblables, les filles qui se trouvent du même côté. Elles aperçoivent rarement les garçons du centre et ne croisent jamais les ados incarcérés côté pénitentiaire. Ce qui se passe en dehors de leur petit monde est un mystère.

Pendant leur temps libre, les filles qui en ont obtenu le privilège pour bonne conduite ont l'autorisation de traîner dans la salle commune de leur groupe, où elles peuvent regarder la télévision encagée, jouer à des jeux de société ou dessiner. Un jour, Nora dessine son frère. Fixées au niveau des hanches, il a des mini fusées d'où s'échappent des flammes et de la fumée. Ses cheveux longs flottent au vent derrière lui et ses muscles saillent, noueux sous son costume de super-héros. Les sourcils froncés, il fixe des yeux un méchant, au loin, qu'il s'apprête à attraper. Crayon en main, Nora hésite – doit-elle lui ajouter un acolyte, une Batmobile, ou sa vitesse surnaturelle suffira-t-elle à cette version de Nico ?

« J'ai dit, c'est ton frère ? » Maria Elena parle d'une voix tonitruante, à croire qu'elle est agacée. « Celui que t'as tué ? »

Paradise, debout à côté d'elle, lui murmure quelque chose à l'oreille, puis se moque de Nora, et les deux filles s'éloignent. Il y a eu une interversion au service lessive, et Maria Elena porte un pantalon de survêt bordeaux au lieu du bleu réglementaire. Il vient peut-être d'un autre groupe, ou du quartier des garçons. Peut-être même du côté prison. Elle roule des hanches comme une star de cinéma, peut-être à cause de cette couleur, qui la change. Jacqueline, qui fait un solitaire de l'autre côté de la table, sourit et dit : « J'aime bien ton dessin », mais le charme est rompu et le crayon pend mollement au bout des doigts de Nora, sans vie.

Tout à coup, il y a une main sur l'épaule de Nora, qui la presse, et elle sursaute. C'est l'un des gardiens, le plus jeune. La plupart des surveillants ont une moustache et les cheveux gris, ou, dans le cas des femmes, des teintures bas de gamme, mais celui-ci porte les cheveux en brosse car il aurait voulu entrer dans l'armée. Ses bras épais font des renflements sous son uniforme trop petit, et il passe sans doute tout son temps libre à la salle de sport.

« Lève-toi, dit-il. Ton avocate est là. »

Il la prend par le coude et l'emmène loin du dessin de Nico. Aucune des filles n'aime ce gardien. Ses yeux minuscules les suivent partout, et sa tête pivote sur son cou épais telle celle d'un lézard. Nora cherche le regard de Jacqueline pour se rassurer, mais celle-ci montre le bleu sur son bras puis tourne la tête vers le gardien. Les filles qui sont là depuis suffisamment longtemps trouvent le moyen de l'éviter, elles savent qu'il est l'un de ceux qui exigent des services quand il change la télé de chaîne, des services qu'il exige sans la moindre contrepartie, de temps à autre.

Il ne met pas la chaîne de ventre à Nora comme lorsqu'il la prépare pour une audience au tribunal. Dans ces cas-là, il serre toujours trop, avec un sourire. Comme elle ne parle pas, elle ne peut pas se plaindre, mais elle a déjà compris qu'elle ne pouvait pas se plaindre, de toute façon. Elle est bien réveillée, à présent, plus réveillée que lors de son arrestation, mais elle garde un visage sans expression et cache ses émotions à tout le monde. Lorsqu'il lui pince le coude un peu trop fort, elle ne bronche pas. Elle agit comme si elle n'avait pas mal et fait comme d'habitude : elle se tait.

5
Octobre 2016

Douze jours après que David est venu cogner à sa porte, Martine sort de son bureau sur Main Street et se rend à pied chez les Sheehan. Elle fait la grimace en passant devant St. John's. Le souvenir d'Angie en train de se gifler repasse dans son esprit ; le claquement sonore lui est resté, tel un refrain exaspérant dont elle ne parvient pas à se défaire. C'est tout juste si la voix du père Lopez a chevroté ; il a continué de réciter le Notre Père et personne, dans l'assistance réduite à un petit groupe, n'a eu l'air surpris, car ce chagrin était compréhensible. Aucune mère ne devrait avoir à enterrer son enfant. Martine ne pouvait imaginer une suite possible – comment Angie et David étaient-ils censés continuer leur vie ? David affirmait que Nora aimait Nico, qu'ils étaient pratiquement jumeaux, qu'elle ne lui aurait jamais fait de mal. Sauf que Nora *avait* fait du mal à Nico. Elle avait fait bien pire que ça. Et même si Martine essayait de plaider que le coup était parti par accident, elle savait – et par conséquent Angie aussi, sans doute, même si Martine avait tenté de faire preuve de la plus grande délicatesse lors de leur premier entretien – que cela ne pouvait être le cas. Pas avec trois coups de feu, qui le visaient incontestablement. Vivre avec cette conscience, ce devait être comme s'efforcer de nager dans un lac obscur avec les fers de Nora aux pieds – trop difficile à appréhender, même sans être celle qui se débattait pour ne pas couler.

En arrivant, Martine est frappée par la vétusté de la maison des Sheehan. La Livia qu'elle a connue serait mortifiée si elle voyait son ancienne demeure dans cet état. Des branches de tremble s'étendent au-dessus du toit, si bien que si un incendie se déclenchait en ville, le feu prendrait immédiatement. Des genévriers empiètent sur l'allée et le porche, leurs baies toxiques jonchant les feuilles mortes des trembles, bleu sur brun. La maison, une bâtisse victorienne comme celle de Martine, vestige elle aussi de l'époque minière de Lodgepole à la fin du XIXe siècle, n'a jamais été luxueuse, mais de son temps, Livia l'entretenait toujours avec la même poigne dont elle faisait preuve dans l'éducation d'Angie et Diana. Quand elle taillait les genévriers, il lui arrivait de les couper deux fois plus court que nécessaire, mais la peinture des murs et des volets n'était jamais écaillée, pas comme maintenant. De chaque côté, des maisons construites récemment par des investisseurs venus d'ailleurs, qui rasent des morceaux de l'histoire de la ville pour faire place aux luxueuses résidences secondaires qu'ils ne visitent qu'une fois par an, pour les vacances, éclipsent la petite maison mauve et lui donnent l'air encore plus décrépite. Sous le porche, un rocking-chair fatigué en osier déchiré se balance dans le vent, comme s'il berçait un petit enfant venu du passé enfui de David et Angie.

Elle n'a pas le temps de frapper que David lui ouvre la porte. Il est en uniforme, holster vide à la taille, et il suinte l'exaspération. Martine regarde sa montre pour voir si elle est en retard, mais non.

« Tu es venue en courant ? » demande-t-il.

Elle s'efforce de rire, par politesse, mais c'est une sorte de renâclement qui sort, et elle se couvre la bouche.

« Non, je veux dire, tu as l'air essoufflée », précise David.

De fait, Martine respire lourdement, et sa poitrine la brûle, mais ça n'a rien d'exceptionnel ces derniers temps. Les aigreurs d'estomac que lui cause tout ce stress ne la lâchent pas. Elle prend une longue inspiration pour calmer ses poumons.

« C'est le froid, c'est tout.

– Ah oui. Euh, donc, je dois partir au travail dans quelques minutes. »

Il l'accompagne à la table de la cuisine où est installée Angie, les lèvres pincées ; elle se cramponne à une tasse vide comme si celle-ci était pleine de café chaud et pouvait lui réchauffer les mains. Martine se demande si elle a interrompu une dispute ; chaque fois qu'elle les voit, ils n'ont pas l'air seulement abattus par le chagrin. On dirait qu'ils sont sur le point de se mettre à hurler, ou qu'ils viennent juste d'arrêter. Elle ne sait jamais si leur colère est dirigée contre Nora, s'ils s'en veulent l'un à l'autre, ou s'ils lui en veulent, à elle. Ils en veulent peut-être au monde entier. David enfile sa doudoune et remonte la fermeture Éclair, prêt à partir, tandis que Martine s'assoit et sort de sa sacoche le récapitulatif des dépenses à prévoir.

Discuter des frais de justice est toujours ce qu'il y a de pire dans le travail de Martine, bien qu'elle ait travaillé gratuitement sur plus d'affaires qu'elle n'en a facturé. Même lorsqu'elle fait payer ses clients, elle leur demande toujours moins que ce qu'ils ont accepté de verser, surtout à ceux qui ont l'air de n'avoir pas les moyens de lui régler ses honoraires. Elle entend encore la voix de Cyrus dans sa tête, un son qu'elle aimait en général, mais marquée d'une pointe d'agacement, tandis qu'il lui rappelait qu'elle n'était pas un dispensaire juridique, qu'elle n'avait pas fait des études de droit pour travailler uniquement *pro bono*. Elle prend une autre inspiration, cette fois pour se stabiliser, car même si elle sait qu'elle va travailler sur l'affaire de Nora à titre gracieux, ce qu'elle s'apprête à dire va plonger Angie et David en état de choc. Ils sont déjà au courant de la qualification d'homicide volontaire. Le procureur a déposé l'acte d'accusation la semaine dernière, la requête criminelle n'étant qu'une formalité, dans le fond, puisqu'il a déjà affirmé clairement qu'il allait attaquer Nora par tous les moyens dont il dispose. Il est partisan d'une justice punitive sans concession. Et hier, il a annoncé une nouvelle encore plus catastrophique : il compte faire une demande de transfert du dossier de la cour des mineurs à la cour de district afin de pouvoir inculper Nora en tant que majeure. Gilbert Stuckey n'hésite jamais à se servir de sa carrure imposante. Il joue de sa taille, un mètre quatre-vingt-douze, lestée par un ventre que des années à boire du whisky dans son ranch ont entretenu, pour impressionner les avocats de la défense, les accusés et les juges. Martine a hâte de le voir succomber à une crise cardiaque causée par son cholestérol.

Ce qu'ignorent Angie et David, c'est la chose suivante : le coût de la défense, dans le cas d'une accusation de meurtre, se situe en général entre deux cent et quatre cent mille dollars, somme dont ils ne disposent pas, Martine le sait bien.

« Quatre cent mille dollars, s'écrie David. Merde. On ne... »

Il s'effondre sur une chaise et tout son corps se dégonfle tel un ballon crevé. Il tente de prendre la main d'Angie mais elle retire la sienne et lance un regard accusateur à Martine.

« Je croyais que tu ne nous ferais pas payer, dit-elle.

– Je ne vais pas vous facturer mon temps de travail, donc ça vous reviendra moins cher. » Martine se force à ne pas gigoter nerveusement. « Mais il va tout de même falloir régler les frais de comparution, les frais des experts qui témoigneront en sa faveur, et les honoraires des autres avocats que nous allons devoir impliquer dans le dossier.

– Moins cher de combien ? Et quels autres avocats ?

– Je ne suis pas spécialiste des affaires de meurtre impliquant des mineurs. Je ne peux pas la défendre sans demander conseil. Je vous le garantis, pour votre bien, il ne *faut pas* que je me lance là-dedans sans conseils.

– Mais ça fera combien de moins ? reprend David.

– Je pense que vous vous en tirerez à cent cinquante mille dollars.

– On n'a pas une somme pareille, dit Angie. On s'en sortait déjà à peine avant la maladie de Nico, et une fois qu'elle s'est déclarée, on a dépensé toutes nos économies en frais médicaux. Et David ne gagne pas beaucoup, garde forestier, ça ne paie pas. Il fait ce métier depuis toujours. »

David retire ses mains de la table et croise les bras sur sa poitrine.

« Tu n'as pas travaillé depuis le diagnostic de Nico, toi. »

Chacun d'un côté de la table, ils se fusillent du regard.

« Je ferai de mon mieux pour réduire les frais au minimum », dit Martine.

Leurs yeux jettent des éclairs, et Martine se lève, espérant prendre congé avant que leur colère explose, mais c'est trop tard. Il est difficile de dire si c'est la pression due aux événements qui frappent leur famille, ou simplement un mariage malheureux.

« C'est ta faute. C'était ton arme.

– Elle était sous clé, dans le coffre.

– N'importe qui pouvait voir la combinaison quand tu le refermais en rentrant du travail. T'as jamais été tellement prudent. »

Angie écrase une de ses mains dans l'autre, puis se les tord; elle semble s'efforcer de se retenir de gifler David comme elle s'est giflée l'autre jour.

« Quoi, j'étais censé demander à tout le monde de sortir de la pièce à la minute où je rentrais ? »

Angie hausse les épaules.

« Même si tu l'avais fait, il a fallu que tu utilises leurs dates de naissance. N'importe qui aurait pu deviner.

– Nora n'aurait jamais fait ça si tu t'étais occupée d'elle à moitié autant que tu t'occupais de Nico. »

Le visage de David se contracte nerveusement, comme s'il essayait de chasser une mouche de sa joue.

« Tu te fiches de moi ? Tu crois que je préférais Nico à Nora ?

– Tu sais très bien que oui.

– Et tu crois qu'elle a fait ça parce qu'elle était en colère contre moi ? Qu'elle l'a fait exprès ? »

Angie prononce ces mots lentement, comme si elle les examinait un à un avant de les dire, goûtant leur son et leur poids.

Martine arrange ses papiers et les glisse sans bruit dans sa sacoche.

« Tu l'as toujours aimé plus. Tu ne l'as jamais caché. Bon Dieu, tu l'aimais plus que tu ne m'aimais. »

David parle d'une voix blanche et catégorique.

« Je vais y aller, dit Martine sans être certaine qu'ils l'entendent. Vous avez besoin d'intimité, et nous pourrons reparler des frais. Je vais voir Nora demain pour parler de l'acte d'accusation déposé par le procureur et lui expliquer son intention de l'inculper comme si elle était majeure. »

Angie et David, qui se dévisagent cruellement, ne lèvent pas les yeux vers elle lorsqu'elle se dirige vers la porte.

« Tu crois que je l'aimais plus sous prétexte que j'ai passé tout ce temps à m'occuper de lui ? Bon sang, David. J'étais censée faire quoi ? Aller donner des cours de dessin au lieu de le conduire à ses séances de thérapie et ses rendez-vous médicaux ? »

Les paroles d'Angie, criées à présent, suivent Martine lorsqu'elle referme derrière elle.

Dehors, les oiseaux pépient dans les arbres, en une cacophonie violente de trilles.

Avant d'entrer dans le centre de détention, Martine fouille dans son sac en quête d'un Pepto-Bismol à croquer, en sort un, puis se ravise et en sort un deuxième. Elle est au-delà de son domaine de compétence, là. Lorsqu'elle a représenté la fille qui avait abandonné son bébé, elle n'a accepté l'affaire que parce que personne d'autre n'en voulait, pas parce qu'elle était spécialiste de la défense des mineurs accusés de tentative de meurtre. *Ça fait mauvais effet*, avait dit une amie. *Représenter une fille qui a jeté un bébé innocent à la poubelle.* Mais Martine comprenait, à un certain niveau, ce qui s'était passé, et elle savait que cette fille avait besoin d'un avocat. Elle avait à peine seize ans, n'en avait sans doute que quinze quand elle avait découvert qu'elle était enceinte. Elle avait caché sa grossesse à tout le monde, y compris ses parents. Martine se rappelait à quel point c'était perturbant de devenir mère : un instant, on est soi, le suivant, on est maman, responsable d'une autre vie, d'un être minuscule, fragile, au visage rouge, qui passe son temps à pousser des cris insupportables conçus par la nature pour vous transpercer le cœur. La fille avait paniqué, comme la plupart des jeunes mères – sauf qu'elle avait paniqué seule, dans les toilettes d'un lycée. Elle ne méritait pas une longue peine de prison pour tentative de meurtre – elle méritait de réparer son erreur, d'être réhabilitée puis réintégrée dans la société. Martine ne veut pas vivre dans un monde où a cours la loi du talion, et elle n'a jamais compris comment ceux-là mêmes qui s'extasient sur Jésus tendant l'autre joue peuvent se montrer si féroces dans le système pénal. Les êtres humains qui commettent des erreurs ne méritent pas qu'on les jette comme des ordures – même pas une fille qui a abandonné son bébé.

Même pas une sœur qui a abattu son frère.

Tout cela ne change rien au fait que Martine est dépassée, et les enjeux sont plus élevés dans le cas de Nora. Elle est accusée de meurtre, pas de tentative de meurtre, et si le procureur arrive à ses fins et parvient à faire transférer le dossier à la cour de district, elle encourra la même peine qu'une adulte. Bien que la loi en vigueur au Colorado l'autorise sans ambiguïté, Martine ne comprend pas comment le système peut traiter sans plus de détail une gamine de treize ans comme autre chose qu'une enfant, et elle ne sait pas du tout comment combattre efficacement cet état de fait. Et Nora n'ouvre toujours pas la bouche, ce qui complique tout. Elle semble écouter, mais ne répond jamais. Elle mange, dort, suit les directives simples, va en cours. Mais en général, ça se borne là. Aujourd'hui, cependant, elle lève les yeux lorsque Martine entre dans la salle de réunion, si on peut l'appeler ainsi. Avec sa table en métal et ses trois chaises en plastique orange dures et laides, seules traces de couleur dans cet espace clos et aseptisé, cette pièce évoque plutôt une salle d'interrogatoire.

« Bonjour, Nora. » L'idée d'une nouvelle rencontre à sens unique démoralisait Martine, donc cette fois-ci, elle s'y est préparée, et elle a apporté des aquarelles. Elle verse un peu d'eau de sa bouteille dans un gobelet en plastique qu'elle pousse de l'autre côté de la table, assorti de godets de couleurs, d'un pinceau et de papier. « C'est pour toi. Tu peux peindre pendant qu'on discute. »

Pour la première fois, Nora la regarde dans les yeux, elle la regarde vraiment, pas avec les yeux morts et vitreux qu'elle arbore depuis son arrestation. Martine pousse un soupir de soulagement discret et sort son carnet de notes, feignant la nonchalance.

« Vas-y, l'encourage-t-elle. Ton père dit que tu peins très bien. »

Nora trempe le pinceau dans le gobelet puis dans le godet noir. Elle trace des traits minuscules, d'avant en arrière, esquissant un contour.

« Il va falloir qu'on parle, à un moment donné, Nora. Je suis ton avocate, je suis de ton côté, d'accord ? Et il faudra que tu parles à la psychiatre quand elle viendra. Elle est de ton côté aussi. »

Le pinceau continue de danser sur le papier, animé par le fantôme de la personne qu'était jadis Nora, mais elle ne réagit pas à ce que vient de dire Martine. De temps à autre, elle se donne une petite claque sur la tête, et une fois sur le front, comme pour chasser une mouche, mais il n'y a pas de mouche dans cette pièce stérile.

« Commençons par le calendrier. Le procureur a déposé l'acte d'accusation la semaine dernière, et tu es accusée de meurtre. Ton audience préliminaire se tiendra le 17 novembre. Quinze jours après l'audience préliminaire, tu dois faire ta déclaration de plaidoyer, ce qui signifie que tu dois dire à la cour si tu comptes plaider coupable ou non coupable. »

Avant de venir, Martine a décidé qu'elle n'allait pas parler à Nora de la menace qu'elle soit jugée comme une adulte. Gil Stuckey a annoncé ses intentions, mais il n'a pas encore fait les démarches, et elle espère parvenir à l'en dissuader. Révéler à Nora qu'elle risque d'être enfermée dans une prison pour adultes la terrifierait et serait contre-productif. Mais l'approche en douceur pour laquelle elle a opté ne semble pas fonctionner non plus. En exposant le calendrier du système pénal pour mineurs, qui est désormais collé sur le frigo des Sheehan, elle a l'impression de déblatérer. Elle commence chaque rendez-vous par un rappel du déroulé des opérations car elle craint que Nora ne l'ait pas bien assimilé la dernière fois, mais comment celle-ci, une enfant, peut-elle bien entendre ce qu'elle raconte ? Elle s'interrompt et fait la moue – peut-être qu'elle s'y prend mal – mais Nora lève les yeux de son dessin et hoche la tête.

« Merci, Nora, dit Martine, abandonnant tout simulacre de nonchalance. Est-ce que ça veut dire que tu es prête à parler, aujourd'hui ? »

Nora baisse la tête. Pas encore.

« Tu peux hocher la tête pour dire oui et la secouer pour dire non ? »

Nora hoche la tête.

« Tu te rappelles ce qui s'est passé, maintenant ? »

Elle hésite, puis secoue la tête.

« Tu sais pourquoi tu es ici ? »

Le pinceau fait une embardée, un zig à la place d'un zag, et Nora hoche la tête, presque imperceptiblement, le mouvement aussi infime que le tracé des montagnes qui se font à peine jour sur la feuille de papier.

Martine passe en revue une liste de questions sur la nuit où Nico a été abattu au cas où les détails réveilleraient la mémoire de Nora – toutes questions qu'elle a déjà posées, sur l'appel au numéro d'urgence, la façon dont elle s'est procuré le revolver et où, son souvenir éventuel d'être entrée dans la chambre de Nico ou de la nuit passée au poste de police – mais aucune ne déclenche autre chose qu'un haussement d'épaules, ou un non de la tête. Martine remonte dans le temps pour voir à quel moment commence la perte de mémoire de Nora : se souvient-elle du moment où elle est allée se coucher ce soir-là, du dîner avec ses parents, de sa journée de lycée ? De sa visite à sa grand-mère la veille ?

Nora hésite lorsque Martine l'interroge sur sa grand-mère, mais secoue la tête et attaque la couleur verte.

Puis il y a la grande question, celle que les médias ont posée encore et encore, celle qui reste sur le bout de la langue de tout le monde, la question qui pourrait bien ne jamais recevoir de réponse satisfaisante : *Pourquoi ?* Était-ce un accident ? Était-ce volontaire ? Était-elle en colère contre Nico ? La réponse fournirait un mobile au procureur. S'il trouve un mobile, il aura prouvé l'intention, voire la préméditation. S'il a l'intention et la préméditation, il aura tous les éléments pour qualifier le meurtre d'assassinat et convaincre le juge de transférer le dossier à la cour de district, où Nora sera jugée comme une majeure. Il aura le moyen de la diaboliser, de convaincre un jury d'envoyer une enfant en prison jusqu'à la fin de ses jours. Martine a besoin de cette réponse pour pouvoir lutter contre lui.

Mais Nora ne se souvient pas de *ce* qui s'est passé, et ne parle toujours pas. Elle ne peut en aucun cas expliquer *pourquoi*. Elle a cessé de réagir aux questions de Martine, de secouer la tête ou de hausser les épaules, parce qu'elle ne peut pas – ou ne veut pas – se rappeler le *quoi* et le *comment*, ou même le *quand*. Le pinceau étale des volutes d'un jaune moutarde hideux sur un croissant de lune, tache de querelle et de discorde sur le vert et le noir. Elle ne se souvient sans doute de rien à part de ce que Martine lui a dit, ou peut-être de ce que les autres gamines ici lui soufflent à l'oreille. Elle ne sait peut-être même pas depuis combien de jours elle est là.

Martine a vu un éclair de vie passer dans ses yeux lorsqu'elle lui a tendu le matériel de peinture, mais il s'est effacé lorsqu'elle lui a demandé *pourquoi* et Nora garde à présent le regard baissé sur sa peinture. Elle ne peint pas par touches, mais par traits allongés, presque comme Van Gogh. La lueur de cette lune putride brille sur les contours des montagnes, à peine visibles à part ça. Les montagnes sont de la bonne couleur, à première vue, mais Nora a couvert le ciel d'un vert sombre peu naturel, une teinte destinée en principe aux arbres poussant sur ces pentes escarpées.

Nora lève les yeux et agite la main qui tient le pinceau devant son visage, puis se donne une nouvelle claque sur le front, laissant une tache de peinture moutarde au-dessus de son œil.

Le lendemain, Martine fait ce qu'elle aurait dû faire dès le début : elle ravale sa fierté et appelle Julian. Après le rendez-vous désastreux au sujet des frais de justice, David l'a appelée pour la pousser à solliciter l'aide de Julian – et lui demander s'il l'apporterait gratuitement – et en fin de compte, ce n'est pas aussi difficile qu'elle le redoutait. Julian n'a pas de raison de se tenir à l'écart de Lodgepole, plus maintenant, et il représente la solution idéale au malaise qu'elle éprouve à l'idée de s'occuper toute seule de ce dossier. Il se peut que Nora ait des troubles mentaux – entre sa catatonie et cette manie d'écraser des mouches ou autres créatures inexistantes – et malgré ses treize ans, elle pourrait parfaitement être condamnée à perpétuité si Martine n'assure pas correctement sa défense. Certes, la Cour suprême a décrété en 2012 que les mineurs devaient bénéficier d'une possibilité de libération conditionnelle au bout de quarante ans, mais ce ne sera qu'un bien mince réconfort pour une enfant de treize ans. La moindre erreur dans ce dossier serait catastrophique. Elle pivote sur son siège de bureau, le fauteuil en cuir désormais usé que Cyrus lui a offert lorsqu'elle s'est installée dans ces murs, au premier étage de cet immeuble de brique sur Main Street. Face à elle, deux chaises vides et une petite table. Elle se tourne de nouveau vers la fenêtre pour regarder la rue en contrebas. C'est la morte saison, l'été est enfui depuis longtemps, les feuilles de tremble qui attirent les foules à l'automne sont soit brunies soit tombées, emportées par le vent qui charrie les premiers frimas de l'hiver, et l'ouverture des stations de ski n'aura pas lieu avant plusieurs semaines. Les seuls passants sont des habitants de Lodgepole à temps plein, qui vont faire une course chez Ace Hardware ou se dirigent d'un pas tranquille vers le Fiona's afin d'y manger une salade de poulet pour leur pause déjeuner.

Elle appelle Julian sur son portable, pas au bureau. Elle n'a pas utilisé souvent ce numéro, mais elle le compose aussi facilement que si elle le faisait tous les jours, comme s'il n'y avait pas plusieurs mois qu'ils ne se sont pas adressé la parole. Quand elle était jeune avocate, rédigeant des testaments et des fiducies pour des honoraires de misère afin d'arrondir ses fins de mois, elle s'interrogeait souvent sur les familles déchirées, les personnes qui disaient n'avoir pas parlé à une sœur ou un père depuis cinq, dix, vingt ans. Elle n'en est pas là, pas encore, mais elle s'est demandé plus d'une fois si c'est la direction qu'ils prennent, Julian et elle.

« Salut maman. »

Il dit ça aussi naturellement, aussi facilement qu'elle a composé le numéro.

« Julian... »

Martine a préparé ce qu'elle compte dire sur l'affaire, mais pas son entrée en matière.

« Ça fait longtemps.

– Oui. C'est vrai. » Elle ne sait pas si c'est à elle ou à lui de s'excuser. C'était lui qui avait choisi d'arrêter de l'appeler, d'attendre des semaines avant de la rappeler quand elle lui laissait un message, puis d'arrêter complètement de la rappeler, mais quand il était sorti peu à peu de sa vie, c'était elle qui avait choisi d'arrêter d'essayer, qui avait purement et simplement abandonné. Elle a eu des nouvelles par Gregory – les prix qu'a reçus Julian de l'association du barreau de l'État de New York, les marathons qu'il a courus ou ses vacances avec Mayumi – mais même les appels de Gregory se sont raréfiés ces derniers mois, car il est sur une nouvelle mission ; il couvre le conflit au Soudan du Sud. Le silence se prolonge entre eux, et finalement Martine s'éclaircit la gorge. Peut-être peuvent-ils sauter les excuses et en venir au fait. Il a répondu : il a dû apprendre le meurtre par la presse et doit se douter de la raison de son appel. Et il n'a sans doute jamais cessé d'avoir de la tendresse pour Angie, même si désormais elle est mariée avec David et lui avec Mayumi.

« J'ai besoin de ton aide.

– Je suis surpris que tu n'appelles que maintenant. »

Une sirène retentit dans le lointain ; on dirait qu'il est dehors.

« Je pourrais t'en dire autant.

– Tu n'aurais pas dû accepter cette affaire. On ne parle que de ça dans la presse. Au tribunal de l'opinion, la fille d'Angie est déjà condamnée, et tu n'es pas qualifiée pour les affaires de meurtre.

– Je le sais bien. Tu crois que je ne le sais pas ? Mais que voulais-tu que je fasse ? J'ai plaidé un dossier, tout de même, celui de la fille qui avait abandonné son bébé. »

Elle cesse de pivoter sur son fauteuil, trop épuisée pour entretenir le mouvement.

« C'est pas la même chose, maman. »

Il n'y a ni colère ni sarcasme dans sa voix, et Martine sait qu'il a raison.

« Je suis trop vieille pour ça, Julian. Je prends ma retraite dans deux mois.

– Gregory m'a dit.

– Qu'est-ce que tu voulais que je fasse ? David m'a pratiquement fait chanter, il a dit que je devais le faire à cause de Diana.

– Comment ça, David ? C'est lui qui est venu te trouver, pas Angie ? »

Il y a davantage d'inquiétude dans la voix de Julian qu'elle ne s'y serait attendue. La mort de Diana s'est produite il y a si longtemps qu'elle se figurait que pour lui, c'était bel et bien du passé.

« Oui, mais je ne sais pas pourquoi. Je ne les comprends pas trop, tous les deux. Ils n'ont pas l'air très heureux. »

Julian observe un silence si long que Martine se demande si elle a dit une bêtise, mais il finit par répondre, d'une voix blanche :

« Angie ne lui aurait jamais dit ce qui s'est vraiment passé. Et il ne l'aurait jamais épousée s'il avait su. Il est bien trop rigide.

– Ça n'a pas d'importance, ce qu'il sait ou ne sait pas. C'était il y a longtemps. Ce qu'il y a, c'est qu'ils n'ont pas les moyens de payer un autre avocat, et je me suis sentie obligée d'accepter. C'était moi ou un commis d'office, et même s'il y en a qui sont corrects, qui sait de qui elle aurait hérité ? Nora est juste une gosse. Elle mérite un procès équitable. »

Julian soupire.

« Tout le monde mérite un procès équitable, maman. »

Le silence se prolonge de nouveau.

« Tu as consulté quelqu'un qui sait comment préparer une défense dans un cas d'accusation de meurtre ?

– Cette affaire va les ruiner. Ils ne peuvent pas payer beaucoup. C'est pour ça que je t'appelle, pour te demander de l'aide.

– C'est toi qui voulais que je ne revoie jamais Angie », réplique-t-il sèchement.

Il a raison, bien sûr, donc elle répond d'un ton égal.

« Roberto est mort et Livia a la maladie d'Alzheimer. Ma seule crainte, c'était qu'ils te reprochent l'accident de Diana, or ils ne sont plus dans le coup. Et que je t'appelle, c'était l'idée de *David*. Si tu protèges leur fille à leur demande, je ne les vois pas remuer le passé ni l'un ni l'autre. »

Julian se tait un bref instant, et Martine entend seulement le brouhaha de la rue derrière lui jusqu'à ce qu'il reprenne :

« Maman… j'ai vu aux infos que le fils d'Angie était malade. Tu le savais ? Pourquoi tu ne me l'as pas dit ? »

Martine n'aurait jamais pu *ne pas* être au courant de l'état de santé de Nico, pas avec la propension de tout Lodgepole aux ragots. Et Angie avait pour habitude d'emmener ses élèves dans toute la ville, leur faisant parfois dessiner le pic San Moreno depuis Main Street, parfois peindre des cafés ou des scènes de rue ; Martine avait l'impression que chaque fois qu'elle faisait pivoter son fauteuil pour regarder par la fenêtre, Angie était juste au-dessous, sur le trottoir. Ou bien elle était avec Nico et Nora au terrain de jeux municipal, ou bien elle faisait un jogging avec David sur les pistes de montagne sur lesquelles Martine allait marcher. Un an plus tôt, Martine avait cessé de la voir en ville ; elle avait entendu dire qu'on avait diagnostiqué à Nico la maladie de Huntington et qu'Angie avait quitté l'enseignement.

« Bien sûr que je le savais. Mais elle avait sa vie ici, et toi ta vie là-bas. Ça aurait servi à quoi, de t'en parler ? »

Les sirènes retentissent de nouveau à l'autre bout de la ligne. Au bout de quelques instants, il dit :

« Je dois y aller. J'ai une réunion dans quelques minutes. Écoute, je vais t'aider autant que je le peux. Tu devais bien savoir que j'allais dire oui. Je peux venir pour les audiences et une partie du boulot, et je ferai le reste d'ici. Envoie-moi les pièces par mail, je vais trouver le moyen de m'en occuper. »

Une fois qu'ils ont raccroché, elle se sent reconnaissante, puis contre toute attente, exaspérée. Il a accepté bien facilement de voler au secours d'Angie, tandis que c'est tout juste s'il est rentré pour l'enterrement de Cyrus. Il est prêt à mettre de côté le passé pour une ex-petite amie du lycée, mais pas pour son père ? Elle se replace face à son bureau, ouvre son sac et en sort un autre Pepto-Bismol. Elle ne sait pas ce qui lui fait le plus mal, la blessure morale ou son estomac.

6

Octobre 2016

Presque tous les matins, David part sans dire au revoir à Angie. Elle sait où il va car c'est noté de sa petite écriture en caractères d'imprimerie sur le calendrier des dates de comparution de Nora et parce que, après l'avoir serrée dans ses bras pour lui dire bonne nuit, une étreinte qu'elle désire et ne désire pas, il le lui rappelle, en particulier s'il compte aller voir Nora. Deux fois par semaine, il fait trois heures de route aller et trois heures retour pour lui rendre visite. Son réveil sonne à 4 h 30, il prend sa douche et il est en bas à 4 h 45. Il a programmé la cafetière la veille au soir, et l'odeur se répand dans la chambre lorsqu'il ouvre et referme la porte, un réconfort somnolent avant qu'elle ouvre les yeux. Il est silencieux, il la punit par son mutisme qui rôde dans toute la maison telle une souris. Les autres jours, en général, il se rend directement au travail, même s'il est confiné aux tâches administratives le temps que les services du parc national finissent leur enquête sur le meurtre. Gil Stuckey n'a pas voulu poursuivre David, concluant qu'il n'avait pas commis de négligence criminelle puisque son arme était enfermée correctement, mais les services du parc appliquent une procédure indépendante. Heureusement qu'il continue de toucher son salaire, car les estimations des coûts pour les experts que Martine veut engager ont commencé à arriver, et les dollars clignotent comme les lumières dans un jeu vidéo pour tout-petits, en gros et en gras, avec un *ding-dong* bruyant et répétitif.

Ils dînent en silence : pas de radio, pas de télé, pas de portable, parce que ni l'un ni l'autre ne veut prendre le risque d'entendre parler du drame par les infos. Lors des rendez-vous préparatoires avec Martine, ils sont obligés de se parler, mais au dîner, non, donc ils s'abstiennent. Angie ne lui a pas dit qu'elle a posé sa candidature pour deux postes – l'un pour donner des cours d'arts plastiques à l'école primaire de Waring à partir de janvier, l'autre à Lodgepole, pour entraîner les plus jeunes de l'équipe de ski – car elle a rapidement été informée que les deux postes étaient déjà pourvus.

Puisqu'elle ne peut pas travailler et n'a plus d'enfants dont s'occuper, un matin, elle tente d'aller courir pour se calmer les nerfs. C'est un sentier qu'elle trouvait facile auparavant, mais le temps d'arriver au niveau des chutes de Wolf Creek Trail, elle est à bout de souffle. L'eau tombe en cascade le long de deux larges falaises, ruisselant des pics couronnés de neige au-dessus. En décembre, les chutes vont geler, formant un monolithe glacé, et la descente liquide sera suspendue dans le temps, mais il est encore tôt dans la saison et les cristaux de glace qui commencent à se former sur la façade rocheuse ne ralentissent guère l'écoulement. Les pins et les épicéas lui ont fait de l'ombre sur presque tout le sentier, un peu plus de trois kilomètres depuis le centre, mais à présent, elle est en sueur et se penche sur la mare au bas des chutes pour s'asperger le visage d'eau fraîche. Il fut un temps où elle parvenait à dépasser David sur ce chemin ; elle donnait une tape sur la pancarte usée qui indique « WOLF CREEK FALLS, 3 365 MÈTRES D'ALTITUDE », pivotait sur elle-même et courait le rejoindre avant même qu'il ait eu le temps de traverser le pré en dessous. Aujourd'hui, elle a cru que ses poumons allaient éclater et elle a fait cinq pauses, repassant à la marche, peut-être parce qu'elle n'a pas couru depuis longtemps. Il arrivait que David prenne un après-midi pour rendre visite à Livia ou conduire Nico à ses séances de thérapie, mais Angie n'allait pas courir, elle passait toujours ce temps libre avec Nora. Elle allait à une de ses expositions, au lycée, l'emmenait au cinéma, ou assistait à un de ses matches de foot. Ça lui faisait un répit dans ses obligations d'aidante vis-à-vis de Livia et Nico, mais pas dans son rôle de mère. Même si elle n'est pas en forme, courir lui a manqué davantage qu'elle ne le croyait.

Au-dessus de sa tête, le ciel est clair et vide, à part deux oiseaux qui jouent sur les courants aériens ; l'un fait du surplace en hauteur, l'autre descend en piqué avant de remonter brusquement, profitant de la synergie entre l'air et ses ailes. Des faucons, peut-être. Nico aurait adoré les regarder, et elle peut presque l'entendre la corriger de sa voix en pleine mue, avec ces intonations graves qui ne se laissaient entendre que jusqu'à ce qu'une fissure apparaisse, les pulvérisant pour laisser sortir ces sons plus aigus, grasseyants, qui n'appartiennent ni à l'enfant ni à l'homme.

Ce sont des pygargues, maman. Des pygargues à tête blanche. Tu vois la tache quand celui qui descend en piqué fait demi-tour ? Eh bien c'est sa tête blanche.

Tu as raison, je vois.

Tu savais, maman – et là, sa voix se remettrait à partir dans les aigus – *que le son qu'on entend dans les films, qu'on prend pour le cri d'un pygargue à tête blanche, en fait, c'est des buses à queue rousse ?*

Non ! Je ne savais pas. Pourquoi Hollywood fait une chose pareille ?

Parce que le cri du pygargue à tête blanche ressemble à celui d'un million d'autres oiseaux. Ils font cui-cui, *en gros. Ça va pas avec leur côté gros dur, j'imagine.*

« Arrête, s'ordonne-t-elle à voix haute. Arrête. »

Son esprit se cabre, furieux, tentant de reprendre coûte que coûte une conversation qu'elle ne peut pas avoir, mais elle le force à rebrousser chemin et à se concentrer sur ce que conseille son guide pratique du deuil : respirer et être dans l'instant présent. Respirez, prescrit le livre. Inspiration, expiration. Le même conseil que lui donnait autrefois Roberto. L'aube scintille sur le col qui relie les deux montagnes encadrant les chutes, Miner's Peak et La Rosa, et elle s'imagine ce que ce serait de se laisser glisser sur ces courants aériens, de regarder le soleil se lever et se coucher chaque jour, d'être aussi libre que ça. Respirer et être dans l'instant présent se révèle plus difficile que l'auteur de l'ouvrage ne le laisse entendre, cependant, et il lui faut un long moment pour faire ralentir son cœur, l'empêcher de battre à tout rompre sous l'effet conjugué de la voix de Nico qui résonne dans sa tête et de la course. Et avant qu'il soit calmé, elle prend conscience que la brûlure dans ses poumons est agréable ; elle rend le monde plus net.

La netteté, c'est ce dont elle a besoin. Hier, elle a longé la clôture de leur jardin, histoire de faire les cent pas à l'air libre, pour changer. À son quatrième tour du jardin, elle l'a vu : sur un rocher couvert de mousse, dans le coin, au fond, se trouvait un joint détrempé, à demi fumé.

Ça n'aurait pas dû la surprendre, pas vraiment. Les voisins qui se sont installés il y a deux ans et quelques ont un gros pied de cannabis derrière leur maison, si haut qu'on le voit par-dessus la clôture, et quand ils omettent de le tailler, il arrive que des branches s'insinuent entre les lattes de bois. Le cannabis pousse bien en altitude, et leurs voisins ne sont sans doute pas les seuls en ville à cultiver leur propre plant. Mais pourquoi auraient-ils jeté un joint par-dessus la clôture ? Et si quelqu'un l'a laissé tomber, pourquoi n'est-il pas venu le récupérer ? Dans la région, tout le monde est habitué à ce que les gens fument, donc personne n'aurait eu de scrupule à demander à faire un saut dans leur jardin pour ça. Mais là, l'angoisse au sujet du procès de Nora qui la ronge chaque jour – en dépit même de sa colère – est remontée en flèche. Son esprit est parti en vrille, aspiré dans un tourbillon qu'elle savait dû à l'angoisse mais ne pouvait maîtriser. Peut-être le joint n'appartenait-il pas à ses voisins. Il ne pouvait pas être à David, si ? Il n'était pas à elle, puisqu'elle n'avait pas fumé depuis le temps où elle vivait à New York. Et il n'était pas à Nico. Elle était avec lui tout le temps, avant qu'il meure. Cela laissait Nora. Elle s'est demandé comment, en tant que mère, elle aurait pu passer à côté du fait que sa fille de treize ans se défonçait. Mais un creux s'est fait dans son ventre et elle a pris conscience – avec horreur, avec culpabilité – du fait qu'elle n'était pas beaucoup plus vieille quand elle a essayé pour la première fois, ce avec des conséquences désastreuses.

Le joint pouvait-il vraiment avoir appartenu à Nora ? Si oui, c'était une mauvaise nouvelle. L'herbe peut vous rendre fou. Elle l'a lu quelque part. Mais seulement si vous en fumez beaucoup. Énormément. Or elle n'a jamais vu Nora défoncée, pas même une fois. Elle l'aurait remarqué.

Elle s'est égarée dans ses pensées en tripotant le reste de joint, presque désintégré par son séjour sous la neige. Nora était déprimée. Était-ce pour ça qu'elle l'avait fumé ? Si elle l'avait fumé ?

Était-ce de l'automédication ? À treize ans ? Si l'antidépresseur de Nora ne fonctionnait pas, elle aurait dû leur en parler. Peut-être le joint n'appartenait-il pas à Nora. Peut-être appartenait-il bien à David.

Cela ne changeait sans doute rien, qui l'avait fumé. Si Gil Stuckey découvrait l'herbe et croyait qu'elle appartenait à Nora, il utiliserait ça contre elle. Il la dépeindrait comme une toxicomane. Et s'il pensait qu'elle appartenait à David, il dépeindrait le père de Nora comme un toxicomane. Le fait que ce soit légal ne l'en empêcherait pas. Il trouverait le moyen de salir l'image de leur famille et de monter le jury contre eux. Elle a enveloppé le joint dans du papier toilette, l'a jeté dans la cuvette et a tiré la chasse d'eau – personne n'a besoin d'être au courant de sa découverte – mais à présent, elle ne peut pas s'empêcher de s'inquiéter.

Net. Elle a besoin d'y voir avec netteté pour affronter ce qui vient.

Finalement, elle fait demi-tour et s'apprête à redescendre la colline en courant, puis s'arrête. Même s'il est agréable de courir, elle n'a pas besoin de se presser de rentrer à la maison. Personne n'y a besoin d'elle. Elle rentre en marchant, se concentrant sur le crissement des feuilles mortes et le craquement des brindilles sous la semelle de ses baskets. Le guide du deuil applaudirait. Mais lorsqu'elle arrive à la maison, David fait les cent pas dans la cuisine. Elle est partie ce matin avant qu'il se réveille, enfilant de vieilles chaussures de sport dans la lueur de l'aube naissante qui filtrait par-dessous le store. Ils se sont encore disputés hier soir après le dîner, puis ont passé la nuit côte à côte, tout raides, inflexibles. Ils s'éloignent, tous les deux, quand elle sait qu'ils devraient se soutenir mutuellement, s'aider l'un l'autre à supporter ce poids insupportable. Au lieu de ça, il y a une fissure noire qui s'ouvre entre eux, un gouffre béant, avec d'un côté l'absence de Nico et de l'autre la culpabilité de Nora. Elle ne sait pas s'il a envie de tendre la main au-dessus du vide pour la toucher, mais elle sent qu'elle se raidit chaque fois qu'elle a l'impression qu'il va essayer. Elle s'est habillée aussi silencieusement que possible ce matin parce qu'elle ne voulait pas qu'il vienne courir avec elle, ne voulait pas lui laisser l'occasion de s'excuser ni être forcée elle-même de le faire.

Quand il se tourne vers elle, elle s'attend à ce qu'il lui aboie dessus, mais il lui fourre son téléphone sous le nez.

« T'étais où ?

– Je suis allée courir. Tu me montres quoi, là ?

– C'est un e-mail de Martine. Tu savais ? Pour la santé mentale de Nora ? »

Angie parcourt l'e-mail.

> *Juste un bref e-mail pour vous dire deux choses. Premièrement, après avoir parlé avec David, je me suis rendu compte que son idée était formidable, et j'ai appelé Julian. Il a accepté de venir à Lodgepole pour me conseiller sur le dossier de Nora. Comme nous l'avons dit, je n'ai pas beaucoup d'expérience en matière d'affaires de meurtre, et j'ai besoin d'assistance afin de nous assurer que nous faisons tout notre possible dans le but d'obtenir un procès équitable pour Nora. Je sais que les frais représentent un problème, et puisque Julian m'apportera son aide à titre gracieux, c'est la meilleure solution. Deuxièmement, j'ai demandé une évaluation psychiatrique de Nora, car sa santé mentale me semble inquiétante. J'espère que les résultats pourront*

contribuer à sa défense, et nous pourrons en discuter lors de notre prochain rendez-vous.

« C'était ton idée ? Faire venir Julian ? demande lentement Angie, tentant de comprendre ce que cela pourrait impliquer.

– Tu m'as entendu ? Elle a besoin d'une évaluation pour se faire prescrire ses antidépresseurs, ou est-ce que c'est plus grave ? Si elle pense que Nora a un problème plus profond, ça pourrait peut-être lui éviter d'être condamnée. Ça pourrait être positif. »

David marche de plus en plus vite, de long en large, faisant des demi-tours furieux dans la petite pièce.

Angie lui prend le bras pour le maintenir en place.

« Pourquoi tu as fait ça ? Demander Julian ? Je ne veux pas qu'il se mêle de ça.

– Nora a besoin de la meilleure représentation légale qu'elle puisse avoir, et Julian a le profil. Je l'ai cherché sur Google. Son cabinet est spécialisé dans la défense criminelle, et il a plaidé dans plein d'affaires de meurtre impliquant des mineurs, via un groupe qui s'appelle l'Organisation de défense des mineurs de New York. Il est parfait.

– Non, réplique-t-elle sèchement. On n'a pas besoin de lui. Des experts, il y en a d'autres. On peut en trouver un à Denver. On n'a pas besoin d'employer mon petit copain du lycée. C'est ridicule. »

David la regarde, le visage soudain placide, et Angie s'étonne de son absence d'inquiétude à l'idée de faire entrer Julian, qu'il n'a jamais aimé, dans leurs vies.

« C'est la meilleure solution, dit-il d'une voix neutre. Martine nous a déjà dit qu'elle n'est pas assez calée pour s'en occuper seule, et on n'a pas assez d'argent pour qu'elle engage un consultant. Julian a accepté de le faire gratuitement.

– On peut en trouver, de l'argent, dit-elle, avec moins de conviction, car elle n'en est pas sûre.

– Où ? »

Elle détourne les yeux avant qu'il puisse dire ce qu'il dit toujours – ils devraient vendre la maison pendant que les prix de l'immobilier sont au plus haut, et, avec l'argent, aller s'installer plus bas dans la vallée, où les terrains et les impôts fonciers sont abordables pour une prof et un garde forestier – parce qu'ils ont déjà eu cette dispute. Elle a grandi ici. Nico et Nora ont grandi ici. Elle est partie une fois, il y a longtemps, et c'était une erreur. Lodgepole, c'est chez elle, et s'ils ne restent pas dans cette maison que ses parents lui ont donnée, dont toutes les traites sont payées, ils ne pourront se permettre d'habiter nulle part ailleurs en ville. Elle a de nouveau la sensation d'être à bout de souffle, comme si elle était de retour au sommet de Wolf Creek Falls, et elle voudrait que son cœur cesse de battre si fort. C'est une catastrophe.

« Réponds à ma question sur Nora. Est-ce que Martine dit que Nora a fait ça parce qu'elle est malade ? Tu crois qu'elle pourrait aller dans un hôpital, plutôt qu'en prison ? » Il a recommencé à faire les cent pas, et il s'arrête devant la fenêtre et marmonne, plus à son reflet dans la vitre qu'à Angie. « Je savais que quelque chose ne tournait pas rond, la dernière fois que j'y suis allé. Je le savais.

– Je ne sais pas, dit Angie. Elle est déprimée, on le savait déjà. Et elle ne devrait pas être forcée d'aller dans un hôpital psychiatrique. Elle ne devrait pas être enfermée du tout. Ce qui s'est passé n'était qu'un accident. Ils devaient être en train de jouer avec le revolver. Ce n'est pas possible autrement. »

Son menton part en avant, et elle se mord les joues, tentant de le rentrer. Un souvenir inonde son cerveau, une image qu'elle tente de réprimer depuis un moment. Deux semaines – non, une – avant que Nora abatte Nico. C'était une fin d'après-midi, et Nico, installé à la table de la cuisine, reconstruisait un vieil ensemble Lego, un de ses destroyers stellaires de la *Guerre des étoiles*. Nora avait voulu l'aider, mais Angie l'avait rembarrée, parce que la manipulation des petits blocs lui servait d'exercice pour ralentir la chorée spastique qui s'était dernièrement installée dans ses mains. Nora n'arrêtait pas de geindre, et ses geignements s'étaient mués en supplications ; elle harcelait aussi bien Angie que Nico. Nico peinait, mains et doigts gourds, et ses joues rougissaient à mesure que l'exaspération montait. Nora, debout derrière lui, désignait les pièces l'une après l'autre, comme s'il s'agissait d'une énigme qu'il avait du mal à résoudre plutôt que d'une maquette que ses mains récalcitrantes ne parvenaient pas à construire. Nico avait écarté brusquement sa chaise de la table, s'était levé et avait crié sur Nora, qui avait crié en retour. Sans préavis, il avait pris son Starfighter à moitié monté et l'avait jeté sur Nora de toutes ses forces. Elle s'était baissée à temps, le projectile était allé se pulvériser contre le mur et les centaines de briques qui le composaient s'était répandues sur le sol. Au moment où David était rentré à la maison, Angie avait oublié l'incident, qu'elle avait mis en partie sur le compte d'une dispute normale entre frère et sœur, en partie sur le manque de contrôle des impulsions provoqué par Huntington. Mais à présent… Elle ne peut parler de cette dispute à personne. Et si elle avait eu un sens plus profond ?

« Elle a tué Nico, Angie, dit David. Je sais pas si c'était un accident ou pas. Et je sais pas si le juge va être convaincu que c'était un accident. Mais Martine pense que ça pourrait être plus grave qu'une dépression, et je veux savoir ce que tu as remarqué, ce que tu penses de son comportement avant tout ça.

– Ce que *j'ai* remarqué ? Et ce que tu as remarqué, *toi* ? Tu es son père autant que je suis sa mère. Si on a loupé quelque chose, c'est notre faute à tous les deux. »

Angie respire péniblement, elle ne s'attendait pas à ça.

« J'étais tout le temps au boulot, tu te rappelles ? Pour essayer de payer les frais médicaux de Nico.

– Je ne sais rien de plus que toi. C'était juste une ado, une collégienne normale. Quel ado est heureux, au début de l'adolescence ? » Nico, c'était lui qui n'était pas heureux, celui qui s'était transformé de petit garçon sociable qui avait tout le temps le sourire en ado en colère, rigide. Et lorsqu'il avait commencé à faire des chutes, l'été dernier, il avait pris conscience d'une chose qu'Angie savait déjà mais avait eu peur de lui dire : il n'allait plus pouvoir faire de compétition avec l'équipe de ski. À partir de là, c'était comme si son sourire avait été englouti par le fardeau de ce qui l'attendait. Angie passait tout son temps à tenter de le déterrer, ce sourire, mais comment l'aurait-elle pu quand il savait ce que la maladie de Huntington allait lui faire – ce qu'elle lui faisait déjà ? « Et aussi, comment Nora aurait-elle *pu* être heureuse, sachant ce qu'elle savait du diagnostic de Nico ? »

David a de nouveau les yeux fous, tous les indices de calme qui s'y lisaient auparavant ont disparu.

« On ne tue pas quelqu'un parce qu'on est malheureux. Martine dit qu'il y a quelque chose de plus grave. On est passés à côté. Tu es passée à côté.

– Tu sais pourquoi on ne tue pas quelqu'un, sinon ? Parce qu'il n'y a pas de revolver, ou s'il y en a un, parce qu'il est enfermé correctement. »

Angie crie ces derniers mots, puis fait volte-face et monte quatre à quatre se cacher dans la douche. Le jour où Martine leur a annoncé que le procureur ne comptait pas inculper David, il s'est montré satisfait, comme si cette conclusion prouvait une fois pour toutes qu'il n'avait rien fait de mal. Mais cette satisfaction ne devait être qu'une façade, car pas une fois il ne s'est plaint de la procédure engagée par les services du parc pour l'innocenter et le réintégrer à son poste. Il sait qu'il est responsable, et elle espère que ce qu'elle vient de crier l'a touché là où ça fait mal.

Sous l'eau chaude, elle fond en larmes. Elle essaie sans y parvenir de décrisper sa mâchoire. Elle ne sait pas si les larmes viennent du stress de la dispute, de l'inquiétude quant à la portée de l'évaluation psychiatrique de Nora, ou de la nouvelle que Julian vient à Lodgepole...

Peut-être que ce n'était ni à cause de la drogue, ni à cause d'une histoire de Lego. Peut-être que c'était à cause d'une faute qu'elle avait commise en tant que mère. Ça pouvait être une faute grave, ou une broutille. Aimait-elle Nico davantage, comme l'a affirmé David ? Elle l'aimait différemment, oui. Elle le savait. C'était inévitable. Mais différemment ne veut pas dire plus, ou moins. Avait-elle préparé un plat qu'il ne fallait pas au dîner le soir du drame ? N'était-elle pas allée à suffisamment de matches de foot ? Pas allée suffisamment au terrain de jeux ? Avait-elle crié une fois de trop ?

Les sorties de la maison mauve à la peinture écaillée se font dans la colère. David claque la porte derrière lui et la maison en tremble tandis que s'allume le moteur diesel de son pick-up. Après sa douche, Angie monte dans son minivan, les cheveux encore dégoulinants, sans avoir la moindre idée de sa destination. La clé de la maison est cachée dans un rocher artificiel posé sur un appui au-dessus de la lumière du porche – comme c'est le cas chez bien des gens à Lodgepole – mais elle ne touche pas à la cachette, et ne pense pas à verrouiller la porte, ni même à la refermer derrière elle.

Ce stupide revolver. Au parc, David a commencé comme guide mais il s'est lassé de faire de l'éveil à la conservation de la faune et de la flore pour les touristes – qui s'en fichaient royalement, d'après lui – et il a décidé de suivre une formation dans la sécurité afin de tenter autre chose. Il avait toujours aimé chasser, et il conservait ses fusils dans un local de stockage hors de la ville, mais lorsqu'il est devenu garde forestier, il a acheté un coffre-fort pour ranger son arme de service à la maison. Il l'appelait comme ça, une arme de service. Mais arme de service n'était qu'un nom policé pour dire flingue, objet inanimé pouvant être employé pour tuer un être animé. Autrefois, elle adorait son obsession pour la vie sauvage, son rapport intime à la nature, mais à présent, elle le déteste pour cette même raison. Elle aurait dû dire non pour le revolver, le forcer à le remiser avec ses fusils de chasse, même si ça l'obligeait à faire une étape supplémentaire avant de rentrer chaque soir. Elle aurait dû le forcer à choisir une combinaison plus difficile à deviner pour le coffre sécurisé. Mais aussitôt que cette idée lui vient à l'esprit, la rage monte en elle, car c'était à lui qu'en revenait la responsabilité, or il l'a esquivée.

La faute de David. La faute de Nora. La faute d'Angie. La faute de Nora.

Les veines de son cou palpitent, un élancement douloureux qui lui fait à la fois l'effet d'un choc physique et d'une grosse caisse retentissant dans son oreille. *Respire,* se dit-elle. Inspirer par le nez. Expirer par la bouche. Compter les respirations. Jusqu'à cent. Puis à l'envers, jusqu'à un. Jusqu'à cent.

Trois heures plus tard, le voyant de l'essence se met à clignoter et à produire un *ding* insistant, juste au moment où elle arrive à proximité d'une station-service. Elle sait où elle va, à présent, sait qu'elle le doit. Elle a évité trop longtemps cette visite à Nora. Il faut qu'elle la voie, tôt ou tard, qu'elle la confronte ou la console, qu'elle fasse ce que peut bien faire une mère dans une situation pareille, même si elle ne sait pas ce que c'est. Elle se gare et fait le plein, introduisant le pistolet dans son réservoir d'un geste automatique que ses bras accomplissent comme si elle était un robot. Devant elle, une jeune femme en legging, doudoune et casquette orange des Broncos fait le plein d'un pick-up déglingué. À sa gauche, un chien passe la tête par la fenêtre entrouverte d'une voiture et aboie, un son suraigu, tyrannique. À sa droite, un homme nettoie son pare-brise avec une raclette, caquetant sur son portable pendant que deux jeunes enfants, sur le siège arrière, échangent des claques. Le plus petit pleure. Tous ces gens, se dit-elle, qui vivent leur vie comme si de rien n'était. Ils rentrent du boulot, ils vont promener leur chien, ils se rendent au supermarché avec leurs gosses comme si tout était normal. Leur ignorance déclenche en elle une rage explosive et elle imagine le pistolet à essence jeter des étincelles et les faire tous sauter, voit le chien bondir de son siège pour mordre les enfants ou l'attaquer, elle, puis elle secoue la tête pour chasser ces mauvaises pensées, comme si elle était le chien dans la voiture, qui se secouerait pour évacuer une claque donnée par son maître.

La colère qui ne l'a pas quittée depuis que Nora a abattu Nico monte dans son cœur comme des larmes dans ses yeux, prête à déborder au moindre mot gentil ou haineux. L'effet sera le même. *Respire,* se dit-elle, pour tenter d'amortir ces émotions qu'elle ne comprend que trop bien. *Respire.*

La première fois que David est allé voir Nora, il a rempli les papiers pour qu'elle puisse en faire autant, puis il a noté l'adresse et les horaires de visite et glissé le bout de papier plié dans le portefeuille d'Angie. Tout ce qu'elle avait à faire, c'était s'y rendre au bon moment. Le bon moment, c'est dans deux heures, donc elle attend dans sa voiture sur le parking du centre de détention pour mineurs, buvant à petites gorgées le café noir et amer acheté au 7-Eleven.

Autre conseil du guide pratique : *Dans les périodes difficiles, efforcez-vous d'avoir une pensée heureuse par jour.* Angie a des pensées heureuses ; c'est forcé.

Nico, huit ans ; Nora, sept.

Le Mexique, son seul voyage à l'étranger depuis qu'elle a quitté Julian. David, les enfants et elle avaient roulé jusqu'à la péninsule de Basse-Californie dans un camping-car d'emprunt, et ils avaient dormi à côté de la plage, dans le plus joli camping qu'elle ait jamais vu. Nora et Nico jouaient dans les vagues et riaient à gorge déployée toute la journée. Au crépuscule, Nico disposait des oranges et des citrons sur le sol et dessinait dans le sable avec ses doigts pour apprendre le fonctionnement du système solaire à Nora – le Soleil, la Terre, la Lune et leur façon de tourner les uns autour des autres. Il avait appris ça à l'école, et Nora semblait captivée par l'assurance dans sa voix, même si une partie de sa leçon était un peu fausse, puisqu'il ajoutait une comète qui tournait autour de la Terre, et sept lunes pour Pluton.

Chaque jour, ils achetaient du poisson et des légumes frais à un marché local, des poivrons de couleurs vives, des tomates rebondies et des tomatillos qu'elle ne trouvait pas en hiver dans le Colorado rural. Un jour, Angie et Nora avaient rapporté du marché deux canoës gonflables vert fluo avec des rayures jaunes.

Nico et David étaient plongés dans des livres sur la faune et la flore locales, David fasciné par les coyotes du Durango et les jaguars mexicains, Nico par les oiseaux marins tels les albatros et les guifettes noires. Angie et Nora avaient gonflé les canoës et couru dans l'océan, laissant livres et garçons sur le rivage. Elles se donnaient la main pour éviter que leurs embarcations s'éloignent et regardaient le ciel, énumérant les formes qu'elles voyaient dans les nuages. Sous elles, les vagues gonflaient et retombaient, les repoussant tour à tour vers la plage et vers le large, et elles avaient joué à respirer au rythme des ondulations de l'eau, gonflant et dégonflant bruyamment leurs poumons. La sensation de tangage lui était restée même une fois la journée terminée, telle une berceuse mobile et, allongée dans son lit, elle s'imaginait osciller encore sur l'eau salée.

Une pensée heureuse, oui. Mais elle ne parvient plus à se souvenir de la berceuse de l'eau qui ondule, ni de la sensation des doigts de sa fille entrelacés avec les siens, ni du son des rires de Nico et Nora qui jouaient dans le sable, ni de l'acidité de la salsa qu'elle préparait avec ces tomatillos. Il lui faudrait un magicien pour ramener ces sensations.

Le café qui refroidit lui rappelle la raison de sa présence, et une fois que l'heure des visites est arrivée, elle entre dans le centre de détention les épaules en arrière, comme si elle l'avait déjà fait, comme si elle n'avait pas attendu tellement longtemps avant de rendre visite à sa fille de treize ans. Dans la salle des familles, Angie frissonne et regrette d'avoir omis de mettre un manteau ; quand elle est sortie de la maison, elle a tout oublié, à part son sac à main. Elle remue sur la chaise en plastique qui ne fait pas de cadeau à ses jambes encore endolories par son jogging matinal.

Lorsqu'un gardien escorte Nora, visiblement amaigrie, dans la pièce, Angie se lève d'un bond. Le gardien – son ventre déborde par-dessus la ceinture de son pantalon trop serré, et on voit son maillot de corps sous un bouton défait de sa chemise – fait paraître Nora minuscule, et Angie se demande s'il est bien nécessaire qu'un homme aussi imposant menotte une fille si menue pour l'emmener voir sa mère. Il est rasé de frais, cependant, et adresse à Angie un hochement de tête ni amical ni inamical, ce qui la surprend.

« Une heure », annonce-t-il, puis il referme la porte avant qu'elle puisse le remercier, si toutefois c'est ce qu'elle est censée répondre au geôlier de sa fille.

Elle s'assoit en même temps que Nora et se demande si elles ont le droit de se toucher, si elle a le droit de prendre sa fille dans ses bras. Elle se relève et contourne la table pour le faire, mais Nora ne lui rend pas son étreinte. Ses épaules voûtées ne s'abandonnent pas contre elle et ne s'écartent pas non plus, c'est la même neutralité que le gardien. Angie retourne à sa place de l'autre côté de la table, ne sachant comment enchaîner. Elle est venue sans préparation, elle n'a pas apporté de friandises, de cadeaux.

Angie devrait éprouver de la compassion pour Nora du fait que c'est sa fille. De la sympathie, de l'empathie, quelque chose – mais elle ne veut rien éprouver. Elle est seulement venue parce que c'est son devoir de mère, et elle se prémunit contre tout attendrissement, car son engourdissement est la seule chose qui la protège encore. Si elle le laisse fondre, le monde et ses poignards vont la transpercer. Mais si elle ne peut pas ressentir quoi que ce soit pour elle-même, comment pourrait-elle ressentir quelque chose pour Nora ?

Elle s'éclaircit la gorge, puis dit la première chose qui lui vient à l'esprit :

« Tu manges ? »

Nora a les yeux fixés droit devant elle. David et Martine disent qu'elle les regarde à présent quand ils lui rendent visite, voire qu'elle répond oui ou non d'un signe de tête à leurs questions, mais elle ne regarde pas sa mère dans les yeux.

Angie lui demande tout ce qui lui passe par la tête : La nourriture est correcte ? Ils ont du lait chocolaté ? Tu es dans une chambre à plusieurs ? Les mains de Nora sont croisées sur la table devant elle, et Angie les prend dans les siennes. Les doigts de sa fille sont étonnamment chauds, plus chauds que les siens, et elle les serre.

« Je suis désolée d'avoir les mains si froides, ma chérie. J'ai passé deux heures dehors dans la voiture en attendant l'heure du début des visites. »

Pour la première fois, Nora la regarde, et Angie a du mal à déchiffrer ce qu'elle voit dans les yeux de sa fille. Du remords ? Des reproches ? De la peur ? De la colère ? Elle ne peut pas s'empêcher de conclure qu'il s'agit de reproches, même si logiquement, ce devrait être plutôt du remords et de la peur, mais elle ne se dérobe pas devant l'accusation qu'elle lit dans les yeux de Nora.

Celle-ci dégage brusquement ses mains et contemple ses doigts pâles et fins comme s'ils avaient été contaminés, puis fourre ses mains sur ses genoux, hors de la vue d'Angie. Ça ne devrait pas être à Angie de dire qu'elle est désolée. Ou bien si ?

Martine les a avertis, David et elle, qu'ils ne devaient pas parler de l'affaire avec leur fille, sans quoi ils pourraient être forcés de témoigner contre elle, mais elle ne sait pas trop ce qu'elle peut dire si elles n'ont pas le droit de parler de la raison de la présence de Nora ici, et les minutes s'écoulent péniblement. Elle ne parvient pas à se formuler ce qu'elle éprouve envers Nora, à part de la colère, et elle ne sait pas ce qu'elle est censée ressentir d'autre, ou ce qu'elle *veut* ressentir. Finalement, elle se décide à se lancer dans un monologue sans attendre de réponse. Il fait mauvais. Il a plu il y a quelques jours. Il neige juste au-dessus de 3 300 mètres d'altitude. Les feuilles tombent. La santé de Livia, le raton laveur qu'elles ont vu.

Nora tourne subitement la tête vers la porte, puis vers Angie, les yeux écarquillés.

« T'es obligée de partir ? »

Angie sursaute au son de la voix de Nora ; c'est la première fois qu'elle parle à qui que ce soit depuis cette nuit-là. Qu'est-ce que ça signifie, qu'elle recommence à parler ? Et qu'elle ait choisi de parler en premier à Angie ? Elle cache sa surprise et répond seulement :

« Pas encore, ma chérie. Il nous reste quelques minutes.

– Mais le gardien frappe à la porte », chuchote-t-elle.

Il y a de la terreur, une véritable terreur dans sa voix.

Angie se lève et va jeter un coup d'œil par le petit hublot de la porte.

« Il n'y a personne ici, Nora. »

Nora la regarde, les yeux toujours écarquillés, et montre la porte.

« Là, dit-elle. Ça recommence. T'as pas entendu ? Ils vont te forcer à partir plus tôt. »

Est-ce de cela que parlait Martine ? Quand elle disait que Nora entend des voix ? Angie tend l'oreille, espérant confirmer les dires de sa fille et réfuter la possibilité que Nora ait besoin d'une évaluation psychiatrique, car cela risquerait de signifier qu'elle a tiré volontairement, pas par accident, que quelque chose dans sa tête, même provoqué par la psychose, lui a dit de diriger l'arme vers son frère et d'appuyer sur la gâchette, que la mort de Nico n'est pas simplement la conséquence tragique d'un jeu entre ados avec un revolver. Mais elle ne perçoit que le brouhaha du centre de détention. Une cloche sonne au loin – peut-être que c'est l'heure de changer de classe, d'aller faire de l'exercice dans la cour, ou de prendre un repas – et des voix s'élèvent et retombent dans la salle de visite voisine, mais il n'y a pas de coups à la porte, pas de gardien.

Les mains de Nora tremblent, et Angie les prend de nouveau dans les siennes. Nora a la peau sèche, aussi sèche et fine que celle de Livia. « Tout va bien. Il n'y a personne », répète Angie. Elle s'est accrochée à sa fureur, certaine que Nora était une méchante, furieuse que Nora ait enlevé Nico, lui volant ses dernières années. Sauf que maintenant, ces mains qui tremblent, ces épaules minces et cette voix plaintive la cherchent, comme pour dire *aie pitié de moi*, et toute cette fureur disparaît, ne serait-ce que pour un instant, juste assez long pour alléger la pression qui s'est accumulée et menaçait d'exploser, pour laisser sa colère s'échapper, s'enfuir, avec un *pschitt* silencieux qui n'est pas tout à fait un sifflement, plutôt une évasion muette, comme si la fureur avait pris conscience qu'elle n'avait pas sa place dans cette pièce, dans le cœur d'Angie, dans le monde, quel qu'il soit.

Et là – Nora se raidit, retire de nouveau ses mains et reprend sa posture stoïque, robotique. Elle ne dit plus rien de tout le reste de la visite, abandonnant de nouveau Angie à son monologue creux.

Quand le gardien passe devant la fenêtre, se dirigeant vers la porte de la salle, il tapote sa montre avec son index et un sentiment impossible à nommer, peut-être du soulagement, inonde Angie.

L'heure est terminée. Elle se lève tandis qu'il ouvre la porte, voire avant, espérant n'avoir pas l'air trop pressée de s'en aller.

« Au revoir, Nora. » Angie la serre dans ses bras, puis murmure : « Je t'aime. »

Le corps raide de Nora s'affaisse contre celui d'Angie, juste un bref instant, avant qu'elle redresse ses épaules et fasse mine de s'écarter, mais Angie la retient, s'accrochant à cette fissure dans l'impassibilité de sa fille, à cette fissure dans la sienne.

La première fois que Nora est rentrée d'une expédition de chasse avec David, ses yeux brillaient. Angie a d'abord cru qu'elle était au bord des larmes, que cette lueur venait du chagrin qu'elle aurait éprouvé après avoir vu David abattre un élan, et reconnu cette violence mortelle, mais c'était autre chose. Son émotion venait de l'attention que lui avait accordée David, d'avoir bivouaqué dans les bois, réchauffé du chocolat au lait sur un feu de camp, de s'être tapie dans une cachette avec un fusil pour attendre, observer sans bruit, d'avoir passé le temps avec son père. Il avait fait la même chose avec Nico l'année d'avant, et avec Angie aux débuts de leur rencontre. L'émotion venait d'avoir écouté David parler de l'écosystème, de la chaîne alimentaire, des prédateurs et des proies, et expliquer que la persécution des coyotes – les chiens chanteurs, une espèce fondamentale à l'équilibre de la nature, son prédateur favori – par abattage aérien, empoisonnement et trappage avait contribué à la surpopulation des chevreuils et des élans, si bien que la mort de l'élan qu'il venait d'abattre contribuerait à limiter les dégâts sur l'écosystème en empêchant d'autres élans de mourir de faim cet hiver, que cet élan allait nourrir leur propre famille, qu'en l'abattant d'un coup, il lui avait évité des souffrances inutiles. C'était une promesse de préparer des saucisses d'élan, des steaks d'élan et des lasagnes d'élan.

Nico détestait la chasse. Angie détestait la chasse. Bizarrement, Nora adorait ça.

Est-ce que c'était un signe ?

Sur le trajet du retour, par habitude, Angie passe voir Livia. Sa mère est au lit, déjà désorientée, en plein crépuscule, et Angie ne prend pas la peine de l'installer sur un fauteuil roulant ou de baisser le son de la télé pour qu'elles puissent bavarder. Elle n'a pas l'énergie d'entretenir une discussion à sens unique de plus, et Livia a les yeux fermés, de toute façon. Angie a ignoré les e-mails successifs que lui envoie depuis quelques temps le médecin concernant le déclin de Livia, car ils lui ont semblé davantage destinés à protéger ses arrières sur le plan administratif qu'à pointer un problème précis, mais à présent, elle comprend son insistance. Même à travers la couverture, ça se voit que sa mère a encore perdu du poids, comme Nora, sauf que dans le cas de Livia, c'est la progression normale de la maladie, l'incapacité à avaler étant l'un des derniers stades d'Alzheimer. L'un des derniers stades de la vie de sa mère. Le médecin dit qu'Angie doit prendre une décision – lui poser ou non une sonde d'alimentation.

Assise sur le fauteuil, Angie renverse la tête en arrière et ferme les yeux. Pourquoi quiconque voudrait-il prolonger sa vie dans un tel état, ça la dépasse, mais elle est censée y réfléchir du point de vue de sa mère, parce qu'elle est sa représentante légale. À ce titre, elle a l'obligation de se conformer aux souhaits de celle-ci. La question, c'est quels peuvent-ils bien être ? Elles n'ont jamais parlé de ce que voudrait Livia car Livia n'a jamais voulu parler de la mort. Un jour, sans commentaire, elle a tendu un exemplaire de son testament et une procuration à Angie en lui recommandant de les conserver précieusement. Quand Livia a dû être transférée dans cette maison de retraite spécialisée, Angie s'est servie de la procuration pour fermer DeLuca's, le restaurant, et louer les locaux à une brasserie, puis régler les frais de pension mensuels de Livia avec la rente. Sa mère aurait détesté voir le restaurant fermer, mais Angie savait que c'était le bon choix, car c'était le seul moyen de financer cet hébergement médicalisé.

Elle n'a pas la même certitude à présent. Livia est (était ?) une catholique fervente, opposée à l'avortement, au suicide, à l'euthanasie. Mais il ne s'agit pas d'euthanasie. Où se placent les sondes d'alimentation dans le dogme catholique ? Elle ne sait pas trop, et elle ne peut pas s'empêcher de se demander si sa mère avait compris ce que signifiaient les derniers stades d'Alzheimer. Il n'y a plus personne dans ce corps immobile sous les couvertures. La personne qui a vécu la vie de Livia est partie. Le corps sur le lit n'a pas de vie.

« Il faut que j'y réfléchisse », tape-t-elle sur son téléphone, sans prendre la peine de remercier le médecin ou de signer l'e-mail. Un malheur ne vient jamais seul. Elle l'a entendu mille fois. Mais ce n'est plus l'accumulation de malheurs, là, on est bien au-delà. Elle a été prise en sandwich entre ses rôles d'aidante auprès de Livia et auprès de Nico pendant trop longtemps, forcée de faire des choix qu'aucune mère ou fille ne devrait avoir à faire. Nico est mort. Livia est presque morte. Nora est en prison. C'est un maëlstrom de merde qui tombe du ciel, dont le poids écrasant et l'odeur pestilentielle sont plus qu'elle ne peut en supporter. Plus que quiconque ne peut en supporter.

Elle se lève et part sans adresser la parole à sa mère, sans lui appliquer de la crème sur les mains ni même toucher son front.

Sans dire « merci » ou « bonsoir » à la réceptionniste, et pour la deuxième fois de la journée, sans fermer la porte derrière elle.

Nico, onze ans ; Nora, dix.

Nico avait eu un accident de vélo. En descendant Main Street avec une bande de gosses, dont Nora, il avait tenté de faire une roue arrière. Il y avait eu un problème – il affirmait qu'il avait heurté une cannette de soda abandonnée sur la chaussée, mais Angie le soupçonnait de ne pas vouloir avouer que, tout simplement, il ne savait pas faire – et il avait fini par terre, tout le bras éraflé par le goudron. Nora l'avait traîné à la maison pour chercher des pansements, mais il avait suffi d'un coup d'œil à Angie pour savoir que ça ne suffirait pas ; il avait besoin d'un tube entier de pommade antibiotique et de gaze. Elle l'avait fait asseoir à la table de la cuisine et s'était employée à nettoyer les plaies suintantes.

« Qu'est-ce qui t'a pris, de vouloir faire une roue arrière ? »

Elle se tenait debout à côté de lui, tamponnant son bras aussi délicatement qu'elle le pouvait.

« J'ai vu ça sur YouTube », avait répondu Nico avec un grand sourire. Il avait grimacé un peu lorsque Angie avait retiré des gravillons de la plaie, puis s'était remis à sourire. « C'était trop cool, maman, fallait que j'essaie. »

Nora souriait aussi.

« C'est vrai, c'était assez cool. »

Angie avait secoué la tête.

« Tu devrais laisser ces trucs-là aux grands. Tu es trop jeune pour faire des figures à vélo. »

Nico avait protesté – il y était presque arrivé, la prochaine fois serait la bonne, il fallait bien commencer – puis il avait passé la journée sur le canapé, à regarder d'autres vidéos sur YouTube en montrant du doigt les techniques à Nora. Son portable avait sonné et émis des *bip* toute la journée. Les copains n'appelaient ou n'écrivaient pas pour prendre de ses nouvelles, mais pour le féliciter de l'acrobatie qu'il avait presque réussie. Quand une fille lui avait envoyé un texto – Angie s'en était rendu compte car il avait rougi et caché son écran d'une main –, Nora s'était retirée à la table de la cuisine avec ses crayons de couleur et avait dessiné une bande de jeunes qui faisaient tous une roue arrière en même temps. Nora était devant, identifiable à ses cheveux roux et aux baskets zébrées qu'elle avait eues pour son anniversaire, et Nico à côté d'elle, reconnaissable à la bande de gaze blanche autour de son bras. Leurs roues arrière étaient plus hautes que celles des autres enfants derrière eux, et Angie n'avait pu s'empêcher de sourire à part elle, sachant que Nico lui ferait effacer le pansement. L'acrobatie était entrée dans le folklore familial, la roue arrière qui avait failli avoir lieu, ou n'avait peut-être jamais eu lieu, puisqu'aucun des enfants n'avait fait de vidéo ou de photo et que Nico, après avoir souffert de plaies suintantes au bras pendant plusieurs semaines, avait décidé que les roues arrière n'en valaient pas la peine. Quand David, Angie ou Nora le taquinaient, il répondait sur le même ton joueur. La roue arrière était une réussite jusqu'à sa chute, ou elle devenait plus longue, plus impressionnante, ou encore il avait été repéré par un découvreur de talents et allait partir rejoindre une équipe de vélo.

Cela ne pouvait pas être volontairement que Nora avait tué Nico. Ils étaient une famille heureuse. Ils plaisantaient ensemble. Ils prenaient soin les uns des autres. Ils faisaient griller des marshmallows sur des feux de camp l'été, préparaient des cookies aux pépites de chocolat dans la cuisine l'hiver. Ils faisaient du ski, du vélo, de la randonnée ensemble. Ils faisaient des puzzles quand il pleuvait au printemps et partaient récolter des bonbons ensemble pour Halloween.

Peut-être que ce n'est la faute de personne. Peut-être que ça n'a rien à voir ni avec l'herbe, ni avec une dispute, ni avec des voix, rien à voir avec le fait qu'elle soit une mauvaise mère ou David un mauvais père, rien à voir avec le fait d'avoir visé sciemment une cible avec un revolver. Nora aimait Nico ; Nico aimait Nora. Angie et David aimaient Nora et Nico.

Peut-être que Nora jouait avec le revolver. Peut-être qu'en dépit de tout, c'était un accident.

C'est ce que veut croire Angie.

Au moment où Angie arrive à Lodgepole, le soleil est couché. Elle se gare devant le Bea's Market, prenant automatiquement la sortie à droite depuis la route 22, comme elle l'a fait mille fois. Au comptoir boucherie, elle demande quatre steaks hachés au cheddar et au bacon, une préparation que Nico adorait, puis change sa commande : deux suffiront. Tandis que le commis les emballe – ses bras nus couverts de tatouages, peut-être un fondu de ski venu pour l'hiver –, elle sent des regards dans son dos. Elle se retourne et constate que deux femmes l'observent, des mères de filles de quatrième, camarades de classe de Nora. L'une d'elles, Jennifer, était une amie avant qu'Angie laisse tout tomber et abandonne tout le monde pour se consacrer à Nico. Elles ont pris un visage doux et neutre, comme si elles n'étaient pas en train de parler d'elle une minute plus tôt.

« Angie. » Jennifer s'avance et tente de la prendre dans ses bras, mais Angie se tortille pour se dégager. « Comment ça va ? Tu tiens le coup ?

– On s'est *tellement* inquiétées pour toi, renchérit l'autre femme, Michelle. On peut faire quelque chose pour t'aider ? »

Ça pourrait être de la gentillesse, mais ça a tout du mépris, et Angie lutte contre le désir de leur renvoyer leurs jugements à la figure. *Comme si vous ne me reprochiez pas d'être la mère d'une tueuse, d'avoir laissé ça se produire.*

« On va bien, merci. »

Elle prend les steaks enveloppés dans du papier brun et s'éloigne hâtivement vers l'autre bout du magasin. Au rayon gâteaux, elle fourre un paquet de cookies à la mélasse et au gingembre dans son chariot, pour qui, elle n'en sait rien, puis s'arrête, parce que la fille de Michelle, avec son eye-liner épais et son bonnet en laine, la fixe des yeux. Nora disait toujours qu'elle allait chez cette fille après les cours quand Angie emmenait Nico à des séances de thérapie. Elle ne se rappelle pas son nom. Hannah, peut-être.

La fille recule, mais Angie dit :

« Attends. » Elle regarde à droite et à gauche pour s'assurer que Jennifer et Michelle ne l'ont pas suivie. « Tu connais Nora. »

La fille acquiesce d'un hochement de tête.

« Pourquoi est-ce que… vous faisiez quoi ensemble ? Quand Nora venait chez toi après le collège ? »

La fille semble désorientée, et bat des cils, son regard de biche toujours fixé sur Angie.

« Alors ?

– Mrs Sheehan, Nora n'est pas venue chez moi depuis la cinquième. Elle ne me parlait plus depuis l'été dernier. Elle ne parlait plus à personne. »

Elle s'éloigne à toute vitesse, ses baskets un trait blanc sur le linoléum du supermarché.

Quand Angie arrive à la maison, il n'y a pas de lumière à la fenêtre et personne ne l'attend à la porte. David est encore quelque part, la maison encore silencieuse. Elle sort les steaks hachés et les cookies de son sac en plastique et s'assoit à la table. Son reflet sur la fenêtre sombre lui rend son regard – un visage de femme mûre, déformé par la saleté sur la vitre et les larmes dans ses yeux. Pourquoi Nora avait-elle cessé de parler à ses amies ? Se peut-il que ce ne soit pas par accident qu'elle a tué Nico ? Angie s'était dit que si sa fille était tout le temps seule dans sa chambre, c'était simplement parce que c'était une ado comme les autres, et parce qu'elle était déprimée à cause de la maladie de Nico. Une décompensation psychotique – le diagnostic que David croit possible –, c'était une chose qui n'arrivait qu'aux malades, dans les hôpitaux psychiatriques, le genre de truc dont était atteint l'homme qui l'avait frappée à Brooklyn des années plus tôt. Pas un mal qu'on pouvait diagnostiquer chez une enfant.

Pas un mal qu'on pouvait diagnostiquer chez *son* enfant.

Quelque chose était arrivé à Nora, et Angie était passée à côté. Est-ce que c'était arrivé peu à peu, ou du jour au lendemain ? Angie avait eu un ami qui avait pété les plombs sous ses yeux, sous les yeux du monde entier, peut-être même, puisque ça s'était produit sur Internet. Elle avait partagé un atelier avec lui et deux autres artistes à Brooklyn, l'avait perdu de vue en quittant New York, puis avait repris contact sur Facebook quand il lui avait envoyé un mot, des années plus tard. Ses posts paraissaient normaux, au départ, des photos de tableaux ou de nourriture ; mais ils s'étaient mués petit à petit en diatribes contre des gens qui l'observaient, où s'intercalaient des selfies déformés, de très gros plans de son visage bouffi, et finalement des conversations incohérentes dans la section commentaires, où il ne répondait qu'à lui-même. Il n'avait jamais rien écrit à l'ami qui lui avait demandé, dans un commentaire, s'il allait bien, donc un jour, elle lui avait envoyé un message privé. Il avait exigé qu'elle prouve son identité, l'accusant de se faire passer pour la véritable Angie et de l'espionner pour le compte du gouvernement, sur quoi il l'avait bloquée. Elle n'avait pas son numéro de portable – ils s'étaient connus avant que les portables se généralisent – et elle n'avait aucun moyen de le retrouver, car cinq cents Scott Brown étaient apparus lorsqu'elle avait cherché son nom sur Google. Il avait tout bonnement disparu, et elle n'avait rien pu y faire.

La même chose était-elle arrivée à sa fille ?

Angie prend la photo de famille encadrée sur le manteau de la cheminée, celle que David a montrée à Martine lors de leur premier rendez-vous. Nico avait douze ans, et Nora onze. L'avant. Quand sa famille était encore une famille. Elle donnerait n'importe quoi pour remonter le temps, pour se perdre dans cet hier, être n'importe où ailleurs que dans cet aujourd'hui. Qu'il s'agisse d'un accident, d'un accès de psychose ou d'un acte intentionnel, cela n'y change rien – toutes les réponses à la question du *pourquoi* font mal.

Le papier brun enveloppant les steaks hachés crisse derrière elle. David est rentré; perdue dans ses pensées, elle n'a pas entendu la porte se refermer derrière lui. Il ne dit pas bonjour et elle ne se retourne pas. Elle l'entend poser lourdement la vieille poêle en fonte de Livia sur la gazinière, entend le *clic* des boutons, le briquet, le grésillement de la viande. Ses yeux se ferment, et elle remonte le temps, de bien plus que deux ans, elle retourne à l'époque où les enfants voulaient encore qu'on leur fasse la lecture avant de dormir, quand ils faisaient encore des coloriages, qu'ils jouaient aux petites voitures.

Nico, trois ans ; Nora, deux.

Il y a Nico qui court, essoufflé par l'excitation, il la poursuit sur le terrain de jeu. Chat, c'est elle – non, maintenant c'est David. *Maman, cours, sinon papa va t'attraper !* Elle touche David mais trébuche et tombe, et ils finissent emmêlés par terre, à se chatouiller, à rire tandis que Nico vient se jeter sur eux. Et il y a Nora, qui court joyeusement, mais elle aussi trébuche et tombe. Ses lèvres se plissent, elle se tient le genou et ouvre la bouche pour gémir, mais Nico fronce les sourcils, inquiet, et l'aide à se relever avant qu'elle ait le temps de pleurer. Il embrasse son genou pour soulager la douleur, comme si c'était lui le parent, parce qu'à l'époque un bisou pouvait tout arranger, et le jeu recommence. Ils courent en rond, tous les quatre, dans ce passé lointain, et dans le présent Angie prend conscience que son visage est baigné de larmes, des larmes aussi silencieuses que l'espace entre elle et cette autre vie. La nostalgie, ce n'est rien de plus qu'un tour de passe-passe de l'esprit, se dit-elle. Un moyen de transformer des souvenirs banals en moments magnifiques.

Elle ouvre les yeux et David est là, le visage marbré et rouge, assis de l'autre côté de la table. Des traînées de ketchup, telles des touches de rouge au pinceau sur la porcelaine blanche, c'est tout ce qu'il reste sur son assiette. Un steak haché solitaire est posé sur la sienne. Pas de pain, pas de salade, pas de frites. Il avance la main pour prendre la sienne, mais l'odeur de la viande monte dans ses narines, putride et avariée, une odeur de décomposition et de mort, puis s'infiltre dans son estomac, où elle fait des contorsions, lui arrachant tout courage. Le toast qu'elle a mangé plus tôt – était-ce au petit déjeuner, ou à midi ? Un toast, ou des bretzels ? – a travaillé toute la journée dans son tube digestif, et les restes mal digérés gargouillent dans son ventre. Elle s'écarte de la table et court aux toilettes, où elle regarde le vomi jaillir de sa bouche, et les morceaux tourbillonner lorsqu'elle tire la chasse d'eau. Puis elle s'écroule par terre, le carrelage frais et accueillant, telle de la neige tombée du ciel sur sa joue nue.

Tandis qu'elle reprend son souffle à grand-peine, elle se souvient d'une autre fois où elle s'est retrouvée emmêlée par terre, un épisode encore plus lointain que le jour où ils jouaient à chat avec Nico et Nora, à une époque située avant Nico et Nora, avant David.

Elle se souvient de Julian.

7

1995-1996

En 1995, la famille de Julian prit l'avion de Lodgepole à Denver, changea pour un vol à destination de Boston, puis de là, roula presque quatre heures jusqu'au Vermont afin de le voir recevoir son diplôme à Middlebury. Cyrus tint le volant sur la plus grande partie du trajet, alternant de temps à autre avec Gregory, qui avait seize ans et faisait encore des embardées chaque fois qu'il regardait par-dessus son épaule pour changer de voie. Martine les guidait à l'aide d'une carte de la Nouvelle-Angleterre qu'ils avaient achetée chez AAA, la compagnie de location de véhicules, lors de la première année de Julian. Le plan était à peine froissé, à peine chiffonné. Au cours des quatre ans qui s'étaient écoulés depuis son départ de Lodgepole, Martine s'était bien assurée que Julian n'ait pas de raison de rentrer, et Julian, de son côté, s'était bien assuré qu'ils n'aient pas de raison de lui rendre visite, une vengeance muette contre laquelle elle n'avait pas le droit de protester. La famille recomposée dont elle était si fière s'était délitée tel du lait quand un cuisinier y ajoute quelques gouttes de jus de citron. Lorsqu'ils se retrouvaient tous les quatre, ils passaient un bon moment, mais Julian semblait éviter ces occasions le plus possible. Il avait démissionné de l'équipe de ski de la fac lors du premier jour d'entraînement, donc il n'y avait pas eu de courses à aller voir, et quand Cyrus ou elle suggérait une visite pour le plaisir, il prétendait être trop occupé.

L'été, il habitait chez la mère de Martine à New York ou bien restait sur le campus pour suivre des cours supplémentaires ; ils passaient Noël tous ensemble dans le petit appartement, ou bien partaient faire un séjour au Mexique ou en Floride. Une année, ils rendirent visite à la famille de Cyrus à Téhéran, et une autre, celle que Julian passa en France pour ses études, ils louèrent un minuscule appartement à Paris. À présent, Martine et Cyrus se souvenaient à peine de l'itinéraire entre l'aéroport de Boston et Middlebury. Martine vérifiait par deux fois chaque sortie et embranchement, et aboyait sur Cyrus quand il conduisait trop vite ou trop lentement, mais prenait garde à ne pas critiquer Gregory. Aucun d'entre eux ne voulait être en retard pour la soirée, une cérémonie spéciale pour les quatrième année qui avaient pris l'anglais comme matière principale.

La réception avait lieu dans un bâtiment en brique au clocher pointu, et tandis qu'ils traversaient la cour tous les trois, Julian et Gregory s'aperçurent et se mirent à courir, se retrouvant sous l'érable au milieu, radieux. La toge noire de Julian flottait derrière lui telle une cape.

« Mec ! » crièrent-ils tous les deux, puis ils se tombèrent dans les bras.

Gregory, plus petit et plus râblé que Julian, se tenait sur la pointe des pieds.

« Maman ! Papa ! s'écria Julian. Merci d'être venus ! »

Il embrassa tour à tour Martine et Cyrus et leur sourit. Il avait les yeux injectés de sang et on aurait dit qu'il venait juste de se réveiller.

« On est tellement fiers de toi, dit Cyrus.

– Ouais, merci. Bon, je dois entrer. Je suis un peu en retard, ça commence dans quelques minutes. Je vous vois après – il y aura un pot avec du vin et du fromage dans la bibliothèque. » Puis il sourit de toutes ses dents et donna un petit coup de poing dans le bras de Gregory. « Pas de vin pour les gamins de moins de vingt et un ans, mais je te ferai passer un verre en douce.

– Comme si t'avais pas déjà fêté ça », fit Gregory en lui rendant sa poussée.

À l'intérieur, en ouvrant le programme, ils eurent droit à une surprise : le nom de Julian figurait en deuxième page, sur la liste des étudiants ayant reçu les félicitations du jury. Cyrus et Martine furent ravis, et elle courut chercher un programme supplémentaire qu'elle fourra dans son sac à main. Elle était soulagée – toutes ces fois où Julian affirmait qu'il était trop occupé pour une visite, il travaillait donc vraiment – et Julian était encore ébahi par sa bonne étoile. Il était persuadé d'avoir trop fait la fête, mais voilà qu'il était au tableau d'honneur, accepté à la Columbia Law School. Il attendait sur l'estrade avec les autres étudiants, et comme son patronyme, Dumont, commençait par un D, il fut appelé en troisième pour serrer la main du directeur du département et recevoir son certificat d'excellence. Gregory prit l'air gêné lorsque Martine et Cyrus applaudirent trop fort et trop bruyamment, mais sur scène, Julian esquissa une révérence, et le petit groupe des spectateurs rit.

Les quelques jours qui suivirent furent un tourbillon de cérémonies et de barbecues jusqu'à la remise des diplômes proprement dite, qui prit place en extérieur, sous un ciel bleu sans nuage. Martine se précipita à l'avant afin d'être suffisamment proche de l'estrade pour prendre une photo de Julian recevant son diplôme avec son Canon tout neuf, et à la fin, elle le fit encore poser pour plusieurs portraits : d'abord avec Gregory, puis avec Cyrus, puis avec elle et Cyrus, puis avec ses amis. Ceux-ci portaient tous des shorts cargo sous leurs toges, et toutes les quelques minutes, ils sortaient de leurs poches des cannettes de Busch Light qu'ils engloutissaient aussitôt – on aurait dit que leurs shorts étaient des voitures de clowns à la contenance sans limite. Cyrus avait l'air inquiet, et le pli entre ses sourcils se creusait chaque fois qu'apparaissait une cannette, mais Martine lui pressa le bras.

« C'est normal, chuchota-t-elle. Ils fêtent ça, c'est tout.

– OK. Mais j'espère qu'il est suffisamment sobre pour nous aider à porter ses affaires. »

Elle haussa les épaules.

« Comment on va faire pour tout loger, au fait ? Il n'y a pas de porte-skis sur la voiture de location.

– On va faire comme au Tetris. Un bloc à la fois. Je suis super fort pour le rangement. Je fixerai les skis à la galerie, s'il le faut. »

À présent, c'était Martine qui avait l'air inquiète, et Gregory se moqua de ses deux parents, puis chipa une bière à Julian et la but avec ses amis.

Finalement, tout logea sans difficulté. Après toutes les photos, toutes les bières et tous les adieux, ils montèrent et descendirent péniblement les deux étages du club de Julian – Martine sourit lorsqu'il lui rappela qu'un club n'était pas une fraternité et qu'ils acceptaient hommes *et* femmes – et quelques tours leur suffirent pour terminer le déménagement. À part ses vêtements et ses livres, Julian avait tout vendu à l'étudiant qui reprenait sa chambre.

« Même tes skis ? » Le visage de Gregory se décomposa. « Comment t'as pu faire ça ? »

Julian essuya ses mains poussiéreuses sur son short.

« Je les ai vendus il y a déjà un moment. J'en aurai pas besoin à la fac de droit. Ça n'a pas tellement d'importance.

– Mais les vacances ? » demanda Martine.

Elle venait de passer le balai, dont le manche était brisé, et penchée en avant, elle s'efforçait de ramasser toute la poussière dans une pelle. Julian haussa les épaules.

« Je sais pas. J'aurai sans doute beaucoup de boulot. Tout le monde dit que Columbia, c'est stressant. Même toi, tu l'as dit.

– C'est vrai. » Martine se redressa et le regarda avec fierté. « Mais il faudra que tu apprennes à te détendre pendant ton temps libre. C'est important aussi.

– La vache, fit Gregory. J'irais jamais en fac de droit, si ça voulait dire que je suis forcé de vendre mes skis. »

Martine vida la pelle dans la poubelle et regarda Cyrus d'un air perplexe, mais celui-ci dit simplement :

« Il faut qu'on parte bientôt, sinon on va arriver à New York en pleine nuit. Fais tes derniers adieux, et on va y aller. »

Lorsqu'ils prirent la route, l'atmosphère dans la voiture de location était moins joviale que plus tôt dans la journée. Ils ressemblaient à une famille tout ce qu'il y avait de plus ordinaire, Cyrus au volant, Martine à côté de lui, et leurs deux fils sur le siège arrière avec un gros sac en toile et deux sacs à dos fourrés entre eux, mais mentalement, ils étaient à des millions de kilomètres les uns des autres. Martine repensait aux adieux de Julian lorsqu'il avait quitté Lodgepole, à sa séparation d'avec Angie, et elle se disait que ces adieux-ci devaient être plus joyeux, en tout cas plus faciles. *Et peut-être qu'on a fait le bon choix, après tout*, songea-t-elle. Il avait laissé derrière lui Lodgepole et son passé, s'était épanoui à la fac. Il marchait sur ses traces, en choisissant non seulement le droit, mais son *alma mater*. Quand elle l'avait contraint à partir, après l'accident, il était furieux, mais tout cela ne prouvait-il pas qu'il lui avait pardonné ? Elle se laissa couler dans le fauteuil moelleux. Cyrus repensait à ses adieux à sa famille, autrefois, aux quatre sœurs et au frère qu'il avait laissés à Téhéran, ce frère qui n'avait que quatre ans à l'époque, et qui sanglotait dans les jupes de sa mère, gémissant qu'il ne le reverrait jamais. Gregory ne pensait pas à des fins, mais à des commencements : il était amoureux du petit frère d'un des amis de Julian, et avait appris qu'il rêvait comme lui d'étudier à Berkeley. Et Julian ne pensait à rien. Il s'assoupit quelques minutes après être monté dans le break, épuisé par des semaines de fête, notamment les bières de la journée, bues au su de Cyrus, et les innombrables rhum Coca descendus à son insu.

Pour Julian, les quatre années à Middlebury étaient passées vite. Il y avait toujours quelque chose à faire – cours, clubs, soirées – et quand il n'y avait pas assez des deux premiers, il pouvait toujours forcer encore plus sur la fête. La fac, c'était fait pour ça, et même si les clubs n'étaient pas, techniquement, des fraternités, on n'y manquait pas de bière pour autant. La bière, c'était un bon moyen de passer le temps, mais aussi d'oublier le passé et le brutal changement de direction qui s'était opéré dans sa vie. En haut de la piste, en première année, le premier jour des entraînements pour le Middlebury Snow Bowl, la bile était montée dans sa gorge, et il avait compris tout à coup qu'il ne voulait plus jamais skier. Il en avait informé l'entraîneur furieux avant même de faire une seule descente, gardant un silence obstiné lorsque celui-ci avait réclamé des explications, puis il avait vendu ses skis, ses bottes et ses bâtons. Quand il était devenu clair qu'il ne pouvait pas larguer son passé aussi facilement qu'il avait largué ses skis, il avait bu davantage, tout simplement. C'était une échappatoire facile : plus il était soûl, plus il avait du bagout, et même s'il n'était plus entouré par ses vieux potes de Lodgepole, il aimait encore être le centre des attentions. Il troqua ses figures de ski pour l'escalade, et fut à l'initiative de farces de grande envergure aux dépens des autres clubs, lançant notamment d'épiques batailles de boules de neige. Et lorsque ses parents voulaient lui rendre visite, il leur disait qu'il avait trop de travail, alors qu'il n'avait aucun mal à décrocher des notes correctes sans se fatiguer. Sa vraie raison de les tenir à distance, c'était qu'il voulait éviter de courir le risque que ses amis mentionnent sa relation à distance, sa copine. Même s'il s'efforçait de chasser de son esprit ce qui les liait, Angie et lui, il ne voulait pas la chasser, elle, jamais. Il était rare qu'ils aient assez d'argent pour les trajets en Greyhound entre Providence et Middlebury, mais ils s'appelaient souvent, prenant toujours soin d'éviter de parler de Diana. Julian pensait que s'il parvenait à enfouir suffisamment ce souvenir, ou du moins à s'anesthésier suffisamment pour ne plus en souffrir, il pourrait de nouveau aimer la vie.

Si les années universitaires étaient passées vite, les mois d'été suivant son diplôme lui semblèrent interminables. Il avait consacré quatre ans à tenter de chasser le souvenir du drame en picolant, et ça suffisait. À Columbia, il allait commencer une nouvelle vie, être quelqu'un d'autre, quelqu'un de bien. Il se définirait par son présent, pas par son passé. Il comptait renoncer à faire la fête – ce qui ne serait peut-être pas si difficile, si tous les étudiants en droit étaient des fils à papa coincés – et se mettre à courir pour retrouver la forme. La fac de droit serait son tremplin vers l'indépendance, la vie d'adulte. Avec un diplôme d'une école de droit telle que Columbia, on était assuré de gagner de l'argent. Il ne dépendrait plus jamais de ses parents, ne retournerait jamais à Lodgepole.

Et par-dessus tout, il aurait enfin un appartement à lui – dans une résidence pour étudiants sur Amsterdam Avenue et la 118e Rue, loin de chez sa grand-mère, ce qui lui permettrait de voir Angie en toute liberté. Elle aussi s'était installée à New York après son diplôme, et même s'il était persuadé que sa grand-mère ne se formaliserait pas qu'ils n'aient jamais rompu, il n'était pas garanti qu'elle ne le dirait pas à Martine. Tout l'été, il lui avait menti, prétendant faire des heures supplémentaires – il bossait comme assistant juridique dans un petit cabinet d'avocats tenu par de vieux amis de sa mère – afin de voir Angie, dîner et aller au cinéma avec elle, ou passer du temps dans l'appartement du Village où elle habitait. Il en avait assez de devoir tenir cette relation secrète. Et puisque personne d'autre de Lodgepole n'avait atterri à New York – la plupart de leurs amis étaient partis à l'ouest, en Californie, et de toute façon, ils n'étaient ni l'un ni l'autre restés en contact avec leurs anciens camarades –, ils n'auraient pas à redouter de tomber sur quelqu'un de leur passé.

L'université lui avait attribué un studio au sixième étage d'un immeuble à l'ascenseur brinquebalant. Il porta les sacs et les cartons les plus pesants, et sa mère et sa grand-mère montèrent les valises à roulettes et quelques sacs de courses du deli au coin de la rue.

« Mamie, ne porte rien de lourd. Laisse-moi me charger de ça », dit Julian.

Des perles de sueur jaillissaient sur le front et la lèvre supérieure de la vieille dame, qui les essuyait du revers de la main quand elle pensait que personne ne la regardait.

« C'est pas grand-chose, hein, Julian. Juste assez pour démarrer, dit Martine, refermant le mini frigo. Je suis sûre que tu mangeras de la pizza la moitié du temps, de toute façon. »

Elle avait réussi à caser du lait, des pommes, du jus de fruits et du beurre sur une étagère, de la sauce tomate et du parmesan sur l'autre. L'unique fenêtre de l'appartement donnait sur un mur de brique, mais Martine suspendit un rideau à la tringle laissée par le précédent locataire et posa deux photos encadrées sur le rebord de la fenêtre : une de Julian et Gregory sur la promenade, en Caroline du Nord, lors de leurs vacances après son diplôme, et une de toute la famille sur la plage, tout sourire, nez pelés.

Une fois qu'ils eurent terminé, mamie sortit son appareil photo et immortalisa Julian et Martine debout devant le canapé fourni par l'administration, se tenant par la taille.

« Ton premier véritable appartement, dit-elle. Un jour à marquer d'une croix blanche.

– On va dîner ? demanda Martine. On pourrait manger chinois dans ce petit restau sur Broadway. Le Ollie's, je crois. »

Julian secoua la tête.

« Merci, mais il y a une réception pour les 1-L ce soir. J'aimerais bien y aller pour rencontrer les autres étudiants.

– Les 1-L ? »

Sa grand-mère fronça les sourcils.

« Les première année de droit. C'est comme ça qu'on nous appelle. »

Julian les accompagna au métro. Ils se dirent au revoir dans la rue. Sa mère avait les larmes aux yeux, et elle le serra un peu trop longtemps dans ses bras.

« Je suis tellement fière de toi, dit-elle. Tu vas exceller à Columbia. Tu seras un avocat formidable.

– Maman, dit-il, s'écartant aussi délicatement que possible. Tu l'as déjà dit. »

Et c'était bien le cas, elle l'avait dit au moins à dix reprises. Une fois, elle avait évoqué tout le chemin qu'il avait parcouru depuis l'accident, comme si c'était lui qui avait surmonté la tragédie qui *lui* était arrivée, alors qu'elle était en fait arrivée à *Diana*, et il s'était raidi, rétorquant sèchement qu'il ne voulait pas aborder ce sujet, jamais. Il avait beau s'évertuer à s'en souvenir comme d'un accident, ce n'était pas toute la vérité, il le saurait toujours. Il aurait toujours le sentiment d'avoir volé une vie, et il ne voulait pas y penser, pas en parler. À présent, heureusement, elle ne fit qu'évoquer une visite prochaine, qu'il savait qu'il esquiverait en prétextant une surcharge de travail. Elle reprenait l'avion pour le Colorado dans quelques heures et, avec un peu de chance, il passerait Thanksgiving à New York en compagnie d'Angie, avec peut-être une brève visite à mamie en solo. Il n'aurait pas besoin d'affronter ses parents avant Noël.

Il les regarda descendre les marches de la station de métro. Sa grand-mère se frayait un chemin avec précaution parmi la cohue des voyageurs qui montaient, et Martine lui tenait le coude. Puis il se rendit dans un bar qu'il avait repéré en venant. Le Tom's Bar, juste à côté du Tom's Diner. Il prendrait le métro pour rejoindre Angie plus tard, une fois certain que sa mère et sa grand-mère étaient parties. En attendant, il s'installa dans le bar crasseux, le comptoir collant lui rappelant celui qu'ils avaient improvisé dans le sous-sol de son club, à Middlebury, et commanda un Jack avec du Coca.

« Pas de Coca, en fait. Juste le whisky. »

Le barman, un type vieillissant avec des cernes sombres et des cheveux qui auraient dû être coupés des mois plus tôt, haussa les épaules.

« Avec ou sans glaçons ?

– Sans. »

C'était une commande digne d'un avocat new-yorkais, se dit-il. Julian fit tourner le whisky dans sa main, observant le liquide brun qui enrobait les rebords du verre, puis le vida d'un trait. Il avait le temps d'en boire un autre avant d'aller retrouver Angie pour le dîner comme prévu. Une liberté pareille, c'était déjà une joie. Ce soir, Angie et lui seraient un couple comme les autres. Ils se donneraient la main sous la table et dans la rue, sans se soucier des regards, et finiraient peut-être dans son nouveau studio, libres de passer ensemble tout le temps qu'ils voudraient. Il but son second whisky plus lentement et regarda une mouche noire posée sur le comptoir se frotter les pattes de devant, savourant son dernier repas ou se préparant pour le suivant.

Avant de commencer Columbia, Julian avait toujours eu la sensation d'être un visiteur à New York – logé comme il l'était dans l'appartement de sa grand-mère, dormant dans l'ancienne chambre de sa mère – mais désormais, il avait l'impression d'être un vrai New-Yorkais. Il achetait son bagel et son café tous les matins à un marchand ambulant d'Amsterdam Avenue en se dirigeant vers ses cours dans le Grille-Pain, petit nom que les étudiants donnaient au Jerome Greene Hall, un bâtiment hideux des années 1960 doté d'un hall énorme en forme de bac à fleurs géant qui le faisait ressembler à la manette d'un grille-pain. Dans la journée, il enchaînait droit constitutionnel, responsabilité délictuelle et procédure civile, avalait une part de pizza à un dollar chez Koronet sur Broadway, et le soir, il révisait dans la bibliothèque de droit. Il évitait les groupes d'étude, préférant passer ses soirées en solitaire à une table à part. Les autres étudiants se retrouvaient par groupes de cinq ou six, se distribuaient des listes de lectures, et préparaient des organigrammes en vue des examens, mais il ne faisait confiance à personne pour abattre le travail qu'il pouvait mieux accomplir tout seul, et il ne supportait pas leurs bavardages sur les notes ou le moyen d'obtenir une offre de Cravath, Swaine & Moore ou Skadden Arps, de gros cabinets d'avocats qui, il l'avait bien vite appris, étaient les plus prestigieux, et ceux qui payaient le mieux.

Le vendredi, il prenait ses livres et se rendait au sud de Manhattan pour passer le week-end chez Angie, un appartement au quatrième sans ascenseur dans l'East Village, au coin de la 4e Rue et de l'Avenue A. Ils ne passaient jamais le week-end chez lui, car c'était trop loin de l'atelier d'Angie – une salle, à NYU, qu'elle louait officieusement à un professeur – et trop compliqué pour elle de trimballer ses peintures et ses toiles. Avec ses trajets entre Columbia et l'East Village, Julian appartenait à New York, et New York lui appartenait. Il jouissait d'un anonymat qu'il n'avait jamais connu à Lodgepole ou Middlebury. Il adorait la possibilité de disparaître de l'univers clos de Columbia pour se fondre dans la foule du métro, et réapparaître sous les traits d'un autre dans le quartier pouilleux d'Angie. Et Julian avait bien sa place ici : après tout, il était né à l'hôpital Mount Sinai, et il avait passé la première année de sa vie dans un minuscule studio donnant sur Riverside Park.

Quant à Angie, elle avait achevé une transformation si complète, de fille de la montagne à fille de la ville, qu'on l'aurait presque crue née à New York. Pour peindre, elle enfilait encore le jean tout taché qu'elle mettait à cet effet à l'époque du lycée – jean dont les deux genoux étaient désormais troués – mais elle avait aussi des sacs à main de marque qu'elle dénichait dans des friperies, travaillait dans une petite galerie de la 24e Rue, et s'habillait tout en noir les soirs de vernissage. Elle habitait avec deux filles, une amie de fac et la sœur de celle-ci. L'amie peinait à faire décoller sa carrière d'actrice ; le soir, elle prenait des jobs de serveuse, et passait ses journées à courir les auditions, juchée sur des talons de douze centimètres. La sœur était banquière d'affaires, et Julian ne lui avait parlé que quelques fois car elle travaillait tout le temps, même le samedi et le dimanche. Angie avait de la peine pour elle, qui devait bosser deux fois plus pour faire ses preuves sous prétexte qu'elle était une femme dans un monde d'hommes, et s'occupait toujours de sa lessive quand elle faisait la sienne.

Tout le monde le savait, signer un contrat de travail dans ce domaine, c'était conclure un pacte faustien – qu'il s'agisse d'un poste dans la banque d'affaires, comme la colocataire d'Angie, ou d'un boulot d'avocat dans un des grands cabinets de droit des sociétés – mais Julian commençait à se demander s'il voulait vraiment des horaires pareils, ou même un métier de ce genre. Il se demandait ce qu'il pourrait faire, à part avocat d'affaires ou pénaliste, et ne savait pas du tout comment il pourrait y voir plus clair.

Angie se contenta de hausser les épaules quand il lui posa la question :

« Je ne sais pas, parce que moi, j'ai toujours voulu faire de l'art, répondit-elle quand il aborda le sujet, un samedi soir. C'était un choix facile. Je n'ai jamais voulu reprendre le restaurant de maman et papa. Je n'aime pas faire la cuisine, et Lodgepole, c'est trop petit. Je ne veux pas y passer le restant de mes jours. »

Ils avaient fini les plats achetés chez l'Indien au coin de la rue, de l'agneau vindaloo tellement épicé qu'ils en avaient les larmes aux yeux et le nez qui coulait, et étaient assis sur le lit d'Angie tandis que sa colocataire actrice regardait *Un jour sans fin* dans le salon. De temps à autre, des éclats de rire leur parvenaient par la porte fermée, et Angie ne cessait de jeter des coups d'œil dans cette direction, mais Julian avait envie de parler.

« Oui, mais comment tu as choisi de travailler dans une galerie plutôt qu'un musée, par exemple ? Ou de travailler sur tes propres œuvres plutôt que d'enseigner ? »

Elle haussa de nouveau les épaules.

« La galerie, c'est plus excitant, c'est comme une aventure. L'enseignement, ce serait barbant.

– Et pourquoi la peinture plutôt que, je sais pas, la sculpture ou la photo ?

– Par tâtonnements, je pense ? Quand je peins, je peux extraire, augmenter ou créer de la beauté en manipulant la réalité. Ou si j'en ai envie, je peux refléter la réalité. Quand je fais de la sculpture, je me sens coincée, un peu comme si tout avait déjà été fait. La peinture, c'est juste... c'est ce que j'étais destinée à faire. Et je me sens en paix, quand je peins. Ça me détend. » Elle fit un grand sourire. « En plus, je suis nulle en sculpture. »

Julian ne se sentait jamais en paix à Columbia. Même si les étudiants en droit passaient des heures à parler salaires planchers dans les plus grands cabinets d'avocats, et échangeaient des tuyaux sur le meilleur moyen de trouver un stage, personne ne savait, en réalité, ce que ça signifiait de travailler comme collaborateur, ou stagiaire d'un juge. Il ne savait pas dans quel but il travaillait, si ce n'était trouver un emploi, et il voulait gagner de l'argent, comme tout le monde, mais il voulait aussi aimer son métier. Son cours préféré était une clinique du droit pénal, dans laquelle il découvrit que le crime n'était pas simplement une question d'innocence ou de culpabilité : le droit pénal inscrivait les nuances du bien et du mal sur un continuum juridique. Pour la première fois, il avait commencé à s'interroger sur la possibilité d'une carrière d'avocat de la défense, parce qu'il avait pris conscience que, pour que le système fonctionne, il fallait que tout le monde bénéficie d'une représentation légale. Sans quoi, ces nuances du bien et du mal seraient ramenées à des catégories immuables, or il n'y avait pas de justice dans ce cas. Bien qu'il soit en première année, il avait reçu une offre de stage convoitée dans un cabinet de droit des sociétés pour l'été suivant – en général, ces propositions étaient réservées aux deuxième année – mais ça ne l'emballait pas.

« Accepte, Julian, ne te pose pas de questions. Tu ne peux pas savoir comment c'est avant d'avoir essayé, lui conseilla Angie. C'est bien payé, non ? »

Julian confirma d'un hochement de tête et elle poursuivit.

« Tu pourras te servir de cet argent pour financer une partie de tes frais de scolarité l'an prochain, ça allégerait ta dette. Ou on pourrait prendre des vacances à la mer. Peut-être même les deux. Tu n'auras qu'à essayer autre chose l'été suivant. »

Elle lui massa les épaules et il s'abandonna à son geste chaleureux et rassurant. Puis elle souleva son tee-shirt, lui passa par-dessus la tête et l'embrassa sur la nuque, fourrant son nez dans son oreille, ce qui lui donna un fou rire.

« Tu sais que je suis chatouilleux des oreilles », l'accusa-t-il.

Elle recommença, mais il se tourna, lui prit le bras et la chatouilla à son tour, oubliant ses états d'âme professionnels, et ils se déshabillèrent l'un l'autre, jouant à la lutte. Julian se demandait parfois si le désir diminuerait un jour, si viendrait un temps où il n'aurait plus une telle soif d'elle, elle de lui.

« Attends », dit-elle, et elle ouvrit le tiroir de la table de nuit pour prendre un préservatif. Sa carrière comptait beaucoup pour elle, et elle disait toujours que tomber enceinte serait le baiser de la mort pour son travail. Julian était d'accord. Même s'il ne savait pas exactement ce qu'il voulait faire, il voulait se concentrer sur son avenir sans avoir la responsabilité d'élever des enfants. Il voulait fonder une famille, et il voulait la fonder avec Angie, mais plus tard. Il aimait la liberté d'errer dans la ville dont ils jouissaient. Ils travaillaient beaucoup, mais le week-end, ils buvaient des gin tonics dans des clubs de jazz ou mangeaient du pain français et du brie dans des cafés ouverts toute la nuit. Ils s'installaient sur des bancs, dans les squares, pour lire, et allaient courir à Central Park. Parfois, ils jouaient même les touristes et se rendaient à Coney Island pour manger des hot dogs, ou prenaient le ferry de Staten Island. Il n'était pas prêt à abandonner cette vie.

Un jour, ils visitèrent le World Trade Center. L'un comme l'autre étaient déjà montés sur l'Empire State Building, mais jamais au sommet des Twin Towers. Ils accédèrent au 107e étage de la tour sud par l'ascenseur, et prirent des photos depuis la terrasse panoramique. Julian montra du doigt le restaurant Windows on the World, en haut de la tour nord, en face.

« Quand j'aurai décroché mon premier gros poste, quel qu'il soit, je t'emmènerai dîner là.

– Il n'y a pas d'autres restaurants à essayer ? » demanda Angie.

Elle s'éloigna du rebord et frissonna.

« Depuis quand tu as le vertige ?

– Je ne l'ai pas. J'ai froid, c'est tout. Allons-y. »

Julian plaça son manteau autour des épaules d'Angie, pardessus celui qu'elle portait déjà.

« On croirait qu'une fille du Colorado supporterait sans problème un petit courant d'air. »

Angie haussa les épaules. Normalement, elle adorait les points de vue sur la ville, les lumières scintillantes et le quadrillage des rues, tel un plan vivant, mais le crachin avait traversé son jean et les nuages stationnés au-dessus des immeubles bloquaient leur regard. Dans leurs vies d'avant, le mois de mars, c'était la période où ils allaient skier sans parka, avec leurs seuls pulls et gants. Au premier rayon de soleil, ils troquaient leurs masques de ski contre des Ray-Ban, et se taquinaient sur leur bronzage de skieurs : joues roses et yeux de ratons laveurs à cause des marques de lunettes. Le ciel bleu vif leur faisait tourner la tête, et ils y voyaient jusqu'aux montagnes La Sal, dans l'Utah, à cent soixante kilomètres de là. Les jours les plus chauds, ils skiaient en maillot de bain, par pur plaisir, et déjeunaient à Eagles Nest, le relais à mi-pente qui disposait dehors des chaises longues et passait les Beach Boys à fond. Il faisait souvent très mauvais à Lodgepole en mars, mais désormais, elle ne parvenait à se rappeler que ces journées en bikini, la chaleur du soleil de la montagne sur sa peau, et l'air frais et sec crépitant autour d'eux.

« Pas de problème, dit Julian. J'ai quelque chose pour te réchauffer. »

Il sortit une flasque de la poche intérieure du manteau dont il avait drapé Angie, en prit une longue gorgée et la lui tendit.

Elle l'imita.

« On mange thaï, ce soir ? »

Chaque matin, à l'heure où elle s'habillait pour aller travailler, Roberto lui téléphonait. Il ne pouvait pas appeler le soir, car il y avait trop de monde au restaurant, mais il n'avait pas manqué un jour, et il avait même envoyé à Angie de quoi se payer un répondeur pour pouvoir lui laisser des messages si jamais elle n'était pas là. Il en avait acheté un pour Livia et lui et l'avait installé sur le plan de travail, dans la cuisine, afin de ne pas rater le voyant qui clignotait si des messages l'attendaient, avait-il dit.

En général, Roberto parlait de la météo, d'une recette qu'il venait de créer, ou d'une émission de télé que Livia et lui regardaient. Il ne restait pas longtemps en ligne, et terminait presque toutes leurs conversations par :

« Je sais que tu es occupée, mais j'avais besoin d'entendre ta voix, de vérifier que tout allait bien.

– Tout va bien, papa. Merci d'avoir pris de mes nouvelles. Et vous, ça va ? »

À l'autre bout du fil, il y avait un bref silence, car pour lui, ça allait toujours, mais pas pour Livia, et il se pouvait qu'elle n'aille jamais mieux. Après la mort de Diana, le chagrin s'était enraciné en elle telle une herbe toxique qui n'avait pas besoin d'être nourrie, pas besoin d'autres drames pour prospérer. Le malheur avait écrasé tout son être. Roberto était trop loyal pour se plaindre, mais Angie comprenait toujours ce que signifiait ce silence. Rien n'avait changé. La seule fois où il avait répondu franchement, il avait juste dit : « *Fa niente, carina.* Maintenant, notre vie, c'est le restaurant. » Ça n'allait pas, non, pas vraiment, mais Angie était la dernière personne à pouvoir alléger le chagrin de sa mère, donc elle n'essayait pas.

Roberto et Livia n'étaient venus que trois fois sur la côte est au cours des années de fac d'Angie. D'abord pour l'emmener, puis début mai pendant sa deuxième année, et enfin pour sa remise de diplôme. Elle savait qu'ils auraient aimé lui rendre visite plus souvent, mais ils ne voulaient pas laisser le restaurant sans surveillance. Ils craignaient que leurs employés les volent en leur absence – Livia avait un jour renvoyé un couple marié qui faisait la plonge sur un simple soupçon, prétendant que la femme dérobait du liquide, alors même que les billets manquants avaient été retrouvés par la suite sous un tas de papiers – et Roberto ne faisait confiance à personne pour la cuisine. Lors de leur deuxième voyage, c'était la morte-saison à Lodgepole, et ils avaient fermé le restaurant pendant deux semaines, mais quand ils s'étaient rendus à Boston pour la journée et qu'Angie leur avait fait découvrir ses établissements préférés du North End, par moments, son père s'arrêtait net, les yeux dans le vague, comme s'il était encore à Lodgepole, s'inquiétant de la qualité du plat du jour chez DeLuca's.

À chaque visite, chaque coup de téléphone, Angie effaçait toute trace de Julian. À la fac, il lui avait suffi de fourrer ses photos de lui au fond de son placard. À présent qu'il passait tous ses week-ends chez elle, quand elle parlait à Roberto ou Livia au téléphone, elle s'arrangeait pour qu'il soit dans sa chambre, porte fermée. Elle ne s'était pas demandé comment elle allait s'y prendre pour maintenir cette supercherie à l'avenir, elle savait simplement qu'elle était nécessaire pour l'instant.

Julian jouait le même jeu avec ses propres parents, mais ces derniers temps, il commençait à se demander si ça restait indispensable.

« C'était il y a tellement longtemps », dit-il un matin lorsque Angie regagna la chambre après le coup de fil de Roberto.

On était lundi, et il préparait son sac à dos pour retourner à Columbia afin d'assister à son cours de droit criminel de 10 heures.

« Quoi donc ? »

Elle enfila une jupe étroite en cuir souple par-dessus son collant, puis se planta devant le miroir accroché à la porte de sa chambre et se tourna de part et d'autre pour admirer son look.

« Tout ce qui s'est passé. À Lodgepole. »

Il rougit. C'était un sujet qu'ils évitaient en général. Ils avaient évoqué une seule fois la mort de Diana, lors de leurs retrouvailles après leur entrée à la fac – Julian avait pris le bus de Middlebury à Providence pour un long week-end. Cramponnés l'un à l'autre sur le lit étroit de la petite chambre d'Angie, ils avaient pleuré ensemble leur séparation et sa cause encore fraîches. Angie avait une photo de Diana dans un tiroir de son bureau. Elle l'avait sortie. C'était une photo d'école, prise juste après son entrée en CE1, et Diana y faisait un grand sourire, deux dents de devant en moins ; deux mèches de sa frange brune étaient dressées par l'électricité statique, comme si elle venait de se frotter les cheveux avec un ballon de baudruche. Ils s'étaient promis de ne se rappeler que les belles choses de sa vie, et Julian envoyait des fleurs à Angie tous les 28 février, date anniversaire de l'accident, mais ils n'en avaient jamais reparlé. Jusqu'à ce jour.

Angie s'assit sur le lit, son chemisier encore dans ses mains.

« Pas si longtemps que ça.

– On n'était pas les mêmes.

– Quel rapport ?

– Je me demande juste pendant combien de temps on va être obligés de cacher notre histoire. Pendant combien de temps tu vas me forcer à me terrer dans ta chambre chaque fois que tu parles à ton père. »

Il se tenait, gêné, au milieu de la petite chambre, un livre à la main et son sac à dos par terre.

« Ma sœur est *morte*.

– Je sais bien, répondit-il sèchement. Tu crois pas que je me souviens... »

Angie leva une main.

« Arrête.

– Tu peux pas me faire ça. On y était tous les deux. On a tous les deux joué un rôle dans ce qui s'est passé. »

Elle inspira entre ses dents, vivement. Elle n'avait jamais compris pourquoi Julian et Livia éprouvaient le besoin de désigner un coupable dans la mort de Diana. Sa mère faisait comme si c'était la faute de Julian et Angie, car Diana était sa fille préférée, et il lui fallait désigner un responsable, ce qui était injuste. Julian faisait comme si c'était leur faute, car ils avaient laissé Diana sans surveillance, ce qui était une grave erreur. Diana manquait – énormément – à Angie, et elle aurait donné n'importe quoi pour changer ce qui s'était passé ce jour-là, mais des enfants qui skient tout seuls, c'était très courant. Diana aurait pu heurter cet arbre même si Julian et elle avaient été juste derrière elle. Comme la plupart des petits, de temps en temps, elle prenait des risques inconsidérés. Il lui arrivait de skier parmi les arbres, zigzaguant entre les épicéas et les trembles. Parfois, elle s'éloignait même délibérément d'Angie, parce que ça lui déplaisait d'être surveillée par sa grande sœur. Oui, Angie se sentait coupable du drame. Comment aurait-il pu en être autrement ? Mais elle avait la sensation que tout le monde la forçait à revivre la douleur de la mort de Diana.

« C'était *ma* sœur, pas la tienne.

– Mais ce qui est arrivé est arrivé. On ne peut pas revenir en arrière pour changer le cours des événements, et toi et moi... ça ne va pas changer non plus. Je ne veux pas qu'on change, toi et moi. Je t'aime. Et je sais que tu m'aimes. Alors pourquoi on devrait cacher ça à nos familles ?

– C'est pas parce que c'est un accident que c'est pas la faute de quelqu'un. Notre faute. Ma mère nous le reprochera toujours, surtout à toi. Elle te hait, elle hait toute ta famille. Elle ne cessera *jamais* de te haïr. »

Elle passa le chemisier par-dessus sa tête et le rentra dans sa jupe, puis se pencha en avant et enfila ses escarpins vert vif.

Julian se mordit la langue si fort qu'il sentit un goût de sang. *Notre faute* ne voulait pas dire la même chose pour Angie que pour lui. Après toutes ces années, il ne savait toujours pas ce qui était sa faute à lui, et ce qui était sa faute à elle. S'il avait dissimulé la vérité à Angie, ce n'était pas seulement par sentiment de culpabilité et par honte, mais aussi parce que s'il était rentré dans Diana, c'était en partie la faute d'Angie. Il avait endossé toute la responsabilité pour lui éviter d'avoir à affronter la sienne ; il avait absorbé la faute d'un coup, comme une respiration, si bien qu'elle était devenue partie intégrante de lui. Il voulait à tout prix éviter à Angie d'éprouver ce qu'il avait éprouvé ce jour-là. À présent, debout au milieu de la chambre, en la regardant se baisser pour enfiler ses chaussures, il la revit penchée sur Diana, dans la neige, revit le pompon jaune au milieu de la piste tel un soleil mourant. Peut-être ne savait-il toujours pas ce que *notre faute* signifiait pour lui.

Avant de pouvoir se retenir, il laissa échapper :

« Ta mère, elle a jamais entendu parler du pardon ? C'est pas ça, le message de Jésus, ça fait pas partie de votre foi, à vous autres catholiques ? C'est vrai, quoi, elle va à l'église tous les dimanches, elle porte une croix autour du cou.

– *Vous autres* catholiques ? Depuis quand c'est cool de se moquer de la religion des autres ? »

Il rougit de nouveau, jusqu'aux oreilles cette fois.

« C'est pas ce que je voulais dire. Je voulais juste… je voulais pas… je suis désolé. J'aimerais juste savoir combien de temps on doit être punis pour ça, puisque c'était un accident ?

– Je sais pas, répliqua sèchement Angie. Mais Diana est *morte.* »

Elle croisa les bras sur sa poitrine. Julian, penaud, regardait ses pieds, et la colère d'Angie retomba aussi vite qu'elle était montée. Elle savait qu'il faisait de son mieux pour comprendre sa mère, cette femme difficile, mais même elle, elle ne comprenait pas Livia. La mort de Diana s'était estompée dans l'esprit d'Angie : c'était le passé, un passé important, dont elle regrettait infiniment qu'il se soit produit, mais le passé, résolument, et résolument, un accident. Quand le drame se transformerait en simple accident dans l'esprit de Livia, si cela se produisait un jour, Julian et elle pourraient révéler leur relation. Mais là, ce n'était pas le bon moment. Pas encore. Elle se leva et le prit dans ses bras.

« On devrait pas se disputer à ce sujet. On est du même côté, non ? » demanda-t-il.

Sa mère était partisane de la loi du talion, elle n'était pas du genre à tendre l'autre joue, et Angie était pratiquement sûre que Livia ne lui avait toujours pas pardonné, à elle, et à Julian encore moins. Ce n'était pas le moment de penser à l'avenir.

Angie ne savait pas pourquoi elle s'était mise tellement en colère. Julian avait raison. Ils étaient du même côté. Elle se demanda si c'était son propre sentiment de culpabilité, son chagrin – des sentiments qu'elle croyait avoir digérés depuis des années – ressurgis du fait qu'ils avaient remué des souvenirs de l'accident de sa sœur, ou l'inquiétude, parce qu'elle savait que Livia serait folle de rage si elle apprenait qu'elle était encore avec Julian. Et elle ne savait pas pourquoi elle défendait sa mère. Rien de ce qu'elle pouvait faire n'était assez bien pour Livia ; que ce soit la fréquence de ses visites, le choix d'étudier les beaux-arts ou de s'installer à New York. Parfois, elle se demandait ce qui était le pire à ses yeux : le rôle qu'elle avait joué dans l'accident de Diana, ou son refus de rentrer à la maison pour reprendre le restaurant. Cependant, sa mère restait sa mère, et ce n'était pas la faute de Livia si elle était ainsi. Quelque chose dans la mort de Diana l'avait fait sortir durablement de ses gonds, et elle avait perdu son équilibre, sans jamais le retrouver ; cette rage jamais disparue couvait en permanence sous la surface. Angie ne voulait rien faire pour exacerber ce chagrin furieux. Quoi qu'il en soit, leur dispute avait duré si longtemps qu'elle était en retard pour son travail, et elle dut mettre de l'argent qu'elle n'avait pas dans un taxi au lieu de prendre le métro. Sur la banquette arrière, elle ferma les yeux et prit de profondes inspirations, dix de suite, pour se calmer comme Roberto lui avait appris à le faire avant les grosses compétitions de ski.

Elle avait cinq minutes de retard, mais Idara, l'une des copropriétaires de la galerie, haussa à peine un sourcil lorsque Angie se précipita pour prendre son poste à la réception. Elle avait de la chance d'avoir ce boulot ; Hobbs & Co n'était pas une galerie très connue et son salaire était merdique, mais Idara la traitait équitablement, et lui avait dit qu'elle pourrait peut-être un jour exposer un de ses tableaux dans l'une des salles en sous-sol. Elle connaissait Kerry James Marshall et Judy Rifka ; quand il leur arrivait de passer aux vernissages, Angie en restait des étoiles dans les yeux chaque fois, trop impressionnée pour articuler autre chose que *Enchantée*. De tous ses amis, elle était la seule à avoir un boulot aussi prestigieux, et elle détestait arriver en retard, abhorrant l'idée de courir le moindre risque de gâcher cette opportunité.

« Super, tes talons », dit Idara, les yeux fixés sur les escarpins colorés d'Angie.

Elle fit un grand sourire. Elle ne s'habillerait jamais aussi bien qu'Idara, qui semblait sortir ses tenues du dressing d'un grand couturier, mais elle n'allait pas cracher sur un tel compliment. Sa patronne était grande et mince, aussi gracieuse et belle que les top models en couverture de *Vogue* – pratiquement une œuvre d'art humaine. Angie copiait son style, en s'efforçant toutefois de ne pas trop le laisser paraître. Elle avait trouvé ces escarpins dans une friperie, sans doute abandonnés par un vrai top model après avoir été portés une fois, mais Idara n'avait pas besoin de le savoir. Et si les jambes d'Angie ne seraient jamais aussi longilignes que celles d'Idara – après des années de ski, elle s'était modelé d'épais quadriceps qu'aucun régime ne saurait affiner à ce point –, au moins, ses pieds pouvaient rivaliser.

Angie respira profondément. Elle se sentait déjà mieux. Cette galerie était pour elle un véritable sanctuaire. Les sols et les murs lisses absorbaient ses émotions comme une toile blanche absorbe la peinture, transformant tout ce qu'elle pouvait ressentir en autre chose. Chaque tableau avait son propre espace sur le mur, sans rien autour pour lui faire de l'ombre. Si des visiteurs parlaient trop fort, leurs voix résonnaient dans les salles profondes, mais les murs épais protégeaient la galerie du brouhaha incessant des klaxons et des sirènes. Elle prenait le nom des visiteurs, répondait au téléphone et, de temps à autre, à des questions concernant les expos ou les artistes, mais à part ça, elle passait ses journées à rêver du moment où ses propres œuvres y seraient exposées.

Ce matin-là, la galerie était déserte à l'exception d'Idara, qui bavardait au téléphone dans son bureau, et de trois hommes âgés en costume noir et béret, qui se promenaient parmi les toiles en échangeant des murmures. Ils marchaient comme un seul homme, à pas lents, d'un tableau au suivant, et leurs chuchotements parvenaient de temps à autre à Angie, à travers la salle : *l'importance de la lumière*, ou *la transition en douceur vers la représentation*. Elle se mit à faire des croquis en vue d'un nouveau tableau. Sa dernière série portait sur l'eau – des reflets sur l'eau, ce qui pousse au bord, des représentations tourbeuses du monde reflété sur l'Hudson, un étang qui vivait dans sa mémoire, ou même ses orteils dans la baignoire. Elle aimait extraire de la réalité des éléments minuscules, visions fugitives d'un instant. Elle dessina sans réfléchir, ne sachant trop ce qu'elle voulait faire de la toile qu'elle en tirerait, sans s'arrêter pour considérer ce qu'elle était en train de faire, jusqu'au moment où Idara passa la tête par-dessus le guichet.

« Je vais déjeuner, j'ai un rendez-vous. Je reviens dans une heure. » Elle tourna le carnet de croquis d'Angie vers elle. « On passe à l'hiver, je vois ? »

Angie le retourna. Idara avait raison. Elle avait dessiné une série de gouttelettes d'eau en train de geler, se reformant en flocons de neige, en grêle ou en verglas, une abstraction à laquelle elle n'avait pas fait attention jusqu'à la remarque de sa patronne.

« Ah oui, dit-elle, fronçant le nez. Faut croire. »

Elle suivit son crayonnage du bout du doigt, sentant le grain épais du papier sous sa peau.

8
Novembre 2016

Julian avait prévu de passer les vols jusqu'à Denver puis Lodgepole à examiner les documents que lui avait envoyés Martine, mais lorsque le petit avion commence à descendre vers l'aéroport, juste à la sortie de la ville, son ordinateur est toujours rangé dans une pochette rembourrée à l'intérieur de sa mallette. En tout, il n'est rentré que deux fois. Une fois pour la remise du diplôme de Gregory en fin de lycée, une fois pour l'enterrement de Cyrus. Les deux fois, il a fait l'aller-retour en moins de quarante-huit heures, et il a dormi dans son ancienne chambre, dans son ancienne maison, juste assez longtemps pour en avoir la confirmation : ce n'était plus *sa* chambre, plus *sa* maison. Depuis une heure, il ne peut arrêter ses ruminations : qu'est-ce que ça va lui faire de passer ses nuits dans une chambre qui a appartenu à un adolescent depuis longtemps disparu et ses journées à tenir le rôle d'avocat pour la fille d'Angie, à parler avec Angie, et sans doute avec David, comme si leur passé n'avait pas d'importance ? Et même si en principe, c'est de l'histoire ancienne, il ne peut s'empêcher de se demander ce qui va se passer s'il croise quelqu'un qui se souvient de l'accident de Diana, après toutes ces années. Livia n'entre plus en ligne de compte – Martine l'a bien précisé – et une bonne partie de ses copains d'antan se sont installés ailleurs. Mais ceux qui sont restés – vont-ils le reconnaître, et inversement ?

Le mois de novembre, sombre et monochrome, est la période de l'année qu'il aime le moins à Lodgepole. Dans cet entre-deux avant l'hiver, on croirait la ville entière en deuil de l'automne qui s'achève. Pourtant, quand il a pris place dans l'avion, un groupe de touristes occupaient la majorité des sièges, dont le fauteuil à côté du sien. Lorsqu'on commence à apercevoir le mont Warren, avec son sommet escarpé qui pointe plus haut que les cimes alentour, ils poussent des *oh* et des *ah*.

« C'est beau, dit sa voisine. On n'a pas ce genre de montagnes, au Texas. »

Elle mâche un chewing-gum, qu'elle fait claquer de temps à autre, et tend le cou pour regarder par le hublot, envahissant l'espace personnel de Julian. Elle est jeune, dans les vingt-cinq ans, elle porte un chapeau de cow-boy et des bottes à fourrure, et elle va sans doute se mettre à prendre des selfies dès l'atterrissage. Quand elle plaque son téléphone contre le hublot, bras tendu devant le siège de Julian, il s'éclaircit la gorge.

« C'est de là que vous venez ? »

Il se sent obligé de jouer la comédie de la politesse.

« Ouaip. Et vous ?

– J'habite à New York. »

Julian voudrait qu'elle arrête de lui parler.

« C'est là que cette fille a tué son frère, pas vrai ?

– Je ne sais pas, ment-il.

– C'est une histoire horrible. Une copine m'a envoyé l'article sur Instagram. Une gamine a abattu son frère avec le revolver de son père, il y a à peine quelques semaines. »

Julian se détourne et regarde par le hublot ovale. Les sommets sont couverts de neige, mais le bas des pentes a gardé le vert des épicéas, ponctués de trembles déplumés. Les routes et les mesas ont l'air dégagées, ce qui est bizarre en cette saison. Sa mère a dit qu'il avait neigé en octobre, mais ça aura fondu.

« Je comprends pas. Comment elle a pu faire ça ? Et ses parents, qu'est-ce qu'ils ont fait pour la rendre comme ça ? Je parie qu'elle va passer le restant de ses jours en prison, genre. »

La femme mastique plus fort, comme si ça devait l'aider à résoudre ce problème juridique complexe.

« Il faut déjà qu'elle soit jugée », marmonne Julian.

L'avion se pose et quelques touristes derrière lui applaudissent. Il sort son téléphone et consulte ses e-mails. Il déteste ce genre de conversations. Plus jeune, il se serait pris au jeu, aurait expliqué la présomption d'innocence, ce principe fondamental de la justice. Mais de nos jours, une fois que quelqu'un est accusé, tout le monde se précipite pour juger : c'est la présomption de culpabilité qui l'emporte. Dès que les gens voient un crime aux infos, que ce soit un homme arrêté pour le braquage d'une banque ou une femme interpellée pour le meurtre de son copain, ils partent du principe que le suspect est coupable. Sauf qu'une arrestation n'est rien de plus qu'une accusation. Elle ne suffit pas à établir la culpabilité de quiconque.

« Bah, oui, mais elle, elle l'a fait, pas de doute. C'est complètement tordu. Aucune chance qu'on la laisse sortir un jour. Il faut qu'elle soit punie. Un crime pareil, c'est impardonnable. Pas vrai ? »

La femme lui jette un regard, dans l'expectative, et il prend conscience qu'il a exprimé une partie de sa pensée à haute voix, sans y prendre garde.

Il se retourne vers le hublot sans répondre. Les gens disent toujours ça. Il n'y en a que pour la punition, le châtiment. Peut-être qu'elle est bien coupable d'avoir tué son copain, cette femme qui a été arrêtée, mais... que dire s'il la frappait depuis des années ?

Elle mérite une certaine clémence, au moins une réduction de sa peine, et une fois qu'elle l'aura purgée, elle a droit à la réhabilitation. Tout le monde commet des erreurs, mais tout le monde a besoin du pardon, et tout le monde devrait avoir le droit de réparer les torts qu'il ou elle a commis.

Cette fois-ci, il manque le dire tout haut à dessein : « Parfois ce que devient une personne est plus important que ce qu'elle a été », mais c'est une idée que cette femme ne comprendrait jamais. Elle pianote frénétiquement sur son écran, et « l'histoire horrible » de la fille qui a tué son frère n'est déjà plus pour elle qu'un vague souvenir. Elle place son téléphone devant son visage, caméra pointée vers ses lèvres luisantes, et ébouriffe ses cheveux teints avant de prendre le selfie. Elle n'a même pas envisagé la possibilité que Nora ait été en train de jouer avec l'arme, ou qu'elle soit atteinte de troubles mentaux, ce que soupçonne déjà Martine. L'opinion de cette touriste est faite, aussi immuable que l'image qu'elle s'est forgée de Nora.

Il envisage de la secouer en faisant valoir l'ironie de leur conversation, lui apprenant que son métier consiste à défendre des gens qui sont accusés de crimes, dont Nora, mais l'avion s'arrête devant la porte, l'une des deux seules du petit aéroport de Lodgepole, et un tintement leur apprend qu'ils peuvent défaire leurs ceintures. Julian masse ses chevilles raides – on reste assis trop longtemps, pendant ces vols d'est en ouest – et se lève, baissant la tête pour éviter le casier à bagages. Sa voisine quitte son siège d'un bond, cramponnant son sac énorme d'une main, son téléphone de l'autre.

« Passez un bon séjour », lui lance-t-elle par-dessus son épaule, se frayant un chemin dans la file des passagers qui attendent leur tour pour sortir.

Lorsque Julian émerge de l'aéroport, sa mère l'attend sur le trottoir. Quand il était petit, il pensait que c'était la femme la plus grande du monde. Avec son mètre quatre-vingts, elle éclipsait toutes les autres mamans, et faisait de l'ombre même à Cyrus quand elle mettait des talons. *Je vais être aussi grand que ça, maman ?* lui demandait-il. *On verra bien, mon petit canard,* répondait-elle toujours. *Bois ton lait et t'auras tes chances.* À quinze ans, longtemps après avoir banni le surnom *mon petit canard,* il la dépassait de dix centimètres. Il n'avait jamais pu dire qu'il « lui faisait de l'ombre », mais là, pour la première fois, il a la sensation qu'elle est minuscule à côté de lui. Elle semble avoir rapetissé depuis la mort de Cyrus, se coulant dans la silhouette générique de la plupart des vieilles personnes, épaules tombantes et ventre proéminent. Pour la première fois, il se sent un peu coupable de s'être accroché à son ressentiment pendant si longtemps – elle a fait alors ce qu'elle pensait être le mieux, en tant que mère, et rien d'autre – et la prend dans ses bras.

Dans la voiture, il règne un silence gêné, mais sans colère. Finalement elle dit :

« Merci.

– Je ne pouvais pas dire non plus que toi.

– Oui, mais quand même... » Elle met le clignotant à gauche. « Et Mayumi ? Elle va s'en sortir sans toi pendant deux semaines ? »

Quand il avait annoncé à Mayumi qu'il comptait aider Martine à défendre la fille de son ex-petite amie, il lui avait avoué la vérité – toute la vérité, y compris ce qui était arrivé à Diana. Ils étaient sur un canapé dans l'appartement qu'il avait hérité de sa grand-mère, face à face. Elle avait fouillé ses yeux intensément de son regard perçant sous la frange qu'elle comptait couper depuis longtemps, puis elle avait dit : « On est tous davantage que la pire chose qu'on a faite. » D'un seul coup, elle avait accordé à Julian un pardon qu'il essayait – en vain – d'obtenir depuis vingt-cinq ans. Ce pardon, il l'avait cherché dans l'alcool, dans l'autoflagellation lorsqu'il avait abandonné le sport qu'il aimait tant, et dans les milliers d'heures de travail juridique bénévole qu'il avait abattues. Il s'était éloigné de sa famille, avait détruit sa relation avec Angie, puis il l'avait cherché, de nouveau, dans l'alcool. Après le départ d'Angie, il lui avait fallu deux ans pour arrêter de boire, avec tant de pauses puis de rechutes qu'il avait perdu le compte des sous-sols d'église qu'il avait fréquentés lors de réunions des AA, ayant trop honte pour retourner à ceux auxquels il se rendait avant et leur annoncer qu'il lui fallait repartir de zéro, ou qu'il ne pouvait accomplir toutes les étapes car il lui était impossible de faire amende honorable auprès de tous ceux qu'il avait blessés. La phrase de Mayumi avait effacé toutes ces années de quête, et il s'était demandé s'il méritait ce pardon, s'il la méritait, elle.

« Elle est déçue que je manque l'anniversaire de ses neveux, dit-il seulement. Mais son cabinet de psy est assailli par les demandes de rendez-vous. Elle va faire des heures supplémentaires pour rattraper son retard.

– Tu as pu te faire remplacer, sur tes dossiers en cours ?

– Oui. C'est l'avantage de travailler dans un grand cabinet. On ne manque pas de stagiaires pour assurer les arrières. Et je peux abattre une partie du travail à distance, si nécessaire. »

Martine tourne dans Main Street et ralentit à vingt-cinq kilomètres à l'heure, la vitesse autorisée dans le centre. La police de Lodgepole est très à cheval sur la vitesse dans la rue commerçante, ce depuis l'enfance de Julian. À l'époque, Main Street était une succession de quincailleries, de restaurants familiaux, de magasins de vêtements et de chaussures, avec un bureau de poste.

À présent, la rue est bordée de boutiques de bijoux et de magasins de cuir de luxe, de coûteux restaurants de produits locaux et de galeries d'art.

« Je voudrais qu'on se mette directement au travail, dit-elle. Le procureur veut se servir d'elle pour faire un exemple, et j'ai peur que sa demande de transfert de son dossier à la cour de district aboutisse.

– Pourquoi tient-il tellement à la juger comme une adulte ?

– Qui sait ? » Elle jette les mains en l'air, exaspérée. « Enfin je dis n'importe quoi. Je le sais très bien. Pour des raisons politiques. Il y a une élection dans pas longtemps, et il est candidat sur une liste super pro-sécuritaire. La femme qui compte se présenter contre lui a déjà beaucoup de soutiens, donc ça le rend nerveux, j'imagine. Mais c'est ridicule. »

Elle se range dans l'allée, serre le frein à main et descend de la voiture.

« Il ne pouvait pas s'acharner sur quelqu'un d'autre qu'une gamine ?

– Faut croire que non », fait-elle avec une grimace. Elle hésite, puis ajoute : « Tu ne m'as pas demandé comment allait Angie.

– Je ne vois pas par où commencer. C'est… je ne sais pas. C'est bizarre, de me retrouver là, quelles que soient les circonstances, tu le sais bien. » À part Mayumi, Angie est la seule femme qu'il ait jamais aimée. Il n'a pas d'autre modèle de relations auquel se référer. Comment est-il censé se comporter ? Qu'est-il censé dire ? « J'ai de la peine pour elle, c'est tout. »

Il y a autre chose qui le tracasse, mais il ne veut pas le formuler à haute voix : pourquoi est-ce David qui a sollicité son intervention ? Angie était tellement en colère contre lui, à l'époque, à New York, que quand il a appris la mort de son fils, il ne l'a pas contactée pour lui proposer son aide, car il craignait qu'elle dise non. Ou pire, qu'elle ne réponde pas, comme à la lettre qu'il lui avait écrite pour tenter de faire amende honorable. Il avait mis son âme à nu, dans ces mots, reconnaissant son alcoolisme, avouant l'avoir délaissée au profit de son travail et avoir bousillé leur histoire, et même si son parrain des AA l'avait bien prévenu qu'Angie n'avait aucune obligation de répondre, son silence lui avait fait l'effet d'un rejet suffisamment cuisant pour le faire encore souffrir après toutes ces années. Mais elle devait savoir qu'il accepterait de les aider si elle le lui demandait, et il s'était à moitié attendu à ce qu'elle cède, à ce qu'elle l'appelle. Le fait que ç'ait été David n'a pas de sens. Ils ne s'appréciaient déjà pas au lycée, et David n'aurait jamais voulu de son aide, sachant qu'il était l'ex d'Angie, sachant – du moins Julian suppose-t-il qu'il sait – ce qui s'était passé à New York.

Il entre dans la maison. Chez lui, mais plus chez lui. Martine l'observe, évalue son état, comme le font toutes les mères.

« Et toi ? demande-t-elle. Comment tu vas ? Ton prochain marathon, c'est quand ?

– Je fais une petite pause. Mes articulations commencent à protester, à force de courir.

– Il faut que tu prennes soin de toi, Julian. Tu as toujours eu tendance à dépasser tes limites, en sport.

– Et il faut que je lève le pied au travail, que je dorme plus, que je mange mieux. Je connais la chanson, maman. » Il sourit, puis monte au premier pour défaire sa valise, un bagage à main noir qui lui semble plus lourd qu'autrefois. « Je pourrais t'en dire autant, hein. C'est toi qui as soixante-douze ans.

– On a rendez-vous avec Nora demain matin, et avec David et Angie après-demain », lui lance-t-elle, ignorant sa remarque.

La septième marche, celle qu'il évitait toujours, adolescent, car elle lui causait des ennuis quand il faisait le mur, grince lorsqu'il prend le virage dans l'escalier.

Le centre de détention se trouve au bout d'une longue route sinistre, truffée de nids-de-poule, même si, pour être honnête, tout est sinistre au Colorado en novembre. La météo aride de l'automne flétrit les arbres, qui brunissent tous en même temps, de même que l'herbe, jusqu'à ce que le paysage entier ait l'air d'un plat trop cuit. Même le bleu du ciel anémique semble délavé, prêt à être jeté à la poubelle et remplacé par un neuf.

« Elle a recommencé à parler », explique Martine. Ses mains sont posées de chaque côté du volant, aux trois quarts de la hauteur, comme elle lui a appris à le faire dans une autre vie. « Angie lui a rendu visite il y a quelques jours, et elle a parlé.

– Elle a dit quoi ?

– Qu'elle entendait quelqu'un frapper à la porte. Elle avait peur qu'un gardien vienne la chercher.

– Au moins, elle parle.

– Oui, sauf qu'il n'y avait ni gardien, ni coups à la porte. Elle entend des choses. Je croyais que son silence était une séquelle du choc, qu'il lui permettait de digérer ce qu'elle a fait ou de se protéger des conséquences de ses actes, mais… je sais pas. C'est peut-être pas ça.

– Je pense qu'il va falloir un peu de temps pour se faire un avis définitif sur la question. Ça peut être un mélange de tous ces éléments, aussi. »

Julian a lu l'évaluation psychiatrique hier soir une fois que Martine, reconnaissant finalement sa fatigue, est allée se coucher. Le psychiatre a noté que Nora semblait souffrir de dépression, d'hallucinations, de désordre de la pensée, et présentait également un comportement gravement désorganisé, avec une catatonie ; elle pourrait être atteinte de psychose et il est possible qu'elle ait perdu le contact avec la réalité dans les semaines précédant le meurtre. Il a précisé qu'il aurait besoin de visites supplémentaires pour confirmer les symptômes et le diagnostic, car il n'avait reçu l'autorisation de passer que soixante minutes avec elle, or selon lui, il est difficile de diagnostiquer des troubles tels que la psychose chez une enfant de treize ans, en raison de leur rareté.

« Et Angie, comment elle a réagi aux résultats de l'évaluation ? » demande Julian, qui regrette aussitôt sa question.

C'est pour Nora qu'il est là, pas pour Angie.

« Pas bien.

– Tu dis qu'ils ne peuvent rien payer. Qui a payé le psychiatre ? »

Martine lève les sourcils et fait la moue déconfite qu'elle a toujours affichée quand elle avoue une bêtise.

« Dans le dossier, j'ai lu que la dépression et l'agressivité font partie des symptômes de la maladie de Huntington juvénile. Elle a été testée, Nora, après le diagnostic de Nico ? »

Martine hoche la tête.

« Oui. Elle n'est pas porteuse du gène, donc je ne sais pas ce qu'elle a, mais ce n'est pas ça. »

Ce centre de détention n'est pas différent de ceux dans lesquels il est allé rendre visite à ses clients mineurs à New York. Ce sont toujours des bâtiments en parpaings et en briques, même si celui-ci est plus récent, et que la réception est peinte de couleurs gaies, comme pour cacher qu'il s'agit d'une prison. Martine et Julian passent les doubles portes et le contrôle de sécurité, puis on les introduit dans une salle inondée de lumière, avec d'énormes fenêtres. Les ados ne voient sans doute jamais cette pièce ; Julian devine qu'ils et elles passent leur temps dans leurs cellules, dans leur espace commun, ou dans les pièces mornes qui passent pour des salles de classe ; peut-être, quand il fait beau, ont-ils le droit de sortir dans une cour cachée derrière, entourée de clôtures grillagées de dix mètres de haut, coiffées de barbelés. D'après ce qu'il a vu, la plupart des centres de détention pour mineurs, quel que soit le décor, appliquent les mêmes protocoles que des prisons, et les gamins y sont traités comme des détenus ordinaires. Il est rare qu'on y propose des outils de réhabilitation ou d'éducation dignes de ce nom.

« Signez ici », dit le gardien à la réception, puis il leur indique les salles de visite.

Nora est déjà dans la pièce. Une autre gardienne, devant la porte, scrolle sur son téléphone.

Julian montre les distributeurs dans le hall d'un signe de tête.

« Je peux lui prendre une barre chocolatée ?

– Oui, oui, fait la gardienne. Mais dépêchez-vous. Vous n'avez que quatre-vingt-dix minutes, et on compte à partir du moment où vous avez signé au guichet.

– M&M's ou Snickers ? » demande-t-il à sa mère.

Elle hésite.

« Je ne sais pas, je ne lui ai jamais apporté de friandises.

– Maman, c'est pas comme ça que ça marche. Il faut apporter des gâteaux, créer une relation. C'est juste une gamine.

– Je lui apporte de la peinture », réplique Martine, piquée au vif.

Dans la salle de réunion, Martine s'assoit en face de Nora, mais Julian choisit de s'installer à côté d'elle. Chaque fois qu'il rencontre un nouveau client, il fait l'effort de se remémorer l'effet que ça fait de savoir qu'on vient de commettre une terrible erreur, de prendre conscience, en panique, que l'on vient de changer le cours de sa vie pour toujours. L'espace d'un instant, il essaie de se mettre dans la peau de son client, de mêler sa culpabilité à la sienne, même si bien sûr ce n'est pas la même chose, car les personnes qu'il vient voir doivent payer pour leurs erreurs, tandis qu'il n'en a jamais eu l'obligation.

Il tend la main.

« Bonjour Nora, je m'appelle Julian Dumont. Je suis le fils de Martine, mais je suis aussi avocat, et tes parents m'ont demandé de t'aider. »

Comme elle ne répond pas, il lui tend des Twix et un Coca. Elle retire la languette et boit quelques gorgées de Coca avec circonspection, comme si elle avait peur de ce qu'il y a dans la cannette. Elle n'ouvre pas le Twix, alors il s'en charge.

« Ta mère m'a dit que tu les aimais bien, ment-il. Elle a dit que c'étaient tes préférés quand tu étais petite. »

Il n'a pas encore parlé avec Angie, donc il ne connaît pas, en vérité, les confiseries préférées de Nora. C'étaient les préférées d'Angie, il y a longtemps.

Deux demi-lunes sombres lui soulignent les yeux. Elle se frotte le nez et hausse les épaules.

« Ouais, peut-être.

– Ça va, pour toi, ici ? Tu dors, tu manges ?

– Faut toujours que tous les gens qui viennent me voir me demandent ça.

– Tu regardes la télé ?

– Hier soir il y avait *Shrek*. »

Elle a les lèvres serrées en un trait horizontal, mécontent.

« Ça fait plaisir d'entendre ta voix, Nora, dit Martine. Est-ce que ça veut dire que tu te sens mieux ?

– Je suis fatiguée. J'aime pas les nouveaux médicaments qu'ils m'ont donnés.

– C'est pas pour très longtemps, dit Julian. C'est pour t'aider par rapport... » Il hésite et jette un coup d'œil à Martine, qui secoue imperceptiblement la tête, mais il est contre l'idée de mentir aux enfants, surtout quand ces mensonges vont être révélés au tribunal, donc il choisit une solution intermédiaire. « C'est pour t'aider par rapport à tes problèmes de santé mentale, pour remettre ton cerveau sur les rails.

– Je sais. Ils me donnent un gobelet avec des cachets deux fois par jour. Avant, je prenais des médicaments contre la dépression, mais ils me les ont retirés pour m'en donner des nouveaux. Et maintenant ça fait trop.

– Je n'aime pas les cachets, moi non plus. Mais ceux-là, ils sont importants, OK ? Il faut que tu continues à les prendre. »

Il se promet de regarder quel traitement lui était prescrit auparavant. Dans sa jeunesse, aucun gamin de treize ans ne prenait d'antidépresseurs. La pauvre gosse, déprimée avant d'avoir vraiment vécu, avant d'être arrivée aux écueils de la vie.

« Nora, il faut qu'on parle de ce qui s'est passé avec Nico, intervient Martine. Je sais que c'est dur, mais c'est important.

– Il y a beaucoup de mouches, ici, dit Nora, donnant une tape dans le vide. Il y en a partout, même dans la nourriture.

– Je suis désolé », dit Julian. Il s'écarte de la table. « Il y en a dans cette pièce, maintenant ? »

Nora lui jette un regard glacial.

« Bien sûr que oui.

– Elles vont s'en aller bientôt. Ça va s'arranger.

– Peut-être. » Elle croise les bras sur sa poitrine. « Je ne me souviens pas de ce qui s'est passé. Je n'arrête pas de le répéter.

– D'accord, d'accord, dit Martine. Tu veux peindre, comme l'autre fois, pendant qu'on discute ? »

Elle parle d'une voix compréhensive, mais Julian remarque bien sa confusion, trahie par le pli entre ses sourcils, si profond qu'il se distingue bien des rides sur son front.

Quatre-vingt-dix minutes plus tard, ils sont de retour dans la Subaru de Martine, qui tient de nouveau impeccablement le volant.

« Tu t'y prends bien.

– J'ai déjà eu des clients souffrant d'hallucinations, donc je savais à quoi m'attendre. »

Julian prend soudainement conscience du décalage dans leurs expériences, et il a de la peine pour elle, forcée de demander conseil à son fils pour un métier qu'elle exerce depuis quarante-cinq ans.

« Tu t'en es mieux sorti que moi. Je ne savais pas comment réagir. »

Pendant les trois heures du trajet pour rentrer, ils discutent stratégie. Ils doivent prendre pour base de travail les aveux de Nora lorsqu'elle a appelé la police. Ils disposent de trois options : plaider que Nora jouait avec le revolver et que le coup est parti accidentellement ; plaider « l'abolition du discernement » – une direction toujours périlleuse, aux résultats imprévisibles ; ou plaider coupable, mais en avançant que sa responsabilité est amoindrie en raison de son âge et de ses troubles mentaux, dans l'espoir d'aboutir à une sentence moins lourde. La théorie de l'accident, à laquelle se raccroche Angie, ne tient pas deux minutes. Si le coup était parti par accident, pourquoi Nico aurait-il été abattu de trois balles, et pourquoi celles-ci l'auraient-elles atteint en plein dans des parties du corps qu'on ne viserait que pour tuer ?

« En plus, elle sait se servir d'une arme, ajoute Martine. David l'a déjà emmenée à la chasse. »

Julian tapote ses jambes du bout des doigts, se demandant ce qu'a bien pu en penser Angie. L'Angie qu'il a connue autrefois portait des talons hauts et des blousons en cuir, elle trinquait au champagne dans les galeries d'art les plus chics de New York, et elle est même devenue végétarienne pendant un an, ce qui avait compliqué les dîners dans certains des restaurants préférés de Julian. Par solidarité, il avait laissé tomber les hamburgers et les pizzas au salami piquant, il avait mangé des falafels, des lentilles et du tofu. Il savait pourquoi elle l'avait quitté – il ne pourrait jamais l'oublier, jamais se le pardonner. Mais il ne comprendrait jamais comment elle avait pu rentrer à Lodgepole et épouser un type comme David.

« Je pense que la meilleure solution, c'est de négocier un plaider-coupable avec le procureur en s'appuyant sur le faisceau de circonstances atténuantes, notamment sa santé mentale. L'évaluation psychiatrique va dans ce sens. »

Les mains de Martine se crispent sur le volant, et elle secoue la tête.

« Je ne sais pas. Gil Stuckey a été très clair. Il se fiche de son âge et de son casier vierge, et il a déjà dit qu'il doutait qu'elle ait des troubles psychiques. »

Le silence se fait dans la voiture pendant quelques instants.

« J'ai tellement de peine pour eux, dit-elle.

– David et Angie ? »

Elle acquiesce d'un hochement de tête.

« Au fond, ils ont perdu leurs deux gosses, tu vois ? »

Le lendemain, Julian et Martine expliquent leur stratégie de défense à David et Angie. Les salutations – les poignées de main raides, les paumes glacées d'Angie, pas de bises, pas de *Ça fait plaisir de te voir*, ni même de *Ça fait longtemps* – ont été encore plus embarrassantes que ne le craignait Julian. Il savait autrefois tout ce qu'il y avait à savoir sur Angie, le corps de la jeune femme lui était aussi familier que le sien. Il connaissait la courbe exacte de ses hanches lorsqu'elle s'allongeait sur le côté, savait le temps que mettaient ses yeux à se fixer lorsqu'elle se réveillait. Il savait qu'elle mangeait des chips avant le déjeuner mais ne grossissait jamais. À l'époque, elle pleurait facilement, surtout après avoir vu des films tristes ou quelqu'un accomplir une bonne action. Quand elle était nerveuse ou en colère, elle gigotait, tortillant son index droit de la main gauche ou tapant du pied. Elle a trois cicatrices de la scarlatine à l'intérieur de la cuisse droite, une juste au-dessus du genou, les deux autres beaucoup plus haut. Des petits faits si anodins qu'il supposait qu'ils feraient toujours partie de lui. À présent, il en est un peu gêné, comme s'il savait des choses qu'il ne devrait pas, des trucs un peu salaces. Ils prennent place autour d'une petite table ronde dans le bureau de Martine, Julian pris en sandwich entre David et sa mère, Angie en face, son manteau encore sur les épaules, incapable de croiser son regard, à moins qu'elle le refuse. Elle est parfaitement immobile, comme si tout signe d'agitation risquait de laisser transparaître celle qu'elle était autrefois.

Après qu'elle l'a quitté, pendant une longue période, il est resté persuadé qu'il n'aimerait plus jamais personne, et que plus personne ne l'aimerait. Puis Mayumi était arrivée – la fille du meilleur ami de son ancien patron, un rendez-vous arrangé qu'il avait failli annuler – et il avait fini par bannir Angie de ses pensées quotidiennes, cesser de ruminer les erreurs qu'il avait commises, celles qu'elle avait commises, celles qu'ils avaient commises. Mais voilà qu'Angie était assise en face de lui. Avant la réunion, il avait une telle sensation de creux dans l'estomac qu'il n'avait rien pu avaler, ni petit déjeuner ni café, mais à présent, il éprouve un affreux tiraillement de triomphe. *Je m'en suis sorti, même si tu m'as quitté.* Cette pensée jaillit de son estomac vide tel du lait caillé et il déglutit à plusieurs reprises, comme s'il tentait de se déboucher les oreilles dans un avion, alors que ce qu'il veut vraiment, c'est étouffer ce sentiment qu'il sait ne pas devoir éprouver. Puis celui-ci est suivi par un autre : le sentiment de culpabilité. Parce qu'il ne s'en est pas seulement sorti, il va très bien. Il a une femme, un projet d'enfants, et il est heureux, plus qu'il ne l'a jamais été, tandis que la famille d'Angie s'effrite.

Ils passent en revue les défenses et peines possibles, l'éventualité d'une négociation de plaider-coupable, et Angie soutient avec véhémence, comme l'avait prédit Martine, que la mort de Nico est accidentelle. La deuxième fois qu'elle l'affirme, David la coupe.

« Je voudrais qu'on parle de la possibilité de plaider l'abolition du discernement, dit-il.

– Je sais que l'argument semble bon, répond Julian, mais ce n'est pas ce que vous croyez. Le problème, avec une telle défense, c'est qu'il faudrait que Nora soit évaluée par un psychiatre de l'État, en plus du nôtre.

– Et en quoi c'est gênant ?

– C'est la loterie, dit Julian. Rien ne garantit que le psychiatre de l'État sera d'accord avec le nôtre. Il peut très bien décréter qu'elle n'a pas de troubles mentaux du tout, ou pire, conclure que Nora est une sociopathe qu'il convient d'enfermer pour le restant de ses jours. Le procureur en ferait ses choux gras.

– Nora a treize ans, proteste Angie. Ce n'est pas une sociopathe.

– Ça ne veut pas dire que le procureur ne cherchera pas à l'établir. Même s'il ne le fait pas, prouver l'abolition du discernement, c'est très difficile. Il faut prouver que Nora n'était pas en mesure de former une intention, et les tribunaux ne sont pas tellement ouverts à cette idée. Dans certains États, la défense pour abolition du discernement n'est plus recevable. Les statistiques nationales, pour cette ligne de défense, ne sont pas bonnes – elle ne fonctionne que dans moins de vingt-cinq pour cent des cas. Ça reviendrait à prendre un gros risque, et si on perd, le jury pourrait en conclure que c'était un calcul de sa part. Elle pourrait écoper d'une peine encore plus lourde. »

Julian s'efforce de chercher les yeux de David et Angie. Elle finit par lever la tête et le regarder en face.

Martine ajoute :

« Je ne suis pas certaine que ce soit ce qu'on puisse espérer de mieux pour Nora dans cette affaire, par ailleurs. Si elle est acquittée pour cause d'abolition du discernement, cela signifie qu'elle sera internée dans un hôpital psychiatrique d'État pour y être traitée, et ce type d'internement peut se prolonger indéfiniment.

– Comment ça, *indéfiniment* ? demande David.

– Elle ne sera pas libérée tant que les médecins et la cour n'auront pas statué conjointement qu'elle est suffisamment stable et inoffensive pour être réintégrée dans la communauté.

– Et ça représente combien de temps, ça ?

– Ça peut être très long, explique Martine, car le statut des personnes jugées irresponsables dans l'État du Colorado n'impose aucun calendrier pour ces étapes. Elle aurait droit à une thérapie de groupe pour la gestion de la colère, à une thérapie individuelle pour ses traumatismes, et à des médicaments pour la psychose et la dépression, en théorie du moins, mais elle pourrait y rester pendant des décennies. L'institut psychiatrique de l'État du Colorado à Denver a la réputation de garder les personnes dans ce cas sur des périodes très longues, parfois plus que les peines de prison auxquels ils auraient été condamnés.

– Ses traumatismes ? demande David. Quels traumatismes ? »

Julian ne sait pas quoi penser d'Angie et David. Ils se coupent la parole, sans jamais se l'adresser, parlant comme si l'autre n'était pas là. Il préférerait presque qu'ils se disputent, car au moins ils reconnaîtraient leurs existences respectives. Il s'éclaircit la gorge.

« On a un autre problème à aborder. Ce matin, le procureur a déposé une demande de transfert du dossier de Nora de la cour des mineurs à la cour de district, afin de pouvoir la juger comme une majeure. »

Julian fait tourner son crayon entre ses doigts, une habitude qu'il a prise en fac de droit.

« Mais elle *est* mineure, dit Angie, fixant son crayon des yeux. C'est une enfant. Une enfant de treize ans. Je ne comprends pas. »

Elle regarde Julian avec une émotion qu'il n'arrive pas à déchiffrer. Quand ils étaient ensemble, il savait toujours ce qu'elle pensait, mais c'était une autre vie. À présent, il regrette de ne pas savoir lire dans les pensées.

« Donc la peine dont on vient de parler – un maximum de sept ans dans une prison pour mineurs – ça serait plus, c'est ça ? » demande David.

Julian confirme d'un hochement de tête.

« Je sais que ça semble injuste, Angie. Et ça l'est. Mais le Code pénal du Colorado l'autorise. À New York, c'est encore pire. Si un gamin ou une gamine de treize ans est accusé de meurtre, il ou elle est *automatiquement* inculpé comme un majeur. Au moins, ici, on peut toujours essayer de mettre Gil en échec à l'audience, et c'est pour ça qu'on va se battre de toutes nos forces. Et oui, David, si elle est jugée et condamnée comme une majeure, la peine sera de plus de sept ans. Elle pourrait être condamnée à la prison à vie, avec une peine incompressible de quarante ans. Et en fonction des places disponibles, elle pourrait être enfermée dans une prison pour adultes au lieu d'un établissement pour mineurs. Dans ce cas, elle serait isolée du reste de la population carcérale jusqu'à ses dix-huit ans – donc automatiquement en isolement, par conséquent il faudrait qu'on se batte aussi sur ce point. »

Angie pousse un petit cri aigu de souris affolée et couvre sa bouche de la main. Le visage de David reste impassible, et il n'esquisse pas un geste pour la rassurer. Même quand ils étaient petits, Julian avait l'impression que David lui était hostile. Il boudait sur le terrain de jeux, comme s'il avait été forcé de faire semblant d'aimer jouer, et, une fois ado, David aimait causer des ennuis à Julian, en particulier dans l'équipe de ski, répétant à l'entraîneur toutes les farces qu'il faisait. À présent, Julian aurait envie de crever ce visage sans expression pour voir s'il va éclater ou se dégonfler, ou au moins, de réconforter Angie, si David n'en prend pas la peine. Il se retient de lui toucher le bras, car ce n'est plus sa place. Elle n'est plus sa compagne, et il n'est plus son compagnon.

« Je sais que c'est effrayant, dit-il simplement.

– Et... c'est un crime passible de la peine de mort, non ? Si elle est jugée comme une adulte, qu'en est-il ? »

Elle parle d'une voix douce, mais ferme.

« Non, dit Julian. Oh mon Dieu, Angie. Non. Il n'en est pas question, à cause de son âge. En 2005, la Cour suprême a prohibé la peine de mort pour les personnes ayant commis des crimes avant l'âge de 18 ans. Elle... sur ce point, elle ne risque rien. »

Angie pleure à présent, et ses épaules se soulèvent sous l'effet du soulagement.

« Le calendrier de la cour de district est le même que celui de la cour des mineurs ? demande David. Ça sera aussi jugé en six mois, dans ce cas ?

– Non. Le calendrier sur six mois ne vaut que pour les mineurs. » Martine caresse la main d'Angie. « Ça pourrait prendre deux ans, voire plus.

– Des années, fait Angie en écho.

– Donc les dates que tu m'as données, celles que j'ai accrochées sur mon frigo ? demande David.

– Elles ne seront plus valables, sauf si la requête de transfert de l'affaire déposée par Gil Stuckey est rejetée lors de l'audience préliminaire. Comme a dit Julian, il va falloir qu'on se batte.

– Si sa requête est acceptée, et qu'il parvient à l'inculper comme une majeure, la meilleure solution pour nous est d'éviter un procès en négociant un plaider-coupable, dit Julian. On sera en terrain plus sûr, et ça nous permettra d'esquiver les mauvaises surprises que le procureur est susceptible de réserver à Nora à la barre. Ce serait un compromis – elle aura une peine de prison, c'est certain – mais ça, de toute façon, c'est inévitable. La question, c'est combien de temps. »

La réunion dure plus de quatre heures, car Angie ne cesse de poser les mêmes questions et Julian répond du mieux qu'il peut, chaque fois, même si David n'arrête pas de regarder sa montre. Une fois qu'ils ont terminé, Martine cale leur prochain rendez-vous et explique que Julian va faire des allers et retours entre New York et Lodgepole afin de s'occuper du dossier.

« Vous pouvez nous appeler l'un et l'autre, mais c'est lui l'expert, dans le cas présent, donc il vaut mieux s'adresser d'abord à lui. »

Sous la table, Julian se tord les mains, tentant de se retenir de trembler, que ce soit la colère, l'agacement, ou la douleur lancinante d'être si près d'Angie – il ne sait pas trop.

Julian se réacclimate à Lodgepole plus facilement qu'il ne l'aurait cru possible. Martine a redécoré sa chambre depuis longtemps, mais elle a laissé quelques-unes de ses anciennes affaires dans le placard : des chaussures de marche qui sont trop petites pour lui depuis le lycée, un pirate en papier mâché qu'il a fabriqué avec une bouteille d'eau en cinquième, un diorama du Lorax qu'il a fait dans une boîte à chaussures au CE2. Les objets qu'elle a gardés sont étrangement rassurants, un parcours à travers son enfance. En ville, il croise les regards des gens et sourit, chose que personne ne fait à New York. Certains le reconnaissent et lui rendent son sourire ou s'arrêtent pour bavarder, et personne ne le regarde bizarrement ni ne mentionne le passé. Lodgepole s'est remplie de nouveaux habitants et de nouvelles maisons. Il y a une ligne de démarcation nette entre les locaux, qui envoient leurs enfants au lycée et prennent rendez-vous chez le pédiatre ici, et les possesseurs de résidences secondaires, qui utilisent une fois par an leurs maisons de six cent cinquante mètres carrés. Certains locaux sont des « nouveaux », qui se sont installés ici il y a dix ans. Quand il s'achète un café au kiosque sur Main Street, il se rend compte que ceux-là ne savent pas où le placer. « Vous êtes d'ici ? » demandent-ils, haussant un sourcil ou jetant un coup d'œil à droite et à gauche, comme s'ils cherchaient quelqu'un qui puisse confirmer ou infirmer ses dires, un bibliothécaire qui lui aura délivré une carte, un employé de la poste qui l'a vu déposer un paquet. Les possesseurs de maisons secondaires le voient comme un des leurs. C'est peut-être sa coupe de cheveux, ou ses chaussures, qui sait, toujours est-il qu'ils lui demandent d'où il est («New York»), qui il emploie pour s'occuper de sa maison en son absence (il botte en touche) et leurs voix changent, presque imperceptiblement, quand il dit qu'il a grandi ici.

Chaque jour, après avoir acheté son cappuccino, il fait des recherches, en quête de précédents dans le Colorado qui pourraient servir le dossier de Nora, puis il envoie des e-mails au procureur afin de lui demander un rendez-vous pour discuter de la possibilité d'un plaider-coupable; mais Gil Stuckey tarde et ne répond que deux jours avant l'audience préliminaire du 17 novembre. Et même là, il refuse de le rencontrer. Leur discussion téléphonique est brève et déprimante.

«Ça ne m'intéresse pas de négocier, annonce Stuckey sans préambule. Pourquoi ça m'intéresserait?

– Parce que Nora est une enfant de treize ans qui a commis une terrible erreur, pas une criminelle endurcie. Elle n'a jamais eu de problème avec les autorités, on ne l'a jamais vue voler à l'étalage ou boire. Elle n'a jamais eu de problème au collège. Rien n'indique la préméditation, elle n'a jamais fait preuve de violence auparavant. Tout ce qu'on a, c'est ce qui s'est passé cette nuit-là.

– Il faut croire que je vois les choses un peu différemment. Aux yeux de la justice, c'est une tueuse de sang-froid qui n'a pas hésité à assassiner son frère.

– Ces gosses étaient pratiquement des jumeaux. Ils faisaient tout ensemble.

– Ça ne veut rien dire du tout. Peut-être qu'elle s'est énervée contre lui parce qu'il avait chipé la manette d'une Xbox, ou qu'elle était jalouse parce qu'il était le préféré des parents. Je ne sais pas encore.

– Il est tout à fait impossible qu'il s'agisse d'un homicide volontaire, prémédité. C'était soit un accident, soit la conséquence d'un gros problème de santé mentale. »

Julian prend garde à en révéler juste assez pour faire savoir à Gil Stuckey qu'il sera difficile de convaincre un jury que Nora est un monstre, mais pas suffisamment pour ruiner leur défense. Il veut aussi déjouer ses velléités de creuser une autre possibilité, certes improbable, mais sur laquelle il s'interroge encore : s'agit-il d'un meurtre par compassion ? Gil ne va sans doute pas envisager cette éventualité, car de toute évidence, il voit le mal partout, or l'élan qui motive le meurtre par compassion, aussi mal avisé soit-il, est la bienveillance – le désir d'éviter la souffrance à l'autre. Mais s'il y pensait tout de même, ce serait une catastrophe : Nico n'était pas si malade que ça, pas encore, et Gil y verrait un aveu de préméditation, ce qui lui permettrait de faire tenir plus facilement l'accusation d'assassinat.

« Tout ce que je sais, c'est qu'elle doit payer pour son crime, comme tous les criminels. Il n'est pas question que je laisse croire qu'on fait preuve de laxisme avec les assassins dans le comté de San Moreno. »

Il parle d'un ton définitif, comme si la conversation était terminée, et Julian regrette que l'échange ait lieu par téléphone, plutôt que face à face ; il aurait voulu faire plier cet idiot d'un regard.

« Je crois que ce serait une bonne chose qu'on se rencontre, que je puisse au moins vous exposer les circonstances atténuantes de Nora, que vous voyiez de quoi je parle.

– Écoutez, Mr Dumont, je vais être franc avec vous. J'entends bien que vous avez autrefois vécu ici, dans le comté de San Moreno, et que c'est toujours le cas de votre mère, mais ne vous imaginez pas que vous pouvez débarquer de la grande ville pour me dire ce que j'ai à faire. »

Julian hésite avant de répondre. Gil Stuckey n'habite pas à Lodgepole et n'est pas non plus du comté de San Moreno, techniquement. Il est de Denver, et il a acheté un ranch en périphérie de Waring pour pouvoir se domicilier dans le comté et se faire élire comme procureur. Cependant, ce serait une erreur de l'énerver en dénonçant son hypocrisie.

« Mr Stuckey, il ne me viendrait jamais à l'idée de vous dire ce que vous avez à faire, répond-il plutôt, d'une voix polie, du moins il l'espère. Je voulais seulement vous rencontrer avant l'audition afin de voir si nous ne pouvions pas trouver une solution qui évite les frais de justice à l'État et à la famille Sheehan.

– Ça ne va pas être possible. »

Julian entend un déclic et se demande s'il l'a imaginé, ou si le procureur n'a pas eu la bienséance minimale de dire au revoir. Assis sur le fauteuil en cuir de sa mère, il contemple Main Street, résigné à l'échec probable qui l'attend dans cette première étape de l'affaire.

Le lendemain de l'audience préliminaire, Julian et Martine sont assis dans la cuisine, dépités. Le juge Castro a tenu l'audience portant sur le transfert du dossier en même temps, et il a rendu ses deux décisions ce matin. Il n'y a pas eu de surprise. Le juge a statué qu'il existait une raison suffisante à la poursuite de la procédure, et s'est déclaré favorable au transfert du dossier à la cour de district. Angie a pleuré, David est resté impassible, et Julian a eu la sensation d'avoir reçu un coup de poing dans le ventre. Dans les années 1990, des criminologues et des politiciens ont propagé le mythe que certains mineurs, de prétendus « superprédateurs », s'apprêtaient à lancer une gigantesque vague de crimes dans tout le pays, et qu'ils étaient tellement irrattrapables que cela n'avait pas de sens de les traiter comme des mineurs. En réaction à ces théories fumeuses, la plupart des États ont promulgué des lois qui permettaient, voire dans certains cas exigeaient, que les jeunes adolescents, parfois mêmes les enfants, soient jugés comme des majeurs et exposés à des peines d'adultes, y compris la perpétuité sans possibilité de libération conditionnelle. Il a passé sa vie d'avocat à lutter contre les retombées de ce mythe, et il pensait que son pays n'en était plus là.

« Tu pensais que tu allais venir ici et renverser le cours de l'affaire en deux semaines, que tu allais être le sauveur de Nora ? » Martine le demande gentiment, mais Julian se sent idiot. « Tu sais mieux que moi que ça ne marche pas comme ça. Sois patient. Ce type d'affaire, ça prend du temps.

– Il est immonde, votre procureur. J'aurais jamais cru qu'il mettrait ses menaces à exécution.

– Il n'a pas toujours été comme ça, Gil. Il y a des années, j'ai siégé avec lui dans un comité de l'association du barreau. Ça devait être au milieu des années 1990, on était censés mettre sur pied un séminaire de formation permanente pour jeunes avocats. Il était... je sais pas, c'était un mec normal, quoi. Il achetait des donuts pour tout le monde, il faisait des blagues, il abattait sa part de boulot. Un type relativement correct. On n'était pas spécialement copains, mais il ne m'était pas antipathique. Mais ensuite, son frère est mort d'un coup de couteau à la suite d'une bagarre dans un bar, et il a changé. Il a arrêté de venir aux réunions, démissionné du comité, et lâché le cours qu'il était censé donner dans ce séminaire. Maintenant il... il est ce qu'il est, quoi. »

Julian hausse les sourcils.

« Il abuse.

– On va continuer à lui mettre la pression.

– Il représente tout ce contre quoi j'ai passé ma carrière à lutter. Je pensais… bon Dieu, je sais pas. Le nombre de mineurs jugés comme des majeurs diminue dans presque tous les États, mais il faut que ce…

– Va marcher un peu », le coupe Martine. Elle boit une gorgée de thé, puis ajoute : « Il faut que tu fasses le vide, pour ne pas arriver stressé quand tu verras Nora demain.

– Viens avec moi. Toi aussi, tu as besoin de te changer les idées. »

Julian se lève et sort son manteau du placard.

Martine secoue la tête.

« Je suis épuisée. Emmène Jack pour te tenir compagnie, moi, je vais commencer à préparer le dîner. »

Elle repousse sa chaise de la table, elle aussi, mais lorsque Julian referme la porte, elle est encore assise, la tête entre les mains à présent.

Au cimetière, il se rend d'abord sur la tombe de Cyrus, parce qu'il ne l'a pas encore vue, et il n'est pas certain d'avoir l'énergie d'aller également sur celles de Nico et de Diana. Trois, ça fait peut-être beaucoup pour une seule visite, et même s'il estime devoir se rendre sur celle de Diana, ne serait-ce que pour se prouver que le spectre de sa mort n'est plus aussi menaçant qu'avant, il ne veut pas ajouter la honte et le remords aux émotions du jour.

La pierre tombale de Cyrus est simple et élégante, telle qu'il l'aurait voulue. Pas de chichis, disait-il toujours quand Julian était petit. Sa devise. Parfois, Julian oublie que cela fait moins de deux ans qu'il a perdu l'homme qui a tenu le rôle de père pour lui pendant toute sa vie, à l'exception de sa toute première année. Même s'il a été furieux contre cet homme quand il s'est rallié à l'avis de Martine lorsqu'elle a décidé de le bannir, Cyrus était un bon père, et Julian regrette de n'avoir pas renoncé plus tôt à ses rancœurs, pas seulement pour sa mère, mais pour lui. Maintenant, il est trop tard.

Jack détale et décrit des cercles frénétiques, puis s'arrête et lève la patte sur la pierre tombale de Cyrus.

« Jack ! Méchant ! » gronde-t-il. Il court vers le chien pour le pousser mais trébuche et tombe, se maudissant de sa maladresse. Puis, sans trop savoir pourquoi, il s'excuse. « Désolé, papa. Jack ne pensait pas à mal. »

Il s'éloigne de la tombe de Cyrus en se frottant le coude, et finit par trouver celle de Nico. Deux coyotes rôdent au loin, poussant des jappements aigus auquel un autre, caché derrière les arbres, répond. Du sang dégouline de la gueule du plus proche. Sans doute viennent-ils de tuer un petit animal.

Sur le dessus de la tombe, il n'y a encore que de la terre. L'herbe ne poussera pas avant le printemps. On voit une trace de main à l'emplacement approximatif du cœur de Nico, comme si quelqu'un était venu enfoncer la sienne dans l'humus, tentant de sentir quelque chose dessous, un battement de cœur, une âme, tout sauf un cercueil et un corps inanimé. Mayumi et lui, ils ont du mal à concevoir un enfant – au départ, les médecins pensaient que c'était à cause de l'âge de Mayumi, mais à présent, c'est Julian qu'ils montrent du doigt, affirmant que ses spermatozoïdes sont mauvais nageurs, une métaphore sportive insultante pour le précurseur d'un enfant qui ne viendra peut-être jamais ; et qui sait si les derniers embryons implantés, conçus cette fois à l'aide d'un don de sperme, vont prendre – mais le chagrin d'Angie pour son fils mort le bouleverse, et il se détourne.

Le silence s'étend dans tout le cimetière, et Julian s'aperçoit qu'il n'a entendu ni Jack, ni les coyotes depuis quelques minutes.

« Jack ! » appelle-t-il. Il s'élance au petit trot vers l'entrée, cherchant la silhouette du chien au loin. « Jack ! »

Son cœur bat à toute vitesse, mais il entend un gémissement à l'autre bout du cimetière et il part dans cette direction. Merde, putain, non, bordel.

Le gémissement s'intensifie, et il accélère, mais ses pieds sont encore engourdis, et il prend conscience que s'il ne fait pas attention, il va tomber de nouveau, alors il ralentit, et recommence à appeler Jack, affolé. Si les coyotes ont dévoré son chien, sa mère ne le lui pardonnera jamais. Et là, tout à coup, Jack est là, assis sur la tombe de Diana, un os sanguinolent dans la gueule ; il gémit non de peur, mais de joie. C'est un os énorme, peut-être une cuisse de chevreuil. Il a sans doute fallu toute la meute de coyotes pour venir à bout d'un animal de cette taille, et Jack a de la chance qu'ils ne l'aient pas tué quand il a volé ça, même s'ils s'intéressaient sans doute plus à la viande fraîche qu'à un chien chapardeur.

Quand il s'approche pour lui retirer l'os, Jack retrousse les babines et grogne, montrant ses canines, la gueule dégoulinante de sang comme les coyotes de tout à l'heure.

9

Novembre 2016

À la fin novembre, l'hiver s'abat brutalement sur le Colorado, avec des températures bien au-dessous de la normale. Au centre de détention pour mineurs, le froid s'infiltre dans les murs de parpaings, les sols en ciment, et les barres métalliques des lits superposés. Il n'y a pas de surfaces molles dans la salle commune que Nora partage avec son groupe – même les chaises et les canapés sont en plastique lisse – et les surfaces dures retiennent le froid longtemps après que les filles se sont assises. Une fois passés par le détecteur de métaux dans le hall, les mères, les pères ou les tuteurs remettent leurs manteaux et les gardent pendant les visites. Quand ils retournent à leur voiture, ils règlent le chauffage à fond, ou s'ils ont pris le bus, s'assoient à côté de la bouche du radiateur. À la fin de la journée, les gardiens rentrent chez eux et mangent de la soupe pour le dîner ou prennent une douche chaude. Les filles portent leurs sweatshirts et leurs chaussettes en permanence, ce qu'elles ne feraient jamais dans la vraie vie, et s'enfouissent sous leurs couvertures pour dormir. Les malheureuses qui viennent d'arriver, celles qui doivent passer l'admission avec la gardienne revêche qui accueille toutes les nouvelles avec une moue dégoûtée et les sourcils froncés, subissent l'humiliation de la fouille au corps avec la chair de poule qui hérisse leur peau nue en signe de protestation. Il faut croire que le directeur de la prison ne maîtrise pas le thermostat, cependant, car trois jours plus tard, il se met à faire très chaud à l'intérieur, les sweatshirts et les vestes tombent, dans une osmose inversée de vêtements.

Quand Julian vient rendre visite à Nora, de la sueur perle sur leurs fronts à tous les deux, en gouttelettes si fines qu'elles sont presque invisibles. Même les cannettes de Coca glacées du distributeur transpirent. Lorsqu'il lui tend le matériel de peinture qu'il apporte toujours, elle mouille le pinceau en le frottant de haut en bas sur l'aluminium.

« Tu peux peindre pendant qu'on parle, dit-il. On a beaucoup de sujets à aborder, donc ça va prendre un moment. »

Nora hoche la tête, sans doute par habitude. Il y a toujours beaucoup de sujets à aborder, mais elle ne prend jamais part à la discussion. Elle se contente de hocher la tête et de grogner de temps à autre *hmm-hmm*. Elle entend « jugée comme une majeure » et « un procès avec jury, plutôt que dans un tribunal pour mineurs », et « on essaie encore de négocier un plaider-coupable », mais elle se concentre sur son hibou, qu'elle veut réussir parfaitement, pendant que Julian s'emploie à essayer de deviner si elle écoute ou pas. Par moments, il griffonne quelque chose sur son carnet, et finalement, les coins de la bouche de Nora se soulèvent un peu, elle sourit presque.

« Qu'est-ce qu'il y a de si drôle ?

– Votre écriture.

– J'écris mal, j'avoue », dit-il. Ses hallucinations et sa catatonie semblent jugulées par les médicaments à présent – à moins que le choc de ce qu'elle a fait se soit simplement dissipé – mais c'est la première fois qu'il la voit amusée. « Peut-être parce que je suis gaucher.

– Comme Nico, dit-elle. Il était gaucher aussi.

– On appelle les gens comme nous fausse patte.

– Pourquoi ? »

Il s'arrête et regarde le plafond, puis hausse les épaules.

« Un truc de boxe, je crois. À cause de la manière dont frappent les gauchers, il me semble. Mais je n'ai jamais aimé la boxe, alors je ne sais pas trop. N'empêche que c'est un truc qu'on m'a toujours sorti. » Il baisse les yeux sur sa peinture. « Ta mère dit que tu aimes Harry Potter. C'est un des hiboux messagers de la série ?

– C'est juste un hibou.

– Tu aimes les hiboux ? »

Elle hausse les épaules.

« Pas à cause d'Harry Potter. Ma mère, elle y connaît rien. Ce sont des chasseurs, de bons chasseurs.

– Tu dois avoir raison. Mais on ne les voit jamais chasser, parce qu'ils le font la nuit. » Il fait tournoyer son stylo sur le bout de son doigt, regarde de nouveau le plafond, puis ajoute : « Et ils symbolisent différentes choses selon les cultures. Au Japon, on dit que les hiboux portent chance et protègent des malheurs.

– Nico les aimait beaucoup. Il préférait les faucons, mais il disait toujours que les hiboux étaient intelligents. »

Julian hoche la tête mais ne dit rien. Il semble attendre qu'elle continue de parler.

« Il aimait les gens intelligents, aussi. C'est pour ça qu'il était si triste d'avoir la maladie de Huntington. Il allait finir dément, comme notre grand-mère. Il aurait perdu son intelligence. »

Il continue de faire tourner son stylo d'avant en arrière sur son doigt, observant Nora avec curiosité, alors elle se penche de nouveau sur son dessin et esquisse des touffes de plumes pour faire les aigrettes du hibou.

Les filles qui sont depuis suffisamment longtemps au centre de détention affirment que les souvenirs de la vie *d'avant* leur font l'effet d'un film, ou d'un livre qu'elles ont lu mais dont elles ne se souviennent pas très bien. C'est aussi vrai pour Nora que pour toutes les autres. Chaque jour, elle se réveille dans un lit superposé, dans une pièce qu'elle partage avec trois autres filles, elle va en cours ou en thérapie de groupe, mange des œufs brouillés liquides, des sandwiches au fromage trop cuits ou des spaghettis dont le goût n'a rien à voir avec ceux que préparait mamie Livia. Elle marche dans la cour, suivant le périmètre de la clôture, et fait comme si celle-ci n'était pas surmontée de fils barbelés. Parfois, le vent apporte un sac plastique, un détritus du monde extérieur. S'il passe par-dessus les barbelés, elle le regarde flotter en l'air, monter, descendre et tourbillonner comme si c'était un oiseau jouant sur un courant aérien. Si un avion passe au-dessus d'elles, Nora et les autres filles arrêtent tout et lèvent la tête vers le ciel, suivant les oiseaux de métal qui transportent des gens vers des contrées lointaines, la traînée blanche tel un chemin évasif et éphémère vers d'autres vies. À la fin de la journée, Nora va se coucher dans le lit superposé dans lequel elle s'est réveillée. Cette routine, elle a le sentiment que c'est tout ce qu'il y a jamais eu, tout ce qu'il y aura jamais.

Tout ce qu'il reste de la vie d'avant de Nora, c'est un homme et une femme, un père et une mère, qui viennent parfois lui rendre visite. Ils parlent du temps qu'il fait, d'émissions de télé, lui apportent des friandises du distributeur, puis s'en vont. Le père sourit, mais son visage est vide, sans expression. Ce n'est pas un vrai sourire. La mère lui donne des conseils de peinture et parle des heures d'arts plastiques hebdomadaires du centre de détention comme s'il s'agissait de cours dans une véritable école. Ils n'évoquent jamais la raison de la présence de Nora ici, ne parlent jamais de Nico. Ils ne parlent jamais de la famille dont Nora faisait partie autrefois. C'est comme si son passé n'avait plus d'importance, comme s'il avait été effacé.

Sauf qu'il *a* de l'importance, car c'est à cause de ce passé qu'elle est ici.

Un jour, alors que Nora est en rendez-vous avec le psychiatre du centre, celui-ci demande :

« Qu'est-ce que ça te fait, que ton frère soit mort ? »

Il plisse le visage en disant *mort*, comme si c'était lui qui était triste. Essayer de faire preuve d'empathie, essayer de s'intéresser – c'est tout ce qu'il peut faire, la plupart du temps. Il tourne entre quatre centres de détention pour mineurs et trois prisons pour adultes, et il a à peine le temps de parcourir les dossiers des patients avant les séances. Il n'a jamais le temps d'apprendre leur nom. C'est sans importance, cela dit, car il n'est pas leur thérapeute. Lui, il a juste besoin d'en savoir assez pour leur prescrire les médicaments qui conviennent, et puisque pratiquement tous les ados dans le système sont sous traitement, il lui suffit d'une ou deux questions pour en décider.

« Quand on est mort, on n'a plus besoin d'avoir peur », dit Nora.

Le psychiatre regarde Nora, et Nora regarde le psychiatre. Il a les joues blafardes et ses cheveux sont jaunes, pas parce qu'il est blond, mais parce qu'ils sont gras et vieux comme les photos chez sa grand-mère, et elle croise les bras sur sa poitrine.

Fouilles au corps, clôtures de fil barbelé, rendez-vous avec les avocats, lits froids, traitement inadapté. En quoi ça change une enfant de treize ans, tout ça ?

Le jour de Thanksgiving, il y a un repas soi-disant de fête au déjeuner et au dîner. Le repas de midi, pour les parents et les tuteurs, constitue l'une des deux fois de l'année où les frères et sœurs de moins de dix-huit ans ont le droit de visite. Sauf que Nora n'a plus de frère. Le dîner est identique au déjeuner, sauf que ce sont les restes, et que les familles sont parties. Nora et Jacqueline remplissent leurs plateaux et s'installent à la table de leur groupe. Paradise voudrait qu'elles fassent comme une famille qu'elle a vue à la télé, qu'elles disent à tour de rôle de quoi elles sont reconnaissantes avant de manger, mais personne ne veut attendre les expressions de gratitude – déjà que la nourriture n'est jamais assez chaude.

Chez Nora, pour Thanksgiving, tout le monde avait sa fonction. David se réveillait tôt pour laver la dinde, faire sauter la chapelure, la saucisse et le céleri et en farcir le ventre de la volaille. Parfois c'était une dinde qu'il avait abattue à la chasse, parfois une volaille du Bea's Market. Angie pelait et écrasait les pommes de terre pour la purée, puis préparait la tarte aux pommes. Livia jouait aux cartes avec Nico et Nora, à la pêche quand ils étaient petits, à la bataille ensuite. Autrefois, elle préparait des boulettes en sauce tomate pour accompagner la dinde, et des cannoli pour compléter le dessert, mais elle avait arrêté une fois qu'on l'avait installée à la maison de retraite spécialisée. Quelquefois, Nico et Nora participaient à la préparation de la tarte, et Nora aimait regarder la peau des pommes se détacher en une spirale élégante qu'ils laissaient tomber par terre, et voir qui arrivait à faire la plus longue. Si Nico était chargé du sucre à la cannelle, il en saupoudrait un peu plus sur la croûte, parce que Nora adorait ça et qu'Angie n'en mettait jamais assez. Spécialement pour Nora. Il était comme ça. Ici, il n'y a pas de sucre à la cannelle sur la pâte de la tarte aux pommes, mais Nora la mange tout de même, bien qu'elle se coince dans sa gorge quand elle pense trop à la maison.

Elle n'est pas la seule des ados dont la tarte se coince dans la gorge. Ce centre de détention abrite des délinquants de tout le versant ouest du Colorado, jusqu'à Cortez et Pagosa Springs au sud et Craig au nord, soit plus de vingt comtés ruraux. Pour certaines familles, le trajet pour venir ici représente cinq à six heures de route dans les deux sens. Beaucoup ont du mal à payer l'essence, et bien que certains centres de détention pour mineurs affrètent des cars pour faire venir les familles lors des fêtes, ce n'est pas le cas de celui-ci. Pendant le déjeuner spécial, entre 11 heures et 12 h 30, quand les parents de Nora étaient là, Paradise et Jacqueline sont restées à une table avec d'autres filles car personne n'est venu leur rendre visite. Elles ont fait comme si elles s'en fichaient, mais la tarte se coince dans leur gorge quand même.

Pour une part non négligeable des ados, la tarte aux pommes a bon goût, tout simplement. Ce sont les gosses pour lesquelles un lit, trois repas par jour, et un repas spécial pour Thanksgiving, c'est un luxe. Déclencher l'alarme incendie pour la troisième fois au collège, ou sauter sur un prof, c'était l'incarcération assurée, et elles le savaient. La plupart de ces filles parlent comme des dures, mais pour certaines, le centre, c'est des vacances, toujours mieux que de regarder leur père balancer leur mère contre le mur ou de devoir s'occuper de leurs petits frères et sœurs parce que leurs parents sont défoncés à la meth.

Que la tarte aux pommes se coince dans la gorge d'une fille parce que ce n'est pas aussi bon qu'à la maison ou parce que personne n'est venu aujourd'hui, ou qu'elle ne se coince pas du tout, à 21 heures elles seront au même endroit que chaque soir : dans leur lit superposé, à attendre l'extinction des feux.

Dans le groupe de Nora, Maria Elena est partie. Il ne reste que Paradise, Jacqueline et elle dans leur chambrée. Il y a quelques jours, Paradise a récupéré le lit de l'absente et expliqué à Nora et Jacqueline qu'elle avait été condamnée à la prison.

« Le genre de prison qui fait bien flipper, parce que son avocat était nul à chier.

– Pourquoi ? a demandé Nora.

– Tout le monde a pas accès à des avocats comme les tiens. Le sien, il est jamais venu ici, pas une seule fois », a répliqué Paradise.

Elle avait les dents tordues, absolument toutes, et des résidus de nourriture restaient collés à ses gencives et dans l'espace entre ses deux dents de devant. Elle a retiré quelque chose de sa bouche du bout de l'ongle et l'a examiné.

« Elle pouvait pas en prendre un meilleur ? »

Si Nora était venue plus d'une fois ici, comme Paradise, elle aurait compris sans doute que ce n'est pas une question à poser.

« Merde, Nora, t'es con ou quoi ? Tout le monde peut pas se payer un avocat, et même si elle avait pu en avoir un meilleur, elle est pas riche, comme toi. Elle a pas eu de traitement de faveur. »

Elle a jeté d'une pichenette ce qu'elle avait extrait de ses dents dans la direction de Nora. Celle-ci s'est reculée et a tiré la couverture sous son menton. Maria Elena ronflait, et il lui arrivait de parler avec Paradise jusqu'à tard dans la nuit, donc

Nora ne se ne soucie pas de savoir où elle est, tant que ce n'est pas là.

Ce soir, elle fixe le plafond, attendant la fin de cette journée. Après le dîner, un gardien – un de ceux qui sont sympas – a fait du pop-corn et lancé un film pour les filles. Elles étaient toutes surexcitées, à part Nora, qui est allée se coucher directement. Elle entend leurs rires par la porte ouverte, et la lueur sans merci des néons fait briller les flocons de poussière qui flottent dans l'air. L'espace au-dessus d'elle semble scintiller, un ciel plein d'étoiles dans sa chambre étroite, sans fenêtre. Quand Nora et Nico étaient petits, ils aimaient se raconter que tous les grains de poussière du salon contenaient tout un monde, comme des planètes minuscules, d'autres Terres dans le salon devenu univers à lui tout seul. Ils soufflaient doucement sur ces particules pour qu'elles trouvent chacune leur place dans cet univers alternatif, à gauche dans la cuisine pour un royaume d'abondance, à droite vers la salle de bains pour des cosmos aqueux. Ils peuplaient chaque grain d'humains volants et de chats nageurs, de duvetonautes et d'uniphants, et Nico racontait des histoires – leurs naissances, leurs morts, les mères, les pères et les enfants dotés de superpouvoirs.

Finalement, le haut-parleur en haut du mur émet un bourdonnement : le signal de l'extinction des feux. La pénombre se fait et les grains de poussière disparaissent. Nora ferme les yeux dans le noir, tente de se rappeler ce qu'était autrefois sa vie, et s'assoupit. Le sommeil est un refuge contre les pensées qui claironnent sans cesse dans sa tête.

Elle ne rêve presque jamais. C'était un truc que faisait toujours sa mère, raconter joyeusement à toute la famille les aventures bizarres que lui faisait traverser son esprit toutes les nuits, parfois agréables (effectuer des sauts périlleux à skis, ce dont Angie était incapable dans la vraie vie) et parfois pas du tout (faire ses bagages et s'apercevoir qu'il y avait de plus en plus de vêtements à caser dans des valises de plus en plus petites). Ce soir, cependant, secouée violemment par les souvenirs résiduels des grains de poussière et des univers alternatifs, Nora sombre dans un sommeil agité. Quand elle se réveille en sursaut, la pièce est encore silencieuse, plongée dans le noir. Son rêve l'a ramenée dans le salon, à la maison. Elle a entendu son frère rire, senti le fumet de la sauce tomate à l'ail et à l'origan de mamie Livia mijotant dans la cuisine, et vu les univers sur les grains de poussière. Sauf que maintenant elle ne peut pas s'accrocher à ce rêve, pas assez longtemps, et il s'évanouit avant qu'elle ne parvienne à tendre la main pour toucher Nico. Il disparaît comme son propre monde a disparu, sans sommation, et refuse de revenir même quand elle ferme les yeux et promet à Dieu qu'elle sera sage, si seulement Il consent à lui ramener son frère.

À trois heures de là, au bout de la voie solitaire qui part du centre de détention, de l'autre côté de Rimrock Junction, à un peu plus de cent soixante kilomètres sur la route 52, puis après la sortie San Moreno Canyon, par le haut, dans la ville de Lodgepole, Angie émerge d'un rêve en même temps que Nora. La maison ne sent pas comme elle sent d'habitude les soirs de Thanksgiving, des relents de dinde rôtie flottant encore entre les murs, ou un parfum de croûte de tarte brûlée parce qu'elle a oublié, encore une fois, de couvrir les bords avec du papier aluminium. Elle ne se rappelle pas ce qu'ils ont mangé pour le dîner, mais ce n'était pas de la dinde farcie à la gratitude. Elle est essoufflée, mais elle ne sait pas pourquoi. Le rêve est parti, le moindre détail effacé, mais elle ne ressent pas le résidu usuel de ses rêves, n'éprouve ni peur, ni colère, ni frustration, donc elle tente de se laisser de nouveau glisser dans la douceur de ce lieu mystérieux, seule échappatoire qu'elle ait trouvée au cauchemar qu'elle affronte dans la vie réelle.

Toutes deux sont allongées dans leurs lits, dans des pièces obscures, mère et fille, liées par l'ADN, les rêves et Thanksgiving, séparées par la rancune, la culpabilité et des routes longues et solitaires.

10

1998-1999

Le jour du vingt-sixième anniversaire de Julian, son patron et mentor proposa d'emmener tous les avocats du cabinet boire des verres, non pas pour fêter son anniversaire, puisqu'il n'était pas au courant, mais pour célébrer la réussite de Julian, qui avait gagné le premier procès dans lequel il avait plaidé. C'était une petite affaire, rien d'important pour le cabinet ni sur le plan financier ni sur le plan du prestige, donc Charlie lui avait confié l'exposé introductif et la plaidoirie finale, et le juge avait statué en faveur de leur client.

« Première année qu'il travaille avec nous, première plaidoirie, et il gagne ? Il ira loin, ce petit », avait hurlé Charlie.

Ils étaient de retour dans les bureaux de Simpson, Howard & Harrison, dans le couloir. Le cabinet louait les étages 24 à 42, et Charlie et son pôle de défense criminelle occupaient tout le quarante-deuxième. Des toiles insipides décoraient les murs, et le sol était couvert d'une moquette austère. Quelques autres collaborateurs et associés avaient passé la tête par la porte de leurs bureaux et poussé des sifflets joyeux.

Pour jouer, Charlie avait donné un petit coup de poing dans l'épaule de Julian, un peu trop fort, et il avait failli tomber, mais son sourire ne le quittait pas. Il avait tellement hâte d'annoncer ça à Angie.

« Là, j'ai des téléconférences, mais partons à 17 h 30, on ira fêter ça au Meilleur Bar du Monde. »

Charlie s'éclipsa dans son grand bureau avec sa vue sur le Brooklyn Bridge. Les secrétaires applaudirent poliment puis le cliquetis des ongles sur les claviers reprit.

« C'est lequel, le meilleur bar du monde, dans le coin, d'après lui ? » demanda Julian, sans s'adresser à personne en particulier.

Tous les avocats étaient retournés dans leurs bureaux, mais la secrétaire de Charlie sourit devant son poste de travail.

« Ce n'est pas que c'est le meilleur, mon chou. C'est le nom du bar : le Meilleur Bar du Monde.

– Ah, dit Julian, se félicitant que personne d'autre n'ait entendu sa question.

– C'est là qu'il aime aller quand il est de bonne humeur, ajouta-t-elle, tapotant toujours son clavier tout en regardant Julian. C'est dans le World Trade Center.

– Ah », répéta Julian, dépité cette fois.

Il avait promis à Angie, jadis, de l'emmener au restaurant du World Trade Center, et ça le gênait d'y aller sans elle, même si c'était juste un bar qui se trouvait à côté. En plus, c'était à l'opposé de Brooklyn, où il était censé la retrouver pour dîner à 20 heures. Le restaurant, leur français préféré, se trouvait sur la 7e Rue, près de leur nouvel appartement, et il calcula rapidement le temps supplémentaire qu'il mettrait pour rejoindre la station de métro depuis le bar. Si les métros circulaient normalement et que Charlie ne commandait pas trop de tournées, il pouvait y arriver. Il sourit à la secrétaire et courut à son bureau pour laisser un message à Angie, la prévenant qu'il risquait d'avoir un peu de retard.

17 h 30 passa, puis 18 heures. Finalement, à 18 h 30, Charlie ouvrit la porte de son bureau et cria : « Allez, on y va maintenant ! »

comme s'il ne les avait pas tous fait attendre une heure. Les associés étaient partis, mais les jeunes avocats, qui n'avaient aucun pouvoir sur leurs horaires, étaient restés collés à leur fauteuil jusqu'à ce qu'ils l'entendent beugler dans le couloir. Julian appréciait Charlie – celui-ci ne l'engueulait jamais s'il commettait des erreurs, et quand il le faisait travailler le week-end, il le lui demandait toujours gentiment, posant la question comme si Julian avait le choix – mais de même que tous les autres avocats récemment embauchés, il savait qu'il n'avait pas intérêt à ignorer ses directives, y compris en matière de mondanités. Récemment divorcé, âgé d'environ 55 ans, Charlie oubliait toujours que ses recrues avaient une vie en dehors du travail. Julian appela de nouveau Angie, puis piqua un sprint pour rejoindre le groupe qui se dirigeait vers le bar. En espérant qu'elle était encore à la galerie et aurait le message.

Au Meilleur Bar du Monde, il y avait plus d'animation que Julian ne s'y serait attendu pour un lundi soir, et le lieu était plus huppé qu'il n'aurait cru. Il y avait une piste de danse et un DJ, et une pancarte annonçant un concert – du funk – à partir de 21 heures. Charlie commanda des doubles martinis pour eux sept, puis donna une nouvelle claque sur l'épaule de Julian. Il commençait à y avoir mal, avec toutes ces effusions, mais l'attention lui faisait plaisir. Charlie leur prit une table près de la fenêtre, fit un speech, puis descendit son martini d'un trait. Julian but le sien à longues gorgées, espérant que le pot allait prendre fin dans pas trop longtemps, mais Charlie commanda une deuxième tournée avant qu'il ait reposé son verre vide sur la table.

« Excusez-moi, dit Julian, je dois aller aux toilettes. »

Il se précipita vers le téléphone du bar pour tenter de nouveau de joindre Angie, chez eux cette fois, mais là encore, il dut se contenter de laisser un message.

Quand il revint à la table, trois des jeunes avocats contemplaient la vue, et les autres engloutissaient une portion de frites servie dans un saladier à pied d'argent. Julian jeta un coup d'œil par la fenêtre et vida son deuxième martini. Un rideau de brume entourait le gratte-ciel, mais pas assez épais pour étouffer les lumières de la ville, en contrebas, qui brillaient d'un éclat baveux. Il regretta presque de n'avoir pas d'appareil photo afin de capturer le panorama pour Angie, même si elle n'avait guère apprécié la vue lorsqu'ils étaient venus en visite quelques années auparavant.

« Julian, dit Charlie. Il faut qu'on parle de ta prochaine affaire. » Il prit la dernière poignée de frites et les déposa sur sa serviette. « Ça te dirait, de prendre un dossier en solo ? »

Soit il y avait plus de bruit dans la salle, soit les martinis étaient plus forts que Julian ne s'en était rendu compte.

« Tu as bien dit en solo ? »

Charlie fit un grand sourire.

« Mais oui. C'est un dossier *pro bono* dans le New Jersey, mais il est à toi. Je te conseillerai au besoin. »

Julian finit son verre et se pencha en avant.

« De quoi s'agit-il ? »

Les autres avocats étaient sur la piste de danse à présent, sautillant sur un remix des Beastie Boys lancé par le DJ, donc ils n'étaient plus que tous les deux.

« Il s'agit d'un mineur. Enfin plus ou moins. Il était mineur pour les deux premières infractions, quatorze ans pour la première, seize pour la deuxième mais vingt pour la suivante.

– Un cas de triple récidive ? »

Julian s'assit plus droit. Il avait travaillé sur deux ou trois affaires de ce type pendant ses études, mais seulement en équipe, dans une clinique juridique. La clinique prenait en charge des dossiers de triple récidive, et des prisonniers se trouvant dans le couloir de la mort, et c'était ce travail qui l'avait convaincu de se consacrer à la défense criminelle plutôt que de suivre ses camarades de classe dans le droit des affaires. Les affaires de triple récidive concernaient des accusés sous le coup de trois inculpations, en général pour crimes violents, qui se retrouvaient condamnés à la prison à vie sans possibilité de conditionnelle. Ces peines disproportionnées étaient imposées par des lois supprimant le pouvoir discrétionnaire quand il s'agissait des récidivistes. Il valait sans doute mieux que le premier dossier qu'il plaiderait en solo soit une affaire de triple récidive qu'un dossier dans lequel l'accusé risquait la peine de mort. Les enjeux étaient tout de même énormes, mais s'il échouait, cela n'entraînerait la mort de personne.

La serveuse posa encore des martinis sur la table, et Julian prit une petite gorgée du sien, puis le vida d'un trait. Il avait goût d'eau ; le barman avait dû cesser d'ajouter du gin. Il n'en revenait pas d'avoir une chance pareille. C'était exactement ce qu'il avait toujours voulu, en tant qu'avocat : travailler pour l'un des meilleurs cabinets de droit pénal, passer ses journées sur des crimes en col blanc et s'occuper d'importants dossiers *pro bono* le reste du temps. À la fin de sa première année, il avait passé l'été dans un cabinet spécialisé en droit des affaires, mais il trouvait que ça manquait d'âme. L'été suivant, il avait fait un stage à Legal Aid, où il avait travaillé sur des dossiers criminels et des affaires de droit du logement. Aider les gens lui donnait un frisson qu'il adorait, mais il n'aurait pas pu rembourser ses dettes universitaires avec un salaire pareil.

Chez Simpson, Howard & Harrison, il avait le meilleur des deux mondes et, à présent, cela devenait encore mieux : il allait avoir l'occasion d'aider des individus qui avaient été traités injustement par le système judiciaire. Il n'aurait jamais la possibilité de voir comment aurait penché la balance de la justice en ce qui le concernait après la mort de Diana. L'herbe appartenait à Angie, et c'était elle qui avait voulu fumer. L'alcool était à lui, mais c'était Angie qui en avait bu. Ils étaient tous les deux censés surveiller la fillette, et comme ils ne le faisaient ni l'un ni l'autre, c'était lui qui s'était élancé vers le bas de la piste pour la rattraper tandis qu'Angie vomissait dans le fossé. Il faisait sombre, et Diana était cachée par le tremplin duquel il avait sauté. Il l'avait heurtée, mais était-ce le choc qui l'avait tuée, ou s'était-elle cognée contre l'arbre ? Quelle était la cause directe de la mort ? Si quelqu'un avait mesuré son degré de responsabilité sur cette balance, peut-être n'aurait-il pas fini dans ce purgatoire d'incertitude, toujours à se demander quelle était sa part de culpabilité, forcé de quitter Lodgepole, de renoncer au ski, de cacher son histoire avec Angie et, pire que tout, de *lui* cacher la vérité. Les dossiers criminels *pro bono* lui permettraient d'aider des personnes qui avaient été accusées à tort, ou qui, peut-être, se trouvaient confrontées à des conséquences qu'elles n'avaient pas méritées en raison du racisme, de la pauvreté ou de la simple malchance. En réparant d'autres injustices, peut-être Julian parviendrait-il à expier celle qu'il avait commise.

« Notre client, Randall Martin, a été condamné pour avoir fait le guet lors du braquage d'une station-service quand il avait quatorze ans. Il se trouvait avec trois autres individus, tous majeurs. À seize ans, il a été condamné pour agression, même si selon la plupart des témoins, il s'agissait de légitime défense », expliqua Charlie.

Julian esquissa le geste de prendre l'olive dans un des martinis restants, puis se ravisa et saisit le verre. Angie comprendrait le motif de son retard. C'était important.

« Sa peine n'aurait pas dû être adaptée à son statut de mineur ?

– Ça a été le cas pour la première condamnation. Mais pour la deuxième, il a automatiquement été inculpé en tant que majeur, et le procureur a refusé de ramener la condamnation à un simple délit en échange d'un plaider-coupable – ce qui aurait bloqué l'application de la loi de la triple récidive, soit dit en passant – sous prétexte que Randall était exactement le genre de super-prédateur qu'il fallait retirer de nos rues. Il a purgé sa peine de prison pour l'agression, et il a bénéficié d'une libération anticipée pour bonne conduite. Le problème, c'est qu'il a été arrêté une troisième fois l'an dernier, alors qu'il avait vingt ans. Lui et un autre mec vendaient de la marijuana dans une voiture, et l'autre type a tiré sur le caissier d'une épicerie qu'il a braquée pendant que Randy dealait de l'herbe sur le parking. À cause de la loi sur la triple récidive, il a été inculpé et condamné à la prison à vie sans possibilité de libération conditionnelle.

– Pour deux délits qu'il a commis quand il était ado ? Et la troisième fois, il vendait juste de la beuh, c'est ça ? »

Il se rendit compte qu'il avait la voix pâteuse et se reprit. Charlie était énorme, avec un ventre rond et des joues rouges, et il était difficile à suivre quand il emmenait les avocats du cabinet boire des coups. Julian ne voulait pas qu'il le voie ivre.

« Eh bien, le procureur a affirmé qu'il était complice d'un braquage et d'une tentative de meurtre, bien que l'autre mec ait corroboré que Randy vendait simplement de la drogue. » Charlie termina son martini et s'essuya la lèvre supérieure. « C'est un dossier d'appel. Randy n'a pratiquement aucune chance, mais je pense que tu peux plaider que les délits commis par un mineur – en particulier un gamin de quatorze ans vraisemblablement manipulé par des adultes – ne devraient pas être comptés, ce qui bloquerait l'application de la loi sur la triple récidive.

– Je vais faire de mon mieux. » Julian jeta un coup d'œil à sa montre. « Hmmm. Il faut que j'y aille. J'étais censé retrouver Angie il y a une heure pour mon dîner d'anniversaire.

– Sans déconner, dit Charlie. Bon anniversaire, mon gars. Allez, file, on se voit demain. »

Julian piqua un sprint jusqu'à Fulton Street et sauta dans le C, mais lorsqu'il arriva à Jean Marchand, il était presque 21 h 30. Par la devanture, il aperçut Angie, assise seule, au fond, à une table pour six, pas la table pour deux à laquelle il s'attendait. Il y avait des restes de nourriture dans toutes les assiettes, sauf une, et des gouttes de vin rouge au fond de certains verres. Trois paquets-cadeaux et un sac étaient posés à l'autre bout de la table. Son retard n'avait pas seulement affecté Angie. Il fut pris d'une terrible appréhension, une lourdeur qui descendit jusqu'au bout de ses doigts et engloutit son euphorie. Il entra.

« C'est pas la peine de t'excuser », dit-elle, levant une main.

Elle avait les yeux rouges, comme si elle avait pleuré.

« T'as pas eu mes messages ?

– Comme quoi tu allais prendre un verre et que tu aurais peut-être quelques minutes de retard ? Si, j'ai eu le message. Mais il est 21 h 30, là.

– Je pensais qu'on devait dîner en tête-à-tête ? » Il désigna d'un geste les chaises vides. « Je suis désolé. Je pouvais pas dire non à Charlie.

– En fait si, Julian, tu *peux* dire non. En particulier le jour de ton anniversaire. » Elle finit le verre de vin posé devant elle et se leva. « C'était censé être une surprise, mais Caroline, Isha,

Myles et Leyla sont partis. Ils travaillent tous demain. Et moi aussi.

– Je t'en prie, Angie. Je suis désolé. »

Conscient qu'elle devait se rendre compte qu'il bafouillait, la langue pâteuse, il eut un mouvement de recul.

Angie renifla et fit une grimace de dégoût.

« Grandis, Julian. On n'est plus à la fac. »

Il détestait la voir avec cette expression, mais il lui prit les mains.

« Je suis désolé, je te jure, je suis vraiment désolé. C'était pour le travail, on a fêté ma première affaire.

– Tu l'as dit dans ton message.

– Et j'ai une grande nouvelle, je vais m'occuper d'un dossier tout seul. On peut au moins parler pendant que je mange ?

– Très bien », dit-elle.

Elle se rassit et lissa sa jupe. Elle ne disait *très bien* que lorsqu'elle était furieuse. Chaque fois qu'elle employait cette expression, elle refusait ensuite de lui adresser la parole pendant des jours, se comportant comme s'il ne vivait pas dans le même appartement qu'elle.

Julian retint un soupir et ouvrit le menu. Il était désolé pour son retard, mais elle ne comprenait pas ce que c'était de travailler dans un cabinet d'avocats. Et sa première plaidoirie leur avait fait gagner un procès. Il n'y avait pas de mal à fêter un peu ça.

Julian avait raison de s'attendre à un silence. Ils passèrent les trois jours suivants à s'éviter, à frapper à la porte de la salle de bains alors que, normalement, ils seraient entrés sans réfléchir pour se brosser les dents tandis que l'autre prenait sa douche. Plus elle lui en voulait pour son retard, ou pour avoir bu (ni l'un ni l'autre ne savait trop laquelle de ces raisons l'emportait, elles étaient sans doute à égalité), plus il lui en voulait de lui en vouloir. S'il disait toujours oui à un dernier verre, c'était en partie pour éviter le poids de ce regard qu'elle jetait sur lui. Et l'autre raison, celle qu'il ne voulait pas reconnaître mais ne pouvait ignorer, c'était que parfois, le visage d'Angie et toute son attitude vis-à-vis de leur relation lui faisaient l'effet d'un rappel de ce secret qu'il lui cachait – pour leur bien à tous les deux – depuis près de dix ans.

Ils tournaient en rond, et la pression montait dans l'appartement telle une bulle de colère sur le point d'éclater. Angie ne pouvait pas arrêter de penser à ce qui s'était passé, au dîner surprise gâché, à l'argent gaspillé, de l'argent qu'elle n'avait pas, aux amis laissés en plan, mais surtout au fait qu'il travaillait non-stop, et buvait non-stop. Elle n'avait jamais vu les choses sous cet angle auparavant, ne s'était jamais dit « il boit », mais une fois que cette idée se fut présentée à elle, elle ne parvint plus à la chasser. Elle avait beaucoup fait la fête à la fac, elle aussi, surtout la première année. C'était une solution facile pour se défaire du passé, oublier Lodgepole et le temps où elle servait chez DeLuca's, la déception de ses parents quand elle avait décidé d'étudier les beaux-arts. Et surtout pour oublier ce qui s'était passé à Lodgepole, pour que, lorsqu'elle sortait la photo de Diana du tiroir de sa commode, son image ne fasse pas aussi mal. Toute l'année s'était écoulée dans un brouillard de bière bon marché et de joints fumés en douce, de fausses cartes d'identité et de bars miteux à Providence qui les acceptaient sans broncher. Mais au fil du temps, le manque de sa sœur s'était atténué, et elle était passée à autre chose. Pourquoi Julian n'y arrivait-il pas ?

Idara avait raconté un jour que son frère était alcoolique; il s'était mis à boire après son divorce, et fichu sa vie en l'air – il s'était fait renvoyer de son travail de gérant de restaurant, avait perdu son appartement, faute de pouvoir payer le loyer, et leurs parents, qui ne buvaient ni l'un ni l'autre, le méprisaient. À présent, il dormait sur le canapé d'Idara, et il lui arrivait de disparaître plusieurs jours d'affilée, qu'il dorme chez un pote ou dans la rue. En définitive, Idara l'avait menacé de le mettre dehors s'il ne commençait pas à suivre le programme des AA. Il n'était toujours pas sobre – il avait essayé cinq fois, mais avait rechuté à chaque coup – et Idara n'en parlait qu'à mi-voix. C'était l'image qu'Angie se faisait d'un alcoolique : une personne qui avait tout perdu.

Mais Julian n'avait pas tout perdu. Il avait tout. Et pourtant, quelque chose le poussait à se perdre dans le travail et la boisson, comme s'il ne voyait pas sa chance. Tous les deux, ils avaient loué un appartement au deuxième étage d'une brownstone en lisière de Park Slope. La cour de derrière était minuscule et mal entretenue mais, par la fenêtre de leur chambre, ils voyaient des arbres, au lieu d'un mur de brique, et dans la cuisine, ils avaient un vrai frigo et une gazinière à quatre feux. Ils avaient accroché les tableaux d'Angie aux murs, et Julian avait un placard plein de costumes bleu marine qu'il avait achetés avec sa prime d'embauche, et des souliers vernis qu'il cirait tous les mois et rangeait dans un placard à chaussures dans l'entrée. Il avait fêté avec elle la vente de ses trois premiers tableaux, des acryliques sur toile minuscules achetés par un anonyme qui les avait repérés lors d'une petite expo dans une galerie de Providence réservée aux anciens étudiants de l'EDRI, puis en avait acheté deux pour son bureau. Julian gagnait des procès, et son patron l'adorait. Il parlait mariage et enfants, rêvait d'une vraie brownstone rien qu'à eux à Park Slope, avec un jardin bien entretenu et un barbecue, mais elle se demandait comment il comptait accéder à cet avenir s'il ne parvenait pas à se détacher du passé.

Lorsque vint le vendredi matin, elle en eut marre de leur appartement silencieux. Elle se tenait devant la porte et venait d'enfiler les baskets qu'elle mettait pour ne pas abîmer ses talons dans le métro. Elle s'éclaircit bruyamment la gorge. Il leva les yeux de la table de la cuisine, où il buvait son café en regardant les gros titres des journaux.

« Il y a un vernissage ce soir dans une des galeries de la 24ᵉ. C'est de la photo, pas de la peinture, mais j'ai envie d'y aller. Tu veux venir ? »

Julian sourit et acquiesça d'un hochement de tête. Elle resta plantée devant la porte, gênée, la poignée dans la main. Elle ne voulait pas dire qu'elle était désolée, car ce n'était pas le cas. Mais elle en avait assez du conflit. Alors Julian fit ce qu'il faisait toujours. Il se leva, s'approcha et prit ses mains dans les siennes, qui étaient chaudes, soit à cause de la tasse de café, soit parce que son corps l'était toujours, à une température supérieure d'un degré ou deux à la normale.

« Je suis désolé, dit-il, et il l'enveloppa dans ses bras de gros ours. Je t'aime.

– Moi aussi, je suis désolée. »

Il fit un grand sourire, ce sourire facile et malicieux qui lui valait l'affection de tout le monde, et laissait à penser qu'avec lui, on aurait risqué tout, sauf de s'ennuyer.

« Après l'expo, on se réconciliera pour de vrai. »

Ses mains glissèrent le long de son dos et se mirent à soulever sa jupe. Elle les écarta d'une petite claque.

« Après l'expo. Après le boulot. Toujours après. »

Elle sortit en riant.

Julian arriva à la galerie Slominsky à l'heure, sobre, et ils se rendirent dans la première salle pour admirer les photos. Le thème semblait être la discordance, le contraste entre les paysages urbains et ruraux. Les images n'étaient que lignes et angles durs, gratte-ciel comme les tours Petronas en Malaisie juxtaposés avec les plus grands arbres du monde, séquoias de Californie et cyprès de l'Himalaya, macros du métal des gratte-ciel en côtoyant d'autres des troncs. Dans le coin se tenait une femme en jean extrêmement serré et veste en velours mauve, avec à côté d'elle un homme aux sourcils broussailleux et aux oreilles tout en longueur ; ils trinquèrent avec leurs bouteilles de bière.

« Oh mon Dieu, chuchota Angie. C'est Andres Serrano.

– Qui ?

– Andres Serrano. Le photographe. C'est lui qui a fait la photo *Piss Christ*. Celle qui a déclenché une énorme controverse. »

Julian prit l'air perplexe, puis rit.

« Avec un titre pareil, j'imagine un peu la controverse. Tu ferais mieux d'éviter d'en parler à ta mère. Elle serait bien choquée, à mon avis.

– Angie ! » lança quelqu'un derrière elle. C'était Idara, flûte de champagne dans une main, pochette chic dans l'autre. Elle était avec son mari, Jamie. Il faisait vingt centimètres de moins qu'elle, mais avait les cheveux vingt centimètres plus long, qui lui tombaient presque à la moitié du dos. « Tu dois adorer cette expo. »

Angie confirma d'un hochement de tête.

« Oui, j'adore. »

Elle était électrisée, et elle avait envie de partir illico travailler sur sa nouvelle toile tout le week-end.

Idara était au courant de leur dispute, mais ne le montra pas. Elle salua Julian d'un signe de tête.

« Ça se passe bien, le boulot ?

– Oui, comment vont les délinquants ? » demanda Jamie.

Idara et Angie sourirent. Jamie adorait asticoter Julian, et il mordait presque toujours à l'hameçon, brûlant de défendre ses clients non seulement au tribunal, mais dans la vie.

« Ce ne sont pas encore des délinquants, Jamie. Ils sont innocents jusqu'à preuve du contraire. »

Jamie but une gorgée de champagne.

« Tu dis toujours ça.

– Tu te moques de moi, mais John Adams et Abraham Lincoln ont tous les deux été avocats de la défense, tu le savais ? Et le droit à un avocat est garanti par le sixième amendement, parce que les Pères fondateurs estimaient qu'il était important de ne pas condamner sans preuves les individus accusés de crimes. Il faut absolument que tout le monde ait droit à un procès équitable, à une peine juste, et à un traitement juste, de manière générale. Ce n'est pas possible sans un bon avocat. »

Angie s'écarta. Elle avait déjà entendu cette passe d'armes.

« Il ne lâche jamais, hein ? » fit Idara.

Angie désigna la deuxième salle d'un signe de tête et se dirigea vers celle-ci.

« C'est important pour lui. Il a le sentiment d'œuvrer pour le bien. »

Julian en parlait sans cesse à la maison. Un jour, quand elle l'avait interrogé sur son zèle, il avait évoqué ce qui était arrivé à Diana – ce qui n'avait aucun sens, puisque c'était un accident. Tout ce qu'ils avaient fait, c'était prendre du retard sur elle ; ils n'avaient pas commis d'acte *criminel*. Il avait semblé sur le point d'être submergé par l'émotion, puis il avait dit exactement ce qu'elle venait de répéter à Idara : que c'était sa manière d'œuvrer pour le bien. Elle écoutait ses discours, l'accompagnait aux manifs pour l'amélioration des conditions de vie à Rikers avec lui, et assistait à des dîners où ses collègues se plaignaient de la sévérité excessive des procureurs. Elle l'aimait pour sa passion, et elle trouvait sa cause juste, mais cette soirée était censée être pour elle.

Les deux femmes s'arrêtèrent devant une photo au tirage très sombre qui ressemblait, à première vue, à une série de lignes en train de disparaître. Tout autour d'elles, les conversations battaient leur plein, dont une au sujet des prix de la photo dans les galeries new-yorkaises ces derniers temps, où fusèrent des chiffres vertigineux qu'Angie s'efforça d'ignorer. Elle aimait l'art, c'était certain, mais parfois, lors des expos, le doute s'emparait d'elle. Est-ce que ses toiles avaient *de l'importance*, le même type d'importance que ces œuvres-ci ? Ses peintures ne portaient ni sur l'identité ni sur la critique sociale, et ce n'étaient pas des installations qui posaient un discours fort, ni des photographies qui allaient hérisser les réactionnaires comme *Piss Christ*. Parfois, trouver du sens dans son propre travail lui faisait le même effet que d'écrire des dissertations sur Shakespeare au lycée. Que pouvait-elle dire qui ne l'avait pas déjà été ? Ses tableaux auraient-ils un jour un poids pour quelqu'un, à part elle ? Et si elle ne vendait jamais assez pour en vivre, comment pourrait-elle continuer ?

« En fait, il y a un autre truc dont je voulais te parler, dit Idara.

– Ce sont des trembles, pas des lignes », dit Angie, qui n'avait pas vraiment écouté.

La photo avait été prise de nuit, dans un bosquet fourni. La lueur de la lune venait d'en haut – elle devait être pleine, pour être aussi lumineuse, mais le photographe avait réglé l'exposition au minimum, et les images étaient si sombres que, de loin, il était impossible de voir qu'on regardait un tronc d'arbre, au premier plan, et non un simple trait. Entre les trembles, le vide faisait signe, le ciel et d'autres troncs floutés par l'ouverture du diaphragme, qui les réduisait presque au néant. L'échelle était explosée, on n'avait pas moyen de savoir si la photo avait été prise au bord d'une pente abrupte ou dans une vallée, car on ne distinguait que les trembles, à perte de vue. Elle éprouva une violente nostalgie du Colorado, un sentiment qu'elle n'avait pas éprouvé depuis le jour de son départ pour la fac, et elle ferma les yeux pour y résister.

« C'est une photo géniale, confirma Idara. Écoute, Angie, j'ai une bonne nouvelle. Hobbs a appelé aujourd'hui. Il est enfin d'accord pour monter l'expo de jeunes artistes que j'ai proposée. Il veut l'intituler "Les Trente de moins de trente ans". C'est énorme. »

Angie ouvrit les yeux mais retint sa respiration. Effectivement, c'était énorme. Hobbs, le galeriste principal et associé d'Idara, était toujours frileux quand il s'agissait de nouveautés. Vestige d'une autre ère, il était tellement rétif au changement qu'il avait failli faire couler sa propre galerie avant l'arrivée d'Idara. Il ressemblait trait pour trait à son nom. Anglais, replet, et petit. Il portait toujours un costume, même sous la canicule, et quel que soit son interlocuteur. L'habitude était trop ancrée en lui pour qu'il puisse y renoncer. Elle eut peur de dire quoi que ce soit, peur d'espérer.

Idara fit un grand sourire.

« Il veut qu'on y montre un de tes tableaux. »

Angie manqua écraser sa flûte de champagne entre ses mains.

« Oh mon Dieu.

– Dieu n'a rien à voir là-dedans. Tu n'as que toi et la puissance de ton travail à remercier. » Idara prit Angie dans ses bras. « Je suis très fière de toi.

– Je peux le dire à Julian ?

– Oui. On va l'annoncer la semaine prochaine, donc ça va se savoir de toute façon. »

Elles trouvèrent Julian et Jamie à l'avant de la galerie, juste à côté de l'open bar. Jamie gesticulait vivement, et Julian riait. Ils avaient chacun un whisky à la main ; le verre de Julian était presque vide. Angie était trop excitée pour se demander à combien il en était ; elle lui prit le verre des mains, but la dernière gorgée, et hurla presque la nouvelle.

Le lendemain matin, elle appela ses parents après avoir bu son café avec Julian. Ils avaient fêté ça en rentrant à leur brownstone, avec une bouteille de champagne qu'ils avaient achetée chez le caviste devant leur arrêt de métro. Elle avait mal à la tête à cause du vin trop sucré, d'une marque bas de gamme, donc elle avala deux Tylenol et tendit le flacon à Julian pendant que le téléphone sonnait à l'autre bout de la ligne. Il secoua la tête et alla s'allonger sur le canapé avec des dossiers.

« Papa ? C'est moi », dit-elle.

C'était la première fois qu'elle avait une nouvelle si énorme, qui prouvait qu'elle pouvait réussir en tant qu'artiste.

« Angie ! » Il était toujours content d'entendre sa voix. Il ne répondait jamais avec agacement, ou lassitude, comme le faisait sa mère. « Quoi de neuf ?

– J'ai une grande nouvelle !

– Moi aussi, mais toi d'abord. »

Elle hésita, prenant conscience d'une chose. Roberto allait vouloir venir voir l'exposition. Bien qu'elle désapprouve vivement l'orientation professionnelle choisie par sa fille, même Livia viendrait. Et s'ils voulaient dormir chez elle ? Même dans le cas contraire, ils demanderaient à voir où elle habitait. Son cœur se figea dans sa poitrine et elle s'adossa à un mur pour garder son équilibre. Julian la regarda du canapé, les yeux plissés, et elle se rendit compte qu'il y avait déjà pensé. Il voulait depuis longtemps que leur relation sorte du secret. Elle opta pour la seule solution qui lui restait et bégaya un demi-mensonge.

« Mon travail *va peut-être* être exposé à la galerie ! Ça sera – enfin, si ça marche – dans une expo intitulée "Les Trente de moins de trente ans". » Elle insista sur le mot *peut-être,* ajouta *si ça marche,* mais sans savoir si c'était suffisant pour lui permettre de revenir en arrière. « Mais rien n'est encore certain, cela dit. »

Roberto s'en fichait.

« Oh, *carina* ! C'est incroyable. J'ai hâte de l'annoncer à ta mère. Oh, là, là, bravo. Après tout ce travail. » Angie voyait presque le sourire sur ses lèvres, ses yeux illuminés par la fierté. Il avait l'habitude de marcher de long en large dans la cuisine quand il téléphonait, s'éloignant du poste autant que le permettait le cordon, et elle entendit ses pas accélérer tandis qu'il parlait. « On va prendre un congé, dit-il, et on viendra voir ça. On ne t'a pas rendu visite depuis ton diplôme, de toute façon. Ce sera l'occasion rêvée.

– Vous n'êtes pas obligés, papa. Je sais à quel point c'est difficile pour vous de vous éloigner du restaurant.

– On fermera DeLuca's, répondit-il d'une voix ferme. On vient.

– Vraiment, papa, vous n'êtes pas obligés. » Elle sentait le regard de Julian sur elle. « Et l'exposition aura lieu début mars, en plein pendant les vacances de printemps. Vous manqueriez les skieurs, ça serait une sacrée perte sèche. »

Il y eut un silence à l'autre bout du fil, et les pas s'interrompirent. « Ça n'a pas d'importance, *carina*. Je viens. Je trouverai une solution. »

Les épaules d'Angie s'affaissèrent. Elle n'en revenait pas d'avoir laissé son enthousiasme prendre le pas sur la raison.

Son père s'éclaircit la gorge.

« Mais moi aussi, j'ai une bonne nouvelle. En avril, une fois que la saison de ski sera terminée et les touristes partis, on va fermer le restaurant pour un mois et faire une chose qu'on veut faire depuis longtemps. Un voyage en Italie.

– Oh, papa. Je suis très contente pour vous. »

Elle était aussi soulagée, secrètement. S'ils fermaient le restaurant en avril, ils ne le fermeraient pas en mars pour venir voir l'expo. Livia ne le laisserait jamais fermer deux fois la même année.

« Je veux voir mon frère en personne encore une fois, et toute la ville sera vide, avec la boue, puisque c'est la saison de la fonte des neiges. On ne perdra rien.

– C'est super, papa. Ça va être un voyage formidable. »

Une fois qu'elle eut raccroché, elle sentit de nouveau le regard de Julian sur elle et sut ce qu'il allait dire avant même qu'il en ait le temps.

« Le moment est venu de l'annoncer à tout le monde. Il faut qu'on arrête de se cacher. Qu'on le dise à nos parents. »

Deux jours après le vernissage à la galerie Slominsky, Angie mit son réveil à 6 heures et se précipita à son atelier dès l'aube. Le dimanche, en début de matinée, elle avait l'espace pour elle toute seule. Elle le partageait avec trois autres peintres, mais c'étaient des oiseaux de nuit, tandis qu'elle était lève-tôt. C'était un vaste loft inachevé dans Gowanus, et quand les quatre locataires s'y retrouvaient en même temps, ils finissaient souvent vautrés sur le canapé miteux au centre de la pièce, à fumer l'herbe apportée par l'un d'entre eux en bavardant au lieu de peindre. Le dimanche, c'était mieux, car il n'y avait personne pour la distraire.

Elle prépara rapidement son matériel, pressée de se mettre au travail. La possibilité ou, non, se reprit-elle, le *fait* d'être incluse dans l'exposition des Trente de moins de trente ans l'inspirait, et les photos d'arbres en noir et blanc lui avaient rappelé qu'elle n'avait pas besoin d'éviter indéfiniment de peindre le monde naturel. Elle prenait conscience à présent de la raison pour laquelle sa série abstraite sur l'eau extrayait cet élément de la nature pour se concentrer sur des scènes urbaines. Disséquer chaque aspect de ce que l'eau pouvait et ne pouvait pas faire dans le monde lui servait à se mettre à distance de la nature, voire peut-être à renforcer son divorce d'avec Lodgepole. Elle était aussi coupée de son lieu d'origine que l'eau pouvait l'être du sien.

Ses pinceaux se mirent à remuer presque de leur propre chef : épaisses touches de terre de Sienne pour le tronc ; ombre brûlée, noir d'ivoire, et blanc de titane pour l'écorce et les imperfections de l'écorce de l'arbre, soulignées par des dizaines d'années de vie. Jaunes et rouges de cadmium pour les feuilles, peut-être parce que c'était l'automne à Central Park, et une volute de bleu de cobalt au sommet, parce que l'observatrice, une petite fille de sept ans, regardait vers le haut, vers le ciel. Diana, sa muse éternelle. Angie n'avait pas besoin de réfléchir, pas besoin de prévoir le prochain coup de pinceau, le prochain angle, la prochaine ombre.

Des heures plus tard, quand il commença à faire sombre dans l'atelier, elle recula de quelques pas pour contempler sa toile. Elle était encore abstraite, en rupture avec la réalité, mais elle n'était plus en rupture avec la nature. Le tableau ne la fit pas penser à Lodgepole, mais à Julian, et elle se sentit réconfortée par cette image. Quand ils étaient ados, ils aimaient s'allonger sous le bosquet de trembles en lisière de Wolf Creek Trail. Ils en avaient pris l'habitude en troisième, alors qu'ils quittaient les pistes pour échapper à leur entraîneur de ski. La première fois, ils étaient passés par-dessous une corde qui marquait la fin de la zone praticable au niveau du virage de Big Bend. Ils avaient skié sur la poudreuse toute la journée, poussant des cris de joie en voyant les épais flocons. Leur entraîneur était aussi excité qu'eux, et c'était le dernier tour, donc ils savaient qu'il n'allait pas se formaliser s'ils s'éclipsaient. De la neige molle avait ralenti leur descente sur la pente escarpée et, à intervalles réguliers, l'un s'arrêtait pour attendre l'autre afin que la vitesse ne les sépare pas. Le plus souvent, c'était Julian, plus lourd et plus rapide, qui attendait. Elle avait fini par le trouver allongé sur le dos. Il regardait la cime des arbres.

« Tu es tombé ?

– Non, je me repose, c'est tout. Allonge-toi à côté de moi, la vue est incroyable. »

Il l'avait attirée au sol sans attendre qu'elle se penche, et elle avait ri.

« Chut... Écoute ce silence, avait-il dit. Regarde la forme des branches dans le ciel, avec la neige qui tombe de nulle part. »

Il était tellement rare que Julian soit sérieux qu'elle avait cessé de rire et de plaisanter aussitôt et posé la tête sur le sol. Des bourrelets de neige enveloppaient les branches, soulignant de blanc le paysage forestier. Des flocons replets jaillissaient du ciel gris comme par magie, par centaines et par milliers, des cristaux uniques qui appartenaient à la métamorphose sans fin de l'eau terrestre. Comme hypnotisés, ils avaient contemplé ce spectacle jusqu'à ce que le froid les saisisse, puis ils s'étaient levés, avaient épousseté la neige de leurs pantalons et blousons de ski, et étaient repartis vers le bas de la montagne. Finalement, le ravin les avait recrachés sur une pente plus douce, juste au-dessus de la prairie à côté de Wolf Creek Falls.

Ils avaient terminé la descente à skis sur une piste de randonnée, dans la quasi-obscurité et, à partir de là, ils étaient restés comme aimantés par ce petit coin, que ce soit en hiver ou pas. Ils avaient l'impression qu'il était à eux et à personne d'autre, et ils s'étaient mis à mesurer les changements de saisons à l'aune de leurs visites en ce lieu. Ils avaient appris en cours de sciences naturelles que ce bosquet de trembles constituait en fait un seul et même organisme, des centaines d'arbres reliés par un enchevêtrement complexe de racines. À la fin du printemps, des pointes de rouge émergeaient simultanément des bourgeons gonflés et tous les arbres signalaient la fin de l'hiver à l'unisson, en rythme. En juillet, Julian et Angie apportaient une couverture et un pique-nique et admiraient le vert du feuillage qui se balançait doucement dans la brise estivale. Et à l'automne, les feuilles se paraient de doré et leur tombaient dessus, bruissant et crépitant pendant toute leur chute. Chaque année, les chuintements de l'automne laissaient place au silence de l'hiver, imposé par les lourds flocons de neige qui étouffaient le monde entier, mais au printemps, ce monde glacé dégelait, et le *plic-ploc* des gouttes d'eau n'était qu'un prélude à la symphonie estivale de la forêt. La brise se frayait un chemin à travers les trembles de même que les saisons s'insinuaient dans la relation des deux adolescents.

Angie ne parvenait pas à se rappeler la dernière fois qu'ils s'étaient rendus là-bas, mais cela n'avait pas d'importance, car ils avaient maintenu leur tradition ici. Ils allaient à Central Park ou au Jardin botanique de Brooklyn et migraient d'arbre en arbre, ou bien s'asseyaient sur un banc et penchaient la tête en arrière pour contempler les feuilles, soulignées par le spectacle offert par le ciel ce jour-là : serein, coléreux ou coloré. Ces derniers temps, Julian commençait à s'en lasser, mais elle ne voulait pas arrêter. C'étaient ces souvenirs qui avaient donné naissance à ce tableau. Il faisait partie du passé commun qu'ils avaient transporté dans le présent, et elle ne voulait pas y renoncer.

Angie regarda la petite fille de son nouveau tableau et se demanda comment ça se passerait si elle avouait tout à ses parents. Julian s'en voudrait toujours affreusement pour l'accident, elle le savait, mais il ne comprenait pas l'ampleur de la trahison qu'éprouverait Livia si elle apprenait que sa fille vivait avec l'homme qu'elle tenait pour responsable de la mort de Diana. Et derrière la certitude de Livia quant à la culpabilité de Julian se tapissait l'incertitude d'Angie quant à la sienne propre, un doute profond dont elle ne parvenait toujours pas à se défaire. Est-ce que ça avait été sa faute, parce qu'elle avait acheté l'herbe, puis poussé Julian à en fumer ? Celle de Julian, parce qu'il n'avait pas skié assez vite pour rattraper Diana ? Ou celle de Diana, ou celle de personne ? Elle ne le savait toujours pas, mais elle ne voulait pas que quoi que ce soit vienne assombrir sa relation avec ses parents. C'était un accident, un événement tragique qu'elle ne pouvait pas changer. Il était plus facile de se concentrer sur le présent et de profiter de ce qu'elle avait que de se laisser embourber par le passé.

Elle referma ses tubes de peinture, lava ses pinceaux, puis se recula pour admirer le tableau encore une fois. C'était du bon travail, elle le sentait. Elle poussa le chevalet dans un coin, éteignit les lumières, et partit retrouver Julian à l'Oskar's Bar pour manger des frites et boire une bière.

Pendant les quelques mois suivants, Angie et Julian alternèrent : soit ils se disputaient sur la meilleure manière de gérer la visite potentielle de Roberto, soit ils évitaient complètement le sujet. Angie passait tout son temps entre la galerie, pour aider Idara à préparer l'exposition, et son atelier, pour peindre. Julian ne travaillait ni plus ni moins que d'habitude, mais son obsession pour l'affaire de triple récidive de Randy Martin avait pris le contrôle de sa vie.

« Il n'a que vingt ans », dit-il à Angie pour la centième fois, un samedi matin de février.

Elle poussa un petit grognement et tira la couette sur sa tête. Le soleil filtrait à travers les stores qu'ils avaient oublié de baisser la veille au soir, et elle voulait se rendormir. Elle aurait bien aimé que Julian en fasse autant, afin qu'il arrête de parler.

« Vingt ans. C'est pratiquement un gosse. Il a été condamné à perpétuité, et vu qu'il n'a pas de possibilité de libération conditionnelle, c'est comme s'il avait été condamné à mourir derrière les barreaux. Tu imagines un peu ? Et… il n'a même pas commis le premier et le troisième crime, il était juste complice ! »

Angie se frotta les yeux et se redressa.

« OK, je suis là. Comment ça se passe, l'appel ? »

Julian fit un grand sourire.

« J'ai une nouvelle stratégie. En plus de l'appel, je vais tenter de faire annuler sa première condamnation, voir s'il y a moyen de casser cette décision parce qu'il n'avait que quatorze ans. Je pourrais dire que l'assistance juridique dont il a bénéficié était insuffisante, ou voir s'il n'y a pas des pièces à conviction qui n'ont pas été prises en considération, et je pourrais peut-être plaider que les crimes commis lorsqu'il était mineur devraient être exclus du compte des récidives. Je peux peut-être faire valoir que c'est anticonstitutionnel.

– Tu parles de la condamnation pour braquage ? Celle où il conduisait la voiture des fuyards ?

– Ouaip.

– Ça m'a l'air d'une bonne stratégie. Il a de la chance de t'avoir comme avocat. »

Elle l'embrassa, sortit du lit et se rendit à la cuisine pour ajouter du café dans la machine. Quel que soit son état de fatigue, elle irait à l'atelier aujourd'hui. Son tableau abstrait de l'arbre avec la petite fille était presque achevé, et elle voulait qu'il soit parfait.

« Je vais faire en sorte que ce gosse récupère un bail de vie. Je le jure. Il n'est pas question que je le laisse pourrir en prison. »

Le téléphone sonna ; le voyant indiquait le numéro de ses parents et Angie crut qu'il s'agissait de Roberto, mais ce fut une autre voix qui la surprit au bout du fil.

« Maman ? » dit-elle d'une voix perplexe.

Angie parlait de temps en temps à sa mère, mais en général, c'était Roberto qui appelait.

Il y eut une hésitation, puis Livia dit :

« C'est ton père. »

Angie l'entendit renifler, puis se moucher.

« Il est à l'hôpital, et il ne voulait pas que je t'appelle. Quand il s'est réveillé hier, il était *giallo*, comme du jaune d'œuf. Des pieds à la tête.

– C'est sans doute la jaunisse, maman.

– Non, répliqua sèchement Livia. C'est plus grave que ça. *È cancro*. Ils lui ont fait un scanner, et le *cancro* est dans son pancréas. »

Angie se laissa tomber sur une chaise. Un cancer.

« Mais là, comment il va ? C'est très avancé ?

– *Non so niente*, pas encore. Il est à l'hôpital à Rimrock Junction, *e adesso hanno detto che lo devono trasferire all'ospedale di Denver perché ha bisogno di uno stent.*

– Un stent ? Pour un cancer ? »

C'était plus d'italien que sa mère n'en avait jamais prononcé en s'adressant à elle, même après la mort de Diana. Plus que ce qu'elle comprenait pleinement.

« *Ho già detto che non so niente.* Ils ont dit que ça serait bon pour le *giallo. Chiudo il ristorante e vado con lui.* J'appellerai *più tarde, dopo che hanno finito.* »

Livia raccrocha sans dire au revoir.

Angie regarda Julian, qui avait perdu son sourire sûr de lui.

« Ton père a un cancer ? De quoi ?

– Du pancréas. Mais ils l'emmènent à Denver pour lui poser un stent parce qu'il a une jaunisse, alors je ne sais pas vraiment ce qui se passe. Maman a parlé en italien, j'ai pas tout capté, mais je crois qu'elle ferme le restaurant pour l'accompagner.

– Qu'est-ce qu'on fait ? On peut faire quelque chose ?

– Je sais pas. » Apparemment, le stent était censé soulager la jaunisse, et elle voulait voir ce que les médecins diraient ensuite. Elle prit sa tête entre ses mains, puis se leva. « Il faut que j'aille courir, je peux pas rester là à me tourner les pouces en attendant que ma mère rappelle.

– Mais… il faut qu'on fasse quelque chose. On devrait au moins essayer de chercher ce que ça veut dire dans un dictionnaire médical. »

Elle avait besoin de bouger, pas de lire des articles sur le cancer. La tête lui tournait, et même si elle l'avait voulu, elle ne pouvait se concentrer sur rien. Elle enfila un legging et des baskets sans répondre.

« Je ne peux pas venir avec toi, Angie, dit finalement Julian. Charlie m'attend au bureau dans une heure. »

Il avait l'air impuissant, et pendant un quart de seconde, Angie eut envie de lui flanquer une gifle, même si elle ne savait pas pourquoi. Elle lui tourna le dos et sortit, laissant la porte claquer derrière elle.

Sans prendre la peine de s'échauffer, Angie se mit à courir et se dirigea vers Prospect Park. Plus que tout, elle aurait voulu être de retour dans le Colorado, et courir sur Wolf Creek Trail, plutôt qu'à Brooklyn, où elle ne pouvait pas quitter ses pieds des yeux sous peine de marcher sur une pipe à crack, et devait retenir sa respiration à certains coins de rue tant l'odeur d'urine se faisait puissante. En temps normal, elle adorait New York, et l'idée de retourner à Lodgepole lui faisait horreur, mais ce jour-là, rentrer était son seul désir.

Un cancer du pancréas. C'était très mauvais. Elle n'en savait pas long sur le cancer. Elle ne connaissait personne qui en ait été atteint. La mère d'une amie avait eu un cancer du sein, et le grand-père d'une autre un cancer des poumons. Elle savait que certains cancers étaient plus graves que d'autres, et que le cancer du pancréas était l'un des plus agressifs, mais elle ne savait pas ce que cela signifiait pour Roberto.

Sur Flatbush Avenue, elle attendit que le feu passe au vert pour les piétons, entourée de familles qui poussaient des landaus occupés par de jeunes enfants emmitouflés. D'abord elle continua de courir sur place, pressée de quitter les trottoirs de la ville pour aller se perdre sur les sentiers moins fréquentés du parc, mais finalement, elle ralentit et resta immobile. Une idée venait de la traverser, et elle se demanda si Julian y avait déjà pensé : à présent, son père ne risquait pas de venir au vernissage de son expo. La soirée avait lieu dans deux semaines, et même si elle ne savait rien sur le cancer du pancréas, elle savait que Roberto allait se faire opérer, puis entamer une chimio et une radiothérapie. Il ne pourrait pas voyager. Le soulagement et la culpabilité l'inondèrent simultanément, se mêlant comme le fleuve et la mer dans un delta boueux. Julian et elle pourraient continuer d'éviter de dire la vérité à ses parents – mais quel genre de personne était-elle, pour éprouver du soulagement à l'idée d'un sursis provoqué par le cancer du pancréas de son père ? Elle serra les poings et traversa l'avenue en courant de toutes ses forces, dépassant le feu vert qui clignotait à présent ; elle piétina de plus en plus vite la chaussée dure, jusqu'à ce que sa poitrine lui fasse trop mal pour qu'elle continue à cette allure.

11
Décembre 2016 - février 2017

En décembre et janvier, Martine et Julian se sont efforcés de partager, autant que possible, les responsabilités dans le dossier de Nora, mais en pratique, c'est à Julian qu'il est revenu de prendre les décisions et d'assister aux rendez-vous avec Nora et les Sheehan, tandis que Martine se chargeait de la paperasse. C'est presque comme si Julian était le chef et elle l'assistante, même s'il n'exerce que depuis vingt ans et qu'il est son fils, alors qu'elle fait ce métier depuis quarante-cinq ans et qu'elle est sa mère. Cependant, cet arrangement fonctionne, et laisse à Martine le temps de rechercher des données juridiques afin d'étoffer le dossier. L'aide de Julian lui est précieuse, et elle sait qu'elle n'aurait jamais eu la compétence de représenter Nora toute seule. Gil Stuckey continue de rejeter toutes leurs tentatives de négociation, et il y a quelques semaines, elle a découvert pourquoi : dans les rangs de l'association du barreau du Colorado circule une proposition de loi de réforme de la justice des mineurs qui limiterait la possibilité pour les procureurs de juger de jeunes adolescents comme des majeurs et créerait un système alternatif de services de réinsertion, or il vient d'être nommé à la tête du Conseil des procureurs du Colorado, principal adversaire de la loi. Apprendre la raison de sa dureté envers Nora n'a fait que confirmer qu'il risquait de camper sur ses positions, plutôt que de plier. Il n'a pas cessé de claironner qu'il allait viser la perpétuité, à cause de la brutalité du crime, et parce que, à l'en croire, le silence dans lequel s'est terrée Nora après les faits prouve son absence de remords.

Julian a fait l'aller-retour entre New York et Lodgepole à trois reprises : il ne peut pas être en permanence loin de son travail proprement dit et de Mayumi, en outre, celle-ci l'a finalement convaincu de consulter un kiné pour ses douleurs articulaires afin de voir s'il ne pourrait pas reprendre la course. Et surtout, il faut qu'il soit là pour les rendez-vous de Mayumi chez l'obstétricien. Ce sont les premiers stades, et ils gardent la chose secrète, mais il a tout avoué à Martine lorsqu'elle l'a trouvé en train de chercher des poussettes tout-terrain sur Internet. Sa mère a pris bien soin de ne pas poser trop de questions et ne s'est rendue au magasin de jouets, en ville, qu'une fois Julian à New York, pour être sûre de ne pas se faire surprendre. Elle ne veut pas lui porter malheur, mais l'excitation était trop forte – sa seule envie, c'était de se planter à un coin de rue et de crier : *Je vais être grand-mère !* – donc elle s'est limitée à amasser un tas de babioles qu'elle cache dans le placard de sa chambre : quatre livres cartonnés pour bébé, un hochet girafe, des cubes de construction à l'ancienne, en bois, et un doudou en polaire.

On dit toujours qu'il faut voir le bon côté des choses. La présence de Julian à la maison est, pour elle, le bon côté de la tragédie des Sheehan. On dirait presque que leurs années de froid n'ont jamais eu lieu. Ils n'ont parlé qu'une seule fois de la mort de Diana et du départ de Julian. Il l'a interrompue d'un signe de tête pendant qu'elle s'excusait, puis l'a prise dans ses bras. « C'est le passé, a-t-il dit. Pas la peine de remuer tout ça. Je suis juste content qu'on se soit retrouvés. » À présent, quand il est chez elle,

Martine voit leur lien mère-fils se reformer timidement. C'est peut-être étrange d'être unis à la fois par une chose si terrible (le drame de Nora) et une chose si fragile et joyeuse (la grossesse de Mayumi, un secret que le couple n'a confié qu'à elle, vu que c'est si tôt encore), mais elle ne peut ignorer le positif qui revient dans sa vie de façon inattendue.

Un soir de février, alors que Julian est à New York et qu'elle est seule à la maison avec Jack, elle écarte le dossier de Nora et sort un vieil album photo pour se rappeler à quoi ressemblaient ses petits garçons quand ils étaient bébés, se remémorer cette vie lointaine dans laquelle elle pouvait encore les soulever dans ses bras et rêver de leur avenir. Gregory et son mari essaient, eux aussi, d'avoir un enfant, ils se renseignent sur l'adoption ou la GPA, et elle se laisse aller à rêver de remplir un nouvel album photo de petits garçons et de petites filles, ses petits-enfants, après avoir cru si longtemps que cela n'arriverait jamais.

Du temps de ce vieil album, Jack, qui dort sur le dos sur le canapé, avec sa langue rose qui pend sur le côté de sa gueule ouverte, n'existait pas. À l'époque, les garçons régnaient sur leur monde, à Cyrus et à elle. Les photos jaunies, datant d'une époque où l'on se contentait le plus souvent d'une seule prise car la pellicule coûtait cher, montrent une famille imparfaite, mais heureuse, avec clins d'œil, sourires et regards boudeurs. Julian et Gregory, jouant dans un bac à sable dans le jardin, Gregory si petit que Julian l'avait enterré presque complètement. Julian, peut-être dix ans, essayant les nouveaux skis qu'il avait trouvés sous le sapin de Noël, souriant, faisant ressortir la fossette sur son menton, et Gregory installant son jeu Incredible Hulk à ses pieds. Sur une photo plus tardive, on voit Julian et Cyrus, penchés sur un lavabo, tandis que Cyrus lui montre comment raser le duvet qui pousse sur sa lèvre supérieure, et sur une autre, Julian montre du doigt les poils de barbe presque inexistants qu'il croit voir dans la cuvette du lavabo. Sur toutes les images, Julian et Gregory ont les joues lisses, des joues rebondies, adoucies par l'enfance, qui lui donnent tout de suite envie de leur déposer un baiser sur le front, sur la tignasse. À présent, les cheveux noirs de Gregory ont viré au poivre et sel et ceux, blonds, de Julian se raréfient. Elle ne peut s'empêcher de se demander si leur métamorphose extérieure reflète leur état intérieur, si la raréfaction de cheveux de Julian signale ce qui lui a été arraché, tout ce qu'il ne pourra jamais récupérer.

Jack fait une roulade et renverse le dossier de Nora, et lorsque Martine se penche pour le ramasser, une photo de famille des Sheehan s'en échappe. Une vieille photo. Nico devait avoir sept ou huit ans, Nora un de moins. Angie la lui a confiée pour qu'elle puisse se souvenir de Nico tel qu'il était.

« Et de Nora, a ajouté Martine, et Angie a souri en effleurant la photo.

– Oui. Et de Nora. De nous tous. »

À présent, Angie a l'esprit clair la plupart du temps, son angoisse stridente a été remplacée par une étrange torpeur – ou peut-être s'est-elle habituée à sa nouvelle réalité – et elle a dit ça avec tristesse, plutôt que désespoir.

Sur la photo, Nora et Nico se poussent, il lui pince le ventre et elle rit. Ils dégagent la même douceur enfantine qu'elle a vue sur les portraits de Julian et Gregory – cette douceur que porte chaque enfant avant que le monde l'abîme ou qu'il ou elle abîme le monde – avec les cheveux blonds et roux, au lieu de blonds et bruns. Pourtant, on leur a volé plus, à eux, qu'à Julian et Gregory. Bien plus. Elle étudie soigneusement la photo, passe un doigt sur le visage de Nico, et s'interroge : Que serait-il devenu, en grandissant, s'il en avait eu l'occasion ?

Quand elle monte se coucher, elle est trop épuisée pour éviter la marche qui grince, que Julian esquive toujours. La fatigue est devenue pour elle une compagne de chaque instant depuis que David est venu cogner à sa porte en octobre dernier. Elle ferme la porte de sa chambre et règle le ventilateur à fond pour pouvoir dormir. Si David revient frapper avec une nouvelle urgence, elle ne veut pas l'entendre.

Le lendemain matin, Julian l'appelle sur son portable juste au moment où elle ouvre au chien pour qu'il aille faire pipi. Il est 5 h 30 et elle est trop fatiguée pour aller le promener au cimetière. Elle se tient devant la porte ouverte, espérant que l'air froid va la réveiller, mais elle commence à se rendre compte que la préparation du procès n'est peut-être pas seule en cause.

« Gil a enfin rappelé, annonce-t-il.

– Et ? Du progrès ? »

Debout dans l'allée car il est trop paresseux pour aller jusqu'à l'herbe, Jack aboie avec insistance, et Martine scrute la pénombre derrière lui. Des yeux brillent dans le champ derrière sa maison. Beaucoup d'yeux, pas juste une paire. À en juger par leur hauteur, ce n'est pas une harde d'élans, plutôt une bande de coyotes qui rôde.

« Non, j'aurais presque préféré qu'il n'appelle pas. Au moins, avant, je pouvais encore espérer qu'il fasse preuve d'un minimum de compassion envers une enfant de treize ans. »

Le thorax de Martine se contracte et les mots de Julian s'estompent, et tout à coup, elle sait : ce n'est pas le stress, ni une réaction au refus de Gil. Prise d'un vertige, elle se replie dans la maison pour s'asseoir sans répondre à Julian ou refermer la porte.

« Maman ? Tu es là ? »

Elle se prend la poitrine, grogne, et se laisse aller davantage dans sa chaise.

« Mon cœur », murmure-t-elle, puis elle raccroche et appelle les secours avant de perdre connaissance.

Jack entre en trottinant et gémit. Il renifle Martine, gémit de nouveau, puis va se planter devant la porte pour protéger sa maîtresse des yeux qui guettent dans le champ.

À l'autre bout du fil, Julian est pris de panique et manque renverser son café sur son dossier le plus récent, une affaire où la peine de mort est en jeu. L'essoufflement, la fatigue, les yeux enfoncés. C'est sa santé, depuis le début, pas l'âge ni l'angoisse. Il est rentré chez lui pour travailler et passer, lui aussi, des examens médicaux, pour une bricole sans doute sans importance, et maintenant, il est à trois mille kilomètres et ne peut pas l'aider. C'est sa mère, elle est plus vieille que lui, plus fragile. Pourquoi ne l'a-t-il pas forcée à consulter un médecin, obsédé qu'il était par lui-même ? La tonalité retentit à l'autre bout, car elle a raccroché, à moins qu'elle soit déjà morte, qui sait.

Le temps qu'il appelle la police de Lodgepole et leur demande d'envoyer une ambulance, qu'il fonce chez lui faire sa valise, prenne un taxi pour La Guardia et envoie un SMS à Mayumi pour la prévenir de son départ en urgence, deux heures se sont écoulées. Martine n'a pas répondu à ses messages et personne de l'hôpital ne l'a appelé. Il s'est écoulé tellement de temps, depuis son départ de Lodgepole dans sa jeunesse, qu'il n'a plus le numéro de quiconque. Les seules personnes qu'il connaisse sont Angie et David, mais il ne peut pas leur demander de l'aide quand c'est lui qui est censé les aider. Il finit par appeler l'accueil de l'hôpital.

On lui passe une infirmière qui lui répond, d'une voix laconique dont il ne saurait dire si elle est bienveillante : « C'est le cœur. Elle est en salle d'opération. » En attendant l'embarquement, il appelle tous ses amis médecins, qui lui disent tous la même chose : ne panique pas. Elle pourrait déjà être morte, mais elle ne l'est pas, sinon on te l'aurait dit. Elle a peut-être simplement besoin d'un stent. *Ou peut-être,* se dit-il, *d'un pontage, voire pire encore.*

Julian a connu toutes ces affres avec Cyrus, mais sa deuxième crise cardiaque l'a emporté si rapidement qu'il était déjà mort quand Julian a été prévenu. Et Julian ne se rappelle pas son père biologique – Theodore, dont il ne reste qu'un nom, a été tué par une voiture alors qu'il avait trébuché sur le trottoir, faisant une chute sur la chaussée ; Julian n'avait pas un an. Si bien qu'avec la mort de Cyrus, c'est la première fois qu'il a fait l'expérience d'un deuil dans sa famille, du chagrin de ne plus pouvoir prendre un proche dans ses bras. Quand Diana est morte, il a eu de la peine, mais c'était la petite sœur d'Angie, pas la sienne, et il était consumé par la culpabilité et la honte, pas par le chagrin. Il y avait Angie, bien sûr, mais s'il l'avait perdue, c'était à cause de sa stupidité à lui, de son incapacité à comprendre que parfois, il existait une limite au pardon, et il savait qu'elle était encore quelque part, que son cœur battait toujours dans le Colorado. Il n'est pas prêt à perdre le dernier parent qui lui reste.

Quand l'avion commence sa descente, en arrivant à Lodgepole, il ignore la vue et les cris enthousiastes des skieurs, et allume son téléphone avant même l'atterrissage, dès qu'il pense pouvoir capter. Son téléphone se met immédiatement à émettre une série de *ding* et de *dong* qu'il ne pense même pas à couper jusqu'à ce que son voisin lui jette un regard mauvais. Mayumi, sa secrétaire, d'autres amis médecins, un long message vocal de l'hôpital annonçant que Martine sort du bloc opératoire. Et un SMS d'Angie : elle l'attend à l'aéroport.

Il pousse la porte et émerge, clignant des yeux, dans le grand soleil d'hiver qui se reflète, éblouissant, sur la neige et sur le métal. L'idée qu'Angie puisse venir le chercher ne lui était jamais venue à l'esprit, mais elle est là, sur le trottoir, les mains dans les poches de son jean, le blouson ouvert.

« Jennifer, tu te souviens d'elle, du lycée ? Elle est infirmière à l'hôpital, elle m'a appelée parce qu'elle avait appris par les infos que ta mère défendait Nora. » Puis elle s'empresse d'ajouter : « Elle n'était pas censée le faire, elle le sait, donc ne le répète à personne.

– Mais comment tu savais quel vol j'allais prendre ? »

Il ne s'y attendait pas, mais il ne trouve pas ses mots, gêné. Ils n'ont pas encore été seuls ensemble, n'ont pas eu une seule discussion qui ne porte pas sur Nora et Nico.

« J'ai appelé ton bureau à New York et convaincu ta secrétaire de me le dire.

– Elle t'a dit quelque chose sur ma mère, Jennifer ?

– Elle va s'en sortir, Julian. Ça va. Elle n'est pas… elle va s'en remettre. »

Les larmes lui montent aux yeux, des larmes qu'il ne veut pas laisser voir à Angie, puisque sa famille, à elle, ne va pas se remettre. La gentillesse d'Angie le bouleverse autant que la nouvelle que sa mère n'est pas morte.

« Ils lui ont posé un stent, poursuit-elle. Elle n'a pas eu besoin d'un pontage, ni rien. »

Julian essaie de ravaler la boule dans sa gorge.

« Mais, Julian… son cœur est abîmé. Si je comprends bien, il y avait un problème depuis longtemps, et elle a ignoré les symptômes, tu vois ? Elle fait de l'insuffisance cardiaque, et elle va avoir besoin de réadaptation à l'effort. Il faudra qu'elle reste à la maison pendant quelques mois pour récupérer. »

Elle tend les bras et le serre contre elle, chose qu'il aurait voulu faire pour elle dès leur premier rendez-vous avec Nora, mais n'a pas pu, pas en présence de David, pas avec sa mère juste à côté. Elle se met sur la pointe des pieds, se hissant presque à sa hauteur, son corps bien que plus petit enveloppant pratiquement le sien, et elle attire la tête de Julian dans le creux de son cou. Le souvenir de cette sensation, de ce réconfort qui, il y a tant d'années, lui semblait acquis, inonde son cerveau hébété par le surplus d'émotions.

« Je suis désolé, Angie. Pour Nico et Nora, pour ce que tu traverses et pour… pour tout. Je suis tellement, tellement désolé. »

Il retire sa tête ; les yeux d'Angie se remplissent de larmes, des piscines au-dessus de ses cernes sombres et de ses rides d'inquiétude désormais profondes. Il fond en larmes à son tour, des larmes à la fois de soulagement et de chagrin, et ils restent dans les bras l'un de l'autre sur le trottoir, tandis que les touristes les dépassent en vitesse avec leurs valises à roulettes et leurs sacs de ski pleins à craquer.

La chambre de Martine se trouve du côté ouest de l'hôpital, avec une fenêtre qui donne sur Miner's Peak. Le temps qu'ils s'entretiennent avec le médecin, le soleil déclinant a enrobé sa chambre d'une lueur rose. Elle est réveillée, et ses yeux s'illuminent quand il entre avec Angie.

« J'ai cru que tu serais…

– Morte ? » Elle parle lentement, la voix un peu pâteuse à cause de l'anesthésie, et fait un sourire chagrin. « Tu ne peux pas te débarrasser de moi si facilement, Julian. Je suis vieille, mais pas tant que ça.

– Non, s'empresse-t-il de répondre. Je pensais que tu dormirais, ou que tu serais abrutie par les antidouleurs ou... je sais pas, sous respirateur, un truc comme ça. Comment tu te sens ?

– C'était juste une pose de stent, alors ils m'ont seulement donné du Valium. Je trouve ça un peu léger, non ? »

Il la serre doucement dans ses bras, avec une bouffée de soulagement. Il y a eu un temps, un temps dont il ne se souvient pas, mais qui a existé, il le sait, où sa mère était tout son univers, où ils n'étaient que tous les deux. La période entre ses deux pères, avant la naissance de Gregory, avant leur départ de New York. Une photo de cette époque est posée sur le piano de Martine. Elle est sur un banc, dans un parc, et le fait sautiller sur ses genoux. Elle lui sourit, et il cherche son visage des mains. Lui aussi, il devait être tout son univers. Assis sur le fauteuil à son chevet, il garde sa main dans la sienne.

« Je t'avais dit qu'il fallait que tu voies un médecin, maman. Tu vas laisser tomber les tribunaux un petit moment. Il faut réduire ton stress. »

Elle lève une main devant son visage, le même signal qu'elle fait à Jack pour lui dire *Stop*.

« On ne va pas se lancer là-dedans. Les problèmes de santé, c'est normal, à soixante-douze ans. Je sais que j'aurais dû consulter plus tôt, mais je suis là, et ça va. »

Il y a un silence dans la chambre.

« Ça va même très bien, grâce au Valium. » Son visage est blafard et la peau chiffonnée autour de ses yeux est plus tirée que d'habitude, mais sa bouche est détendue. « Parlons d'autre chose.

– Je ferais mieux d'y aller, dit Angie, qui commence à sortir, à reculons. Je suis juste passée le prendre à l'aéroport.

– Reste, dit Julian, tirant un autre fauteuil au chevet du lit de Martine. On peut parler de Nora, de ce qu'on va faire ensuite.

– Ah non, disent Martine et Angie en même temps, puis elles se sourient.

– Les grands esprits se rencontrent, dit Angie.

– Un truc agréable, fait Martine, clignant des yeux, qu'elle garde fermés un long moment, avant de les rouvrir. Tu viens de me dire qu'il fallait que j'arrête les tribunaux. Comment sont les pistes, cette année ? »

C'est au tour d'Angie de prendre un air malheureux.

« Je n'ai pas skié depuis des années. Je manque tellement d'entraînement que j'aurais sans doute un accident si je tentais une descente un peu difficile.

– Tu te rappelles, l'année où Julian est tombé le dernier jour de la saison, alors qu'il ne portait que son tout petit maillot de bain Speedo ? »

Angie rit ; c'est la première fois qu'il voit son visage s'illuminer depuis qu'il a commencé à travailler sur le dossier de Nora, la première fois que son attitude laisse entendre qu'elle est restée la même et son soulagement, à la voir ainsi, l'emporte sur l'angoisse que provoque le fait de parler de ski – et en particulier d'accidents de ski – dans cette pièce avec ces deux personnes.

« Oui ! On était en deuxième année, et toute l'équipe était en maillot de bain, c'était un défi de l'entraîneur. Julian faisait son intéressant, il décollait à chaque saut, bras et jambes écartés, ou bien il se lançait dans des sauts périlleux, mais il avait fini par rater son atterrissage. Il en avait semé partout – ses bâtons et ses skis avaient ripé tout le long de la piste.

– Et c'était juste sous le remonte-pente », reconnaît Julian.

Il se souvient encore de la honte qu'il s'est payée. Les skieurs, sur les télésièges, l'avaient sifflé et hué tandis qu'il ramassait ses bâtons et le ski le plus près de lui, puis descendait, sur une jambe, récupérer l'autre qui avait atterri cent mètres plus bas.

« Tu avais l'ego tout écorché, quand tu es rentré », plaisante Martine.

De toute évidence, si elle ricane comme une petite fille en parlant d'incident à skis, elle est encore shootée au Valium. Mais peut-être que ce rire lui fait du bien ? Julian se pose une question qu'il ne s'est pas autorisée depuis longtemps : à quoi aurait ressemblé sa vie, à lui, si Diana n'était pas morte ? Il a appris à vivre avec la douleur de son accident et de sa mort, mais cela fait longtemps qu'il n'a pas pensé au ski. Avec Mayumi, ils prennent leurs vacances en Floride et au Japon, et parfois dans le Vermont pour admirer les feuilles colorées, en octobre – jamais pendant la saison de ski. Il court, Mayumi fait du Pilates. Ils vont à des soirées de stand-up le vendredi et brunchent dehors le dimanche. Sa vie alternative aurait-elle ressemblé à ça – vivre dans une station de ski, avec Angie et sa mère à ses côtés ? À rire, à évoquer le bon vieux temps – et il n'y aurait pas de Nico, pas de Nora, pas de David ? Martine et Angie sont encore en train de rire ; elles échangent une autre anecdote sur la jeunesse de Julian, un tour absurde qu'il avait joué à un prof, à l'école. Il s'appuie contre le dossier de son fauteuil, surpris par la vitesse à laquelle l'atmosphère de la journée s'est transformée, souhaitant presque que ce mirage puisse ne jamais se dissoudre.

L'itinéraire de l'hôpital à chez Martine fait passer Angie et Julian devant l'emplacement du restaurant DeLuca's, et Julian s'étonne d'y voir la pancarte de la brasserie de Lodgepole. Angie ne parle ni de Nora ni du procès, et Julian se retient d'évoquer la question. Il sait à quel point c'est dur de garder en permanence une catastrophe à l'esprit.

« C'est une brasserie, DeLuca's, maintenant ? dit-il, se retournant vers Angie.

– En quelque sorte. Maman possède encore les murs, mais quand elle a commencé à souffrir d'Alzheimer, j'ai mis le fonds de commerce en gérance pour payer la résidence spécialisée. »

Elle respire un petit coup, comme si elle s'apprêtait à ajouter quelque chose, et Julian attend, puis demande finalement :

« Et... ? »

Elle garde le silence quelques instants, puis secoue la tête.

« Et rien. Je me disais juste que c'était bizarre, de se retrouver à s'occuper des parents qui s'occupaient de nous dans le temps.

– C'est bizarre qu'on soit tellement vieux. »

Elle se gare dans l'allée de Martine. Elle hésite puis pose ses deux mains sur une des siennes.

« Je sais que c'était une journée stressante, plus que stressante, mais je suis contente qu'elle aille bien. »

Julian ravale l'élan de l'attirer contre lui et de l'embrasser – en cet instant, il éprouve envers elle une familiarité incroyable, presque comme si les seize dernières années avaient été effacées, comme s'ils n'avaient jamais rompu, comme s'il n'était pas là parce que l'un des deux enfants qu'elle a eus avec un autre homme a tué l'autre – mais elle a David, il a Mayumi. Au lieu de ça, il la remercie de l'avoir conduit, lui caresse la joue, puis sort de la voiture et referme doucement la portière, faisant bien attention à ne pas la claquer.

Julian prend Jack au lit, en partie parce que ça lui fera un corps chaud pour lui tenir compagnie, en partie parce qu'il suppose que la journée a dû autant traumatiser le vieux chien que lui. Martine est redevenue elle-même : brusque et prosaïque. Il est retourné à l'hôpital après avoir déposé ses affaires à la maison et envoyé quelques e-mails de boulot, et elle l'a congédié après le dîner, affirmant qu'elle voulait dormir. Sous les couvertures, il appelle Mayumi mais ne dit rien de l'embrassade avec Angie. C'était un geste qui ne comptait pas, et qui, en même temps, comptait énormément, et cela aurait été impossible à expliquer sans faire du mal à Mayumi. Après l'avoir mise au courant de l'état de Martine, il l'interroge sur sa journée, veut savoir si les nausées ont été moins pénibles ce matin, combien de patients elle a reçus, si elle mange de la glace aux Oreo ou à la menthe et aux pépites de chocolat pendant qu'ils discutent.

« Ni l'un ni l'autre, dit-elle, trop vite. Ou peut-être les deux. Mais je ne peux pas m'en empêcher.

– Le bébé préfère laquelle ? »

Elle rit.

« Il est trop tôt pour le dire. Je vais peut-être continuer à manger des deux jusqu'à ce que j'aie une réponse nette. »

Quand il a rencontré Mayumi, il a craint, dans un premier temps, de ne jamais pouvoir cesser de la comparer à Angie, mais avec le temps, sa vie d'avant s'est estompée dans sa mémoire – si lentement qu'il ne s'est pas tout de suite rendu compte qu'il pensait moins à Angie, jusqu'au jour où il s'est réveillé et a compris que l'homme qui était avec Angie était devenu un autre, un type qu'il connaissait vaguement, il y a longtemps. Ce soir, après avoir mis fin à son coup de téléphone à Mayumi, il prend conscience qu'il n'arrivera pas à tenir ce type à distance, pas tant qu'il défend Nora.

Toute la journée, le procès de Nora est resté en retrait dans leur conversation et ils se sont focalisés sur Martine, mais à présent que Julian est couché dans le creux de son matelas, un creux qui s'y trouve depuis trente ans et qu'il ne peut éviter quelle que soit sa position, le chaos à venir refait surface. Angie et lui ne peuvent pas éviter le sujet pour toujours, car pour l'instant, rien ne va dans leur sens. Nora semble vouée à être jugée devant la cour de district, bien différente du tribunal des mineurs qui aurait pu lui laisser une chance d'avoir un jour une vie normale. Si Gil Stuckey parvient à ses fins, elle ne verra plus jamais la lumière du jour, si ce n'est filtrée à travers un grillage surmonté de fils barbelés.

Angie a l'air presque dans son état normal – ce n'est pas l'Angie qu'il a connue, mais elle est plus ferme, moins angoissée, comme si elle s'était résignée à avoir un fils mort et une fille qui pourrait bien passer le restant de ses jours derrière les barreaux, comme si elle avait déjà renoncé à se battre. Nora semble tout aussi résignée. Quand Julian lui rend visite, elle parle de ses copines, de ses devoirs de dessin et de maths, comme si le centre de détention était sa place, sa nouvelle maison. La normalité qu'elles projettent toutes les deux doit être une façade, un mécanisme de défense, mais il ne sait pas comment y réagir. Il a déjà observé le phénomène, bien sûr, il a conseillé des mineurs et accompagné des familles pendant la procédure, si toutefois ces jeunes avaient des familles ou des proches, mais là, c'est différent. Il a le sentiment d'être lié à Angie, Nora et Nico avec une puissance qu'il ne comprend pas.

Il est quelque chose de plus qu'un avocat, par rapport à l'accusée, là. Mais quoi, il ne le sait pas.

12
Février 2017

Angie ne peut pas s'en empêcher : elle cherche la femme de Julian sur Internet. La curiosité la grignote jusqu'à ce qu'elle cède. Il y a un nom pour ça, se dit-elle en entrant le nom dans le moteur de recherche. Le stalking. Julian n'est pas sur les réseaux sociaux – il n'a ni Instagram, ni Facebook, ni Twitter, rien – mais Mayumi, si. Il n'y a pas énormément de publications, mais c'est suffisant. À en croire un post d'anniversaire de leur rencontre, ils sont ensemble depuis huit ans. Mayumi aime le food porn et ses neveux. Il y a surtout des photos des deux petits garçons : juchés sur un chameau, au zoo, devant un théâtre, en costumes et cravates bleues miniatures, ou en train de taper dans un ballon de foot dans un match amateur. Sur les photos, Julian n'éclipse pas Mayumi par sa stature, comme c'était le cas avec Angie, donc elle doit être grande. Elle est jolie, mais ne porte pas de maquillage. Aux réunions de son club de lecture, il y a toujours du vin, mais sur ses photos de dîners en tête-à-tête avec Julian, on ne voit jamais d'alcool. Elle ne poste jamais rien sur son travail, mais Angie finit par trouver son site web : elle est thérapeute, elle a son propre cabinet, elle donne des liens vers des sites utiles, et tient un blog sur le trauma. *A priori*, c'est quelqu'un de bien.

Angie n'a jamais voulu le retour de Julian dans sa vie – c'est l'idée de David, la faute de David – mais le voici, qui monte dans sa voiture, qui défend Nora pour le meurtre de Nico. Et la voilà, elle, qui l'aide et le rassure quand la santé de Martine lui a fait une frayeur. Elle ravale le passé et ignore la bile qui monte dans sa gorge.

À Lodgepole, il est impossible d'échapper aux montagnes. La chaîne de San Moreno surplombe la ville des côtés est, nord et sud, ses immenses murs de grès et de granite encerclent les habitants des trois côtés, si bien qu'il n'y a qu'une seule issue à ce canyon en hiver, côté ouest, en direction de Waring, par la départementale. En été, un chemin de terre en lacets, criblé d'ornières, permet aussi de sortir de la ville par l'est en contournant le défilé de San Moreno, longeant les mines abandonnées et les cabanes écrasées par un siècle de neige, mais l'hiver, cette voie est impraticable, recouverte qu'elle est par les avalanches et les tempêtes de neige.

Les visiteurs apprécient cet isolement, qui donne à la ville et à leurs vacances un côté plus exotique. Les touristes sont faciles à reconnaître, pour les gens du coin ; ils achètent des hamburgers à vingt-cinq dollars et des bières à quinze au relais de ski, et prennent des coups de soleil car ils ne se rendent pas compte de la luminosité du soleil de montagne. Ils portent des blousons neufs de marque, et des bottes d'hiver qui présentent bien, mais ne protègent pas de la neige. Après avoir skié, et même quand ils n'ont pas skié, ils vont tremper dans des jacuzzis jusqu'à avoir le bout des doigts tout ridé. Tout le monde s'arrête pour prendre la même photo : une vue de Main Street, avec le mont San Moreno en arrière-plan. Parfois, le soleil couchant colore les cimes d'une lueur rosâtre irrésistible qui ne demande qu'à être prise en photo, et ils foncent se planter au milieu de la rue pour ne pas rater cet instant. Aucun d'entre eux ne sait que ce phénomène éphémère se nomme alpenglow, ni n'en connaît la cause – la diffraction de la lumière du soleil par l'atmosphère dans les brefs instants suivant le coucher du soleil ou précédant son lever – mais ils auront quelque chose à poster, une image qui raconte une histoire séduisante. Après leurs vacances, ils rentrent chez eux en Californie, au Texas ou à New York.

Incapable d'ignorer l'instinct puissant de retrouver son fils, cette impulsion irrationnelle qui l'emporte sur la conscience intellectuelle de sa mort, Angie cherche Nico parmi cette foule de visiteurs. Dès qu'elle aperçoit une mèche blonde qui dépasse d'un casque de ski, sa tête se tourne toute seule, suivant les cheveux jusqu'à confirmation qu'ils sont reliés au mauvais corps, au mauvais visage ou au mauvais sourire. À l'extérieur, elle entend sa voix dans les groupes d'ados insolents qui traversent Main Street en dehors des clous, skis sur les épaules, pour se diriger vers la télécabine au pied de la montagne, elle la reconnaît dans une plaisanterie ou dans les gros rires qui éclatent après la chute, mais ce n'est jamais exactement le bon timbre, jamais le ton juste. En intérieur, quand tous ont retiré leurs blousons, elle renifle l'air comme un limier, cherchant le parfum de son déodorant, sucré mais masculin, enfantin mais viril. Ce n'est que lorsqu'elle repère l'odeur qu'elle se rappelle : à Lodgepole, tous les garçons de quatorze ans portent le même parfum.

Elle ressent son absence avec la même acuité qu'elle ressentait auparavant sa présence. Nico était son premier enfant, son bébé. Il marchait d'un pas lourd dans la maison comme dans la vie, plein de malice et sans remords. Parfois, elle se dit que si elle se concentre suffisamment, elle parviendra peut-être à provoquer son apparition, à le ramener dans sa vie de la même manière qu'il a ramené Julian dans la sienne. Elle fait une brusque volte-face, dans la cuisine ou au supermarché, dans l'espoir de le surprendre derrière elle, en train de la regarder préparer le dîner ou d'ajouter des paquets de cookies dans son chariot. *Je suis encore là*, murmurerait-il peut-être. *Je serai toujours avec toi.* Mais c'est comme quand elle était petite et qu'elle tentait de surprendre ses peluches en train de s'animer. Il ne suffit pas de le vouloir.

Un jour, tandis qu'elle traverse la rue, en rentrant de la bibliothèque avec encore un nouveau manuel de développement personnel, le visage caché par un bonnet en laine et des lunettes noires, une femme lui demande si elle veut bien la prendre en photo avec sa famille. Angie hésite – cette femme l'a-t-elle choisie parce qu'elle sait qui elle est, qu'elle sait que Nora a abattu Nico ? Ou est-elle une simple touriste en quête de la photo de famille parfaite ? – mais elle ne remarque pas de désapprobation ou de jugement dans ses yeux, donc elle accepte d'un hochement de tête. Il y a deux parents et quatre enfants, mais pas de cheveux blonds, pas d'effluves du déodorant de Nico ; cependant en regardant la mère, elle pense : *Je pourrais presque être vous. Je voudrais être vous.*

« Vous avez une sacrée veine d'habiter ici, s'exclame la mère d'une voix aiguë en lui tendant son téléphone. Vous pouvez skier toute l'année, non ? »

La vérité est plus douloureuse qu'elle ne l'a avoué à Martine. Avant, toute la famille comptait non seulement les jours de ski annuels – et parfois c'était soixante ou soixante-dix – mais les mètres descendus, trois ou six mille dans une journée, vingt-quatre mille dans une semaine. C'était un jeu. Mais maintenant ? Zéro.

« Autant que possible », répond-elle gaiement, espérant que sa joie feinte n'est pas trop audible dans sa voix.

Deux filles, deux garçons. L'un des garçons a l'air d'avoir l'âge qu'aurait Nico à présent, presque quinze ans. La mère va retrouver sa famille et ils se serrent les uns contre les autres, bras autour des tailles. Angie zoome sur le garçon qui a l'âge de Nico, puis revient au plan large et appuie trois fois sur le bouton pour prendre la photo. Il y en a sans doute au moins un ou une qui cligne des yeux sur l'image, mais elle rend le téléphone et s'éloigne avant que la mère ait le temps de s'en rendre compte.

Au départ, grâce à la sonde d'alimentation qui pallie sa malnutrition, Livia a retrouvé l'énergie de s'asseoir, de prendre plaisir à regarder les écureuils et les oiseaux par la fenêtre, quelquefois de répondre aux questions d'Angie ou de fredonner ses arias préférées en chœur avec la radio. Mais au bout d'un certain temps, ce regain de vitalité artificiel s'étiole, car tout simplement la vie de Livia arrive à son terme. Lorsque vient février, Livia a complètement cessé de parler avec Angie, non pas parce qu'elle est en colère contre elle, mais parce qu'elle ne peut plus du tout parler, si ce n'est épisodiquement par écholalie ou babillage. Elle perd même son italien, ce qui, en un sens, soulage Angie, car elle n'a plus besoin d'apporter son dictionnaire. Le mieux qu'elle puisse espérer, c'est un sourire lorsqu'elle ouvre la porte de la chambre de Livia.

Aujourd'hui, c'est l'un de ces jours où Livia sourit, un bon jour. Il est tôt, seulement 7 heures, mais c'est le meilleur moment pour lui rendre visite, car ses cycles de sommeil sont tout chamboulés ; elle s'endort en fin d'après-midi et se réveille en pleine nuit. À midi, parfois même avant, pour elle, c'est le crépuscule.

Ses doigts caressent le chapelet sur ses genoux et elle remue silencieusement les lèvres, ouvrant et refermant la bouche sans former le moindre mot, car le geste de la prière est pour elle aussi instinctif que la respiration. Quand elle était petite, le père Lopez ordonnait à Angie de réciter trois rosaires, en guise de pénitence, après la confession, mais elle n'a pas récité un seul chapelet depuis qu'elle a quitté la maison parentale pour la fac. La foi aveugle de sa mère, sa confiance inébranlable dans son chapelet est stupéfiante. Livia lui a avoué un jour que la récitation du chapelet était avant tout une méditation, mais son attachement persistant à ces perles, même après que son esprit l'a abandonnée, pousse Angie à se demander s'il n'y a pas autre chose, peut-être un châtiment éternel qu'elle s'est imposé.

« *Buon giorno, mama* », dit Angie. Elle ne va pas faire la conversation en italien – trop difficile – mais qui sait ce que comprend Livia. Peut-être que la saluer dans sa langue maternelle la rassure. « Je t'ai apporté des fleurs. »

Angie ouvre le sachet en plastique du Bea's Market et dispose les jonquilles dans un petit vase. Elles sont trop grandes, donc elle les en ressort, coupe quelques centimètres des tiges puis les y replonge. Les pétales jaunes se fanent toujours très vite ici, comme si les fleurs sentaient qu'elles se trouvent en un lieu où l'on envoie les vivants pour mourir, mais la couleur égaie la chambre.

« *Nu-nu-nu-nu-nulla,* babille Livia. *La-la-la.* »

Nulla, « rien » en italien. Angie se demande si ces sons forment bien ce mot ou s'ils ne sont que de simples sons. Julian et Martine se sont tous deux enquis de la santé de Livia, et Angie leur a répondu franchement : Livia n'est plus Livia. Elle ne saurait pas dire s'ils posent la question parce qu'ils voudraient lui rendre visite ou parce qu'ils ont encore peur d'elle. Ils ne doivent pas connaître de malades d'Alzheimer; en réalité, ce sont eux qui feraient peur à Livia. Soit elle ne les reconnaîtrait pas, soit elle percevrait une familiarité hostile dans leur visage sans savoir pourquoi.

Angie appuie sur le bouton du lit mécanique afin de ramener Livia à la position assise – sa mère ne peut plus se redresser toute seule, ni même tenir sa tête droite – et pose le vase sur la table de chevet. Nora a réclamé une photo de sa grand-mère, et Angie veut que Livia ait l'air aussi normale et que la chambre paraisse aussi gaie que possible. Ça briserait le cœur de Nora de voir à quel point la maladie d'Alzheimer a progressé, de constater ce que la démence lui a fait.

En un sens, ces visites à sa mère mutique sont plus faciles qu'auparavant. Livia est un peu la thérapeute qu'elle n'a jamais eue. Désormais, Angie a quelqu'un à qui parler, à qui elle peut faire confiance pour garder les secrets. Tel un puissant aspirateur, la vieille dame absorbe les paroles d'Angie et ne les relâche jamais. Celle-ci peut laisser libre cours à toutes ses pensées, ses cas de conscience, et personne ne le saura. Elle revoit une de ses amies – Jennifer – mais elles n'abordent jamais les vrais sujets. Elles font du yoga à l'aide de vidéos YouTube ou elles vont randonner, mais Angie se retient de dire quoi que ce soit sur Nora et Nico de peur que ses propos fuitent dans les médias. Les articles ont cessé, mais elle ne veut pas qu'ils reprennent. Parfois, les séances de thérapie avec Livia prennent la forme d'excuses, mais d'autres fois, celle d'une confession, chose qu'elle n'a pas faite à l'église depuis des années. La première a été la plus ardue.

« Je te demande pardon pour Diana. C'est une chose que je n'ai jamais dite à haute voix. J'aurais dû la surveiller plus attentivement. Je comprends maintenant pourquoi tu m'en as voulu. Peut-être que j'ai toujours compris, mais je n'ai jamais voulu l'admettre, parce que je n'étais pas prête à accepter que c'était ma faute. » Elle aurait dû lui dire ça il y a longtemps. « *Ma* faute », a-t-elle répété, surtout pour elle-même – la question d'autrefois est désormais une affirmation.

Livia était réveillée ce jour-là; telle une chamane en transe, elle fixait de ses yeux laiteux un point que personne ne pouvait voir. Angie, assise à son chevet, avait retenu son souffle, dans l'attente que sa mère tourne sa tête vers elle, qu'elle hurle, qu'elle crie, ou qu'elle accepte son aveu, mais la vieille dame avait juste hoché distraitement la tête. Angie s'était posé la question : était-ce ce qu'il avait fallu pour que sa mère lui pardonne? La perte totale de sa mémoire, de sa personnalité?

Un autre jour :

« Nora a tué Nico. Je ne sais pas ce que je suis censée éprouver, comment une bonne mère est censée réagir. Est-ce que choisir de soutenir l'une revient à trahir l'autre? »

Livia avait cligné des yeux à trois reprises, rapidement, et Angie avait craint que son cerveau, contre toute attente, ait extrait le sens des paroles de ses neurones emmêlés. Un liquide coulait du coin d'un de ses yeux, mais c'était le même magma gélatineux qui en coulait depuis des mois, dépourvu de sens. Comme elle ne manifestait rien de plus, Angie avait pris le tube de crème et en avait appliqué sur les joues et le front de Livia.

Et enfin :

« Je suis restée avec Julian quand tu me l'as interdit. »

Elle avait dit ça un jour où elle était particulièrement en colère contre David, un jour qu'elle avait passé à s'interroger sur ses choix de vie et les autres existences qu'elle aurait pu mener. Elle avait attendu que sa mère ouvre les yeux en entendant ça, mais elle ne l'avait pas fait.

Livia ne l'interrompt jamais, et elle est bien meilleur confesseur qu'un prêtre : cette version d'elle oublie de distribuer les pénitences. Elle ne pousse jamais le chapelet vers Angie, ne hausse jamais un sourcil à l'énonciation de ses péchés. Cependant, sa fille n'a pas tout confessé, car certains secrets sont trop douloureux à admettre. Livia la thérapeute ne donne pas de conseils, mais le simple fait de prononcer certains mots à haute voix soulage. Pour ce qui est de ses pires secrets – en parler ne lui ferait aucun bien, non.

Les yeux de Livia sont de nouveau fermés, son sourire a disparu. Angie n'a rien à confesser, aujourd'hui. Tout ce qu'elle veut, c'est prendre une photo pour Nora.

« Souris, maman », dit-elle, et Livia ouvre les yeux, mais cette fois elle ne sourit pas. Angie regarde le résultat sur son téléphone et fait la grimace, mais elle n'obtiendra pas mieux.

Après avoir rendu visite à sa mère, elle reste un moment dans sa voiture et consulte de nouveau le site Internet de Mayumi. Quand elle clique sur le lien « Ressources utiles », il y est dit la même chose que dans tous ses guides de développement personnel : chaque jour, trouvez une chose positive et cultivez votre gratitude par rapport à celle-ci, même si ce n'est qu'un souvenir. Elle fait abstraction de son agacement vis-à-vis de ce mantra éculé et tente de le mettre à exécution malgré tout.

Elle repense à un jour où elle skiait seule avec les enfants.

Nico, cinq ans ; Nora, quatre.

Ce devaient être les plus petits gosses sur les pistes. Le week-end, en hiver, David skiait presque toujours avec eux, mais il travaillait ce jour-là. Nora, toujours bonne pâte, riait aux éclats dans son blouson usé et ses lunettes à motifs de semi-remorques jaune vif sur les sangles, d'anciens équipements de Nico, et elle orientait ses skis en pointe vers le bas de la piste verte. Nico, qui croyait tout savoir parce qu'il avait déjà fait deux saisons de ski, l'avait dépassée à toute allure en criant des encouragements, comme s'il était un expert. Les lunettes lui allaient encore, mais il avait déclaré à Angie le matin même qu'il était un grand garçon et n'avait pas besoin de lunettes semi-remorques. À l'heure du déjeuner, Angie avait sorti un Tupperware de macaronis and cheese de son sac à dos et l'avait réchauffé dans le micro-ondes du relais, et ils s'étaient installés tous les trois autour d'une petite table pour manger avec des fourchettes en plastique ; puis ils avaient bu du chocolat chaud de son Thermos. Ils avaient descendu la piste encore une fois après le repas. La plupart des autres petits étaient partis depuis longtemps, mais Nico n'était pas prêt à arrêter. Nora était fatiguée, elle avait froid ; Angie l'avait soulevée dans ses bras et l'avait portée comme un bébé dans la descente.

C'était une journée ordinaire, au cours d'un hiver ordinaire. Elle est reconnaissante de l'avoir vécue, mais elle donnerait n'importe quoi pour la revivre ne serait-ce qu'une fois.

Il arrive que le compteur du minivan peine à se mettre en route, et qu'il reste bloqué sur les mêmes chiffres pendant des heures. Aujourd'hui, c'est le cas, et les cristaux liquides indiquent 143 984. C'est un problème électrique qu'elle n'a pas trouvé le temps de faire réparer. Avant, elle repoussait ce genre de tâche parce qu'elle n'avait pas le temps, à toujours courir à droite à gauche pour le travail, les rendez-vous médicaux de Nico ou pour s'occuper de sa mère. À présent, du temps, elle en a à revendre, mais elle continue de repousser car ils ont besoin du moindre sou pour la défense de Nora. De toute façon, elle n'a pas besoin du compteur pour savoir qu'elle roule beaucoup, puisqu'elle rend visite à Nora trois fois par semaine, le maximum autorisé.

À son arrivée au centre de détention, elle s'entraîne à dire ce qu'elle n'a pas encore dit : « Je te pardonne. » Elle se répète ces mots dans le minivan, en attendant l'heure des visites, en traversant le parking, se frayant un chemin dans la neige fondue boueuse, et en passant le portique de sécurité à l'entrée. Elle se les répète d'une voix forte, d'une voix douce, d'une voix sincère, d'une voix fausse, elle se les répète encore et encore. Enfant, elle a appris à dire : « Pardon. » Livia s'en est bien assurée. Angie devait le dire à sa mère et à son père, et bien sûr à Diana, car Diana n'avait jamais tort, du moins aux yeux de leur mère. Mais Livia ne lui a jamais appris à pardonner. Pas une fois elle n'a dit : « Ça ne fait rien » ou « Je te pardonne » après qu'Angie a dit : « Pardon. » Mais les mères apprennent-elles jamais cela à leur enfant ? Elle ne sait pas trop. Certaines personnes disent : « Ce n'est pas grave » après des excuses, mais ce n'est pas pareil, et peut-être pas tout à fait juste. Ça ne veut pas dire que l'on pense que ce qu'a fait l'autre n'est pas grave – ce n'est pas le cas – mais que l'on pardonne sa transgression. Au maximum, Livia disait : « Merci pour tes excuses. »

Angie n'est pas certaine d'accorder son pardon – ou de vouloir accorder son pardon – à Nora, et même si c'est le cas, comment l'accomplir, ce pardon ? Qu'est-ce que ça signifie, lui accorder son pardon ? Et Nora doit-elle accorder aussi son pardon à Angie, car Angie ne l'a-t-elle pas trahie autant que Nora a trahi Nico ? Si l'âme de Nora était pleine de ténèbres, peut-être celle d'Angie l'était-elle aussi.

Chaque jour, elle se demande ce qu'elle aurait pu faire différemment pour changer le présent. Elle pense à plusieurs choses, importantes et futiles. Il y a le revolver, toujours le revolver. Mais ça, c'est la faute de David, pas la sienne. Où repose sa propre faute ? Elle ne peut pas se contenter de dire qu'elle a été une mauvaise mère, ça ne lui semble pas assez précis. Après le diagnostic de Nico, elle a passé trop de temps avec lui et pas assez avec Nora – David le lui rappelle suffisamment souvent –, mais quel choix avait-elle ?

Un jour, elle a lu un article sur une théorie, l'effet papillon – si un papillon bat des ailes en Chine, cela peut entraîner une tornade dans l'Indiana. L'idée que des événements minuscules, insignifiants en apparence, puissent avoir des conséquences réelles, qu'ils puissent avoir un impact sur d'autres événements de façon non linéaire lui a paru sensée – après tout, si elle tournait à gauche pour passer acheter un litre de lait au 7-Eleven plutôt qu'à droite pour se rendre au supermarché, évitant ainsi un accident de voiture, cela prouvait cette théorie – mais il y avait aussi là-dedans quelque chose de ridicule. Désormais, par moments, elle n'arrive pas à se sortir cette idée de la tête, certaine que si elle avait commandé une pizza, ce soir-là, au lieu de servir des restes de chili, ou si elle était rentrée plus tôt du rendez-vous de Nico chez le kiné en accélérant pour passer à l'orange plutôt que de s'arrêter, ou encore si elle était restée plus tard devant la télé au lieu d'aller se coucher – si seulement elle avait choisi l'une de ces options, n'importe laquelle, elle aurait encore sa famille.

Et il y a des jours où elle s'autorise la plus terrible de toutes ces pensées : si elle était restée à New York, si elle n'était jamais rentrée, ou si elle avait dit la vérité à Julian – que se serait-il passé, alors ?

En définitive, la réalité actuelle revient toujours la hanter. Elle ne peut pas davantage changer son passé que son présent. Si Livia était encore Livia, elle montrerait les grains de son chapelet et dirait à Angie que ces pensées sont sa pénitence, le prix qu'elle doit payer pour les péchés qu'elle a commis et le péché originel avec lequel elle est née. Elle mérite le fardeau de vivre avec des alternatives non vécues.

Dans la même salle des visites, avec les mêmes chaises en plastique dur, les mêmes Twix, le même Coca, Angie évite encore un peu de prononcer ces mots.

« Je viens de voir mamie, dit-elle, montrant la photo de Livia sur son téléphone. Elle va bien. »

Nora fait la grimace, puis s'empresse de chasser l'émotion de son visage. Tout comme David, se dit Angie, même si l'expression neutre de Nora n'est sans doute guère plus qu'un vernis fragile. Ce n'est pas une bonne chose, de n'être jamais capable de partager une émotion, mais peut-être que dans un tel lieu, ce trait de caractère la protège.

« Tu es sûre ? demande Nora. Elle a l'air vachement fatiguée. On dirait qu'elle dort. »

Angie passe le reste de la visite à tourner autour des paroles qu'elle n'a pas envie de prononcer. Elle parle de la météo et Nora fait de la peinture, silencieuse. Une espèce de régression. S'entraîner à prononcer ces mots ne facilite pas le fait de les dire – et de les penser.

Dans la voiture, en rentrant, Angie ne peut s'empêcher de se demander de quoi parle David avec Nora quand il est seul avec elle. Ils vont rarement la voir en même temps, car il travaille de plus en plus. Bien qu'il ait été relégué au guichet d'accueil, pas encore réintégré à son poste de garde forestier, il accepte toutes les heures supplémentaires qu'on lui propose, et se cache derrière son boulot comme il l'a toujours fait. Les trois prochaines semaines, il sera au Nouveau-Mexique, dans une réserve privée, pour s'occuper de l'entretien d'une piste. Il avait des jours de congés payés à prendre, et il s'est dit que c'était l'occasion rêvée de se faire un peu d'argent en plus – double salaire, a-t-il affirmé, puisqu'il sera payé pour ses vacances, et en même temps, rémunéré par cette réserve privée. Il a insisté pour s'y rendre alors même qu'il ne gagnera pas beaucoup plus qu'un commis de supermarché. Quand elle a protesté, prétextant ses visites à Nora, une colère violente est passée dans ses yeux. Debout dans la cuisine, ils étaient en train de débarrasser après leur dîner en silence. Il s'est tourné brusquement, et il a failli lui cracher au visage.

« Me dis jamais que je ne vais pas voir Nora. Jamais. »

Il a fourré son assiette dans le lave-vaisselle et il est monté d'un pas furieux.

Son éclat l'a surprise, même s'il était mérité, mais elle s'est penchée sur le lave-vaisselle, a remis l'assiette de David bien droite, et ravalé son trouble. C'est lui qui a été fort après le drame, ou si ce n'est fort, capable de mettre ses émotions de côté. À présent, il s'effondre, il oublie de manger, il ne communique pas avec elle et ne va pas voir Nora, il ne vient pas aux rendez-vous juridiques, et c'est Angie qui se montre forte, qui soutient leur fille, qui gère les factures juridiques et prépare le dîner.

Elle qui va aux rendez-vous avec Julian. Elle a banni de son esprit la portée réelle du fait que Julian défende Nora.

De retour dans son minivan, elle cherche des choses positives : avant, j'étais quelqu'un. J'étais peintre. Je créais des œuvres d'art et j'ajoutais du sens au monde. J'aidais d'autres personnes à voir une beauté qui leur serait sans cela restée invisible.

Quelques jours plus tard, Julian débarque chez elle sans prévenir, un bouquet de fleurs dans une main et un attaché-case dans l'autre, et elle le regarde approcher depuis le seuil, se demandant ce qu'il vient faire là. Martine est toujours en convalescence chez elle, elle s'en tient à sa résolution d'éviter le stress et le travail, et David est encore au Nouveau-Mexique.

« Tu comptes m'inviter à entrer ? » demande-t-il.

Elle ouvre grand la porte, ne sachant trop quoi dire.

« Pour Diana », dit-il, et il lui tend les fleurs.

En un sens, elle le voit aussi clairement qu'elle le voyait quand ils étaient ensemble. Par bien des côtés, il lui est très familier, telle une vieille habitude. Son sourire un peu de travers, qui illuminait autrefois son visage quand il venait de jouer un bon tour à quelqu'un. Sa façon de regarder intensément ses interlocuteurs, quels qu'ils soient, comme s'il essayait de déchiffrer un secret, comme si l'autre était la personne la plus importante au monde. Il n'a pas changé de coiffure, bien que près de trente ans se soient écoulés et que ses cheveux se soient nettement raréfiés. Pas de barbe. Et pourtant, quelque chose de fondamental a changé. Il plaisante moins qu'autrefois, mais ce n'est pas ça. Sa transition vers le sérieux a commencé il y a des années, à New York, avant ses trente ans, et il n'y a pas de quoi plaisanter quand ils se voient à présent. Et ce ne sont pas non plus les rides, ni sa peau qui commence à se distendre avec l'âge. Ça, ce sont des phénomènes qui la touchent également. Il a sans doute arrêté de boire, sans quoi il ne serait parvenu ni à conserver son travail aussi longtemps ni à épouser une psy. Même s'il a toujours été doué pour le cacher, Mayumi aurait flairé son alcoolisme et elle serait partie en courant si c'était encore un problème.

« Diana..., répond-elle. Tu veux dire Nico. »

Il secoue la tête et la regarde bizarrement.

« On est le 28 février. C'est bien de Diana que je parle. Je suis à Lodgepole pour voir un expert qui pourra peut-être témoigner au procès, et je tenais à honorer la mémoire de ta sœur. »

Elle devrait éprouver du soulagement – il n'a pas apporté les fleurs dans un geste romantique pendant que David est en déplacement – mais au lieu de ça, elle est déçue. Puis, presque aussitôt, elle se sent coupable. Sans lui laisser le temps de remarquer sa rougeur et de deviner qu'elle s'est trompée sur ses intentions, elle se rend à la cuisine et se met à chercher un vase avec ostentation. Peut-être que rien n'a changé en lui. Peut-être que si elle a cru le contraire, c'est parce que quelque chose a changé en elle. Ou peut-être qu'il est impossible de comprendre tous les entre-deux, les vies qu'ils ont menées loin l'un de l'autre.

« Tu sais, c'est la première fois que je viens ici depuis que j'ai quitté Lodgepole, dit-il. C'est toujours une belle maison. »

Il ment, bien sûr, mais Julian a toujours été comme ça, toujours poli, jamais avare de compliments.

« Merci. Tu sais quoi, tu n'as jamais vu les chambres de Nico et de Nora. »

Elle lui tourne le dos et s'enfonce dans le couloir sans attendre sa réponse.

La chambre de Nico n'a pas du tout changé depuis la semaine qui a suivi sa mort. Le soleil brille par la fenêtre, soulignant les grains de poussière qui se sont déposés sur toutes les surfaces de la pièce, intouchées. Les oiseaux qui habitent les cimes de l'arbre peint sur le mur pointent leur bec derrière les feuilles, pour lui reprocher de ne pas prendre mieux soin des affaires de Nico. Elle s'est empressée d'acheter des draps et un duvet, et elle a fait le lit une fois le nouveau matelas livré, rentrant bien les coins du drap de dessus comme dans un lit d'hôpital, ainsi que Livia le lui a appris il y a des dizaines d'années, dans une autre vie, celle où elle avait encore une petite sœur, des parents et un meilleur ami dans sa classe de CE2, un petit garçon prénommé Julian, devenu l'homme qui se tient face à elle. À part la poussière, la chambre a l'air aussi propre et bien rangée que dans un magazine de déco, pas du tout comme une vraie chambre où quelqu'un vit.

« Ma mère m'a dit que tu avais peint cet arbre pour Nico quand il est né. »

Il la regarde comme s'il voulait poser une autre question.

« Oui. »

Elle n'est pas certaine d'avoir envie d'en dire plus, d'expliquer les changements qui se sont produits dans sa vie après qu'elle a quitté New York.

Julian parcourt toute la maison, passant de pièce en pièce. Un peu comme s'il faisait les cent pas, mais avec l'air plus volontaire. Il sort de la chambre de Nico, entre dans celle de Nora, en sort, retourne à la cuisine puis au salon par le couloir. Il monte, visite toutes les pièces, même sa chambre. Oh, comme David serait furieux s'il voyait ça, s'il savait que Julian est seul avec elle dans leur maison, seul dans leur chambre ! Le bout de ses oreilles deviendrait tout rouge et il bloquerait sa mâchoire carrée, fonçant droit vers la rage qui a dénaturé sa personnalité généralement impassible ces deux dernières années. Mais peut-être Julian en est-il conscient et ne le fait-il que parce qu'il sait que David n'est pas là. Finalement, il redescend au salon.

« Où... où est le reste de ton travail ? Qu'est-ce qu'elles sont devenues, tes toiles, celles qu'on t'a envoyées avec Idara quand tu es partie ? »

Ce qui est arrivé à ses toiles, c'est la vie. Livia avait ajouté Angie à l'acte de propriété de la maison depuis longtemps, et quand sa mère était partie vivre en résidence médicalisée, l'étape précédant la maison spécialisée, Angie et David s'y étaient installés. Angie avait remisé les croix en plastique avec le Christ en sang et les reproductions bas de gamme de tableaux italiens de la Renaissance au sous-sol, et couvert les murs de ses propres toiles et d'œuvres qu'elle avait échangées avec des amis à New York. Ses tableaux n'avaient jamais eu l'air tout à fait à leur place dans cette petite maison mauve, mais elle les aimait. David aurait préféré des photos de nature, des représentations réalistes des montagnes, des vallées et des rivières, à sa peinture abstraite, mais il avait fini par céder.

Entre son rôle de mère et son travail d'enseignante, la gestion des finances de Livia et de ses soins, elle était trop occupée pour en peindre de nouvelles, et elle se disait qu'elle pourrait s'y remettre plus tard, que la vie deviendrait plus facile quand les enfants seraient plus grands. Mais en classe de cinquième, Nico avait commencé à avoir des problèmes à l'école, ses A étaient devenus des C, et il s'était mis à bafouiller et à se bagarrer. À la maison aussi, il se bagarrait, avec David et Angie, et même avec Nora. Le psychologue du collège pensait que c'était la drogue ou l'alcool, et avait recommandé, stupidement, des séances de psy et des réunions des AA pour mineurs. La pédiatre, bloquée sur sa théorie imbécile du TDAH, recommandait comportementalisme et traitement médicamenteux. Angie et David avaient fait tout ce qu'on leur disait, mais rien n'avait changé. Il avait beau travailler beaucoup, il échouait aux interros ; il avait beau aller régulièrement chez la psy, son fils, autrefois si sociable, ne cessait pas de se battre. Cet hiver-là, quand il s'était mis à louper des portes lors des courses de slalom, tombant parfois sans raison, Angie avait compris qu'il y avait autre chose. Ce n'était pas qu'il ne les voyait pas, les portes, expliquait-il, mais il se trompait sans cesse sur leur emplacement exact. Angie et David s'étaient lancés dans une tournée des spécialistes, et cette année-là avait été un méli-mélo de faux diagnostics – jusqu'à ce qu'ils trouvent enfin un médecin qui avait observé attentivement la démarche pataude de Nico, jambes écartées, et les tremblements de ses bras, prescrit des analyses de sang et établi le bon diagnostic.

Pour le leur annoncer, il avait envoyé Nico lire dans la salle d'attente, et il avait été direct, mais non sans bienveillance. La maladie de Huntington n'est jamais une bonne nouvelle, avait-il déclaré, mais la forme juvénile est particulièrement terrible. La santé de Nico allait se détériorer régulièrement, et il n'existait pas de traitement capable de freiner la progression des symptômes. Ils avaient parlé pendant une heure ; Angie prenait des notes frénétiquement, et David roulait en boule les brochures médicales que lui tendait le médecin.

Ensuite, elle avait démissionné pour se consacrer à la santé de son fils. Il n'avait pas encore besoin de soins constants – dans l'ensemble, il était encore valide, il allait à l'école et s'efforçait de participer à ses activités habituelles – mais elle tenait à être prête lorsque les choses allaient changer.

Mais comment expliquer tout cela à Julian, comment expliquer la vie après le diagnostic de Nico ? Comment expliquer les années qui avaient précédé, quand elle avait une famille heureuse et une vie normale, avec son secret bien caché ? Comment expliquer pourquoi elle avait quitté New York, l'avait quitté *lui* ?

« Je suis devenue mère, voilà ce qui s'est passé, dit-elle, répondant à Julian de la seule façon possible. Et une fois que Nico est tombé malade, j'ai eu encore moins de temps. Je n'avais pas envie que la vue de mes toiles me rappelle constamment que je ne pouvais plus peindre donc je les ai toutes fourrées au sous-sol.

– Tes magnifiques tableaux, au sous-sol », dit lentement Julian. Il s'assoit sur le canapé, l'air presque aussi incrédule que quand elle est allée le chercher à l'aéroport pour l'emmener à l'hôpital. « Mais, Angie... ils devraient être dans une galerie, et tu devrais être... je ne sais pas. Tu n'as pas un atelier en ville ? Ou une pièce pour peindre dans la maison ? »

Un rire hystérique monte dans sa gorge, un rire amer qu'elle ne peut contenir et crache, menaçant la stabilité émotionnelle qu'elle a eu tant de mal à reconstituer ces derniers mois.

« Un atelier ? Tu sais ce que c'est, un peu, la vie, quand tu as deux enfants et deux boulots ? Avec un enfant qui est atteint de dépression, et l'autre d'une maladie rare et mortelle ? Tu imagines l'argent qu'on a dépensé pour les soins de Nico, et le temps que j'ai passé à l'emmener à tous ses rendez-vous ?

– Oui, mais...

– Il n'y a pas de mais, Julian. Et pour ta gouverne, tout ce que j'ai fait pour ces gosses... c'était ce que je voulais. J'ai fait le choix délibéré d'être là pour eux. »

Le problème, c'était qu'elle ne savait pas, au départ, ce que ça lui coûterait, quelle portion d'elle-même elle allait sacrifier dans l'opération.

« Je n'ai pas dit que ce n'était pas ce que tu voulais, Angie. Je sais que tu as été une mère incroyable. J'ai toujours su que tu le serais. »

Les oiseaux pépient dehors ; ils se posent dans les buissons, dans les arbres, font des allers-retours sur les mangeoires que David tient à continuer de remplir bien que Nico ne soit plus là. Angie les déteste, elle déteste le bruit qu'ils font. Tout ce qu'elle voudrait, c'est un peu de silence.

« Tu n'as pas d'enfants, donc tu ne peux pas le savoir, mais on est prêt à tout pour ses enfants. Tout. On donnerait sa vie pour eux. »

Aussitôt qu'elle a dit ça, elle le regrette. Julian a toujours voulu des enfants. Son désir d'enfants était plus fort que le sien. Il l'a demandée en mariage plus d'une fois, il avait pensé à des prénoms – Gabriel et Nicholas, Angela et Grace – pour les quatre enfants qu'il voulait ; lorsqu'ils s'asseyaient sur des bancs dans les parcs, son regard s'attardait sur les familles du terrain de jeux. C'était elle qui n'était pas prête. Il baisse les yeux, regarde ses pieds comme il l'a toujours fait quand quelque chose le blessait.

« Tu devrais peut-être recommencer à peindre », dit-il. Il redresse la tête et regarde par la fenêtre, en direction de la cacophonie. Il s'aide de ses bras pour s'arracher au canapé, comme s'il était trop fatigué pour se lever sans cela. « Peut-être que ça t'aiderait à te calmer l'esprit. C'est une période pas facile.

– Pardon, Julian. Je voulais pas dire ça comme ça. »

Il la regarde, sans cacher la souffrance sur son visage, et ne répond pas « C'est pas grave ». À la place, il dit : « Je te verrai la semaine prochaine, à l'audience de présentation des preuves. » À la porte, il hésite, le dos encore tourné, puis repart, tirant la porte derrière lui sans lui jeter un regard.

Angie, toujours plantée au milieu du salon, se sent figée sur place. Elle ne se serait jamais crue capable de cruauté, pas comme sa mère. Et non seulement elle vient de se montrer cruelle, mais elle vient de se montrer cruelle envers un homme qu'elle a aimé, un homme qu'elle n'est pas sûre d'avoir jamais cessé d'aimer. Elle fixe la porte, le morceau de bois rectangulaire qui la sépare de Julian, couvert de petites entailles et d'éraflures dues à une vie d'entrées et de sorties, puis ferme les yeux.

13
Mars 2017

Le jour de l'audience de présentation des preuves, Ignacio conduit Nora du centre de détention au tribunal, à Lodgepole. Derrière le volant, il garde le silence, et Nora, derrière la séparation en Plexiglas, se tait aussi. La shérif lui a interdit de lui retirer ses menottes, mais il y a trois heures de route, et il l'a fait quand même. Elle a les poignets trop délicats pour supporter ce poids. Trop délicats aussi pour supporter le poids d'une arme, même, on dirait, mais il s'efforce de ne pas y penser. Il y a beaucoup de gosses à problèmes, dans les prisons pour mineurs – il ne va pas le nier – mais la façon dont le système les traite ne fait que les aggraver, leurs problèmes, au lieu de les aider. Le juge le sait, le procureur et les avocats commis d'office le savent, les contrôleurs judiciaires le savent, mais l'opinion publique semble persuadée qu'un enfant cesse d'être un enfant dès l'instant où il commet un crime.

« Attache ta ceinture », dit-il, espérant que sa voix trouve le juste équilibre entre autorité bourrue et bienveillance.

Il est arrivé au centre de détention à 5 h 50 car l'audience commence à 10 heures, et il doit déposer Nora au tribunal une heure avant afin qu'elle ait le temps de s'entretenir avec Martine. Il est déjà épuisé.

« Sois bien à l'heure, lui a recommandé la shérif hier après-midi quand il a quitté le poste. Il y a trois heures de route, et si Nora est en retard à cause des embouteillages, son avocat va en profiter pour crier aux mauvais traitements, ou je ne sais pas quoi. Voire pour annuler la procédure ou réduire sa peine.

– Punaise, j'ai déjà transporté des prisonniers », a grogné Ignacio.

La shérif, mains sur les hanches, l'a fusillé du regard.

« Je serai pas en retard », a-t-il enfin dit.

Il est parti après le dîner, a roulé jusqu'à Rimrock Junction et dormi dans un Holiday Inn pour éviter de devoir se lever à 2 heures du matin.

Il a passé le plus clair de la nuit allongé au milieu d'un grand lit au matelas trop dur, à fixer tour à tour le plafond et les cristaux liquides rouges du réveil. Il ne pouvait pas s'empêcher de penser à sa fille, à son fils. Lequel des deux aurait tué l'autre ? Il a éteint l'alarme avant qu'elle sonne, pris une douche, puis s'est arrêté dans une station-service pour acheter un grand café, qu'il a oublié de boire sur la route pour le centre de détention. À présent, il est froid, mais il le boit quand même. Le seul son qui lui parvient du siège arrière est le tintement de la chaîne ventrale de Nora lorsqu'elle change de position. Le temps joue à Ignacio le même tour qu'à tout le monde : il a l'impression que la nuit du meurtre s'est produite il y a une éternité, et en même temps, que c'était hier.

La shérif s'est trompée sur les embouteillages. Les routes sont désertes et le trajet lugubre. Après avoir laissé derrière eux Rimrock Junction, ils croisent de temps en temps une lumière, mais il est toujours difficile de savoir si elle vient d'un ranch isolé ou de l'une des décharges qui bordent cette portion de la nationale. Les phares des voitures à l'approche forment de petits points au loin, des points qui montent et descendent aux endroits où la route est cabossée par le gel, puis se transforment en spots à leur niveau, dans un crescendo de lumière aveuglante. Puis ces lumières disparaissent aussi vite qu'elles sont arrivées, laissant Ignacio et Nora à leur solitude. Le ciel nocturne ne s'éclaircit pas avant près de 7 heures, alors qu'ils roulent déjà depuis plus de soixante minutes.

Avec si peu de circulation, ce devrait être un trajet facile, en principe. Ils roulent sur la mesa, la route est toute droite, le terrain plat, mais Ignacio, nerveux, regarde toutes les quelques minutes dans ses rétroviseurs extérieurs et intérieur, sans savoir ce qu'il cherche. Peut-être se sert-il de ce prétexte pour examiner furtivement Nora, l'adolescente à l'arrière, accusée d'un crime d'adulte. Chaque fois, il la surprend en train de le fixer également, et tous deux sursautent et détournent rapidement les yeux, Ignacio vers la route, Nora vers l'aube grise.

Après Ridgefield, ils quittent la nationale et suivent la ligne de partage des eaux de Silverado, par une route découverte, sinueuse et couverte de neige. Même en l'absence de tempête, de grands vents soufflent la neige des cimes alentour sur l'asphalte, laissant des bandes de glace dans leur sillage. Sur ces portions de route, Ignacio se cramponne au volant et plisse les lèvres. S'il était avec sa femme ou ses enfants, ils écouteraient de la musique, parleraient des conditions météo, de ce qui se passe à l'école, ou du boulot que sa fille espère décrocher pour l'été, mais aujourd'hui, la voiture est silencieuse. Au moment où les premiers doigts de couleur effleurent le ciel lointain, ils viennent de s'engager dans le canyon pour remonter vers Lodgepole. Une lumière terne filtre à travers les conifères et les trembles qui bordent la route, mais elle ne fait que renforcer l'impression de solitude, et il tripote le bouton de la radio pour chercher de la musique.

Le *boum* sourd et puissant surprend Ignacio, mais Nora regardait la route, plutôt que les rétroviseurs, et quand il enfonce la pédale de frein en marmonnant « Merde, c'était quoi », elle répond :

« Un coyote. »

Il la regarde, étonné par sa voix douce et ferme, et se range sur le bas-côté sans mettre son clignotant. « Zut », s'exclame-t-il, tapotant le volant nerveusement ; puis il passe la marche arrière et revient au niveau de la forme couverte de fourrure qui gît au milieu de la route. La masse en question bouge, et il pousse un nouveau juron, sort de la voiture et s'agenouille à côté. L'animal lève la tête, ses yeux fauves voilés, pousse un gémissement, puis la laisse retomber. Du sang tache la fourrure brun et gris de ses pattes de derrière tordues. Le gargouillis laborieux de sa respiration lui rappelle son grand-père quand il a attrapé sa pneumonie, et il caresse la tête du coyote, puis se lève. L'animal va mourir. La question est quand. La conscience de ce qu'il doit faire s'empare de son esprit, et il frissonne.

Il sort son revolver de son holster, fait un signe de croix, puis se tourne vers la voiture et dit à Nora :

« Ferme les yeux. »

Elle a le visage pressé contre la vitre, un ovale de buée opacifiant le verre au niveau de sa bouche. Il sait qu'elle ne va pas se détourner, mais quand il place le canon de son arme contre la tête du coyote agonisant, il regarde le ciel plutôt que les yeux de l'animal.

« Pardon », murmure-t-il, puis il appuie sur la gâchette. Le coup de feu se réverbère tel un boomerang contre les parois du canyon, et il retentit encore et encore, comme pour rappeler qu'il vient de mettre fin à une vie. Il prend une photo du cadavre pour la faire figurer dans le rapport qu'il va devoir remplir pour justifier d'avoir employé son arme, puis traîne l'animal sans vie sur le bas-côté et le recouvre de branches de sapin. Les oiseaux vont picorer sans merci la carcasse dès qu'ils vont la trouver, mais le camouflage repoussera peut-être un peu leur découverte.

Quand il remonte dans la voiture, il éprouve le besoin de se justifier.

« Je voulais pas qu'il souffre, dit-il, mais les mots sonnent creux, puisque c'est lui qui a causé la souffrance de l'animal en premier lieu.

– Je sais », répond Nora.

Leurs regards se croisent dans le rétroviseur, sans trembler, et le silence de la voiture engloutit l'écho du coup de feu.

14

2000

En mars 2000, Angie reprit l'avion pour New York afin d'aider Idara à préparer Hobbs & Co en vue de l'exposition des Trente de moins de trente ans de cette année-là. Elle avait passé la semaine à Lodgepole pour marquer avec ses parents le premier anniversaire du diagnostic de Roberto. Il avait perdu tous ses cheveux et tellement de poids qu'il disait pour plaisanter qu'il ressemblait à un épouvantail ; mais il était vivant, et selon le dernier scanner, le cancer était guéri. La veille du départ d'Angie, Livia avait préparé pour le dîner des cœurs d'artichaut frits et des spaghetti carbonara, et ils avaient bu du vin tous les trois, attablés dans la cuisine, heureux que l'estomac de Roberto puisse de nouveau supporter autre chose que de la soupe et des pâtes sans assaisonnement. Pour la première fois, Angie s'accrochait à l'espoir que son père réchappe à la maladie et que sa propre vie revienne à la normale ; dégagée des allers-retours incessants avec le Colorado, peut-être allait-elle enfin pouvoir se concentrer sur son travail. Le thème de l'édition des Trente de moins de trente ans de cette année-là était la sculpture, donc même si le magazine new-yorkais *Inside Art* avait remarqué la toile d'Angie l'année précédente, en disant le plus grand bien, son travail n'allait pas figurer dans l'expo cette année, mais les semaines précédant le vernissage promettaient d'être chargées.

Idara s'était montrée compréhensive par rapport à la maladie de Roberto, et elle avait toujours trouvé quelqu'un pour remplacer Angie pendant ses absences, mais elle comptait sur elle pour rattraper le temps perdu quand elle était là.

Quand Angie entra dans l'appartement, traînant sa valise et son sac à dos, toutes les lumières étaient allumées et Julian dormait sur le canapé, des papiers étalés sur toute la table basse, une bouteille de vin vide posée sur le dossier de Randy Martin. L'évier était plein de vaisselle sale, ainsi que le plan de travail étroit, et une bouteille de whisky, vide également, traînait dans un coin. Des fleurs fanées agonisaient dans un vase sur la petite table au bout du canapé – un bouquet d'œillets, de gypsophiles et de roses –, périclitant car l'eau s'était évaporée. Comme il ne se réveillait pas, elle éteignit et ralluma les lumières à plusieurs reprises puis claqua la porte de l'appartement de toutes ses forces, mais il se contenta de se retourner dans son sommeil et se mit à ronfler. C'était comme ça depuis deux ou trois mois. Chaque fois qu'elle partait aider Roberto et Livia, en rentrant, elle trouvait l'appartement sens dessus dessous, Julian sens dessus dessous.

Debout au milieu de la pièce, elle se demanda si c'était dans cette nouvelle norme qu'elle avait envie de rentrer.

Quand elle se réveilla le lendemain matin, la cuisine était propre et Julian avait pris sa douche. Il buvait un café noir en lisant le *New York Times*, et lui sourit comme s'il ne s'était pas endormi ivre mort sur le canapé la veille au soir.

« Comment va ton père ? demanda-t-il.

– Bien. Comment tu te sens ? »

Il haussa les épaules.

« Ça va. Pourquoi cette question ?

– T'avais l'air d'avoir un peu forcé sur la bouteille, hier soir. »

Il serra les dents.

« Tu es partie pendant toute une semaine, Angie. J'ai pas tout bu en une soirée. Et la bouteille de whisky, on l'avait depuis longtemps. »

Toutes les conversations sur le sujet se déroulaient ainsi. Il y avait toujours une explication. Il lui avait dit qu'il était resté au bureau tous les soirs ou presque jusqu'à 22 ou 23 heures, parfois plus tard, ce qui signifiait qu'il avait *dû* tout boire dans le week-end. Elle savait aussi qu'il était sorti avec des collègues vendredi soir et avait passé le plus clair de son samedi au bureau, parce que quand elle s'était évadée de la cuisine de sa mère en douce, le samedi, pour l'appeler, c'était là qu'elle l'avait trouvé. Toutefois, il avait l'air en forme, donc peut-être qu'il disait vrai.

« Viens boire un café », fit-il. Il se leva et lui versa une tasse, puis prit le vase plein de fleurs fanées et le posa sur la table de la cuisine. Quelques pétales des roses fatiguées se détachèrent des tiges et atterrirent à côté de son mug. « Elles sont pour toi. Tu n'étais pas là le 28 février, mais je ne voulais pas laisser passer la journée sans commémoration. »

Elle s'assit, encore agacée mais trop vidée émotionnellement pour une dispute. Au moins, il n'oubliait jamais Diana. L'année écoulée avait été dure pour eux deux. Elle partait une semaine presque tous les mois. À Lodgepole, elle remplaçait sa mère chez DeLuca's pour que celle-ci puisse passer plus de temps à la maison, tenait la comptabilité du restaurant – tâche dont Roberto s'était toujours chargé – et s'occupait de son père quand Livia était au travail. Elle avait envie d'être là, envie d'aider, mais elle n'arrivait pas à cesser de se tracasser au sujet des vingt-cinq pour cent de retenue sur son salaire, ou de ce que fabriquait Julian. Et quand elle était à New York, elle se tracassait au sujet du prochain scanner de son père, craignait que la prochaine série de séances de chimio le rende trop malade. Même si elle avait repris contact avec un ami de lycée, à Lodgepole, un certain David, lui aussi un ancien de l'équipe de ski, et qu'il s'était proposé pour passer de temps en temps chez DeLuca's et chez ses parents afin de voir comment ils allaient, au cas où ils lui cachaient leur état, elle se sentait coupable quand elle n'y était pas. L'année avait été un flux permanent de culpabilité et d'inquiétude.

« Raison de plus pour leur parler de nous, comme ça je pourrai venir te donner un coup de main », disait tout le temps Julian, mais ce n'était pas le moment.

Elle se souvenait encore du soir suivant l'enterrement de Diana, des mains irritées de sa mère qui nettoyait la cuisine, ramassait les miettes de gâteau du plan de travail et rassemblait les gobelets en carton à demi pleins de whisky ou de café. Tous les visiteurs étaient partis, même le prêtre et les dames de l'église, et tous les trois peinaient à supporter le poids du silence de la maison. Roberto était monté se coucher, les yeux rouges et gonflés, mais Livia, lèvres pincées, avait pris Angie par les épaules. C'était une grande femme aux épaules larges et à la taille épaisse, et elle la regardait de haut. Elle n'avait pas les yeux rouges, mais pleins de colère. Elle avait enfoui son chagrin tout au fond d'elle-même, et la haine avait pris le dessus.

« Je sais que c'est *ce garçon* le coupable. Je ne sais pas ce qui s'est passé, mais c'est sa faute, avait dit Livia d'une voix blanche. Ne le revois plus. Ne lui adresse plus la parole, et n'adresse plus la parole à sa famille, sans quoi tu ne feras plus partie de la nôtre. »

Angie avait trop mal pour protester, et sa mère lui avait secoué les épaules assez fort pour lui faire craquer les cervicales. Tel un chien détecteur de bombes ou un rat entraîné à trouver des friandises dans un labyrinthe, Livia avait une capacité presque surnaturelle à flairer la vérité. Elle s'en servait avec Angie, avec les employés de chez DeLuca's, avec quiconque la contrariait. Et une fois qu'elle avait compris, elle ne montrait aucune pitié quand il s'agissait de mettre un châtiment à exécution. Ce qui s'était produit n'était pas seulement la faute de Julian, c'était aussi celle d'Angie, mais si Livia était tellement en colère contre un méfait dont elle soupçonnait Julian mais sans pouvoir le prouver, elle ne pouvait imaginer comment elle aurait réagi en apprenant qu'Angie y avait sa part. Le silence était la meilleure solution.

« Tu m'entends ? » avait demandé sa mère.

Elle avait pris les joues d'Angie entre ses battoirs énormes et pressé son visage comme dans un étau, au point que la jeune femme en avait eu les larmes aux yeux. Quand Angie avait hoché la tête, Livia l'avait secouée une dernière fois, puis elle était montée se coucher.

Au cours des années suivantes, Angie avait vu sa mère éviter tous les membres de la famille Dumont en toutes circonstances. La colère ne s'était jamais dissipée, et Angie n'avait pas envie qu'elle la redirige contre elle. Il était plus facile de mener des vies séparées et d'éviter la confrontation. L'année passée, elle s'était sentie coincée entre deux mondes : celui dans lequel elle avait grandi, et celui qu'elle s'était créé. Faire des allers-retours entre les deux en maintenant une barrière entre sa nouvelle vie et son ancienne l'épuisait. Elle avait envie de passer à autre chose, d'avancer.

« Merci, dit-elle seulement à Julian pour l'instant. Elles sont jolies. »

Il renâcla.

« Elles *l'étaient*. J'ai tellement travaillé la semaine dernière que j'ai oublié de leur remettre de l'eau. Elles sont fatiguées, maintenant. »

Comme moi, se dit Angie.

« J'ai vu que le dossier de Randy était sorti. Vous en êtes où ?

– C'est pas terrible. L'un des jugements sur lesquels je comptais m'appuyer pour mon appel vient d'être annulé, donc il faut que je restructure toute une partie de ma plaidoirie. On doit déposer la demande dans deux semaines, et le dossier est loin d'être aussi solide qu'il l'était.

– Tu vas le dire à Randy ? »

Julian se leva et vida le reste de son café dans un gobelet à emporter.

« Je sais pas. J'ai le sentiment qu'il a besoin d'espérer, tu vois ? Je ne veux pas détruire ça si ce n'est pas indispensable. »

Il l'embrassa sur le front.

« Il faut que j'y aille. Tu sors en même temps que moi ? »

Elle secoua la tête. Elle voulait d'abord appeler son père. C'était le premier jour où il retournait travailler à plein temps au restaurant, et il devait être tout excité.

Une fois qu'Angie eut repris sa routine d'avant – travailler à la galerie, aller courir avec Julian le week-end quand il ne travaillait pas et qu'elle ne peignait pas, sans être obligée de se dépêcher de préparer sa valise pour un voyage au Colorado tous les mois ou de faire tenir quatre semaines de travail dans trois –, elle eut l'impression de respirer de nouveau. Cette année encore, l'expo des Trente de moins de trente ans faisait un tabac, avec un nouvel article dans *Inside Art* et encore plus de monde au vernissage que la première fois. Elle n'aurait jamais pu être intégrée dans une expo de sculpture, mais elle éprouva tout de même une pointe de jalousie et de regret en découvrant l'article. Le samedi et le dimanche, elle se levait tôt pour aller travailler à l'atelier sans être distraite par le nuage d'herbe des autres peintres, puis partait avant leur arrivée en fin d'après-midi.

Elle acheta son premier téléphone portable et donna le numéro à ses parents pour que Roberto puisse maintenir la tradition des appels du matin. Parfois, il appelait pendant qu'elle se rendait à l'atelier ou à la galerie, à pied, et il s'émerveillait :

« C'est des oiseaux, que j'entends, dans le fond ? Tu marches dans la rue pendant que tu me parles ? »

Elle leur avait offert un téléphone sans fil pour Noël deux ans plus tôt, et il pouvait désormais sortir de la cuisine et aller jusqu'à la porte quand il faisait les cent pas, mais s'il mettait un pied dehors, la friture l'emportait et la ligne coupait. Il pensait que les portables étaient un miracle réservé aux riches.

« Oui, papa. On peut parler de n'importe où, avec un portable. Il n'y a pas de fil, pas besoin d'être chez soi. Et ça ne coûte plus très cher, c'est fini, ça. »

Il était moins ravi quand il passait des ambulances ou des camions de pompiers, ou quand il y avait du vent, car il était dur d'oreille, et le bruit de fond le gênait pour distinguer la voix d'Angie. Dans ces cas-là, il raccrochait promptement en lui faisant promettre de ne jamais lui acheter un de « ces trucs ».

Elle donna également le numéro de son portable à David. Elle se dit que c'était pour qu'il puisse la joindre à tout moment, s'il remarquait un problème, mais la vraie raison, c'était qu'elle ne voulait pas qu'il appelle sur le fixe, car Julian pouvait décrocher. Celui-ci ne comprendrait pas pourquoi elle s'appuyait sur David, précisément, pour garder un œil sur ses parents. La plupart de ses amies d'enfance avaient déménagé, mais il y en avait quelques-unes qui habitaient encore à Lodgepole, et elle aurait sans doute mieux fait de solliciter l'une d'entre elles, mais quelque chose dans la proposition de David lui avait paru rassurant, et elle avait accepté. Il semblait avoir changé, comme elle, sans doute, et quand il était venu la trouver chez DeLuca's, au départ, elle avait failli ne pas le reconnaître. Sa silhouette s'était remplie, ses jambes et ses bras maigres s'étaient épaissis de muscles qui lui venaient sans doute de sa profession de garde forestier. Il passait ses étés à travailler comme guide, dans le parc, pour la foule des touristes – un boulot qu'il espérait rendre permanent afin de bénéficier de ses avantages fiscaux – et le reste de l'année, il travaillait à l'entretien des pistes, retirant les arbres tombés, dégageant, de temps à autre, les rochers éboulés, et son activité lui allait bien. Ses cheveux roux avaient foncé, ils étaient désormais auburn, donc il n'avait plus une tête à se faire appeler Poil de carotte, et il portait souvent une barbe de trois jours qui le faisait ressembler à un guerrier écossais dans un film qu'elle avait vu autrefois. Il passait tous les jeudis soir pour prendre des plats à emporter, et lorsque Livia le vit parler avec Angie, elle fit un signe de tête approbateur. Un jour, elle dit :

« David Sheehan, c'est ça ? C'est un bon petit catholique. »

Angie avait failli rétorquer : *Je suis déjà prise*, mais s'était ravisée à temps.

« Je me concentre sur ma carrière, pour l'instant, maman. » Puis, pour faire bonne mesure, elle avait ajouté : « D'ailleurs, je crois bien qu'il est bouddhiste. Il y a des drapeaux tibétains à l'arrière de son pick-up. »

David n'avait jamais appelé sur son portable – elle avait accepté sa proposition de lui donner des nouvelles de ses parents, mais

« seulement en cas de problème » – or ses parents semblaient aller bien, donc le train-train quotidien d'Angie à New York redevint exactement ce qu'il était : un train-train quotidien.

En juillet, Julian et elle trouvèrent un vol pas cher pour Paris et prirent leurs premières vacances depuis le début de la maladie de Roberto. Il lui montra l'immeuble dans lequel il avait habité lorsqu'il y avait étudié – un bâtiment hideux dans lequel on entassait tous les étudiants étrangers qui suivaient le programme d'échange – et ses restaurants de quartier préférés, mais renonça à parler français lorsqu'il prit conscience qu'il avait presque tout oublié. Ils mangèrent et burent tout leur soûl, marchèrent jusqu'à avoir des ampoules, et firent la même chose que les autres touristes à Paris : monter au sommet de la tour Eiffel, aller voir la Joconde, accrocher un cadenas sur la rampe du pont des Arts et jeter la clé.

Dans un restaurant, un soir, le serveur demanda :

« Vous êtes d'où ?

– Amérique, dit Julian. New York. »

Mais étaient-ils vraiment *de New York* ? Angie n'en était pas si sûre. Chez elle, c'était Lodgepole, où elle avait grandi, où Diana était enterrée et où des emplacements au cimetière les attendaient, Roberto, Livia et elle. Chez elle, c'étaient les pins, les épicéas en hiver, et les trembles dorés à l'automne, un ciel dégagé qui s'étendait à trois cent soixante degrés jusqu'à l'infini quand on le regardait du sommet d'une montagne de 4000 mètres. Chez elle, c'était regarder l'aube colorer les cimes d'un rose délicat, ou encore la pleine lune éclairer l'univers de ses reflets sur la neige, assez lumineuse pour que l'on se croie en plein jour, s'il n'y avait eu les ombres lugubres portées par les rayons obliques.

Et en même temps, chez elle, c'était aussi son art, et la vie qu'elle avait construite à New York avec Julian, l'odeur de son tee-shirt extra-large qu'elle mettait pour dormir quand il partait en voyage d'affaires, les restaurants indiens et thaïs qu'ils testaient tous les week-ends. Elle laissa Julian faire la conversation et se contenta de sourire.

Ce retour à la normale ne fit pas long feu pour Angie. Début septembre, le cancer de Roberto était revenu. Elle était à son poste à l'accueil de la galerie lorsqu'elle apprit la nouvelle. La sonnerie du téléphone la fit sursauter. C'était son portable, pas le fixe de la galerie. Le numéro qui s'affichait n'était pas un de ceux dont elle avait l'habitude, mais le code géographique était le 970 : Lodgepole.

« Allô ?

– C'est David. David Sheehan.

– Oh. Oh non. »

Elle s'effondra intérieurement. Il avait vu Livia les yeux gonflés au restaurant, assise à une table isolée, avec un gros classeur jaune rempli de papiers séparés par des languettes. Angie savait de quel classeur il s'agissait : celui qui était plein d'articles sur le cancer du pancréas, les traitements, et les régimes à suivre. Elle l'avait commencé quand Roberto était tombé malade la première fois.

Elle l'écouta et le remercia, se félicitant de réussir à ne pas craquer au téléphone, puis appela sa mère, qui lui répondit par une salve d'italien qu'elle eut peine à comprendre. Il n'y aurait pas d'opération cette fois, seulement de la chimiothérapie palliative et de la radiothérapie, car le cancer avait métastasé. Le médecin disait que si Roberto avait de la chance, il pouvait espérer vivre entre six et neuf mois.

« Je vais venir vous aider, promit Angie. Cette fois, je viendrai deux semaines par mois. »

L'éventualité de ne pas y aller, ou celle d'y aller moins longtemps, pour éviter de chambouler sa vie avec Julian, ne lui vinrent pas à l'esprit. Elle entra dans le bureau d'Idara, respira un grand coup, et demanda de nouveaux congés. Ce n'était pas seulement qu'elle avait une dette envers sa mère après tout ce qui s'était passé avec Diana, même si ça en faisait partie. Toutes ces années, elle s'était escrimée à mettre l'accident de sa sœur derrière elle, à vivre sa vie comme s'il ne s'était jamais produit, mais elle savait que ce n'était pas le cas de Livia, qui ne le pourrait sans doute jamais. Quand Roberto allait mourir, elle se retrouverait toute seule à Lodgepole, avec un restaurant qui était le rêve de son mari, pas le sien. Pas franchement le genre de nid vide dont on rêve. Cependant, il n'y avait pas que le sentiment de culpabilité qui poussait Angie à rentrer. Si Livia avait autrefois une fille préférée, elle, elle avait un parent préféré. Angie les aimait tous les deux – c'étaient ses parents – mais elle partageait avec son père un lien viscéral dont la disparition la terrifiait.

La première fois que Roberto était tombé malade, Idara avait accordé des congés à Angie sans hésiter. Cette fois, son « Prends tout le temps dont tu as besoin » se transforma en un « OK » inquiet. Ses sourcils se rejoignirent, formant un bourrelet.

« Mais deux semaines par mois, ça veut dire que tu ne seras là qu'à mi-temps. Je vais devoir engager quelqu'un pour prendre ta place, et je ne crois pas que Hobbs va voir ça d'un très bon œil. Je ne vais pas réussir à le persuader de te garder le poste très longtemps. »

Ce travail représentait la concrétisation de tous ses rêves, et elle ne pouvait pas imaginer de le perdre, mais elle ne pouvait pas non plus imaginer de perdre son père, donc elle hocha la tête, dit merci, et rentra annoncer la chose à Julian.

En apprenant la nouvelle, Julian se leva et la prit dans ses bras, une étreinte raide et brève, sur quoi il se versa un verre de whisky, habitude qu'il s'efforçait en général de cacher.

« Je suis vraiment navré », dit-il.

Il pinça les lèvres et se rassit à table. Ils étaient en train de dîner, du pad thai qu'ils mangeaient directement dans les cartons du traiteur. Angie avait oublié de préciser qu'ils le voulaient pimenté, et le restaurant avait omis d'ajouter les cacahuètes hachées et la coriandre fraîche, si bien qu'ils n'appréciaient ni l'un ni l'autre les nouilles de riz fades. Il vida la moitié de son whisky d'un trait.

« C'est tout ce que tu comptes dire ? demanda Angie.

– Je suis désolé que le cancer de ton père soit revenu, mais tu savais que ça allait arriver. C'est inévitable avec le cancer du pancréas. Mais tu m'annonces que tu vas être absente la moitié de chaque mois pour t'occuper de lui, qu'est-ce que je suis censé en penser, de ça ?

– Qu'est-ce que tu veux que je fasse d'autre ?

– Pour commencer, tu n'es pas obligée d'y aller deux semaines par mois. Et ton travail, ta peinture ? » Il fit glisser le bout de son doigt sur le rebord de son verre, puis ajouta : « Et surtout, tu pourrais prévenir tes parents qu'on est ensemble, comme ça on ne serait pas obligés d'être séparés aussi souvent. Je suis prêt à le faire depuis des années, maintenant. »

Angie s'était attendue à davantage de compassion. Comment pouvait-il ne pas comprendre qu'elle allait bientôt perdre son père ? Elle attira le récipient en carton de son côté et piqua furieusement un morceau de poulet du bout de sa fourchette. Elle se sentait trahie par son manque de compréhension, son manque d'empathie.

« Il se trouve que j'aime mes parents, contrairement à toi. Tu traites les tiens comme de la famille lointaine envers laquelle tu n'as pratiquement aucune obligation. La seule personne à qui tu parles, dans ta famille, c'est Gregory. Mais ce n'est pas comme ça que ça marche, normalement, les familles. Je dois aller les aider. Je ne peux pas *ne pas* y aller.

– Et tes obligations envers nous ? »

Il finit son verre et le reposa sur la table, pas violemment, mais fort.

« C'est pas toi, la question, Julian. La question, c'est mon père.

– Je suis bien d'accord que la question c'est ton père. Mais la question, c'est *aussi* nous. Je pourrais t'aider. Je pourrais venir avec toi. On devrait les aider ensemble, tes parents, main dans la main.

– Et Diana, tu as oublié ? Ton rôle dans sa mort, et ce qu'en pense ma mère ? »

Dès qu'elle eut dit ces mots, elle regretta de ne pouvoir les reprendre. Elle avait toujours su, à un certain niveau, que l'accident de Diana avait plus atteint Julian qu'elle, sur le long terme, mais elle n'avait jamais compris pourquoi. Son souvenir des événements était rangé dans sa mémoire comme une tragédie qui l'avait frappée, pas un accident qu'elle avait provoqué, tandis que Julian, lui, voyait ça comme un méfait qu'il avait commis, un crime.

« Mon rôle », reprit-il enfin. Ce n'était pas une question. « Non, je ne l'ai jamais oublié, *mon* rôle. Je ne l'oublierai jamais. J'y penserai tous les jours pour le restant de mon existence. J'en fais encore des cauchemars. Mais toi, on dirait que tu as oublié *ton* rôle. On était présents tous les deux, je te signale. »

Il se dirigea vers la porte, mit ses chaussures.

« Où tu vas ? » demanda Angie.

Elle avait accepté depuis longtemps l'idée qu'elle aurait dû être avec Diana sur cette pente, mais sa culpabilité était relativisée par la nature même du ski. Des gens qui mouraient en heurtant des arbres, ou en faisant des chutes, il y en avait tous les ans – jusqu'à six ou sept par saison dans le Colorado. Les détails de cette journée étaient brumeux, désormais, comme si un artiste avait flouté délibérément les images précises et les émotions intenses qu'elle avait ressenties autrefois. Mais une chose dont elle se souvenait encore avec acuité, c'était le moment qu'elle avait passé en face de Julian dans la salle d'attente de l'hôpital. Il avait pris sa tête entre ses mains, comme si celle-ci était trop lourde à porter sans cela, et Angie était navrée que ce soit lui qui ait découvert le corps de Diana, qu'il n'ait pas skié assez vite, au départ, pour l'empêcher de rentrer dans cet arbre. Là, c'était la première fois – depuis qu'ils se connaissaient – qu'il la renvoyait à sa propre responsabilité, et elle sentit ses joues brûler de surprise et de honte.

« Marcher. J'ai besoin d'air.

– Très bien », répondit-elle sèchement. Il comptait sûrement aller dans un bar. « Je vais faire ma valise. Je pars demain. »

Elle se rendit dans la chambre, et la porte d'entrée et celle de la chambre claquèrent, l'une après l'autre, créant un rythme syncopé inaudible pour Julian et Angie.

À l'aéroport, en arrivant à Lodgepole, Angie ne vit sa mère nulle part. À la place, David Sheehan attendait sur le trottoir, debout devant son pick-up, les mains dans les poches de son jean.

« Tu attends quelqu'un ? demanda-t-elle, regardant à droite et à gauche pour chercher Livia des yeux.

– Oui, toi. »

Il hissa sa valise à l'arrière et lui ouvrit la portière.

Angie hésitait encore.

« Ma mère doit venir me chercher. »

Il secoua la tête.

« Elle m'a demandé de venir, elle voulait préparer le coup de feu de midi. Je ne travaille pas aujourd'hui, donc ce n'est pas un problème. Je vais te déposer au restaurant. »

Angie monta à l'avant et lissa son pantalon. Elle repensa à la fois où sa mère avait dit que David était un bon petit catholique et rit, plus charmée qu'agacée, curieusement.

« Qu'est-ce qu'il y a de si drôle ?

– Je ne crois pas qu'elle avait vraiment besoin de préparer le coup de feu de midi. Ou si c'était le cas, elle aurait pu trouver quelqu'un pour la remplacer. Je crois qu'elle essaie de nous mettre ensemble. »

Elle se sentit un peu coupable à l'idée que sa mère – et David – la croyaient célibataire.

Il haussa les sourcils.

« Je crois qu'elle est juste dépassée.

– Tu ne connais pas ma mère, répliqua Angie, puis elle se reprit, comprenant mal pourquoi cet épisode insignifiant, précisément, lui avait fait oublier pour un instant le cancer de son père et sa dispute de la veille avec Julian. Mais tu dois avoir raison. »

David ne quittait pas la route des yeux.

« Elle est dévastée, il me semble. D'habitude, elle est plutôt impassible, tu vois ce que je veux dire ? En tout cas, quand je la vois au restaurant, elle ne montre trop rien.

– Le pronostic n'est pas très bon.

– Je sais. »

C'était un euphémisme. La mort était une certitude – la seule question était quand. Elle se mit à contempler les arbres sur le flanc de la colline au loin, les trembles dont le feuillage commençait juste à jaunir, premiers frémissements de l'automne. En sciences naturelles, au lycée, lors d'une sortie sur le versant de l'une de ces collines, elle avait appris ce qu'était l'abscission, le processus naturel de séparation des cellules chez les plantes et les arbres. L'abscission, avait expliqué le prof, c'était quand un tremble se préparait pour l'hiver en cessant le travail des chloroplastes de ses feuilles, interrompant la photosynthèse, ce qui provoquait le jaunissement puis la chute des feuilles. Elle se rappela le premier coup de fil de sa mère, le jour où elle lui avait annoncé que Roberto avait fait une jaunisse et que sa peau était devenue « *giallo*, comme du jaune d'œuf », et se demanda ce qu'avait entrepris le corps de Roberto pour se préparer à sa mort, et quel processus sa tête, à elle, avait entamé pour se préparer à cette éventualité.

Elle sentit la pression légère d'une main chaude sur la sienne.

« On y est, dit doucement David. Tu as l'air complètement ailleurs. »

Par la vitre de la voiture, les lettres en cursive de l'auvent annonçaient : *DeLuca's, Cuisine italienne authentique.* Elle frissonna mais retint ses larmes. Il était hors de question qu'elle pleure.

« Tu devrais sortir un peu, pendant que tu es là. Aller faire des randonnées, passer du temps au grand air. Ça t'aiderait à évacuer le stress. »

Il sortit sa valise de l'arrière et la lui tendit.

« Appelle-moi si tu as besoin de quoi que ce soit. »

Plantée sur le trottoir, elle regarda son pick-up s'éloigner et disparaître après le virage, puis fit volte-face, passa sous l'auvent et entra dans le restaurant.

Les semaines et les mois se confondaient. Chaque partie de sa vie renfermait sa propre routine. À Lodgepole, elle découpait des légumes, assurait le service ou la comptabilité au restaurant – tout ce que son père ou, de plus en plus, sa mère, lui demandaient de faire. Elle appelait Julian avec son portable tard le soir ou tôt le matin, en se promenant à quelques rues de la maison. Si Roberto avait une journée difficile, elle restait avec lui pendant que Livia allait travailler. Si Roberto se sentait bien, il venait chez DeLuca's et répondait au téléphone ou passait des commandes, installait parfois les clients pendant qu'Angie aidait Livia en cuisine. Les nausées dues à la chimio empêchaient son père de cuisiner, et les odeurs d'oignons et d'origan lui donnaient encore plus mal au cœur. À New York, elle travaillait à la galerie dès qu'elle avait une minute, tentant une fois de plus de rattraper le temps perdu et espérant que l'autre mi-temps qu'avait engagé Idara n'allait pas devenir permanent. Les heures supplémentaires ne lui laissaient guère le loisir de peindre, mais il arrivait que Julian et elle trouvent un peu de temps pour aller courir ensemble ou sortir dîner avec des amis. Ils observaient une trêve fragile quant à ses voyages, et il travaillait de plus en plus, car il était inexplicablement attiré par les accusés risquant la peine de mort et les affaires de triple récidive – pas seulement Randy Martin –, qui le détournaient des clients qui payaient, dont il avait besoin pour devenir associé de plein droit dans son cabinet. Il affirmait qu'il ne pouvait pas dire non alors qu'il y avait tant d'injustice dans ce monde, et puisqu'Angie n'était jamais là non plus, elle ne pouvait pas se plaindre de ses horaires.

À Lodgepole, elle se sentait déconnectée, et à New York, inutile. Elle se voyait comme une marionnette contrôlée par des ficelles dans le ciel, des ficelles attachées à ses bras et ses jambes, mais pas à sa tête, laquelle tournoyait sous le coup d'émotions et de désirs qu'elle ne parvenait pas à nommer, et qui ressortaient sous forme de rêves pleins de frustration et d'agacement. Livia et Idara l'avaient toutes les deux mise en garde : elle avait tendance à mal parler aux clients, qui eux-mêmes s'adressaient à elle avec plus d'insolence que jamais, lui semblait-il, et elle ne pouvait pas s'empêcher de se demander si tout le monde, dans sa vie, était de mauvais poil, ou si ça venait seulement d'elle.

Un jour d'octobre, David l'appela pour lui proposer une randonnée jusqu'au sommet de Miner's Peak, pendant que les trembles avaient encore des couleurs.

« Je ne peux pas, dit-elle, je dois aider au restaurant.

– On ira tôt, je te ramène pour 10 heures. Ça te fera du bien, je te promets. Le reste de ta journée ne s'en passera que mieux, si ça se trouve. »

Angie ne savait pas pourquoi elle acceptait, mais elle accepta. Et le lendemain matin, tandis qu'elle attachait les lacets de ses chaussures de marche et remplissait une gourde d'eau pour la fourrer dans son sac, elle ne savait pas pourquoi elle n'appelait pas pour dire : *Non, je ne peux pas en fait,* mais elle ne le fit pas. Elle se raconta que ce n'était pas un rendez-vous amoureux, mais elle savait qu'il ne cherchait pas seulement à se montrer sympa.

Il faisait plus frais qu'elle s'y était attendue, et lorsqu'ils arrivèrent sur une partie de la piste qui se trouvait à l'ombre, elle frissonna. David retira sa polaire et la lui tendit.

« Mets ça, dit-il. Plus on sera haut, plus il va faire froid.

– Mais toi ? protesta-t-elle.

– Je suis habitué. J'ai pas froid. »

Et c'était vrai : ses mains étaient chaudes lorsqu'elles touchèrent les siennes. Il évita le sujet de la mort de son père – ils en parlaient déjà tous les jeudis quand il venait chercher son plat à emporter, même si désormais, il lui arrivait de manger sur place et de rester assis à sa table jusqu'à la fermeture, bavardant avec Angie pendant qu'elle débarrassait – et lui posa plutôt des questions sur la vie à New York, son appartement et la galerie, le prix des taxis, et ce que ça faisait d'être entouré par des centaines de personnes quand on marchait sur un trottoir.

« La foule, ça ne me dérange pas, dit-elle franchement. C'est ce qui fait l'atmosphère particulière de la ville. Et tous ces gens contribuent à la culture – l'art, les musées, les cuisines du monde entier.

– Mais ici aussi, il y a de la vie. La vraie vie, pas un zoo en béton, dit David. Je crois pas que je supporterais autant de gens à la fois. Et tous ces trucs, c'est pas ma tasse de thé, quoi.

– Les parcs, ils sont pas pleins de gens aussi, l'été ? »

Il secoua la tête.

« Pas comme à New York. J'y suis allé quand j'étais petit, et je me suis senti à l'étroit tout le temps, toujours entouré par deux murs : un mur de gens, et un mur tout court. Quand il y a du monde au parc, j'ai qu'à lever la tête pour regarder le ciel et la montagne et me rappeler que j'ai de la marge. La ville, c'est vraiment pas pour moi. »

Au sommet, quatre-vingt-dix mètres après la limite des arbres, où les trembles, les épicéas et même les buissons de genévrier touffus laissaient place à des lichens accrochés à des rochers gris, elle n'entendait plus que le vent, et de temps en temps, le petit cri d'une marmotte. Quand ils s'assirent sur un rocher pour se reposer, David sortit deux pommes de son sac et lui en tendit une. Il prit appui sur ses bras et ferma les yeux, offrant son visage au soleil. Angie se demanda comment ce serait de toucher sa peau, si la peau, sous sa barbe, serait pareille à celle de Julian – sèche comme du papier de verre s'il oubliait de mettre de la crème plusieurs jours de suite, mais toujours chaude, et rendue douce par sa délicatesse lorsqu'il nichait son visage dans le cou d'Angie – ou si elle ne le saurait jamais, car cette peau était intouchable, protégée par ces poils rêches.

Lorsqu'un autre couple apparut, David se leva d'un bond et leur tendit un petit appareil en leur demandant de prendre une photo d'Angie et lui. Juste avant que la femme dise « Souriez ! », il passa le bras autour d'Angie et l'attira contre lui, et elle se laissa aller au creux de son bras comme si elle l'avait déjà fait auparavant.

Après une autre randonnée, ils prirent un café au Katie's Breakfast en ville. Ils en burent de grandes tasses dont l'amertume était cassée par de la crème vanillée et échangèrent des souvenirs sur leurs profs de lycée et de fac. Il était allé à l'ouest, pas à l'est, pour étudier la gestion forestière dans l'Oregon, et il était fasciné par ce qu'elle lui racontait de l'école d'art – l'idée de vivre dans une cité universitaire avec des ascenseurs et de dormir dans une chambre de la taille d'une boîte à chaussures, les cours d'art qu'elle avait pris dont certains étaient, de son propre aveu, chelous. Elle était fascinée par ce qu'il lui racontait de ses études en Oregon, les cours en plein air dans les bois, ou au bord de lacs : maîtrise des nuisibles et des feux de forêt, hydrologie, conservation de la faune et de la flore. Ils riaient en découvrant à quel point leurs parcours étaient différents, le jour et la nuit, bien qu'ils soient tous les deux partis de Lodgepole.

Quand elle était avec Julian, il parlait tout le temps de ses affaires en cours, disséquant à n'en plus finir le moindre détail d'une loi dont il lui avait rebattu les oreilles trop souvent ; David, lui, parlait des splendeurs qu'il voyait quotidiennement, au travail et chez lui. Une famille de lynx – une mère et ses trois petits – s'était établie sous un sapin derrière la cabane dans laquelle il habitait, et il espérait que les petits allaient passer l'hiver. Il venait de rentrer sa mangeoire à colibris pour la saison, et ça allait lui manquer de regarder les minuscules oiseaux entrer et sortir par la fenêtre de sa cuisine. Il observait les lynx par cette même fenêtre – tu as de la chance que ce soit des lynx et pas des pumas, le coupa-t-elle – et son visage s'illumina lorsqu'il lui décrivit le coup de patte qu'avait donné la mère lynx à un de ses petits quand il l'avait attaquée pour jouer une fois de trop, ou le dernier de la portée, un peu chétif au départ, qui se dandinait fièrement, encore la semaine dernière, avec dans la gueule un tamia qui devait être sa première prise de chasse. Quand ils avaient avancé la main en même temps vers le pot de crème, il avait souri et l'avait poussé vers elle, et l'espace d'un instant, elle avait oublié la maladie de son père.

Elle n'avait pas la sensation de le tromper, pas au début. Angie se racontait que David était un ami de lycée qui gardait un œil sur ses parents, un pote qu'elle voyait de temps en temps quand elle rentrait à Lodgepole. Mais elle savait qu'il la croyait célibataire, car c'était ce que pensaient sa mère et son père, ce que pensaient le peu d'amies qui lui restaient en ville. Quelque part, elle aimait bien prétendre que c'était le cas, aimait bien se sentir désirée, et passer du temps avec lui était facile. Il n'y avait pas besoin de cacher la relation, de craindre que Livia lui pince les joues ou la déshérite parce qu'elle fréquentait l'homme qu'elle tiendrait éternellement pour responsable de la mort de Diana.

Angie savait que David attendait – et désirait – davantage qu'une amitié, et un jour de décembre, elle lui donna ce qu'il voulait. Il avait dîné tard ce soir-là chez DeLuca's, ainsi qu'il le faisait désormais tous les jeudis, et l'aida à fermer après le départ de Livia avec Roberto, qui se plaignait d'être fatigué. Elle rentrait souvent à pied, car la maison de ses parents se trouvait à moins d'un kilomètre et demi du restaurant, et l'air frais l'aidait à se défaire de l'odeur âcre d'ail qui imprégnait ses vêtements après une journée en cuisine. David s'attarda jusqu'à ce qu'elle ait éteint les lumières, vérifié et revérifié qu'elle n'avait pas laissé le gaz allumé dans la cuisine et fermé les portes à clé, puis la ramena en voiture. Quand elle se tourna vers lui dans le pick-up pour dire au revoir, il avança la main et lui prit doucement la joue. Elle n'aurait su dire si la rougeur qu'elle sentit lui monter au visage venait de la chaleur de sa main ou du frisson qu'elle ressentait ; à son tour, elle prit ses joues en coupe dans ses paumes. Il se pencha en avant et l'embrassa, les lèvres aussi chaudes que ses doigts, et lorsqu'elle s'écarta, elle laissa ses mains sur son visage, et il en fit autant. Ils restèrent ainsi, à se regarder dans les yeux à la lueur de la lune, jusqu'au moment où il se mit à rire.

« Tu es une femme étonnante, Angela DeLuca, dit-il. Mais j'aime tes surprises. »

David l'avait déjà appelée Angela une fois, longtemps auparavant. C'était juste après que Julian avait quitté la ville à la hâte, et elle se traînait de son cours de sciences naturelles à son cours de dessin. Elle avait entendu une voix dans son dos : « An-gel... », et avait tourné vivement la tête avant que David ait dit la troisième syllabe, parce qu'il avait prononcé les deux premières. Angel, c'était le petit nom que Julian lui donnait à l'école primaire, et elle s'était à demi attendue à le voir débarquer dans le couloir, même si c'était la voix de David. Elle n'avait pas su s'il essayait de prendre la place de Julian, ou voulait simplement souligner sa disparition mystérieuse, toujours est-il que la fureur était montée en elle. « Personne ne m'a appelée Angela depuis le CE2 », avait-elle répondu sèchement, puis elle s'était dépêchée de rejoindre la salle d'arts plastiques. Cette fois-ci, cela lui parut naturel, comme s'il ne faisait que répéter ce que criait Livia quand elle voulait qu'Angie vienne en cuisine, et elle rit à son tour. Il ne se rappelait sans doute même pas cet épisode.

« Il n'y a que ma mère qui m'appelle Angela.

– Je sais. » Il fit un grand sourire. « Tu n'as vraiment pas une tête à t'appeler Angela, mais j'ai eu envie de tenter le coup. »

Il l'embrassa de nouveau, plus fort cette fois-ci. Ses mains s'attardèrent sur son cou et il glissa un doigt sous le col de son pull. Elle eut l'impression d'être une ado, à embrasser un garçon dans un pick-up comme ça. C'était simple et naturel, comme s'il n'y avait pas de Julian qui l'attendait à New York.

Une lumière bleue filtrait sous les persiennes baissées du salon, et Angie savait que ses parents étaient à l'intérieur, en train de regarder les infos de 23 heures, Livia dans son fauteuil, Roberto somnolant sur le canapé.

« Je dois y aller, dit-elle, se dégageant de son étreinte.

– À suivre », lança-t-il par la vitre tandis qu'elle se dirigeait vers la porte.

Sa mère, sans quitter son fauteuil, leva la tête vers elle. L'inquiétude avait figé ses lèvres minces en un trait dur et immuable. Même si elle souriait, cela aurait été difficile à dire.

« C'est le pick-up de David, que j'ai entendu ? »

Angie acquiesça d'un signe de tête. À présent, son impression d'adolescence était encore plus forte, à se faire questionner après une sortie avec un garçon. Il n'y avait jamais eu qu'un seul garçon au lycée, cependant, et sa mère le savait. Angie le savait aussi, et pour la première fois de la soirée, le sentiment de culpabilité tarauda sa conscience, questionnant ce qu'elle faisait et pourquoi elle le faisait.

« C'est un type bien, Angela. Peut-être qu'il est temps que tu te cases, que tu arrêtes de vivre seule à New York, que tu laisses tomber tes ambitions d'artiste, et que tu rentres à la maison. » Sa mère se leva en s'aidant de ses mains. « Je vais me coucher. Tu voudras bien aider ton père, quand tu monteras ? »

Angie fit de nouveau signe que oui, ne voulant pas parler, craignant que ses émotions ne la trahissent, ne sachant pas trop ce qu'étaient ses émotions.

Quand elle s'assit, Roberto ouvrit les yeux et se mit à appuyer sur la télécommande, cherchant autre chose qu'une chaîne d'infos.

« *Ciao, carina*, chuchota-t-il. Comment ça va ? Tu as passé une bonne soirée ?

– Tout s'est bien passé, papa. J'ai bien fermé, éteint toutes les lumières, vérifié que le gaz n'était pas resté allumé.

– Ce n'est pas ce que je voulais dire. »

Angie rougit. Donc ils avaient regardé par les persiennes, ou du moins, s'étaient interrogés en entendant le *teuf-teuf* du moteur diesel de David.

« Maman m'a déjà fait l'interrogatoire.

– Tu passes du bon temps, avec lui ?

– C'est difficile de passer du bon temps en ce moment, quand je m'inquiète tellement pour toi, mais il m'aide à me détendre. »

Roberto ferma les paupières une minute, puis les rouvrit. La lueur de la télévision se reflétait sur son visage, faisant ressortir le blanc de ses yeux.

« Choisis bien, *carina*. Il te faut quelqu'un qui soit toujours là, et qui ne se lasse jamais de te rattraper quand tu tomberas. »

Elle hocha la tête et attendit pour voir où il voulait en venir, s'il comptait la mettre en garde contre David ou tous les hommes, ou bien partir sur tout autre chose. Elle détournait ses questions sur sa vie amoureuse depuis des années maintenant, enchaînant les mensonges sur son travail trop prenant ou la difficulté de trouver un type qui en vaille la peine. Quelquefois, Roberto parlait par énigmes, donnant des conseils si abscons et si évasifs qu'elle ne savait pas trop ce qui relevait du conseil et ce qui allait au-delà. Ça lui faisait presque regretter le côté cinglant de Livia, car au moins, on savait exactement à quoi s'en tenir avec elle.

Il se souleva sur un coude et la regarda attentivement.

« Toutes les années qui se sont écoulées depuis la mort de Diana, je les ai passées à essayer d'égayer ta mère. Ce n'est pas une femme facile à égayer. Elle peut être en colère, cruelle et rancunière. Tu sais tout ça.

– Je sais pas comment tu as fait pour supporter ça. »

Les joues de Roberto s'étaient creusées et la peau en trop pendait de chaque côté de son menton.

« Ce qu'il y a, c'est que c'est plus facile d'être en colère que d'être triste. Certaines personnes finissent par oublier la différence.

– Comme maman.

– Oui, comme ta mère. Mais elle peut aussi être tendre, attentive, aimante. Elle travaille beaucoup. Elle a eu une enfance très difficile. Et elle m'a donné Diana et toi. Je l'aime, et je serai là tant que je serai en vie. Et quand je serai parti, tu seras là pour elle. »

Angie hocha la tête. La dernière phrase n'était pas une question. Ce n'était pas un simple conseil.

« Je te le promets, papa.

– Il faut que quelqu'un soit là pour toi aussi, Angie. Quelqu'un qui continue de travailler à te remettre sur pied même quand tu ne seras plus celle que tu étais avant. Assure-toi que l'homme que tu épouseras un jour, quel qu'il soit, le fera pour toi. »

Livia jugeait Angie depuis toujours, ou presque, mais le jugement implicite dans les paroles de Roberto était inédit. Elle ne savait pas trop ce que ça signifiait, ni ce qu'il savait. Livia et Roberto n'appliquaient pas le même code moral – sa mère ne lui pardonnerait jamais d'être restée avec Julian, mais Roberto ne lui pardonnerait jamais d'avoir trompé son compagnon, quel qu'il soit. Or c'était ce qu'elle venait de faire. Elle prit une longue inspiration et se retint de se ratatiner sous l'intensité du regard de Roberto, sous le poids de sa propre culpabilité naissante.

« Et avant tout, ajouta-t-il, assure-toi d'être capable de le faire par toi-même. »

Il se laissa de nouveau aller en arrière sur le canapé et ferma les yeux, la lueur de la télévision jouant toujours sur son visage.

Désormais, Angie gardait son portable rangé dans son sac à main, sonnerie coupée, afin que quand elle était à Lodgepole, David ne voie pas les SMS de Julian et n'entende pas ses appels, et inversement quand elle était à New York. Elle trouvait toujours le moyen de parler ou d'écrire à l'homme avec lequel elle n'était pas, et comme elle avait un père mourant à Lodgepole et un travail à New York, tous deux se montraient plus compréhensifs envers ses absences et son manque de disponibilité qu'ils ne l'auraient dû.

Tout, chez David, était plus lent que chez Julian, mais ce n'était pas forcément un défaut, pas pour Angie, parce que cela voulait aussi dire qu'il était plus constant. La vitesse à laquelle Julian vivait sa vie – le ski au lycée, l'alcool et le travail – et sa façon de plonger tête baissée dans ses passions était épuisante. Elle aimait ce rythme plus contemplatif, le fait que David partait parfois faire du ski de fond, plutôt que de dévaler les pistes ; plutôt que de sortir boire dans les bars avec ses collègues, il lui arrivait de passer ses vendredis soir chez lui, à cuisiner un ragoût de gibier avec la viande d'un chevreuil qu'il avait abattu pendant la saison de chasse. Il ne buvait jamais plus d'une bière, et n'aimait pas le whisky. Il était toujours là pour elle, se débrouillait toujours pour libérer des heures sur son travail quand elle venait, devinait toujours les moments où elle avait besoin d'une randonnée pour se calmer les nerfs, ou d'aide pour fermer le restaurant. Et pourtant, il représentait un abri bien frêle contre la tempête qui engloutissait sa vie, la tension entre sa famille et Julian qui la déchirait. Peut-être était-il l'antithèse de Julian, et Lodgepole l'antithèse de New York. Elle ne savait pas si ce changement la dérangeait.

Parfois, à Lodgepole, quand elle parlait à Julian au téléphone, dans les rues sombres, en rentrant de chez DeLuca's, elle avait du mal à retrouver la sensation de sa peau, l'effet que ça lui faisait d'ébouriffer ses cheveux ou d'être serrée dans ses grands bras d'ours, car c'était presque comme s'il n'existait pas en dehors de New York. Et parfois, à New York, même si elle pouvait presque entendre David se moquer des tenues dernier cri des passants ou se plaindre des gaz d'échappement des taxis ou des bus, elle se demandait s'il existait en dehors de Lodgepole.

Quand l'épuisement de vivre à cheval sur deux mondes la prenait, elle se demandait si c'était le poids d'aimer et de trahir simultanément deux hommes – si toutefois elle les aimait vraiment tous les deux – ou le poids de la maladie de Roberto, cette conscience permanente qu'il n'allait pas guérir.

Au cours de l'un de ces appels tardifs à Julian, tard le soir à Lodgepole et encore plus à New York, une chouette descendit en piqué au-dessus de la tête d'Angie, qui rentrait chez ses parents. Le volatile silencieux faisait près d'un mètre cinquante d'envergure, presque la taille d'Angie, et ses serres pendaient, détendues. Sa forme glissa par-dessus sa tête et fila devant elle avant qu'elle ait eu le temps de réaliser ce qu'elle voyait. On était en mars, début de la période de nidification des chouettes, qui se préparent à accueillir une famille qui n'existe même pas encore. À la surprise générale, y compris celle des médecins, Roberto vivait encore, fragile, mais combatif.

« Mince alors, dit-elle.

– Quoi ? fit Julian, inquiet.

– Une énorme chouette m'a prise pour son dîner. Je dois ressembler à un lapin, ce soir. »

Julian garda le silence à l'autre bout de la ligne, alors que normalement, il aurait ri, et elle n'entendit plus que sa respiration.

« Julian ?

– Le juge a rendu sa décision aujourd'hui, dit-il. Au sujet de Randy. »

Il avalait un peu ses mots, et Angie ne savait pas si c'était parce qu'il était soûl ou parce qu'il pleurait. Au tremblement de sa voix, elle comprit que la nouvelle n'était pas bonne.

« Et alors ?

– On a perdu. On a perdu sur toute la ligne.

– Donc la perpétuité est confirmée ?

– Oui.

– Vous ne pouvez plus rien faire ? Pas possible de faire appel auprès d'une autre instance ?

– *C'était* l'appel, répondit-il sèchement. Tu le sais très bien.

– Je voulais juste dire… je ne sais pas ce que je voulais dire. Ça paraît tellement injuste que je ne sais pas quoi dire.

– On en a déjà parlé. C'est en partie parce que cette loi est pourrie, mais aussi parce que Randy est noir. C'est presque impossible de lutter contre le racisme du système. T'as rien écouté, quand on discutait, ou quoi ?

– Je suis désolée, Julian. Je suis vraiment désolée. »

Il poussa un soupir.

« Demain, je dois annoncer à un gamin qu'il va devoir passer le restant de ses jours en prison. Comment tu veux que je m'y prenne pour faire ça ?

– Je ne comprends pas. Tu m'as dit qu'il n'avait pas participé au cambriolage, ni à la fusillade. Et qu'il avait quatorze ans à sa première condamnation. Comment il peut écoper d'une peine de prison à vie ?

– Quand est-ce que tu rentres ? » demanda Julian.

Il parlait d'une voix plaintive, comme un petit garçon.

« Tu le sais, quand je rentre. C'est comme d'habitude, deux semaines ici, deux semaines là-bas. »

Il y eut un silence, de nouveau, puis elle l'entendit déglutir.

« Tu es en train de boire ? demanda-t-elle.

– Tu peux pas continuer éternellement à m'abandonner comme ça », dit-il, puis il raccrocha.

Le silence du téléphone continua de bourdonner dans l'oreille d'Angie. Elle le referma et continua son chemin. Elle éprouvait la même rage inquiète que d'habitude par rapport à la consommation d'alcool de Julian, mais elle ne pouvait plus se targuer d'être la seule personne lésée dans cette relation. Rien ne l'obligeait à rester à Lodgepole deux semaines par mois. Rentrer en avance pour consoler Julian aurait été la chose à faire ; seulement, elle n'en avait pas envie. La pleine lune éclairait le ciel d'encre mais éclipsait les constellations nocturnes, et tout ce qu'elle parvenait à se dire en cet instant, c'était : *Si cette chouette revient, elle n'aura pas de mal à me trouver.* Elle rit, un rire auquel elle trouva une sonorité amère, et continua sa marche.

À l'autre bout de la ligne, Julian posa brutalement le téléphone sur son socle. Les fleurs qu'il avait achetées pour Angie le 28 février étaient dans le même vase que celui qu'il avait utilisé l'année d'avant. Il avait pris bien soin de rajouter de l'eau, mais elles avaient l'air de se sentir aussi seules que lui. Les boutons de rose avaient beau sembler en bonne santé, ils s'affaissaient, comme si la fleur au bout de chaque tige était reliée à un cou brisé.

La puissance du chagrin qui l'avait envahi le surprenait. Il avait l'impression d'avoir manqué à ses devoirs envers Randy, échoué dans sa tâche de réparer une injustice. Il était mieux placé que bien des gens pour savoir que les tragédies résultaient d'un concours de circonstances, un ensemble de faits et d'actes qui s'alignaient et se combinaient d'une façon imprévue pour aboutir à un résultat que nul n'aurait pu envisager. Oui, Randy avait commis des crimes, mais un jeune homme à peine sorti de l'enfance, qui allait passer le restant de ses jours en prison à cause d'une série de décisions qu'il avait prises avant d'être prêt à en prendre – *ça,* c'était une tragédie.

Mais le chagrin qu'il éprouvait n'était pas seulement lié à cette affaire. Il se sentait plus seul qu'il ne s'était senti de toute son existence, plus seul que quand ses parents l'avaient expulsé de Lodgepole. Plus seul même qu'au dernier Thanksgiving, qu'il avait passé tout seul parce qu'Angie était partie retrouver ses parents alors même qu'ils le fêtaient toujours tous les deux. Il n'avait pas pu critiquer son choix de le passer avec son père mourant, mais il n'avait pas pu non plus éteindre tout à fait son amertume. Si seulement elle leur avait révélé leur relation, il aurait pu l'accompagner. Il avait dit à sa propre famille ce qu'il leur disait toujours : qu'il était trop pris par son travail pour venir. Il avait passé la journée à l'appartement, à somnoler sur le canapé devant des matches de foot qui ne l'intéressaient pas, puis était finalement sorti manger un burger et boire quelques bières chez Oskar's, au comptoir, entre deux autres solitaires.

Un changement fondamental s'était récemment opéré chez Angie, un changement qu'il ne comprenait pas. Ç'aurait été une erreur de tout mettre sur le compte du cancer de Roberto, lui semblait-il. Il avait vu Angie après la mort de Diana, il l'avait vue dans le deuil, dans le chagrin, et elle était toujours restée la même à travers ces épreuves. Là, c'était autre chose. Ce n'était pas seulement qu'elle souffrait de la mort imminente de son père. C'était qu'elle n'était pour ainsi dire plus Angie. Elle était pratiquement devenue quelqu'un d'autre, et il ne savait pas quoi faire face à ça.

Il avait le sentiment de vivre dans sa propre tragédie, une tragédie qui avait débuté à l'instant où Angie avait acheté ce joint à cet imbécile. Il n'en revenait pas de la rapidité à laquelle ce simple moment, dans sa vie, s'était produit, sur quoi chaque choix avait entraîné le suivant, et tous ces petits choix s'étaient accumulés, formant un poids de plus en plus conséquent, prenant de la puissance. Il n'y avait eu aucun moyen d'éviter les conséquences, comme s'il s'était agi d'un camion trop chargé dont les freins avaient lâché dans une pente. Aucun moyen de s'arrêter, de revenir en arrière ou de corriger le tir. Mais il savait à l'époque, et savait encore aujourd'hui, qu'il ne pouvait pas remonter le temps pour défaire ce qui était fait. Il en allait sans doute de même pour Randy. Et sans doute pas seulement pour Randy. Pour tous ses clients.

Il se rendit à la cuisine et se servit un autre whisky, remarqua que la bouteille était presque vide, et versa le fond dans son verre plutôt que de remettre le bouchon. Il se rassit sur le canapé, contemplant les fleurs en train de faner, et se demanda ce qu'il aurait pu faire pour qu'elles durent plus longtemps. Sa mère dissolvait un peu de sucre dans l'eau pour nourrir ses fleurs, autrefois. Il n'y avait pas de sucre dans l'appartement – Angie détestait faire des gâteaux et ne voyait pas l'utilité de stocker des produits qu'elle n'utiliserait jamais – mais il regarda son verre, pensif, but une dernière gorgée, et vida le reste dans le vase. Si le corps humain transformait l'alcool en sucre, peut-être les fleurs pouvaient-elles en faire autant. Le liquide brun tomba dans l'eau avec un *plouf*, et les tiges épaisses amortirent les dernières gouttes, qui finirent de couler avec un petit ruissellement satisfaisant, telle de la pluie filtrant à travers la frondaison d'un arbre.

15
Mars 2017

Dans la plupart des affaires criminelles, Julian passe des semaines à éplucher les pièces à conviction versées au dossier par l'accusation. Mais après l'audience de présentation des preuves, en mars, il réalise que le dossier en question est particulièrement mince. Martine et lui – sa mère s'est remise à travailler sur l'affaire, au moins un peu, parce qu'elle allait mourir d'ennui si elle se consacrait entièrement à récupérer, a-t-elle dit – sont installés à la table de la salle à manger, des piles nettes de documents étalées sur le bois brun, et un grand soleil de printemps brille par la bay window. Il écarte sa chaise et se balance en arrière. Ce nouveau développement les met en meilleure posture qu'il ne croyait.

« Julian », dit Martine, haussant les sourcils.

Il connaît ce regard ; il pensait juste y avoir échappé à son âge. Il sourit et se penche en avant jusqu'à ce que les quatre pieds de la chaise touchent de nouveau le sol.

« Au moins, ça, ça n'a pas changé », dit-il.

Il s'est souvent fait gronder au sujet des chaises de la salle à manger quand il était petit.

« Elles sont vieilles, et les pieds ne sont pas si solides que ça. En plus, ça abîme le tapis de ton père, tu sais bien que c'est un héritage familial. »

Elle lui rend son sourire.

« Vu comme Gil fanfaronnait, je croyais qu'il avait plus de preuves, dit Julian.

– Il en a plus qu'assez pour la faire condamner.

– Oui, mais il n'arrête pas de la ramener sur l'absence de remords de Nora et sa présumée propension à la violence, et il prétend que c'est un des crimes les plus affreux qu'il ait vus de sa vie. La dernière fois que j'ai parlé avec lui, il soutenait carrément que c'est à cause de gamins comme elle qu'on a des fusillades dans les lycées. »

Julian oublie et se balance de nouveau, mais repose promptement la chaise avant que sa vieille mère ait le temps de lui faire la leçon.

« C'est un partisan acharné du droit à l'armement, Julian. Chaque fois qu'un drame se produit dans le pays, il répète le même slogan : *Ce ne sont pas les armes qui tuent les gens, ce sont les gens qui tuent les gens.* Il veut absolument mettre ça sur le dos de Nora, il faut que le revolver n'y soit pour rien. »

Julian pousse un grognement.

« Il n'a trouvé nulle part de preuve que Nora se soit montrée violente auparavant, donc il va avoir du mal à établir qu'il existe chez elle une propension à la violence qui justifie l'accusation de meurtre avec préméditation. »

Après tout ce que les flics ont récupéré dans la chambre de Nora, les mois à glaner des informations et à faire des recherches sur l'affaire, le dossier d'accusation ne repose que sur quelques éléments : l'appel de Nora à la police, ses empreintes sur le revolver, le fait qu'elle savait comment s'en servir puisqu'elle était allée à la chasse avec David, et ses vêtements couverts de sang quand Colin et Ignacio sont arrivés sur place. Ce n'est pas rien, certes, mais personne ne s'est jamais posé la question de savoir si c'était vraiment elle qui avait tiré, donc jusque-là, rien de surprenant ; Gil n'a pas trouvé de journal intime dans lequel elle aurait émis le projet de tuer Nico, aucune référence aux armes ou à la violence sur les réseaux sociaux ou dans ses SMS, pas la moindre représentation inquiétante dans ses peintures. Vu le refus de négocier de Gil, Julian avait pensé qu'il possédait des preuves irréfutables pour étayer sa thèse, mais à part sa dépression, rien ne distingue Nora d'une ado comme les autres. L'argument ultime de Stuckey, c'est que son silence prouve son absence de remords, or cette affirmation ne repose sur rien.

« Je persiste à croire que c'est pour servir ses ambitions politiques, tout ça. Mais au final, tout ce qu'il veut, c'est qu'elle soit condamnée.

– J'aimerais bien savoir s'il a déjà déposé une demande d'évaluation psychiatrique de son côté. Chaque fois que je parle santé mentale, il détourne la conversation, et ça peut vouloir dire que les résultats de son expert sont raccord avec les nôtres et qu'il ne veut pas le reconnaître, ou au contraire que le sien n'a trouvé aucun signe de psychose et qu'il compte l'accuser de simuler et s'en servir contre elle.

– On ne le saura pas avant d'arriver au procès, alors on ne peut pas faire grand-chose, à part spéculer. Et même si l'expert de l'État ne rend pas les mêmes conclusions que le nôtre, au moins on aura de la matière pour contester. »

Julian acquiesce d'un hochement de tête, puis tire vers lui la pile des interrogatoires de Nora par la police. Il y en a quatre, un qui date de la nuit du drame, un du lendemain, un de la semaine suivante, et un dernier de deux semaines plus tard. Presque aucune information n'en ressort. Soit elle ne parlait pas au moment de l'interrogatoire, soit elle disait simplement ce qu'elle dit toujours : qu'elle ne se rappelait rien. Mais il y a dans le dossier un détail qui pourrait les aider. La nuit de la mort de Nico, quand Ignacio et Colin ont interrogé Nora, ils l'ont fait sans la présence de ses parents ou d'un avocat.

« Et alors ? demande Martine. Qu'est-ce que ça change ?

– Elle a moins de dix-huit ans. Un mineur n'a pas le pouvoir de renoncer à ses propres droits dans le cadre d'un interrogatoire.

– Mais ce n'était pas un interrogatoire officiel, dit Martine. Ils lui ont juste posé des questions sur la scène de crime. La police a le droit d'interroger officieusement un enfant. Ils ont le droit d'interroger officieusement n'importe qui.

– Oui, mais elle était dans une voiture de flic. Ce qui fait que techniquement, elle était en détention. Un enfant n'aurait jamais pu comprendre qu'il ou elle avait le droit de s'en aller sans répondre aux questions. »

Martine hausse les épaules.

« Mais elle n'a répondu à aucune question, puisqu'elle ne parlait pas. Après l'appel au numéro d'urgence, elle n'a pas prononcé un mot pendant plus de deux semaines, donc ce n'est pas comme si leur interrogatoire avait abouti à des aveux qui seraient de ce fait non recevables. Je ne suis pas certaine que ce détail ait beaucoup d'importance.

– Peut-être pas. Mais ça pourrait débloquer Gil, le pousser à finalement accepter de négocier. Ça la fout mal, d'interroger une gamine de treize ans coincée dans une voiture de flic sans ses parents.

– On pourrait essayer de mettre les médias sur le coup. Convaincre quelqu'un de faire une enquête sur les méthodes douteuses du bureau du procureur. »

Martine remue sur sa chaise et se balance en arrière, comme Julian dix minutes plus tôt.

Cette fois, c'est lui qui hausse les sourcils.

« Une vieille habitude, faut croire. »

Elle rit, pas gênée le moins du monde, et la chaise retombe lourdement sur ses pieds.

« Peut-être qu'on peut retourner l'opinion publique, si on commence à la présenter pour ce qu'elle est, une gamine en pleine détresse psychique. Si on arrive à mettre les médias de notre côté, peut-être qu'on pourra persuader Gil d'arrêter de se focaliser sur un mobile créé de toutes pièces – tuer Nico pour se venger, ou sa théorie du moment, je ne sais pas où il en est – et de reconnaître que ce n'était pas prémédité. Ça pourrait le détourner de la qualification d'assassinat. »

Le problème avec ce plan, c'est que jusqu'ici les médias se sont concentrés sans trêve sur le *pourquoi*. Certains articles fournissent leurs propres réponses, s'alignant sur le discours de Stuckey : Nora est une gamine violente, pur produit de la violence des jeux vidéo et des films, et elle aura basculé après une dispute avec Nico. D'autres ne sont pas convaincus, et partent du principe qu'une enfant de treize ans ne ferait jamais une chose pareille sans être atteinte d'une grave maladie mentale. Après avoir pris connaissance du rapport d'évaluation psychiatrique, Angie et David se sont entêtés à chercher la raison de son accès psychotique – qu'est-ce qui l'avait déclenché ? La dépression ? Les antidépresseurs ? Des drogues ? – mais d'un point de vue légal, la cause n'entre pas en ligne de compte. Il le leur a expliqué plusieurs fois : la justice tiendra compte de l'existence de la psychose, mais pas de sa cause. Sa présence signifie simplement qu'ils peuvent tenter d'obtenir un verdict d'irresponsabilité pour abolition du discernement, direction que Julian trouve toujours trop risquée, ou plaider qu'il s'agit d'une circonstance atténuante afin d'obtenir une réduction de sa peine.

Reste l'angle qu'il a envisagé l'automne dernier, celui d'un possible meurtre par compassion. Nora a raconté un jour que Nico était terrifié par Huntington, qu'il avait peur de finir dans un hospice, comme Livia, et même si elle ne l'a pas formulé explicitement, il était visible qu'elle aussi, elle en avait peur. Elle a pu se convaincre – ou les voix qu'elle entendait ont pu la convaincre – que le tuer était un acte de bienveillance. Mais si c'est là le *pourquoi*, cela n'aidera pas sa défense. Tuer est illégal, même si ce geste est accompli par pitié. Certains États autorisent le suicide médicalement assisté, mais ce qui s'est passé n'entre pas du tout dans ce cadre. Et Nico aurait pu vivre encore cinq ou dix ans, donc non seulement ils ne peuvent pas utiliser cet argument pour sa défense – il pense toujours que Gil y verrait un aveu de préméditation, ou d'intention – mais il espère que la question ne sera jamais soulevée par l'opinion publique, car il n'est pas persuadé que celle-ci verrait la chose d'un bon œil.

Mais peut-être que toutes ces interrogations sont vaines ; s'il n'y a pas de réponse évidente au *pourquoi*, et tant que Nora n'est pas une prédatrice violente qui représente une menace pour la société, peut-être que l'opinion publique n'a pas besoin de savoir ce qui a motivé son geste pour lui accorder sa sympathie. Peut-être qu'il peut détourner l'attention des curieux de la question du pourquoi vers celle de la faute commise par la police quand ses représentants ont interrogé une enfant en l'absence d'un avocat ou d'un parent.

Du moins, ça vaut le coup d'essayer.

Quand Mayumi appelle, plus tard dans la journée, sa voix est gaie et enjouée, comme toujours. Elle est entre deux rendez-vous, et voulait juste lui dire bonjour, dit-elle.

« Salut. Tu me manques », répond-il. Il l'imagine assise dans son bureau, avec ses plantes vertes et son divan gris, pas assez inconfortable pour que les patients soient mal à l'aise, mais pas assez confortable pour qu'ils veuillent s'attarder plus d'une heure, avec une boîte de mouchoirs sur la petite table du bout, pour ceux qui pleurent, et une corbeille à papier en maille de fer pour jeter les mouchoirs trempés de larmes – ou, pour ceux qui ne pleurent pas, les mouchoirs déchirés par leurs mains nerveuses. À la fin de chaque journée, elle sort de son bureau en dictant des notes sur son téléphone ou en passant des appels, tentant de respecter le nombre de pas que lui dicte sa smartwatch. Julian, justement, marche de long en large dans l'allée devant chez Martine ; il regarde sa propre application santé en se disant qu'il aimerait bien aller courir sur Wolf Creek Trail, sauf qu'il a trop à faire et que ces derniers temps, ses articulations lui font mal, même quand il saute le jogging. « Comment va Mayumi Junior ? Elle marine dans la sauce barbecue, ou dans l'huile d'olive et le jus de citron, aujourd'hui ? À moins que ce soit juste dans la glace ?

– Pas Mayumi Junior ! Je ne veux pas donner mon prénom au bébé ! On va pas repartir là-dessus.

– Bon, bon. Et que dis-tu d'un truc un peu désuet, comme Josephine ? Avec Mayumi en deuxième prénom ?

– Peut-être. Et si c'est un garçon, Julian Junior ? JJ en abrégé ?

– OK, je vois ce que tu veux dire. JJ, c'est pas terrible terrible, j'avoue. Si c'est un garçon, peut-être Bernard. Ou Cyrus, ou Theo.

– Peut-être, dit-elle encore. Il faut d'abord qu'on voie la tête du bébé, comme ça on saura à quoi il ou elle ressemble. Et à qui.

– T'as raison. » Il garde le silence une seconde – ils ont eu recours à un don de sperme ; le bébé ne peut pas lui ressembler – mais il sait que ce n'est pas ce qu'elle veut dire, et il ne peut pas remettre cette crainte sur le tapis, de toute façon (*On va avoir un bébé, peu importe comment !*). Ils en ont déjà parlé. Il s'en fiche, que le bébé ne soit pas le sien d'un point de vue génétique ; après tout, Cyrus n'était pas son père biologique et ça n'a jamais rien changé pour eux deux. Mais parfois, il a le sentiment de n'avoir pas été à la hauteur, pour Mayumi, avec son sperme défaillant. Il dit seulement : « En quoi un petit Bernard serait-il différent d'un petit Cyrus ?

– On saura quand on le verra. C'est ça, l'important.

– Mais comment ? Il aura un petit visage tout fripé comme tous les bébés ! »

Elle objecte en changeant de sujet.

« Comment se passe ta journée ?

– Mieux, je crois. »

Il lui explique que Nora a été interrogée sans ses parents, et que ça pourrait leur donner suffisamment de munitions pour forcer le procureur à négocier.

Elle est contente pour lui, il l'entend à sa voix, mais change encore de sujet. Elle ne le dira pas explicitement, car elle est empathique et généreuse à l'extrême, mais il sait qu'elle en a assez qu'il soit ici et non auprès d'elle, assez qu'il lui rebatte les oreilles avec cette affaire, et elle préférerait parler d'autre chose. Et il comprend – comment pourrait-il ne pas, se souvenant à quel point c'était dur pour lui quand Angie faisait des allers-retours pour s'occuper de Roberto. Il est maintenant très conscient du fait que ce sont les voyages d'Angie qui lui ont permis de commencer une histoire avec David, de choisir un autre homme, toute une autre vie qu'elle lui a préférée. Pendant toutes ces années, il n'avait jamais réalisé qu'Angie l'avait trompé, mais un soir, tandis qu'il relisait le dossier de Nora, l'évidence lui a sauté aux yeux : Angie a épousé David deux mois seulement après l'avoir quitté, elle est tombée enceinte et a accouché de Nico peu après. Et la naissance de celui-ci n'était pas un accident, puisque Nora est arrivée moins d'un an après. Toutes ces fois où Angie avait dit qu'elle ne voulait pas d'enfants à cause de sa carrière d'artiste, elle mentait. Elle voulait se marier, elle voulait des enfants. Simplement, elle ne les voulait pas avec *lui*. Malgré les quinze ans écoulés, il a eu la sensation de prendre un coup de poing dans le ventre.

Il ne tromperait jamais Mayumi comme Angie l'a trompé, jamais, mais il se demande si Mayumi, elle, se pose la question. Et bien qu'elle comprenne ses raisons de travailler sur le dossier de Nora, il se sent coupable d'être si souvent à Lodgepole, et pire, de rester la tête dans l'affaire quand il est à New York et devrait faire attention à sa vie avec elle.

« Je vais dîner chez ma sœur, ce soir, dit à présent Mayumi. Les jumeaux ont gagné le prix du meilleur exposé d'histoire à l'école, et on va fêter ça avec de la pizza et de la glace.

– Ils sont en quoi, déjà, CE2 ?

– Oui. Ils grandissent tellement vite.

– Alors c'est quoi, le prix, meilleurs de leur classe, meilleurs de tous les CE2 ou de toute l'école ? »

Il est soudain agacé, alors qu'il devrait être content pour eux. Il loupe des moments avec Mayumi, des moments de vie avec leurs neveux. Il loupe des morceaux de sa propre vie pour aider une ex qui l'a trompé et quitté. Il ravale son ressentiment d'être forcé de travailler sur l'affaire.

« Meilleurs de n'importe quoi, c'est la joie, quand on est en CE2 », dit-elle.

Julian passe une partie de l'après-midi à surfer sur le site du procureur, en quête d'inspiration. La photo de Stuckey ne ressemble en rien à l'homme que Julian voit en général de l'autre côté de la salle d'audience. Sur son portrait officiel, il a des lunettes sur le nez, comme si les verres le rendaient plus intelligent, alors qu'elles sont absentes lorsqu'on le voit dans la presse locale. C'est un bureau de petite taille, qui couvre un secteur de six comtés dans cette zone rurale du Colorado. À part Gil, il n'y a qu'un procureur adjoint et deux suppléants, tous les trois pratiquement des clones de lui, avec vingt ans de moins. En cliquant sur le lien « Presse et médias », Julian découvre une liste de crimes presque risible, du moins comparée à ce qu'il a l'habitude de voir à New York. Un verdict de culpabilité il y a deux mois pour revente de vingt grammes de méthamphétamine (*Vingt grammes !* se dit-il. *Dis-moi vingt kilos, là on parle*), une inculpation il y a quatre mois pour une agression dans un bar routier, un avertissement, l'été dernier, contre un type qui faisait du camping sauvage près d'une piste très empruntée et gardait des fusils et une arbalète au vu des randonneurs, et une notification selon laquelle aucune poursuite ne sera engagée pour le décès d'un homme tombé d'une falaise alors qu'il était poursuivi par la police dans les alentours de Waring. Sur la page d'accueil, une image d'une harde de chevreuils dans la neige au-dessus de la déclaration de mission : *Nous représentons les victimes de crime devant les tribunaux et recherchons la justice pour nos communautés à travers la mise en accusation juste et éthique des criminels.* Le premier onglet de la page d'accueil « Informations pour les victimes », avec des liens renvoyant à des pages d'informations sur les droits, les ressources et le dédommagement des victimes.

Julian étudie tout cela attentivement. Peut-être Gil espère-t-il que juger Nora comme une majeure, en plus de consolider son opposition à la proposition de loi de réforme de la justice des mineurs, étoffera avantageusement sa page « Presse et médias », et lui conférera un peu de sérieux, le débarrassant de l'aura provinciale qui lui colle à la peau. Martine a raison : s'ils vont trouver les médias pour les avertir de la faute commise par les policiers – un interrogatoire en l'absence des parents pour garantir les droits de Nora –, cela pourrait nuire à sa quête de respectabilité. Mais ils pourraient bien avoir autre chose : cette déclaration de mission qui proclame que les droits des victimes sont essentiels. Nico est mort. Il était la première victime. Mais puisqu'ils sont ses parents, Angie et David tiennent lieu de victimes. Gil, en refusant de négocier un plaider-coupable, issue désirée par Angie et David parce que Nora est leur fille et qu'ils veulent voir la fin de ce calvaire, ignore les souhaits des victimes. Peut-être pourraient-ils aussi souffler ça aux médias. Et peut-être pas seulement à la presse locale, mais aussi aux médias de Denver.

Il retourne soumettre ce plan à Martine, mais elle a une meilleure idée.

« Non, dit-elle. Ne va pas trouver les médias pour l'instant. Angie et David ne veulent pas que l'affaire revienne en gros titres des journaux. Ce qu'il faut faire, c'est menacer Gil avec ces deux éléments : la faute dans la procédure policière, et le fait qu'il ignore les souhaits des victimes. Si ça marche, on est gagnants sur les deux plans : on obtient un plaider-coupable avec négociation de peine pour Nora ; et la fin du harcèlement médiatique pour les Sheehan.

– T'as raison. C'est une meilleure stratégie.

– Tu vois ? Même à deux doigts de la retraite, je ne suis pas bonne à rien. »

Tu ne l'as jamais été, se dit Julian. *C'est juste qu'il m'a fallu beaucoup de temps pour digérer le passé.*

Julian ne prend pas la peine d'appeler Gil ou de le prévenir par mail. Il fait les soixante minutes de route pour Waring et débarque sans s'annoncer, pour ne pas lui laisser la possibilité de se défiler. Le bâtiment en brique qui abrite le bureau du procureur est surmonté d'une horloge qui annonce 9 heures du matin, alors qu'il est 14 h 45. S'il était à New York, il aurait déjà fait la moitié de sa journée de travail, et il serait peut-être en téléconférence, ou en route pour aller voir un client à Rikers. Il en a quatre qui y sont enfermés en ce moment, une femme et trois hommes, sauf que l'un des hommes n'est pas un homme, c'est un adolescent. Terrence a seize ans à peine, et il est inculpé comme un majeur pour agression après s'être battu avec un ami au sujet d'une fille. Julian lui rend visite plus souvent qu'il n'est indispensable, car il voit la terreur abjecte dans les yeux du jeune garçon lorsqu'il regarde les autres prisonniers dans l'immense salle de visite. Cette terreur n'est pas sans fondement : quand son oncle se trouvait à Rikers, il y a trois ans, un chef de gang l'a forcé à participer à un combat nocturne, et il a fini dans le coma. Il a dû réapprendre à parler et à marcher. Pour ce qui est de la brutalité, Rikers Island se place dans une catégorie à part, une catégorie qui excède ce que risque de subir Nora, mais Julian ne veut pas voir la fille d'Angie aussi terrifiée que Terrence.

Une fois entré, il passe sans s'arrêter devant la guichetière, une femme si âgée qu'elle a bien pu être secrétaire de tous les procureurs qui se sont succédé au cours des sept dernières décennies.

Elle lève une main aux articulations tordues comme pour lui faire signe d'arrêter, puis la laisse retomber en constatant qu'il est déjà en train d'ouvrir la porte du bureau de Gil.

Celui-ci se lève en le voyant entrer.

« Je peux vous aider ? » demande-t-il.

Sa voix est tout sucre et miel, exactement comme au téléphone. À la cour, il y injecte une sincérité qui en est totalement absente en cet instant.

Julian lui tend la main.

« Bonjour, Mr Stuckey. Ravi de vous voir.

– Nous avions rendez-vous, Mr Dumont ?

– Maintenant oui. »

Julian n'attend pas son autorisation pour se mettre à parler. Il résume sa position : la violation des droits de Nora par l'interrogatoire en l'absence de ses parents, la violation de la déclaration de mission de Gil Stuckey par lui-même lorsqu'il choisit d'ignorer les souhaits des victimes.

« Nora n'a rien dit quand ils l'ont interrogée dans la voiture de police, Mr Dumont. Elle ne parlait pas. Et nous n'aurions pas eu besoin de sa déclaration pour l'inculper, de toute façon. Elle a avoué avoir tué son frère quand elle a appelé les secours, et pratiquement tous les juges que je connais accepteront cette preuve, puisqu'elle n'est pas issue d'un interrogatoire.

– Peut-être. Ou peut-être que l'interrogatoire illégal amènera le juge à remettre en question même le coup de téléphone à la police, ce qui ferait que vous n'auriez plus d'aveu, et votre dossier deviendrait nettement plus difficile à plaider.

– Tout cela sera examiné au cours du procès à venir, Mr Dumont. » Gil croise les bras sur sa poitrine. « Pourquoi êtes-vous venu ? »

Julian sort une feuille de papier de son attaché-case et la tend à Gil.

« C'est un communiqué de presse. »

Gil le parcourt, plissant les yeux, mais ne dit rien.

« Je sais que vous aimez vous afficher comme partisan d'une politique de tolérance zéro, et je sais que vous vous servez de Nora pour faire un exemple afin de consolider votre opposition à la proposition de loi de réforme de la justice des mineurs...

– Cette proposition est bidon, elle ne sera jamais acceptée par le comité, dit Gil.

– Épargnez-moi votre rhétorique.

– Vous n'avez jamais réfléchi que tout n'est pas noir et blanc, dans le système juridique ? Là, nous sommes dans une zone grise, et parfois, c'est aussi difficile pour moi que pour l'avocat de la défense de naviguer dans ces eaux-là. Je veux faire appliquer la loi du Colorado, dans un système qui fonctionne déjà tel qu'il est censé fonctionner.

– Ce n'est pas... »

Gil l'interrompt d'un geste :

« Le système *fonctionne*. Des programmes alternatifs adaptés aux mineurs, on en a déjà – et grâce à eux, les inculpations de mineurs ont baissé de près de cinquante pour cent au cours des quinze dernières années. Mais vous savez aussi bien que moi que votre cliente ne pourrait jamais y prétendre, car elle a commis un meurtre. Quant à cette proposition de loi... Vous avez remarqué les clauses qui auraient pour effet de déplacer la responsabilité de l'enfant sur les parents et les exposeraient à une inculpation pour négligence parentale dans le cas où leur enfant ne suivrait pas les directives desdits programmes alternatifs ? Ces clauses s'appuient sur le présupposé que les enfants en question ont des parents négligents ou abusifs, or ce n'est pas toujours le cas. Les enfants et les adolescents font leurs propres choix. Vous voudriez vraiment qu'on aggrave la situation de Nora Sheehan en inculpant ses parents de négligence ?

– Vous n'avez pas besoin de faire de Nora Sheehan l'emblème de votre cause. » Julian fait passer son poids d'une jambe sur l'autre, car il est resté debout afin d'en imposer à Gil par sa taille, et bien qu'il soit au milieu d'une dispute inepte, il a un pied ankylosé. « Elle a treize ans. Comment se fait-il que vous ne teniez pas compte de ce chiffre ?

– Elle a commis un meurtre. »

Gil parle d'une voix sans émotion.

« Treize ans, répète Julian, montrant le communiqué de presse du doigt. Ce qui fait que je suis certain que les médias adoreraient ce titre : *Procureur et flics de province bâclent l'enquête sur la fillette de treize ans.* Sur quoi le même procureur de province harcèle les parents de la victime en faisant traîner inutilement le procès, les empêchant de reprendre leurs vies, alors même que votre site web proclame que le droit des victimes est capital. Ce n'est pas un exemple du bon fonctionnement du système, ça. »

Gil lui tend son papier.

« Oh non, Mr Stuckey, C'est votre exemplaire. À moins, bien sûr, que vous ne vouliez parler d'un plaider-coupable avec négociation de peine. »

Julian a pesé le pour et le contre de ce coup de bluff pendant tout le trajet, mais Martine et lui sont prêts à tout pour éviter le procès. Nora a autant de chances de se retrouver avec un jury hostile et une peine de prison à vie qu'avec un jury empathique et une peine plus courte. Ils ne veulent pas prendre ce risque s'ils peuvent faire autrement.

Gil reste immobile face à lui, sans ajouter un mot.

« C'était un plaisir, Mr Stuckey, dit Julian. Réfléchissez-y, et vous me direz comment vous voulez faire pour la suite. »

Julian lui tourne le dos et fait mine de s'en aller, se demandant s'il a perdu son pari.

« Bon, d'accord, Mr Dumont. Je veux bien parler négociations. »

L'antique secrétaire se présente à la porte, sans avoir été convoquée, avec un calendrier en papier à l'ancienne dans une main et un stylo dans l'autre. Ce ne sont pas seulement ses jointures, qui sont tordues ; sous sa robe, ses deux genoux dépassent à travers ses collants en nylon tels des yeux jaillissant de l'écorce d'un tremble branlant.

« Je pars en vacances demain. Convenez d'un rendez-vous pour début avril avec Nancy », dit Gil.

Quand Julian et Martine dînent, ce soir-là, il fait encore jour. C'est l'équinoxe de printemps, et le soleil se couche à la même heure qu'en septembre, un mois qu'il associe à moitié avec l'été. Au milieu de l'hiver, à Lodgepole, le soleil se couche à 16 h 30, mais disparaît derrière les cimes montagneuses des deux côtés de la ville encore plus tôt, parfois à 15 heures, ce qui fait que les après-midi sont crépusculaires, sombres, même quand le ciel est bleu, et il est content que cette période de l'année soit derrière eux. Pendant qu'il allait voir Gil, Martine a préparé un *tahchin*, du riz au four avec de l'agneau et des épinards ; elle sert une portion généreuse à Julian, puis remonte complètement les persiennes pour profiter du soleil. Dans l'ensemble, elle a suivi les conseils du médecin – arrêter de travailler et réduire le stress – mais elle semble avoir investi toute cette énergie dans la cuisine. Elle a essayé, quelquefois, d'accompagner Julian à des réunions, mais maintenant qu'ils se sont retrouvés, il ne veut pas la perdre, et cet après-midi, il a insisté pour qu'elle reste à la maison.

« C'est le plat parfait pour fêter cette nouvelle. Je n'en reviens pas qu'il ait accepté de négocier.

– C'est presque incroyable, en particulier venant de Gil Stuckey. Dis, c'est pas pour changer de sujet, mais tu te reposes suffisamment ? Parce que tu cuisines beaucoup, non ? Ça te fait passer des heures debout… Il faut que tu sois en forme quand le bébé va arriver.

– Je suis les ordres du médecin à la lettre. Je ne travaille pas trop dur et je me détends en m'adonnant à des activités que j'aime, comme la cuisine.

– C'est délicieux », marmonne Julian, couvrant sa bouche avec sa main pour la forme.

Une goutte de yaourt coloré au curcuma tombe de sa fourchette et il la ramasse du bout de l'index. Cela fait longtemps qu'il n'avait pas savouré ce plat de fête persan, et il ne peut pas s'en empêcher.

« C'était le plat préféré de Cyrus, dit-elle. Je ne le fais plus jamais parce que c'est trop de travail, pour une personne seule.

– Il te manque encore, pas vrai ?

– On a été mariés longtemps. Il était tout pour moi. » Elle prend une petite bouchée, puis repose sa fourchette. « J'espère qu'un jour ça ne fera plus aussi mal.

– Combien de temps ça a pris, après la mort de mon premier père ? »

Il ne se souvient pas de Theodore, pas d'avoir eu un autre père que Cyrus. Il a interrogé Martine sur les traits qu'il en a hérités, et sur l'homme qu'il était, mais il ne lui a jamais demandé ce qu'elle avait éprouvé après sa mort. Il se rend compte à présent de l'égoïsme qui était le sien dans sa jeunesse – en ce temps-là, il ne pensait jamais à sa mère.

Martine regarde par la fenêtre.

« Ça fait plus de quarante ans qu'il est mort. Au bout du compte, on n'a été ensemble que très peu de temps. Avec Cyrus, j'ai eu beaucoup plus de temps. Mais je n'ai pas oublié l'intensité de ma douleur quand Theo est mort. Tous les hommes de sa famille étaient morts jeunes, mais je n'aurais jamais cru qu'il suivrait leurs traces. Le choc a été terrible, mais il fallait que je m'occupe de toi, que je change tes couches, que je trouve un boulot pour payer les factures. J'ai rencontré Cyrus quelques mois plus tard, et la vie a repris sens. Il est devenu ton père – et l'homme de ma vie – et on est venus s'installer ici peu après. »

Julian pose sa fourchette et lui prend la main. On devine la station de ski par la bay window, les pistes blanches qui fendent les masses de pins et d'épicéas. Peut-être que le fait qu'elle se soit mariée si vite après la mort de Theodore est comparable à la manière dont il a arrêté le ski. Une façon d'oublier, une façon de passer à autre chose. Et peut-être que, même si ça n'avait rien d'évident, ça a marché, mais il se demande, et ce n'est pas la première fois, à quoi aurait ressemblé sa vie s'il avait fait d'autres choix. Angie et lui s'étaient posé la question, et disputé, les rares fois où Diana s'était frayé une place dans leurs discussions, mais dans sa vie actuelle, s'il évoque ses regrets, Mayumi le gronde. Se demander ce qui aurait pu se passer, c'est l'un des fardeaux les plus handicapants, dans la vie, dit-elle. C'est ce qu'elle lui dirait maintenant, si elle était là.

« C'est bizarre, non ? demande-t-il.

– Qu'est-ce qui est bizarre ?

– Le fait qu'une chose qui était tellement importante pour toi puisse juste... disparaître peu à peu. Je pensais que je ferais du ski à la fac, peut-être même que je deviendrais entraîneur... »

Il n'évoque pas l'autre vie qu'il avait projetée, une vie à New York avec son premier amour, une brownstone et quatre enfants.

Martine le regarde attentivement.

« Et que tu épouserais Angie. »

Il se demande de quelle part elle est au courant. Il a toujours cru avoir tenue secrète sa relation avec Angie à New York, mais peut-être sa mère avait-elle deviné, ou su tout du long. Peut-être aurait-il dû tout avouer depuis longtemps. Ou peut-être se souvient-elle simplement de ce qu'il éprouvait au lycée.

Il reprend sa fourchette et la porte à sa bouche.

16

Mars 2017

Le lendemain, quand Angie appelle, Martine suppose que c'est pour parler des négociations de réduction de peine, mais il s'agit de Livia. *Ça m'aurait étonnée,* se dit Martine. *C'est tout Livia, de mourir maintenant, pendant cette période si difficile pour sa fille.* Mais Angie n'a pas l'air bouleversée.

« C'est un soulagement, pour être honnête. C'est terrible à dire, je m'en rends compte, mais ça fait longtemps qu'elle n'est plus elle-même. Tu sais ce que c'est, Alzheimer. »

Elle parle d'une voix désinvolte.

« Oui, c'est une maladie cruelle.

– Je n'aurais sans doute pas dû accepter la sonde d'alimentation. Je sais que pour moi, je n'en aurais pas voulu. Mais j'étais censée faire ce qu'elle, elle aurait voulu, et c'était une sacrée tête de pioche, putain. »

Martine ne dirait pas le contraire, mais elle se contente de répondre par un *hmm-hmm.*

« Enfin bref, je sais que ça va paraître un peu bizarre, mais les obsèques ont lieu jeudi prochain, si tu veux venir. Elle… » Angie hésite. « Elle était en colère, après la mort de Diana. Mais je sais que vous étiez amies, avant.

– Oui, mais si la question, c'est ce qu'elle aurait voulu, je ne suis pas sûre d'être très bien placée pour y assister.

– Ça dépend de quelle version de ma mère on parle. Celle avec laquelle tu étais amie avant, *elle*, elle aurait voulu que tu sois là. Tu n'es pas obligée. Mais je me suis dit que tu voudrais peut-être venir. »

Dans l'autre pièce, elle entend Julian remuer des papiers et taper sur son clavier, en prévision des négociations avec Gil Stuckey la semaine prochaine. Il part à New York jeudi pour passer le week-end avec Mayumi, et revient lundi. Il aura une bonne excuse pour esquiver l'enterrement de Livia. Martine est certaine qu'aucune version de la défunte n'aurait voulu de la présence de son fils à son enterrement ; qu'il s'agisse de la Livia morte, de la Livia atteinte d'Alzheimer, de la Livia d'après l'accident de Diana, ou de celle d'avant.

« Je viendrai », dit-elle, même si elle préférerait éviter ça.

Il y a un dépôt-vente de vêtements pour enfant à deux pas de l'église, peut-être pourra-t-elle y faire un saut après la cérémonie. Son stock secret de jouets pour bébé est suffisant maintenant, mais peut-être pourra-t-elle lui trouver un petit quelque chose pour l'hiver prochain, un bonnet, ou une combinaison pilote pour les promenades dans le froid.

Le printemps dans les montagnes, c'est une succession de spectaculaires sautes d'humeur de mère Nature. Chaque fois qu'une congère fond, faisant réapparaître un bâton de ski ou une paire de lunettes oubliées, l'hiver revient de plus belle sous forme de tempêtes tardives, reformant la même congère qui regonfle les espoirs des skieurs, avant de fondre une nouvelle fois en un torrent de boue. Quand Martine va promener Jack au cimetière, le pelage blond du chien se couvre de brun, et quand il rentre à la maison, elle doit lui essuyer les pattes pour qu'il ne laisse pas des traces partout.

Le contrecoup de sa crise cardiaque la fatigue encore. L'effort de s'habiller chaque jour, de monter et descendre les escaliers, ou de feindre la gaieté quand elle est de mauvaise humeur lui coûte plus que dans sa jeunesse. Elle doit s'ajuster à la réalité de sa vieillesse. Certains aspects en sont venus graduellement : la peau qui s'est ridée, réclamant d'abord un surplus de crème hydratante, puis d'autres crèmes hydratantes, plus chères, et provoquant enfin une envie de Botox qui ne lui ressemblait guère ; la vue qui a baissé, nécessitant des verres de plus en plus forts, jusqu'à ce qu'elle soit obligée d'avouer au service des immatriculations qu'elle a besoin de ses lunettes pour conduire ; la famille qui a disparu, parce que certains ont leur propre vie, et que pour d'autres la vie s'est terminée. Cette dernière transformation – affronter la mortalité des membres de sa famille – est survenue soudainement, pas peu à peu, mais elle lui a enseigné quelque chose. Elle n'a plus peur de ses propres problèmes de santé car quoi qu'il arrive, être vieille et en avoir, c'est mieux qu'être morte.

Et il y a autre chose : elle pensait vouloir prendre sa retraite – c'était son intention avant que se présente l'affaire de Nora – mais à présent, elle a la sensation qu'elle ne fait plus rien, à part cuisiner pour Julian, promener Jack et lui essuyer les pattes. Et se rendre à des obsèques qu'elle préférerait éviter. Son activité professionnelle lui manque. La structure, le travail intellectuel qu'entraînait celle-ci lui manquent. Travailler lui conférait un certain prestige bienvenu, et lui fournissait des excuses toutes faites dans sa vie sociale : *Je ne peux pas venir, je serai au travail. Je ne peux pas venir parce que je serai au tribunal.*

Elle se demande ce qu'elle dira quand elle en aura fini avec le dossier de Nora et que les gens lui demanderont : *Vous faites quoi ?* Ce qu'elle dira quand elle ne sera plus avocate. *Je suis grand-mère* ? Est-ce que ça sera vraiment suffisant ?

À St. John's, il y a plus de monde qu'aux obsèques de Nico, mais seulement parce que personne n'était invité à celles du jeune garçon. Angie et David sont assis sur le banc de devant, et derrière eux, il y a deux rangées de personnes de plus de soixante-dix ou plus de quatre-vingts ans, surtout des femmes, venues pleurer une mort prévisible de plus, mais bavardant bruyamment avant le début du service, bien contentes que ce ne soit pas leur corps dans le cercueil ouvert. De l'autre côté de l'allée centrale, quelques couples, de l'âge d'Angie et David, sont assis en silence. Les seuls enterrements auxquels ils assistent sont ceux de parents de connaissances ; ils ne sont pas encore habitués à la mort de leurs propres amis. Les femmes avec lesquelles Angie faisait autrefois de la randonnée, celles qui passent toujours d'un pas alerte, dans leurs baskets fluo, en dessous de la fenêtre de Martine quand celle-ci fait pivoter son fauteuil de bureau, méditant à sa retraite prochaine, sont installées parmi le groupe des plus jeunes, tentant sans doute de compenser leur absence aux obsèques du fils d'Angie en assistant à celles de sa mère.

Livia avait soixante-dix-huit ans, elle n'était pas très vieille, mais pas jeune non plus. Pas assez jeune pour que ce soit une tragédie, pour que ce soit autre chose qu'un événement attendu. La plupart des amies de Livia étaient plus vieilles que Martine ; elle les connaît, mais pas très bien. Elle s'installe au bout du deuxième rang des cheveux bleus, à côté de l'allée, afin de pouvoir s'échapper si nécessaire. Après la mort de Cyrus, son absence relative d'amies s'est fait sentir cruellement. Elle savait que les hommes mouraient en premier – c'est la vie – mais elle ne s'était pas attendue à ce que *son* homme s'en aille tellement en avance, la laissant veuve une seconde fois. Et quand on a plus de soixante-dix ans, dans une petite ville comme celle-ci, les prétendants au titre de nouveau copain ne courent pas les rues. L'ironie de ses angoisses au sujet de ce qu'elle va faire quand elle ne travaillera plus, c'est qu'elle se demande en même temps si elle n'aurait pas eu davantage d'amies si elle n'avait pas travaillé, si elle était restée à la maison comme tant de femmes de sa génération. Elle aurait dû prendre le temps de se lier avec ses congénères, elle le sait à présent, mais *maintenant*, c'est trop tard. Avant que le dossier de Nora fasse revenir Julian dans sa vie, la solitude de sa condition de double veuve lui pesait parfois intolérablement, menaçant son désir de continuer à avancer.

Martine lisse sa robe noire, puis pose sa main à plat sur sa cuisse pour calmer le battement nerveux de sa jambe. À la chaire, le père Lopez dit le Notre Père et le Je vous salue Marie, et juste devant lui, les mains squelettiques de Livia se cramponnent aux perles de son chapelet telles des serres. Éternellement dévote, et éternellement incapable de pardon néanmoins. À la gauche de Martine, une femme se mouche, et le bruit retentit comme le barrissement d'un éléphant dans l'église silencieuse. Martine se fait toute petite sur son banc en bois dur, espérant que personne ne croie que c'était elle. Le père Lopez doit avoir faim, car quand vient le temps de l'éloge funèbre, il le consacre entièrement à la cuisine de Livia chez DeLuca's, sans rien dire de la défunte elle-même. Le goût de sa sauce tomate, son pain, ses aubergines parmigiana ! Le vin rouge ! L'arôme de l'ail rôti à l'huile d'olive et à l'origan et la saveur inimitable de ses artichauts frits ! Le vin rouge ! Il s'interrompt quand il se rend compte qu'il a dit vin rouge deux fois, et l'assistance pousse un petit rire poli.

Après la cérémonie, elle attend parmi les autres invités pour présenter ses condoléances. David, dans le même costume qu'il portait à l'enterrement de Nico – Martine se souvient du bouton de manchette gauche manquant ; peut-être les gardes forestiers ne possèdent-ils qu'un seul costume –, se tient à côté d'Angie. Il lui passe de temps à autre un bras autour des épaules, mais elle n'a pas besoin d'être réconfortée. Vêtue de bleu marine, et non de noir, elle discute avec tous les membres de l'assistance. La peau d'Irlandais de David est rose, il pèle – Angie lui a dit qu'il était parti faire un boulot d'entretien de piste au Nouveau-Mexique –, et la première pensée qui vient à Martine, c'est qu'il devrait mettre plus de crème solaire pour se protéger du cancer. Mais c'est une pensée incongrue, surtout à un enterrement, donc elle la chasse.

« Merci d'être venue. »

David, qui tient un plat de gratin que lui a donné l'invitée précédente, se tourne pour le poser sur la table en disant ces mots.

« Toutes mes condoléances », dit Martine comme par réflexe. Il n'y a plus personne dans la famille DeLuca pour reprocher la mort de Diana à Julian, pourtant elle n'a pas l'impression qu'une page se tourne, comme elle l'aurait cru. Peut-être, quand Livia était encore en vie, aurait-elle dû regarder le chagrin de celle-ci en face, plutôt que s'en détourner. Sa crainte des représailles potentielles l'a poussée à prendre une décision – celle d'éloigner Julian – pour laquelle elle n'a jamais cessé de se sentir coupable. Le referait-elle ? « Julian est désolé de n'avoir pas pu venir (c'est un mensonge, bien sûr) mais il devait absolument être à New York pour son travail.

– Ça fait rien, dit Angie, qui lui tend les bras. Je comprends, je te promets. »

Ce qu'il y a, c'est que tout le monde a des cadavres dans son placard. Des choses dont on se sent coupable, des choses qu'on se reproche. Elle passe en revue les siens – ça va de quelques dollars volés dans le portefeuille de sa mère quand elle était petite, au fait d'avoir laissé son petit frère tout seul alors qu'elle était censée le surveiller, en passant par une tricherie, une seule, lors d'un test de couture au lycée. Il y a aussi le fait d'avoir aidé Julian à échapper à ses responsabilités dans ce qui est arrivé à Diana. Pire encore : être tombée amoureuse de Cyrus quelques mois seulement après la mort de Theo. C'était une trahison dont elle ne se serait jamais crue capable, mais Cyrus avait été pour elle un masque à oxygène au milieu d'un incendie, la seule chose qui l'avait empêchée de s'asphyxier de chagrin, qui lui avait permis de respirer et de s'occuper d'un bébé qui hurlait chaque fois qu'elle essayait de prendre une douche ou de manger quelque chose.

« Oui, dit-elle à Angie. Je sais que tu comprends. »

Martine ne sait pas trop si Julian a appris à porter sa part du fardeau de l'accident de Diana – Gregory lui a confié un jour les problèmes d'alcool de son frère, et elle espère qu'il en est sorti, en tout cas elle ne l'a pas vu boire depuis qu'ils se sont retrouvés – mais ils n'en parlent pas. Elle espère qu'ils y parviendront, un jour. Peut-être que rester là lui aurait fait du bien. Ou pas. Il a toujours gardé pour lui les circonstances de la mort de Diana. Peut-être est-ce ce qu'il ne lui a pas dit qui l'a tant fait souffrir pendant toutes ces années. Elle ne peut pas vraiment savoir ce qu'il a enduré.

Martine serre encore une fois Angie dans ses bras, frappée par la fragilité de son ossature sous la robe bleu marine. Ses bras sont comme des allumettes, ses épaules presque aussi osseuses que celles du corps dans le cercueil. Puis elle se dirige vers la porte latérale afin de filer à l'anglaise, évitant le thé et les cookies offerts après la cérémonie. Nora, elle aussi, devra apprendre à vivre avec la culpabilité, mais cela ne sera pas possible avant qu'elle avoue – qu'elle s'avoue, au moins, à elle-même – qu'elle a commis ce meurtre. D'ici là, son avenir sera grevé d'un nuage noir. Pour l'instant, l'adolescente s'est protégée par l'amnésie, et ils sont tous partis du principe que le diagnostic de psychose était juste, mais il existe deux autres possibilités. L'hypothèse de Gil, selon laquelle Nora était une ado en colère, violente – ce que rien n'indique dans l'enquête et que Martine ne croit pas – et une autre, toute différente, que Julian a soulevée quelques soirs plus tôt : qu'il s'agisse d'un meurtre par compassion, qu'elle ait tué Nico pour le sauver de l'avenir horrible, fatal, qui l'attendait. Mais ça n'a pas d'importance. Connaître la raison de son geste n'atténuera ni le sentiment de culpabilité de Nora ni la souffrance de sa mère. Martine jette un regard à Angie par-dessus son épaule – sa vie est comme un visage dans un tableau cubiste, les yeux, le nez et les lèvres tout juste tenus ensemble par un méli-mélo de colle et de Scotch, prêts à se désintégrer au premier coup de vent. Puis elle referme doucement la porte de l'église.

17
Mars 2017

À présent, Nora et Jacqueline ont les couchettes du dessous. Elles sont ici depuis plus longtemps que les autres filles de leur groupe et c'est une tradition que les nouvelles héritent de celles du haut. Comme Paradise et Maria Elena, elles ont toutes deux la regrettable particularité d'être inculpées comme des majeures, si bien que leurs procès tardent davantage à arriver. Paradise est partie il y a plusieurs mois, trois jours après Noël; ce jour-là, elle a fait asseoir tout le monde devant la télévision qui diffusait des images de feu de cheminée et elles ont mangé du pop-corn apporté une fois encore par le gardien sympa. Elle avait gagné son procès, a-t-elle dit, elle n'était condamnée qu'à une peine de douze ans. Les cinq premiers, elle allait les passer dans une prison pour mineurs de Denver, loin d'ici et encore plus loin de chez elle, car l'établissement pénitentiaire relié au centre de détention dans lequel elles se trouvent affiche complet. Sa tante ne pourra pas lui rendre visite, car c'est trop loin, mais elle n'en faisait pas grand cas. Elle avait l'air contente de n'avoir pris que douze ans. Nora et Jacqueline trouvaient que c'était beaucoup pour avoir dealé de la meth.

« Une fois que j'aurai vingt et un ans, je passerai le reste de ma peine dans une prison normale, mais d'ici là, j'aurai peut-être obtenu ma libération conditionnelle », a dit Paradise en fourrant son unique photo et ses deux livres dans un sac plastique.

Elle n'avait pas le droit d'emporter ses affaires de toilette, donc elle les a laissées dans son bac, qu'elle a repoussé sous le lit, puis s'est plantée entre les deux lits superposés, regardant autour d'elle comme si elle avait autre chose à prendre. Nora et Jacqueline attendaient devant la porte, et la gardienne, dans le couloir, tapait du pied.

« Tu connais quelqu'un, là-bas ? À la prison pour mineurs de Denver, je veux dire ? » a demandé Nora.

Paradise a secoué la tête.

« Mais il y a tout le temps des transferts. »

Jacqueline a serré Paradise dans ses bras, et quand elle a eu fini, Paradise a embrassé Nora, puis elle est sortie.

« On se verra peut-être là-bas ! » a-t-elle lancé par-dessus son épaule.

Elles ont attendu que le bruit des pas de Paradise disparaisse dans le couloir, puis ont sorti le bac d'affaires de toilette qu'elle avait laissé. Elles ont partagé les serviettes hygiéniques – les gardiens ne leur en donnent jamais suffisamment pour tenir pendant toutes leurs règles, et elles ne voyaient pas comment Paradise avait réussi à en mettre de côté –, Nora a pris le dentifrice, et Jacqueline le savon.

Le rab de serviettes a disparu depuis longtemps à présent, et Nora doit de nouveau se rationner, les utilise jusqu'à ce qu'elles soient imbibées de sang, et lave ses culottes dans l'évier le soir. Depuis que Paradise a été transférée, sept filles sont venues et reparties. Les deux du moment – Zoey et Ximena – ont décidé qu'elles ne pouvaient pas se sentir et s'allongent sur leur matelas, face au mur, chaque fois qu'elles sont dans la pièce. Zoey a été forcée d'arrêter brutalement son traitement en arrivant ici, car le psychiatre de l'État était en vacances lors de son admission. Quand elle ne vomit pas parce qu'elle est en manque de Subutex, qu'elle prend pour traiter son addiction aux opiacés, elle pleure parce qu'elle est en manque d'antidépresseurs. Son crime ? L'absentéisme. Elle n'allait pas au lycée ; sa famille vivait dans une voiture et n'avait pas d'adresse pour la faire inscrire. Ximena, elle, a été arrêtée trois fois dans son lycée à Rimrock Junction, deux fois pour avoir vapoté de la beuh, et une fois pour une bagarre qui a valu un séjour à l'hôpital à une autre fille. Pour elle, c'est déjà du réchauffé, tout ça ; elle n'avait que neuf ans la première fois qu'on lui a passé les menottes : un agent scolaire blanc qui lui a dit qu'elle était sur le mauvais chemin, qu'elle irait droit en prison. Elle pense qu'elle sera libérée sur parole la semaine prochaine, et prétend qu'elle a la flemme de se faire des amies, même si elle raconte son histoire à qui veut l'entendre. Comme elle n'arrête pas de déclencher des bagarres, les gardiennes lui ont passé deux fois la camisole, assortie la deuxième fois d'un masque anti-crachat qui, dit-elle, l'empêchait de respirer. Elle parle de la camisole avec une terreur qui dément sa morgue habituelle, mais personne ne se moque d'elle pour ça. Être placée dans cet espèce d'emballage qui vous bloque le corps entier, c'est leur pire terreur à toutes, à part les séjours prolongés en isolement.

Julian rend toujours visite à Nora toutes les deux semaines, et un jour il parle d'un rendez-vous qu'il a avec le procureur, qui pourrait permettre d'éviter le procès. Il choisit ses mots avec soin, répétant plusieurs fois la signification de *plaider-coupable avec négociation de réduction de peine* et des autres termes techniques pour qu'elle les comprenne bien, mais il est clair qu'elle a autre chose en tête : elle voudrait savoir pourquoi tout le monde entre et sort, tandis qu'elle reste là.

« Je parle pas de mes visiteurs. Je veux dire les autres jeunes. J'ai encore de nouvelles colocs. »

Ils ont déjà évoqué la question, mais il lui rappelle que c'est parce que les jeunes ne restent au centre de détention pour mineurs que jusqu'à ce que leur affaire soit traitée. Une fois le jugement rendu, ils et elles sont soit transférés dans un établissement pénitentiaire, soit, pour ceux et celles qui ont déjà purgé leur peine ou commis des délits moins graves, remis à la garde de leurs parents ou d'un foyer dans le cadre du programme de réinsertion pour la jeunesse. Quand il dit ça, *remis à la garde de leurs parents*, un espoir illumine son visage, une étoile tombée du ciel, l'esquisse d'un vœu.

« Est-ce que je pourrais... ? » demande-t-elle.

La mâchoire de Julian se contracte, et des rides se creusent sur ses joues.

« Non. Je suis désolé, Nora, mais ton crime est trop grave. » Julian est toujours bienveillant, mais il ne tourne pas autour du pot avec ses clients comme il le voit faire aux parents. « On en a déjà parlé. Tu ne vas pas rentrer à la maison avant longtemps, mais je fais tout ce que je peux pour que tu n'en sois pas éloignée pour l'éternité. Il va sans doute s'écouler dix, vingt ou trente ans d'ici là, mais j'espère que ce sera plus près de dix que de vingt. C'est à ça que servent les négociations. »

Ils en ont déjà parlé, oui, mais tous ces chiffres, toutes ces dizaines d'années – *c'est* l'éternité, pour Nora. L'éternité pour n'importe quel enfant dans cet établissement. Elle baisse les yeux sur ses mains et se mord les lèvres. Elle se souvient mieux de cette nuit-là qu'elle n'est prête à l'admettre, mais la vérité complète – une vérité affreuse – reste enfouie profondément en elle. Les quelques premiers jours ayant suivi la mort de Nico, elle ne pouvait cesser de se souvenir, et elle aurait voulu mourir, aussi. La seule façon de continuer, la seule façon de survivre, a été d'oublier. Mais vingt ans, c'est plus long que la vie entière de Nora. Trente ans, c'est plus du double de son âge. Comment pourrait-elle tenir sa mémoire cachée à l'abri pendant si longtemps ?

« Et si c'était vrai ? laisse-t-elle échapper. Et si je l'avais tué ?

– Tu es en train de me dire que tu ne l'as pas fait ?

– Je m'en souviens pas », dit Nora. Elle n'est pas prête à déterrer cette vérité. « Je m'en souviens toujours pas. »

Julian pose son stylo sur la table. La plupart des ados se seraient ouvertes à leur avocat, à ce stade, certaines avec la vérité, d'autres avec des histoires qu'elles auraient concoctées pour tenter de s'exonérer ou de diminuer leur culpabilité. Cependant, Nora n'est pas la plupart des ados, et il y a des questions dont il ne souhaite plus avoir la réponse à ce stade. Si les négociations échouent, il pourrait la faire témoigner, mais il n'en est pas question s'il pense qu'elle risque de mentir sous serment. Le bourdonnement des voix, des cris et des portes qui claquent s'apaise.

« Tu crois que tu vas t'en souvenir un jour ? »

Les mots sortent sous forme de murmure.

« C'est que je ne veux pas.

– Pourquoi pas ? »

Nora remue nerveusement les mains, puis les place sous ses fesses.

« Tu n'es pas obligée de me le dire si tu n'en as pas envie, Nora. Il n'y a pas de problème.

– Et si… et si l'autre avocat a raison ? »

Julian hausse les sourcils.

« Mr... comment il s'appelle ? Le gros, ajoute-t-elle impatiemment. Mr Stuckey. Il croit que je suis une tueuse de sang-froid, une violente. Et si j'étais ce qu'il dit... ce que tout le monde dit ? »

Julian tapote la table du bout de son stylo, puis le fait tournoyer au bout de son doigt, un tour que Nora a essayé d'imiter, mais ne maîtrise pas encore. Il pense une chose. Nora une autre. Aucun des deux ne veut faire part à l'autre du fond de sa pensée.

« Il a des preuves qui indiquent que tu l'as fait, et tu as avoué en appelant la police. Mais je ne pense pas que tu aies fait ça de sang-froid. Je pense que ton cerveau s'est détraqué. Et je pense que chaque être humain est, ou peut être, différent de ce que les autres disent qu'il est. Tu as fait quelque chose de mal, mais ça ne fait pas de toi une mauvaise personne.

– Oui, mais je ne peux pas défaire cette chose qui est mal. »

Nora – et en cela elle est comme la plupart des ados incarcérées ici – aimerait pouvoir reprendre ce qui s'est passé cette nuit-là, faire ou dire quelque chose autrement, n'importe quoi, pour défaire ce qu'elle a fait. Apprendre à vivre avec les conséquences, c'est une leçon dure à avaler.

« Non, dit-il. Tu ne peux pas. Aucun d'entre nous ne peut défaire tout ce qu'il a fait de mal. Tout ce qu'on peut, c'est tirer les leçons de nos erreurs. »

Dans un premier temps, Nora ne répond pas, mais elle finit par hocher la tête.

Il ajoute :

« Il faut que tu deviennes la personne que tu veux être, plutôt que la personne qui a fait ça. »

Nora lève de nouveau les yeux vers Julian.

« Mais comment je suis censée savoir qui c'est, la personne que je veux être ? Et comment je suis censée la trouver ici ? »

Elle dégage ses mains et les regarde. Elles sont gercées et ridées.

Jacqueline est la seule fille qui soit là depuis le jour de l'arrivée de Nora. Bizarrement, la rumeur ne l'a pas suivie dans le système et personne ne sait ce qu'elle a fait, mais un jour, elle confie son secret à Nora. Elle a poignardé son père avec un couteau de boucher.

« C'était facile, explique-t-elle d'un ton désinvolte. Il avait tellement picolé qu'il était dans les vapes, alors il s'est pas débattu. Il le faisait souvent. Picoler, je veux dire. Et après, il se réveillait en pleine nuit, et il venait me trouver. »

Nora ne dit rien. Qui est-elle, pour poser des questions sur un acte pareil ?

« La nuit d'avant que je le poignarde, au lieu de moi, il était allé trouver ma sœur. Elle a seulement dix ans. Alors je devais le faire. Et je le regrette pas. »

Jacqueline dévisage Nora, le regard ferme, et Nora ne baisse pas les yeux.

Les horaires du centre de détention sont bien pensés. Se réveiller à 5 h 30, faire son lit, s'habiller. Petit déjeuner, 6 heures. Cours, 6 h 30 à 10 h 30. Déjeuner, 11 heures et dîner, 16 h 30. Les activités de groupe – comme l'atelier de gestion de la colère et la thérapie par exposition prolongée – sont obligatoires, qu'on en ait besoin ou pas (la plupart en ont besoin), et qu'on aime le basket ou pas (il n'y en a que certaines qui aiment), et ont lieu l'après-midi. Il y a régulièrement des temps de pause, où tout le monde doit être dans sa cellule, porte fermée et verrouillée de l'extérieur. Ils sont prévus à heures fixes, mais aussi imposés à l'improviste quand le centre de détention manque de personnel. Les exceptions à la règle, les manquements à cette routine sont à éviter, car ils rendent les filles plus difficiles à gérer.

C'est en atelier de gestion de la colère que se trouve Nora quand un gardien passe la tête par la porte. Tout le monde se tourne vers lui ; les filles sont soulagées d'avoir une diversion. Apprendre à contrôler les émotions incontrôlables est monotone, et la thérapeute, la troisième à venir donner des cours depuis le début de l'année, est soulagée de pouvoir arrêter d'enseigner la gestion de la colère cinq minutes alors que tout ce qu'elle ressent aujourd'hui, c'est de la colère.

« Tu as de la visite, dit-il en regardant Nora.

– Mais c'est pas l'heure des visites. »

Il hausse les épaules.

« La directrice m'a dit qu'il y avait quelqu'un qui devait te voir. »

Deux filles poussent un petit sifflement.

« Tu vas avoir des ennuis, Nora », lance l'une d'elles.

Nora rougit et regarde la thérapeute, en quête de sa permission. Celle-ci lui fait un signe de tête, et Nora suit le gardien.

Dans la salle des visites, Angie fait les cent pas, mais dès que Nora entre, elle la serre si fort dans ses bras qu'elle la fait tousser.

« Comment ça se fait que t'es là ? demande Nora, s'arrachant à son étreinte. Tout le monde était furax que je quitte l'atelier. »

Angie s'assoit et tapote la chaise à côté de la sienne.

« Assieds-toi, tu veux ? »

Nora croise les bras sur sa poitrine.

« J'ai pas envie.

– J'ai une mauvaise nouvelle, chérie.

– Va-t'en. Je veux pas te parler.

– Je suis désolée, Nora. Je sais que c'est dur à entendre. »

Angie tire Nora par la main, tentant de la faire asseoir, mais celle-ci l'arrache brusquement, et Angie se cogne contre la table en métal.

« Aïe ! Tu m'as fait mal. »

Nora va se tapir dans un coin de la pièce et Angie la suit, tente de nouveau de la prendre dans ses bras. Nora écarte sa tête, fort, comme si elle soupçonnait ce qu'Angie s'apprête à dire et ne voulait pas l'entendre. Puis elle se laisse tomber sur une chaise, submergée par une intuition terrible qu'elle ne comprend pas.

« C'est mamie Livia… elle est morte. »

Une fois ces mots prononcés, Angie retourne s'asseoir de l'autre côté de la table et se demande si sa fille cherche à se fixer sur le sentiment juste. La tristesse, parce que sa grand-mère est morte, et la mort, c'est toujours triste. Le soulagement, parce que Livia n'était plus sa grand-mère, elle n'était plus qu'un sac d'os avec une odeur bizarre qu'elle devait faire de son mieux pour ignorer. De la honte, pour avoir poussé sa mère. Toutes ces émotions seraient légitimes, ce sont celles qu'éprouverait n'importe quelle enfant dans cette situation.

Angie a des photos, non pas de Livia, mais de l'église et des fleurs. Elle parle doucement des obsèques, des amies qui sont venues, des amies dont les noms ne signifient rien pour Nora car ils appartiennent à d'autres grands-mères, et de ce que le prêtre a dit. Nora écoute parce qu'elle n'a pas le choix, elle hoche la tête quand elle est censée le faire, mais elle ne pleure pas. Elle n'est plus capable de pleurer.

En sortant, Angie lui tend une lettre.

« C'est de la part de la fille de Michelle. J'oublie toujours son prénom.

– Hannah », dit Nora, qui prend la lettre et la fourre dans sa poche avant que sa mère puisse demander ce qu'elle dit.

Plus tard, assise sur son lit, elle déchire l'enveloppe.

Chère Nora,

Ma mère m'a dit pour ta grand-mère, qu'elle était morte d'Alzheimer. Je suis vraiment désolée, et j'espère que tu n'es pas trop triste. Je me rappelle que tu me racontais que tu aimais faire des puzzles avec elle, et préparer des cookies. J'imagine qu'elle te manque beaucoup. Le collège est comme d'habitude. Je déteste toujours le dessin, mais je parie que tu adores toujours ça. Je commence à jouer dans l'équipe de lacrosse dans deux semaines.

Bisous,

Hannah

Hannah a ajouté deux yeux et un sourire sur le O de bisous. Nora s'appuie contre le mur et ferme les yeux. C'est la première fois qu'elle a des nouvelles directes ou indirectes de ses camarades. Elles n'ont pas droit au téléphone, ici – pas de réseaux sociaux, pas d'Instagram, pas de Snapchat, et les ordinateurs qu'elles utilisent quelquefois pour les cours sont équipés de filtres de sorte qu'elles ne puissent pas s'y connecter en douce. Hannah était une bonne copine, avant. Avant que tout le collège arrête de parler à Nora (à moins que ce soit Nora qui ait arrêté de parler à tout le collège ?), avec un petit groupe de filles, elles passaient du temps chez Hannah. Parfois même chez Nora. Deux des filles de cette bande étaient un peu amoureuses de Nico, à l'époque.

La mère d'Hannah l'avait-elle forcée à écrire ça ? Peut-être pas. Peut-être qu'Hannah l'avait fait pour être sympa. Nora replie la lettre soigneusement, la remet dans l'enveloppe, et range le tout dans son bac en plastique sous le lit.

Plus tard dans la soirée, Nora est assise en tailleur sur sa couchette, en bas, face au mur. Le mur est l'un des rares moyens pour les filles, ici, d'avoir accès à un semblant d'intimité ; peut-être ne veut-elle pas que quelqu'un la voie peiner à rédiger une réponse à Hannah. Après tout, Hannah parle du lacrosse, du collège et de la grand-mère de Nora mais elle, que peut-elle dire ?

Chère Hannah, merci pour ta lettre. Elle raye ces mots et jette le brouillon. On dirait les mots d'une prof.

Chère Hannah, c'est cool, le lacrosse ? J'ai toujours voulu essayer. C'est super qu'il y ait enfin une équipe de filles. Elle jette cette feuille aussi. Peut-être parce que la réalité suivante lui tombe dessus : elle ne fera jamais de lacrosse, car elle ne retournera jamais au collège à Lodgepole.

Chère Hannah, oui, ma grand-mère me manque. Je n'ai pas pu aller à son enterrement, c'est nul. Poubelle, encore. La raison pour laquelle elle n'est pas allée à l'enterrement, c'est qu'elle est en détention pour avoir tué son frère. Elle est une meurtrière. Elle ne méritait pas d'y aller.

Elle se mord la lèvre. Si elles gagnent suffisamment de bons points pour leur conduite, elle et son groupe ont le droit de regarder *Friends* – une vieille série des années 1990 ; elles visionnent un à un les DVD de la bibliothèque. Ça lui plaît plus qu'elle n'aurait cru, et elle arrive enfin à rire des blagues idiotes sans se sentir aussi coupable. Peut-elle écrire à ce sujet ? Pas le rire, mais ce qu'elle regarde ?

Chère Hannah, merc...

Nora s'interrompt de nouveau, remet le capuchon de son stylo et range la lettre d'Hannah dans le bac en plastique. Elle ne peut pas lui répondre.

Peut-être qu'elle craint qu'Hannah utilise sa lettre pour lui nuire – elle pourrait la prendre en photo et la poster sur Instagram pour se moquer d'elle ; peut-être qu'elle a peur de révéler ses activités en détention, puisqu'elle ne peut ni faire de lacrosse ni aller à l'enterrement de sa grand-mère. Ou peut-être, tout simplement, qu'elle ne sait pas écrire une lettre, car personne de sa génération n'en écrit. C'est le seul moyen de communication avec le monde extérieur qui lui soit autorisé – les visites sont réservées aux avocats et à ses parents – mais elle froisse tout de même son dernier brouillon. Nora garde toutes ses pensées, tous ses souvenirs, et tous ses sentiments enfouis depuis le jour où elle a tiré sur son frère. Si tout le monde veut savoir ce qui se passe dans sa tête, c'est que personne ne le sait. Quand elle jette la boulette de papier dans la poubelle, celle-ci émet un sifflement sourd dans l'air.

18
Mars 2017

Lorsque Angie rentre de sa visite à Nora, son minivan va se ranger comme de lui-même sur le parking de l'église. Angie a des hauts et des bas, des bouffées de chagrin et de colère qui l'envahissent puis se retirent, un sentiment de normalité qui se laisse entrevoir, et disparaît de nouveau. Mais la claque que Nora lui a presque donnée sur la main, le fait que sa fille l'a repoussée, a refusé de pleurer en apprenant la mort de Livia – tout cela l'a déstabilisée, et elle se sent dériver dans un maëlstrom d'émotions ; elle éprouve le besoin de se raccrocher à quelque chose. Comme en pilote automatique, elle ouvre sa portière, sort de la voiture. Ses pieds, de leur propre volonté, dirait-on, l'emmènent jusqu'à la porte de l'édifice, attendent patiemment que ses mains tirent le lourd panneau de bois pour qu'elle puisse se glisser à l'intérieur. Une hésitation, un louvoiement la traversent – qu'est-ce que ça signifie, pourquoi est-elle ici ? – puis sa respiration se modifie.

Quand Angie était petite, tout, dans cette église, lui paraissait lourd – les rangées de bancs de bois de chaque côté de la grande salle, le lutrin sombre en plein milieu, où le prêtre se tenait avec sa soutane noire et son col ecclésiastique blanc, écoutant et parlant tour à tour. Les candélabres, les bougies, les bibles épaisses, les prie-Dieu qu'elle dépliait et repliait à grand-peine. La lente marche en file indienne jusqu'à l'autel où le père Lopez distribuait la communion aux fidèles. Le calice en or qui contenait le sang du Christ et la croix sur le mur, avec les clous dans ses mains. Même Dieu lui paraissait lourd, en particulier Sa décision de laisser Son fils porter cette croix.

Une fois par semaine, Dieu, et Livia, faisaient regretter ses péchés à la jeune Angie, les regretter tellement qu'elle devait réciter des Notre Père et des Je vous salue Marie sur ces prie-Dieu en bois dur jusqu'à ce que ses genoux lui fassent mal. Ça aussi, c'était lourd. Livia prenait très au sérieux les pénitences suivant la confession, et Angie n'avait jamais le droit de sauter une semaine. Le Dieu de Roberto, celui qui, affirmait-il, veillait sur Angie lorsqu'elle dessinait des anges dans la neige, était plus léger, plus rassurant. Quand elle levait les yeux vers le ciel, allongée dans la forme de l'ange qu'elle venait de tracer dans la neige, des flocons atterrissaient délicatement sur sa joue, et d'après son père, c'étaient des messages de Dieu, pour lui dire que c'était *elle*, l'ange. Angie n'avait jamais cru dans le Dieu de Livia, un Dieu colérique, qui n'accordait que rarement Son pardon pour le péché originel, un péché qu'Angie n'avait pas commis. Elle préférait le Dieu de Roberto, celui qui enveloppait toute l'humanité de divinité et d'amour. Mais quelque part sur le chemin de la vie – peut-être après que Roberto était mort et qu'elle avait quitté Julian –, elle avait cessé tout bonnement de croire. David étant contre la religion, ça avait été facile d'abandonner sa foi sans culpabilité et de se contenter d'accompagner Livia à l'église par devoir, comme une bonne fille.

Alors si l'église ne fait que lui peser, et si elle ne croit pas en Dieu, pourquoi ses pieds l'ont-ils conduite ici ? Elle ne le sait pas trop, mais leur laisse cette latitude, et ils lui font prendre l'allée centrale, en direction de l'autel, puis l'entraînent sur la gauche, vers un confessionnal. Le père Lopez reçoit la confession des fidèles trois fois par semaine, à heures fixes, et elle est tombée sur l'un de ces créneaux. Il n'y a pas de file d'attente devant la cabine en bois de son côté, mais elle entend du mouvement du côté du prêtre. Elle est ici car elle veut y être. Maintenant que Livia la thérapeute – Livia le confesseur – est partie, Angie a besoin de quelqu'un à qui parler.

Elle entre dans le confessionnal et se met à genoux, et dans un premier temps, les mots viennent automatiquement.

« Pardonnez-moi, mon père, car j'ai péché. Ça fait... »

Elle se rend compte tout à coup qu'elle ne sait à quand remonte sa dernière confession et s'interrompt. L'atmosphère oppressante de la cabine en bois confinée entrave sa respiration, et elle résiste à l'impulsion d'écarter le rideau de velours pour s'échapper en courant.

De l'autre côté de l'écran destiné à protéger l'anonymat, le père Lopez remue, puis ouvre la petite fenêtre.

« Je sais que c'est toi, et tu sais que c'est moi. » Il sourit, et Angie hoche la tête, mal à l'aise. « Tu peux dire simplement que ça fait longtemps, Angie. Ça ira très bien.

– Je ne sais pas par où commencer. Pour mes péchés, je veux dire.

– Tu peux commencer n'importe où, mon enfant. Dieu ne se formalisera pas.

– Dieu n'est même pas là, réplique-t-elle avec amertume. Pourquoi se formaliserait-Il ?

– Je peux comprendre que tu te sentes abandonnée », dit le père Lopez. Il lisse une touffe rebelle de ses sourcils broussailleux et ajoute : « Il nous arrive à tous que Dieu cesse de nous répondre. Ça ne veut pas dire qu'Il ne t'aime pas. »

Ça sert à quoi, l'amour ? L'amour, ça ne change rien à ce qui s'est passé. Ça ne change rien à rien, se dit-elle. Elle reste silencieuse, les yeux baissés. Les minutes s'écoulent comme elles le font toutes ces temps-ci, lentement. Elle compte sur ses jointures, un, deux, trois. Autrefois, c'était comme ça qu'elle savait quels mois avaient trente et un jours, et quels mois non. Elle procrastine, repoussant sa confession autant qu'elle le peut. Il y a trop à dire ; elle a commis trop de péchés. Toute sa famille a été démantelée. Est-ce sa faute ? C'est sa faute, ça doit être sa faute, pour tant de raisons qu'elle ne peut les compter toutes.

« Nora va peut-être passer le restant de ses jours en prison », laisse-t-elle finalement échapper. Elle est en colère contre Nora, tellement en colère qu'elle ne sait pas comment lui pardonner, et Nico lui manque chaque minute de chaque jour, une douleur profonde, sourde, mais Nora reste sa chair et son sang, et elle désire retrouver sa fille aussi fort qu'elle voudrait retrouver son fils. « Elle risque d'être condamnée à la prison à vie, sans avoir le droit à la libération conditionnelle avant quarante ans. Je sais qu'elle a commis un acte terrible, mais ils refusent de lui accorder la possibilité de changer, de réparer ce qu'elle a fait. Ce n'est pas... Rien de tout ça n'est juste.

– Mon enfant, commence le père Lopez, puis il s'interrompt et penche la tête. Angie. Tu n'as pas tort. En apparence, ce n'est pas juste. »

Elle passe de nouveau son doigt sur ses jointures, puis ajoute, à voix basse :

« Depuis quand on a décidé que les gens ne pouvaient pas changer ? »

Il garde le silence un moment, les yeux toujours baissés, peut-être sur ses propres jointures. Puis il s'éclaircit la gorge et dit :

« Je n'ai pas de réponse satisfaisante à ça. Le système judiciaire ne laisse pas vraiment la place au pardon, il s'agit avant tout de châtiment et de vengeance. Mais tu ne peux pas contrôler ce qui se passe dans ce système. Tu la soutiens pendant ce processus, c'est le mieux que tu puisses faire en tant que mère. »

Des larmes, obstinées, grosses, perlent au coin des yeux d'Angie, et elle les essuie du revers de la main.

« Mais il y a une chose que tu peux contrôler, cependant, dit-il. Demande-toi si tu es différente du système judiciaire. »

Il la regarde dans les yeux, et maintenant c'est elle qui baisse la tête et regarde ses mains.

« Je ne sais pas comment faire. Comment je peux lui pardonner ? Et comment je peux lui pardonner alors que je ne sais toujours pas pourquoi elle a fait ça ?

– Dieu pardonne sans conditions, et tu devrais l'imiter. »

Ben voyons, se dit Angie, amère. *Pour pardonner, Il pardonne, n'est-ce pas ?*

« Je ne pense vraiment pas que ce soit à moi que tu as besoin de parler, mais je suis toujours là. »

Angie hoche la tête, elle a peur de parler.

« Je t'absous de tes péchés au nom du Père, du Fils, et du Saint-Esprit.

– *Amen.* »

Angie ne se rappelle pas cette partie de la confession, donc elle ne dit rien, et le père Lopez lui souffle :

« Si c'était une confession officielle, tu dirais : "Sa pitié est éternelle." »

Si ça l'était, je le ferais, se dit-elle. Elle répond seulement :

« Oui.

– Va en paix, mon enfant. Tu... » Il bafouille, puis s'éclaircit la gorge. « Tout le monde a besoin de paix. »

Angie fait le signe de croix et sort du confessionnal, puis se précipite dehors pour respirer l'air frais, vif et lumineux. Elle se rend compte, trop tard, qu'elle n'a confessé aucun péché.

Angie se repasse mentalement, encore et encore, le moment où sa visite à Nora a dégénéré. Sa propre incapacité à pardonner n'y est pas pour rien, bien sûr. Peut-être aurait-elle pu annoncer la nouvelle autrement, ou se montrer plus franche lors de ses visites précédentes. Elle a toujours minimisé la gravité de l'état de Livia, car elle espérait que Nora serait libérée avant qu'elle meure. C'était un espoir irréaliste, mais l'espoir est toujours irréaliste. À présent, il en ressort clairement que c'était une erreur, car ses bonnes intentions en sont venues à ressembler à une tromperie. Sans doute Nora aurait-elle été encore plus en colère si elle avait su que Livia est morte toute seule, que ses derniers instants ont eu lieu en pleine nuit, dans une chambre sombre et déserte. Angie a menti à ce sujet aussi, avec force détails, racontant qu'elle se trouvait à son chevet, qu'elle lui tenait la main au moment où elle est morte. Elle lui a même raconté que Livia avait l'air paisible, qu'elle souriait presque, et elle se demande maintenant si Nora a compris que c'était faux, que la mort est toujours hideuse, même quand elle n'est pas violente, même quand on s'y attend. Livia a combattu la mort de la même manière qu'elle combattait tout dans la vie. Il n'y a pas eu de paix dans son décès, pas de sourire sur ses lèvres. Quand Angie est arrivée ce matin-là, sa mère avait la bouche entrouverte et le visage tordu par sa lutte pour se libérer de sa peau si fine, translucide.

Angie voit la mort de Livia d'un point de vue plus terre à terre que Nora, qui n'est qu'une enfant, ne le pourrait. Elle a été triste, bien sûr, et s'en est voulu de ne pas avoir été là pour les derniers instants de sa mère, mais son heure était venue, depuis longtemps, et il ne restait plus une goutte de vie à Livia. Lors de ses dernières visites, Angie avait été choquée de constater qu'il restait si peu de sa mère, non pas mentalement – cette dimension d'elle avait disparu depuis longtemps –, mais physiquement. Les muscles et la graisse entre la peau de Livia et son squelette avaient fondu, et même le cartilage de son nez s'affaissait. Sa mâchoire et ses pommettes lui tendaient tellement la peau qu'Angie avait craint que celle-ci se déchire. Sa respiration était lente et hachée, et à intervalles réguliers, ses poumons se bloquaient, comme si c'était son dernier souffle, mais quelque chose en elle les forçait à repartir, péniblement, dans un râle, suivi d'un autre. C'était douloureux à voir.

Livia n'avait certes pas été tendre avec Angie après la mort de Diana, mais elles s'étaient rapprochées depuis des années, du moment où il avait fallu s'occuper de Roberto. Et dans tous les cas, c'était sa mère. À sa manière, Livia s'était occupée de sa fille, elle l'avait aimée comme une mère est censée aimer son enfant, et Angie l'avait aimée en retour. Livia avait soigné ses genoux écorchés, lui avait acheté des aquarelles, l'avait aidée à faire ses devoirs. Et surtout, même si elle n'avait pas parfaitement appris à Angie le métier de mère – celle-ci espérait avoir été plus douce avec ses propres enfants que Livia avec elle –, au moins, elle lui avait appris qu'il n'y avait pas de fatalité à ce qu'elle en soit une mauvaise.

Sans sa mère, Angie n'aurait peut-être pas survécu au deuxième mois de Nico. Six semaines après sa naissance, Livia était passée la voir dans la petite maison qu'elle partageait avec David, en ville. Allongée sur le canapé, Nico sur la poitrine, Angie fixait la lueur vacillante de la télé. Les échos d'un dessin animé s'élevaient de la boîte carrée – un chat poursuivant une souris qui le faisait tourner en bourrique. Elle n'avait pas pris de douche depuis quatre jours, son mamelon gauche était chaud et gonflé, et elle frissonnait. Il y avait davantage de pièces dans cette maison de ville que dans son appartement à New York, mais elle avait la sensation que les murs se resserraient autour d'elle. Elle n'arrêtait pas de se demander si l'alcool qu'elle avait bu avant de savoir qu'elle était enceinte avait fait du mal à Nico ; la décision qu'elle avait prise de quitter Julian la hantait, et quand elle contemplait la vie minuscule dont elle était responsable, elle se sentait vide. Il lui arrivait de fondre en sanglots devant des pubs, David l'agaçait souvent, et elle se demandait ce qui pouvait bien pousser les gens à faire des enfants. Quand elle donnait le sein au bébé, elle avait l'impression d'être une mère oiseau en colère, forcée de régurgiter ses propres aliments – des aliments dont elle avait besoin elle-même pour se nourrir. Elle aimait ce petit être, mais elle lui en voulait, et elle ne parvenait pas à comprendre pourquoi.

Livia lui jeta un bref regard, se rendit à la cuisine, et revint avec une cuvette d'eau chaude et un gant de toilette.

« C'est normal », dit-elle. Elle retira Nico de la poitrine d'Angie et le plaça dans son couffin, puis trempa le gant de toilette dans l'eau chaude. « Pose ça sur ton sein. Ça t'aidera à te débarrasser de l'infection. Cet après-midi, va voir le médecin, qu'il te prescrive des antibiotiques, puis viens chez DeLuca's. Il faut que tu travailles. Tu ne peux pas rester enfermée toute la journée. »

Angie tourna la tête et enfouit son visage dans le dossier du canapé.

« Lève-toi, ordonna Livia. Tu ne peux pas t'occuper de ton bébé si tu te comportes comme une enfant. »

Elle tira Angie par le bras pour la faire asseoir.

Angie plaqua le gant de toilette chaud contre son sein gonflé et jeta un regard noir à sa mère.

« Je t'attends au restaurant à 16 heures, dit Livia d'une voix ferme et sans émotion. J'ai besoin d'aide en cuisine. Tu n'auras qu'à mettre Nico dans ton porte-bébé dernier cri, pendant que tu travailles. »

Angie renifla.

« Je savais pas que ce serait si dur. »

La chaleur sur son sein lui faisait plus de bien qu'elle ne s'y était attendue.

Livia, mains sur les hanches, jeta un regard circulaire sur la pièce en désordre.

« Qui t'a dit que ce serait facile ? »

Forcément, c'était une question piège.

« Arrête de t'apitoyer sur ton sort. C'est comme ça que ça se passe pour tout le monde. » Elle chassa Angie de la pièce. « Va prendre une douche. Je surveille Nico. »

Pendant les trois semaines suivantes, Angie remua la sauce tomate dans les cuisines de DeLuca's, avec Nico dans son porte-bébé. Elle parvint de nouveau à respirer. La fermeté de Livia était ce dont elle avait besoin. Elle ne le savait pas encore, Livia non plus, mais Angie était déjà de nouveau enceinte, et quand Nora allait naître, un mois avant le premier anniversaire de Nico, elle allait avoir besoin de savoir être ferme, pour survivre.

Sans Livia, Angie n'aurait jamais pu se transformer, d'une personne qui ne prenait soin que d'elle-même, en une personne – une mère – qui ne prenait soin que des autres.

Presque chaque fois qu'elle rend visite à Nora, Angie fait de la peinture avec elle. C'est Martine et Julian qui lui ont soufflé l'idée. Ça leur donne quelque chose à faire, sans être obligées de parler. Elle apprend à Nora de nouvelles techniques, ou lui suggère des images sur lesquelles se concentrer. Après avoir quitté New York, Angie n'a peint que ce pour quoi elle trouvait le temps : des arcs-en-ciel et des bonshommes avec de la peinture à doigt quand les enfants étaient tout petits, puis des choses simples, pour eux et ses élèves du lycée – des paysages, des chiens, des voitures. Le mur de Nico, bien sûr, mais jamais rien pour elle-même. À présent, le fait de peindre régulièrement avec Nora a rallumé quelque chose, une partie d'elle-même qu'elle avait mise de côté pour s'occuper de ses enfants.

Elle sort les aquarelles de Nora, celles qu'elle apporte toujours au centre de détention. Ses propres tubes de peinture, remisés dans un coin du sous-sol, ont séché depuis longtemps. En l'espace de quelques jours, elle prend conscience d'une chose. Ça lui fait du bien. Plus que tous les guides de développement personnel. Plus que la thérapie silencieuse et les pseudo-confessions avec Livia, ou même les vraies avec un Dieu en lequel elle n'est pas certaine de croire. Plus que d'aller courir, même. La peinture n'a jamais été un simple hobby. C'était une chose fondamentale, qui lui donnait vie. Peut-être peut-elle la retrouver. Angie se rend à Waring, tapotant le volant du bout des doigts au rythme de la musique, achète des acryliques, des pinceaux et quelques toiles, et remonte dans le minivan. Elle a tout payé avec une carte de crédit. Elle pensera plus tard au moyen de rembourser.

À son retour, les heures filent à toute vitesse. Elle en oublie de déjeuner ou de préparer le dîner pour David. Des visages, des arbres, ou les deux, apparaissent sur la toile. La mémoire musculaire de ses mains et de ses doigts la ramène vers l'abstraction, l'idée d'un œil dans un tremble, la cicatrice qui se forme lorsque l'arbre s'auto-élague et se défait d'une petite branche qui ne reçoit pas suffisamment de soleil. Deux arbres, deux yeux. Un rocher en guise de nez. Pas tout à fait un paysage, parce que les arbres et le rocher sont presque invisibles, mais pas tout à fait un visage. Un début de sourire s'esquisse sur ses lèvres.

Même si sa vie tombe en morceaux, il lui reste ça : elle est une artiste. Elle crée de la beauté ; elle trouve de la beauté. Elle ne se définit pas seulement par ses échecs.

Désormais, Angie court deux ou trois fois par semaine, dès qu'un temps plus clément vient bousculer l'hiver. Wolf Creek Trail est couvert de neige à l'ombre et de boue au soleil, mais le dimanche suivant l'enterrement de Livia, elle fixe ses crampons antidérapants sur ses chaussures et décide d'aller courir quand même. Skier lui semble demander trop d'efforts, et c'est une activité qu'elle associe à Nico et Nora.

« Je peux venir ? » demande David.

Angie ne saurait dire si son visage exprime de l'espoir, ou une déception anticipée.

« Si tu veux », fait-elle, sans trop savoir ce qu'elle en pense.

Depuis qu'il est revenu du Nouveau-Mexique, ils cohabitent dans un climat de détente teinté de gêne. Quand ils parlent, ils parlent de la météo, du prochain rendez-vous judiciaire, ou de l'enveloppe qu'il convient de donner au père Lopez pour l'enterrement de Livia. Pas de Nico, bien que son absence ronge Angie tel un rat insatiable. David ne semble se préoccuper que de l'absence de Nora, comme si le chapitre de son chagrin pour Nico s'était clos le jour de ses obsèques. Elle doute qu'il le cherche partout, chaque jour, comme elle, trouvant des bribes de lui dans d'autres garçons dans la rue, au rayon cookies du supermarché, dans la vitre d'une voiture qui passe. Il a renoncé à Nico trop facilement, comme s'il avait ouvert ses doigts pour laisser échapper un glaçon en train de fondre sans chercher à le rattraper, à le capturer et à le garder ne serait-ce qu'un instant supplémentaire. De temps à autre, cette constatation et sa portée pèsent sur sa tête, comme si une vérité s'y logeait, dans l'attente de se révéler, mais la plupart du temps elle se rassure en se disant qu'il est tout à fait impossible qu'il connaisse la vérité. Elle l'a trop bien cachée.

Elle attend devant la porte tandis qu'il monte se changer, se demandant s'ils vont parler pendant qu'ils courent. Leur acceptation progressive de la situation a émoussé à la fois son angoisse stridente et la colère de David, comme si le tranchant de leurs émotions avait été atténué. Mais elle sent toujours qu'il lui en veut, et la réciproque est peut-être vraie. Chaque soir, ils montent dans leur chambre ensemble, se brossent les dents, et se donnent un baiser rapide sur les lèvres. Elle voudrait – certains soirs seulement – qu'ils puissent laisser leurs cœurs se briser ensemble, plutôt que de se laisser séparer par cette brisure. Il s'endort toujours le premier, et une fois qu'elle entend sa respiration profonde et régulière, ses muscles contractés pour rejeter d'avance toute tentative d'approche se détendent enfin.

« Allons-y, dit-il, réapparaissant en short et tee-shirt à manches longues.

– Tu vas pas avoir froid ?

– Je me réchaufferai en courant. »

Ils ne sont pas sortis depuis quelques secondes que les jambes de David se couvrent de chair de poule. Mais à la moitié de la piste, il apparaît qu'il n'avait pas seulement tort – ils transpirent tous les deux, la respiration haletante.

« Je suis tout pourri, souffle-t-il.

– Moi aussi, fait-elle, avançant d'un pas prudent tandis que la boue s'épaissit dans les ruisselets de neige fondue qui dégoulinent du haut de la piste.

– Comment tu te sens, aujourd'hui ?

– J'arriverai en haut.

– Non, je veux dire, par rapport à la mort de ta mère, l'enterrement ? Ça fait beaucoup à encaisser. »

Angie manque trébucher, puis rétablit son équilibre. David s'est montré présent pour l'enterrement, il l'a serrée dans ses bras juste quand il fallait, s'est posté à côté d'elle pour recevoir les condoléances, a congelé les gratins offerts par les amies, apporté les fleurs à la maison de retraite spécialisée pour les donner aux résidents. C'est la première fois qu'il l'interroge sur ce qu'elle ressent. Ses émotions, elle n'est pas sûre de pouvoir les expliquer, ou si elle y parvient, de devoir les reconnaître.

« Ça va. Peut-être un peu soulagée. » Puis elle baisse sa garde. « En fait, pour être honnête, je suis plus que soulagée. *Contente* n'est pas le bon mot, mais j'ai le sentiment que je peux passer à autre chose, maintenant qu'elle est passée à autre chose. »

Ils abordent une portion de terrain verglacée, sur la pente raide juste avant les chutes, et ralentissent, se mettant à marcher à grandes enjambées en s'accrochant aux troncs pour s'aider à avancer.

« Tu as le droit de le dire. Peut-être qu'elle est soulagée aussi. »

Contrairement à l'estimation première de Livia, qui prenait David pour un bon petit catholique, il est peut-être la personne la moins religieuse qu'Angie ait jamais connue, et elle le regarde, surprise. Il a gardé ses drapeaux de prière bouddhistes à l'arrière de son pick-up, mais c'est parce qu'il aime l'idée de vivre dans l'instant, pas parce qu'il est vraiment bouddhiste. Il n'a accepté de faire baptiser les enfants que pour faire plaisir à Livia, et il a toujours dit qu'il ne regrettait en rien cette mascarade, vu que la religion elle-même est une mascarade.

« Tu crois dans la vie après la mort, maintenant ? » plaisante-t-elle.

Il dérape sur la glace et se rattrape de justesse. « Seulement si ça m'évite une chute mortelle. »

Il sourit. C'est la première fois qu'elle le voit sourire depuis des mois, et elle lui rend son sourire, étonnée par leur attitude à tous les deux.

« C'était ma mère et je l'aimais, mais ça a été dur de m'occuper d'elle si longtemps. Je sais que c'est égoïste, mais je ne peux pas m'empêcher de le penser. La moitié du temps, je ne savais même pas si ce que je faisais lui facilitait vraiment la vie, tu vois ?

– Je comprends.

– Le pire, c'est que je ne suis pas triste. Et ce n'est pas que je ne l'aimais pas...

– Je sais que tu l'aimais, coupe-t-il. Tout le monde aime sa mère. »

Peut-être que oui, peut-être que non. Angie pense que c'est plus compliqué que ça. David n'a jamais été fâché avec sa mère, mais ils ne sont pas spécialement proches. Julian avait pratiquement coupé les ponts avec Martine, et voilà qu'ils sont redevenus très complices. Et pendant des années, elle en a voulu à Livia, même si elle l'aimait, à cause de tout ce qui s'était passé après la mort de Diana.

« Oui, je l'aimais, mais dans tous les cas, son heure était venue, et j'ai déjà fait le deuil au moment où elle a reçu son diagnostic. Et comme mère, elle n'était pas facile. »

Lorsqu'ils atteignent le pré en dessous des chutes, ils sont enfin débarrassés de la boue et la glace car à cette hauteur, la piste est baignée de soleil toute la journée, libérée de l'ombre des trembles et des pins. Ils piquent un sprint sur la terre sèche jusqu'à la cascade. Celle-ci est à moitié gelée ; la glace bleu céruléen, pas tout à fait prête à céder, s'accroche encore à la falaise qui supporte son poids. Quand l'ombre d'un nuage recouvre la sculpture naturelle, sa teinte pâlit pour un instant, puis se remet à resplendir de nouveau dès que le soleil reparaît.

Ils font demi-tour et repartent vers le bas du sentier, marchant à pas prudents sur les parties verglacées, courant de nouveau dans la boue. Lorsqu'ils arrivent en bas, ils ont les jambes mouchetées de brun.

« Allons prendre un café. On n'a qu'à s'arrêter au Cowboy Coffee Cart, sur Main. S'il y a un banc libre, on pourra le boire dehors. »

Cette journée inattendue, cette discussion inattendue – ça change de l'angoisse et de la tristesse de ces six derniers mois. Elle ne sait pas ce que ça signifie, ni même si ça signifie quelque chose, donc elle acquiesce d'un hochement de tête.

Pendant qu'elle s'installe sur un banc au soleil pour leur garder une place, il fait la queue, et revient au bout d'un moment avec deux cappuccinos et des serviettes en papier. Elle essuie le plus gros de la boue sur son legging, et boit un peu de café chaud. Le banc fait face à l'ancien emplacement de DeLuca's ; David montre le bâtiment d'un signe de tête.

« Il ne doit pas être renouvelé bientôt, le bail de la brasserie ? »

Elle sent son visage se contracter et force ses joues à se détendre. Elle a un secret, par rapport à ce bâtiment, mais elle n'est pas prête à le lui révéler, même après cette matinée. Mentir la gênerait, donc elle se contente de hausser les épaules.

« Tu comptes en faire quoi, maintenant ? Le vendre ?

– Je sais pas. Ça a déjà été difficile de les voir transformer le local en brasserie. Ça me ferait bizarre de vendre un lieu auquel mes parents tenaient tant. Mon père a mis toute sa vie dans ce restaurant. »

Ça, au moins, c'est vrai.

« Ça partirait pour une somme énorme, avec un emplacement pareil.

– Sans doute.

– Tu peux aussi prolonger le bail, suggère-t-il. Ça nous ferait des revenus en plus, histoire de respirer un peu l'an prochain le temps de décider ce qu'on veut faire du bâtiment. »

Elle ignore sa remarque sur la prolongation du bail et s'interroge sur le *on* et sur *l'an prochain*. Elle vit au jour le jour, et elle attend encore de savoir à quoi va ressembler la vie de Nora pour s'autoriser à considérer une journée comme celle-ci – un jogging sur Wolf Creek Trail, un café sur Main Street – comme normale. Elle se demande encore qui David sera pour elle à l'avenir, qui elle sera pour lui.

« Ou tu pourrais rouvrir DeLuca's, ajoute-t-il.

– Un restaurant italien, c'était le rêve de mon père, pas le mien.

– Tu as pensé à ce que tu voulais faire maintenant que... »

Elle secoue la tête vivement, avant qu'il ait le temps de dire *maintenant que tu n'as plus à t'occuper des enfants.*

« Tu peux peut-être enseigner au lycée à la rentrée.

– Peut-être.

– Si je parle du bail, c'est seulement parce que si tu veux y mettre fin, il faut leur laisser un préavis de quatre-vingt-dix jours. Je savais pas si tu t'en souvenais. »

Angie boit une gorgée de café au lieu de répondre. Le préavis, elle l'a envoyé en janvier. Elle savait déjà qu'elle n'aurait plus besoin du loyer pour payer les frais de maison médicalisée de Livia très longtemps, et comptait vendre les murs pour financer la défense de Nora. Si elle n'en a pas parlé à David, c'est en partie parce qu'en théorie, elle n'en avait pas le droit moral – Livia n'était pas morte à ce moment-là, pas encore, et Angie n'était pas certaine de la légalité de son plan, même si elle pensait pouvoir emprunter sur son héritage futur – et en partie parce qu'elle n'était pas sûre de vouloir de son opinion sur la question.

Et maintenant le bâtiment *est* à elle, ou le sera une fois que le notaire aura finalisé la succession. C'est la dernière chose qui reste de la vie de Livia, car Angie a vidé sa chambre il y a quelques jours. Elle a nettoyé les tiroirs pleins de culottes et de soutiens-gorges distendus, de vieux pyjamas de Roberto dans lesquels Livia flottait, avec son corps menu, mais qui l'apaisaient. Des tiroirs pleins d'objets brillants, des pièces de monnaie, des trombones et des papiers d'emballage de chocolats, des objets qu'on trouve en principe dans le nid d'une pie voleuse ou le terrier d'un raton laveur, mais qu'ont également tendance à amasser les patients atteints d'Alzheimer. Deux paires de pantoufles et des baskets neuves, inutilisées. Un flacon vide de crème pour le corps à la menthe. Elle a fait don des baskets et des pièces de monnaie à des associations, et jeté tout le reste, à part le flacon, qu'elle a posé sur le manteau de la cheminée.

Son héritage – ce bâtiment – est une chose concrète, solide. Même si elle se sent coupable de penser à son avenir tant que celui de Nora n'est pas fixé, pour la première fois depuis qu'elle est revenue s'installer à Lodgepole, elle s'autorise à croire possible que la peinture fasse de nouveau partie de sa vie. Puisqu'il se peut que l'affaire se termine par un plaider-coupable avec réduction de peine plutôt que par un procès, Angie n'est peut-être pas forcée de vendre. Elle envisage une autre option. Garder le bâtiment de l'ancien restaurant pour en faire autre chose. Il n'y a que deux galeries d'art en ville, et il y aurait de la place pour une troisième – la sienne.

19

2001

Le père d'Angie mourut en août 2001. Sa santé resta stable jusqu'à la fin mai, défiant les prédictions des médecins, puis se mit à décliner en juin. Livia attribuait ce sursis à Dieu, mais Angie se disait que Roberto était trop inquiet à l'idée d'abandonner sa femme. Après les obsèques, elle resta pour aider sa mère avec le restaurant, la succession de son père, et pour la soutenir dans son chagrin. Elle rentra à New York début septembre, une fois que l'affluence touristique de fin d'été se fut tarie à Lodgepole. Idara lui avait donné un ultimatum : soit elle revenait à son poste, soit elle perdait son travail, et en entendant ça, Julian poussa un soupir de soulagement. Il faisait mine de comprendre Angie – quand elle se plaignait, arguant qu'elle avait besoin de quelques semaines supplémentaires, il faisait *hmm, hmm* chaque fois que c'était approprié – mais regrettait secrètement de ne pas avoir posé lui-même cet ultimatum depuis longtemps. Elle avait eu tout le temps nécessaire avec Roberto, tout le temps d'aider Livia. Il était plus que temps qu'elle se réengage dans sa vie new-yorkaise, dans sa vie auprès de lui. Elle ne pouvait pas vivre dans deux endroits à la fois. Soit elle habitait à Lodgepole, soit elle habitait à New York et, autant que sache Julian, il n'y avait plus rien qui la retienne à Lodgepole. Là-bas, son parent préféré était mort. Son travail était ici. Il était ici.

Angie reprenait son travail le mardi suivant Labor Day, et quand vint le week-end, Julian commençait à avoir l'impression que leur existence reprenait son cours normal. Le vendredi soir, ils dînèrent avec des amis, et il prit bien soin de ne boire que de l'eau gazeuse. Le samedi matin, Angie dit qu'elle n'avait pas envie de peindre, donc ils allèrent courir. Il y avait du soleil, mais il ne faisait pas trop chaud, l'air était frais et vif comme on l'attendait d'une belle journée de septembre. Ce temps rappelait à Julian les périodes de rentrée quand il était petit. Chaque année, à la fin de l'été, quand il allait acheter des cahiers et des stylos, il se plaignait qu'il faisait trop beau pour retourner à l'école, mais le matin de la rentrée proprement dite, il faisait toujours exactement ce temps-là. Un temps de nouveau départ, disait sa mère. L'occasion de reprendre de zéro, d'avoir des A partout et d'impressionner ses profs avec sa maturité toute neuve, d'arrêter ses pitreries et de ne pas s'attirer d'ennuis.

« C'est agréable, hein ? » demanda-t-il. Ils se dirigeaient vers Prospect Park pour faire leur jogging sur leur ancien itinéraire coutumier, même si Angie n'avait pas couru avec lui depuis des mois car elle était toujours trop occupée, entre la galerie et les heures à l'atelier qu'elle casait le week-end. « L'air frais ? »

Angie acquiesça d'un hochement de tête mais ne dit rien. Elle était plus silencieuse qu'à l'accoutumée, mais Julian savait qu'elle se sentait encore déchirée par la mort de Roberto, donc il tentait de faire la conversation pour deux, lui exposant les deux dossiers dont il s'occupait *pro bono*, deux affaires de triple récidive. La condamnation à vie de Randy Martin lui rongeait toujours la conscience, et il était déterminé à se rattraper en trouvant d'autres détenus à aider.

Depuis qu'elle était rentrée, chaque fois qu'il lui demandait comment elle allait, elle donnait la même réponse : *Je suis triste, mais soulagée qu'il ne souffre plus.* C'était une réponse toute faite, qui aurait pu être prononcée par n'importe qui ayant perdu un parent malade, mais il n'avait aucun droit de critiquer Angie. Ses propres parents étaient encore vivants, tous les deux. Il était juste content qu'elle soit revenue.

Au feu, en arrivant au parc, ils passèrent devant un camion de livraison stationné à un carrefour, et Angie toussa.

« C'est dégueulasse, s'écria-t-elle, et elle traversa la rue en courant entre les voitures avant que le feu passe au vert pour les piétons.

– Angie ! lança Julian. Fais attention ! »

Il commença à l'imiter, se ravisa, et attendit que la voie soit libre pour la rejoindre en courant dans le parc.

« Qu'est-ce que tu fous ? Tu aurais pu te faire renverser.

– Je supportais pas les gaz d'échappement. L'air est tellement plus pur, chez nous. Courir dans une atmosphère comme celle-ci, ça peut pas être bon pour les poumons.

– Oui, eh bien, se faire renverser par une voiture, ça peut pas être bon pour le corps », marmonna Julian, mais il laissa tomber, essoufflé par le sprint qu'il avait piqué pour la rattraper. Bien qu'elle n'ait pas couru en sa présence ces derniers mois, elle respirait sans difficulté et il se tut pour éviter de se montrer hors d'haleine tandis qu'il faisait de son mieux pour ne pas se laisser distancer. « Tu as couru, à Lodgepole ? Tu me mets à plat, là.

– Un peu. Et je faisais de la randonnée. Pour me calmer les nerfs.

– Ça devait être plus qu'un peu, dis donc. J'arrive à peine à te suivre.

– C'est juste l'avantage de l'altitude. J'ai vécu à 2 500 mètres, donc courir au niveau de la mer, ça me paraît facile, à côté, tu vois ? » Elle s'essuya le front du dos de la main et regarda sa montre. « On fait des intervalles, en rentrant ? »

Julian serra les dents et accepta d'un signe de tête.

Ce soir-là, ils dînèrent avec Idara et Jamie pour fêter le retour d'Angie à la galerie et à New York à plein temps. Ils étaient dans un restaurant français suggéré par Idara, et la table était jonchée de miettes et d'assiettes sales, mais Jamie n'arrêtait pas de commander des bouteilles de vin, qu'ils vidaient. À contrecœur, Julian posa sa main sur son verre plusieurs fois quand Jamie fit mine de le lui remplir, mais il cessa de le faire quand il se rendit compte des quantités bues par Angie. À croire qu'elle s'efforçait d'exorciser le démon de la mort de son père, que ce soit en le noyant, ou en l'empoisonnant.

« Il faut que tu me montres tes nouvelles toiles, dit Idara. Tu n'as plus que deux ans pour faire partie des Trente de moins de trente ans, et j'aimerais beaucoup t'y faire figurer encore une fois. »

La bouche d'Angie se contracta, puis se détendit, signe – pour Julian, en tout cas – qu'elle allait mentir.

« J'ai trop hâte. »

Si Idara entendit l'enthousiasme feint dans la voix d'Angie, elle n'en laissa rien paraître.

« L'expo se tient encore en mars, mais je crois que Hobbs voudrait fixer la liste des exposants avant, cet automne, quoi, donc il faudra que tu sois prête, OK ? »

Angie n'avait pas parlé de ses travaux en cours depuis des mois, et même si elle disait toujours qu'elle passait tout son temps libre à l'atelier, Julian se demanda si son mensonge portait sur sa joie de faire partie d'une nouvelle expo, ou sur l'existence même de nouvelles toiles. Allait-elle courir quand elle prétendait qu'elle peignait ? Était-ce pour cette raison qu'elle était tellement en forme, alors qu'ils n'avaient pas couru ensemble depuis des mois ? Ou traînait-elle oisivement sur ce canapé déglingué, à fumer des joints avec un ou une de ses camarades d'atelier ? Les derniers mois l'avaient peut-être affectée davantage qu'il ne s'en était rendu compte.

Jusqu'à la fin du dîner, elle se montra silencieuse, mais lorsqu'ils rentrèrent à l'appartement, elle lui retira sa chemise avant même qu'il ait fermé la porte à clé. Elle le regardait avec une intensité qu'il ne comprit pas, cherchant quelque chose dans ses yeux, quelque chose, en lui, qu'il n'était pas certain de posséder. Elle l'entraîna dans la chambre, arracha leurs deux pantalons, et pendant quelques instants, alors qu'il avait ses mains sur son corps et elle les mains sur le sien, il s'interrompit et se dit : *C'est comme ça que c'était avant, mais avant, ce n'est pas pareil que maintenant.* De toute évidence, elle ne voulait pas qu'il s'arrête pour réfléchir, donc il capitula quand elle le poussa sur le lit ; il avait la tête qui tournait, abruti par le vin et les martinis de l'apéritif.

Quand il jouit finalement, il ferma les yeux un instant, puis les rouvrit pour la regarder, sur lui, en train de le chevaucher comme elle le faisait toujours, pour voir son corps onduler et sa peau luire, sauf qu'au lieu de lui rendre son regard, elle avait la tête tournée. Son visage était orienté vers la fenêtre, les persiennes à demi fermées, et une larme coulait sur sa joue. On aurait dit qu'elle se trouvait à des millions de kilomètres.

« Angie, murmura-t-il. Qu'est-ce qui s'est passé ? »

Elle se retourna vers lui, les yeux vitreux.

« Rien, dit-elle. Il ne s'est rien passé. »

Elle roula sur le côté et se rendit à la salle de bains, et il s'assoupit avant qu'elle ait fini de faire pipi.

Le mardi matin, Livia appela Angie. Elle criait, et Julian entendit sa voix excédée bien que le téléphone ne soit pas sur haut-parleur.

« Ralentis, dit Angie. Je ne comprends pas quand tu parles si vite en italien. »

Elle écouta attentivement, puis dit :

« Soixante-quinze kilos de prosciutto ? Pourquoi tu en as commandé autant ? »

Elle s'assit sur le canapé et poussa un soupir.

« La différence entre 75 kilos et 7,5 kilos, c'est la virgule, maman. C'est juste que tu n'as pas bien vérifié la commande. »

La voix monta encore dans les aigus à l'autre bout du fil, et les mots se succédaient à une telle vitesse que Julian se félicitait de ne pas comprendre. Angie couvrit le combiné et chuchota :

« Elle a fait une grosse erreur sur une commande, qui a été livrée hier soir. Je vais pas pouvoir sortir tout de suite, parce que ça va prendre un petit moment de trouver une solution. »

Julian haussa les épaules et la salua d'un geste. Il sortit sous un grand ciel bleu et marcha jusqu'au métro ; il aperçut une fumée noire quelque part dans Manhattan, mais il était trop distrait pour s'en préoccuper. Il y avait quelque chose d'anormal chez Angie, et il ne savait pas de quoi il s'agissait, ni même ce qui lui faisait ressentir ça. Il savait simplement que ce n'était pas seulement son père mort. Pire encore, il avait rompu la promesse qu'il s'était faite, pour la sixième, septième ou huitième fois – il ne pouvait se rappeler combien de fois il avait essayé –, celle d'arrêter de boire. Parfois, il se demandait pourquoi il s'embêtait avec ça, car la seule personne que ça dérangeait, c'était Angie, et la vérité, c'était qu'il était plus calme quand il buvait. Cela apaisait une angoisse dont il ne parvenait pas à se défaire, une angoisse qui le torturait depuis l'accident de Diana. Chaque fois qu'il ingurgitait une gorgée d'alcool, le soulagement inondait son corps entier, presque comme si on lui avait injecté un sédatif. Il ne voulait pas renoncer à ça.

Quand le métro s'immobilisa, juste après Bowling Green, il consulta sa montre avec agacement. Cinq minutes s'écoulèrent, puis dix, puis quinze. Il n'arriverait jamais à l'heure à son rendez-vous s'ils ne repartaient pas bientôt ; il était déjà 9 h 20. Il s'écoula encore quelques minutes, et les autres passagers se mirent à échanger des murmures au sujet d'un avion et du World Trade Center.

« Qu'est-ce qui s'est passé ? » demanda Julian sans s'adresser à personne en particulier.

Il était debout, tenant une barre d'une main, son attaché-case dans l'autre. Il lâcha la barre.

Une femme assise un peu plus loin regarda son portable et dit :

« Je sais pas exactement. Il n'y a pas de service ici, mais mon mari m'a envoyé un texto juste avant que je monte dans le métro, il disait qu'un avion est rentré dans le World Trade Center. Un petit avion privé, d'après NPR. »

Brusquement, le train repartit en arrière, prenant Julian par surprise. Il se raccrocha à la barre. Le conducteur fit une annonce inintelligible dans les haut-parleurs, s'arrêta à la station précédente, puis déclara que toutes les lignes de métro étaient interrompues. Jusqu'à ce qu'il arrive dans la rue, Julian croyait qu'il allait se rendre au travail à pied, mais une fois ressorti, il fut assailli de toutes parts par le chaos. La fumée qu'il avait aperçue plus tôt s'était transformée en énorme champignon noir et gris. Tout autour de lui, les gens restaient plantés en pleine rue, immobiles, contemplant l'explosion. Des sirènes les dépassaient en gémissant, plus de camions de pompiers, d'ambulances et de voitures de police qu'il n'en avait jamais vu. Il sortit son téléphone pour appeler Angie, mais tout le monde dans la foule en faisait autant et il ne parvint pas à avoir suffisamment de réseau.

« Qu'est-ce qui s'est passé ? demanda-t-il de nouveau. C'est à cause d'un petit avion, tout ça ? »

Un homme le regarda comme s'il était stupide.

« Vous avez pas vu les infos ? C'était pas un petit avion. C'était un avion de ligne, deux, en fait. Ils sont rentrés chacun dans une tour. »

Le World Trade Center se trouvait à plusieurs rues de là, caché derrière les immeubles en face de lui, et il se demanda, un bref instant, comment une chose pareille était possible. Cela semblait irréel.

« Évacuez le secteur ! cria un policier. Immédiatement. »

Julian essaya de nouveau de téléphoner, pour appeler sa grand-mère, cette fois.

« Il paraît que c'est une attaque terroriste », poursuivit le même homme.

Il ajouta quelque chose, mais le bruit des sirènes engloutit sa voix.

« Mais il faut que j'aille travailler », dit Julian.

Ces mots lui vinrent automatiquement, car travailler, c'était tout ce qu'il faisait en ce moment, mais ce qu'il voulait vraiment, c'était joindre Angie pour s'assurer qu'elle était restée à la maison.

« Vous avez pas entendu ce que j'ai dit ? Rentrez chez vous. Personne ne va travailler aujourd'hui. »

La masse de passants sidérés commença à s'éloigner pas à pas de la fumée, et Julian suivit la foule, appelant Angie frénétiquement toutes les quelques minutes en se dirigeant vers le Brooklyn Bridge. Il finit par laisser tomber et envoya quatre messages successifs : *Reste à brooklyn, je rentre à la maison, ÇA VA ? réponds stp.*

De l'autre côté de l'East River, Angie se dirigeait vers le métro lorsqu'elle vit la fumée. Ce n'était déjà plus la volute isolée qu'avait aperçue Julian dans le lointain, si mince qu'il avait cru l'inconnue qui disait qu'il s'agissait d'un petit avion. Angie avait passé tellement de temps à parler avec sa mère des soixante-dix kilos de prosciutto en trop qu'elle n'avait pas vu les infos – pas de *Today Show*, pas de radio, rien – et c'était avant qu'elle reçoive les textos de Julian. Les gens, dans la rue, se dépêchaient, mais pas comme d'habitude : au lieu de marcher d'un pas décidé, ils marchaient d'un air terrifié. Il y avait la queue devant un distributeur de billets, quatorze ou quinze personnes, et quand elle s'arrêta pour demander ce qui se passait, elle les écouta, incrédule, lui expliquer ce qu'ils savaient. Une des tours s'était effondrée, et tout le sud de Manhattan était présentement englouti dans un nuage étouffant de fumée et de cendres. Un flot d'émotions vint engloutir la torpeur affectée dont elle se servait pour calmer son hésitation entre Julian et David, New York et le Colorado. Elle éprouva de la peur, une terreur instinctive et viscérale pour elle-même, Julian et la ville entière, puis de la colère. Sa tête se mit à tourner, et elle se força à prendre dix respirations lentes pour apaiser la panique qui montait en elle, mais le vieux truc de Roberto ne fonctionna pas cette fois-ci. Elle était déjà au milieu de son propre incendie, un désastre personnel, et maintenant ça ?

Son portable sonna – elle ne se rendit compte que plus tard de la chance qu'elle avait de recevoir un appel alors que les lignes étaient encombrées dans toute la ville – et cette fois c'était Livia, de nouveau hors d'elle, mais à cause de ce qu'elle venait de voir aux infos. Le barrage d'italien qu'elle avait essuyé plus tôt n'était rien par rapport à ce qui lui arrivait maintenant, et Angie répondit en italien, espérant calmer sa mère. « *Sto bene, Mama. Non sono dove sono gli edifici.* » Elle se traduisit les mots en anglais, pour s'assurer qu'elle avait dit ce qu'il fallait : *Je vais bien, maman. Je ne suis pas dans le quartier des tours.* Mais là, elle prit conscience d'une chose : Julian l'était, lui.

Son téléphone coupa, et elle hésita avant de décider de tenter d'appeler Julian plutôt que de rappeler sa mère, mais elle eut beau composer le numéro et envoyer tous les messages qu'elle put, rien ne passait. Son cœur battait à toute vitesse. Le bureau de Julian se trouvait à quelques rues des Twin Towers, mais où avait-il dit qu'était fixé son rendez-vous du matin ? Quelqu'un lui tira sur la manche et elle sursauta, les nerfs en pelote.

« *Scusi, lei parla Italiano ?* »

C'était un vieil homme, les épaules voûtées dans son gilet en laine. Ses mains, couvertes de taches brunes sur une peau fripée qui trahissait de longues années au soleil, étaient cramponnées à la poignée d'une poussette et son visage plissé d'inquiétude. Une vieille dame se tenait à côté de lui ; elle ressemblait aux femmes des photos de famille de Roberto, en Italie, vêtue d'une jupe mi-longue et de chaussures simples et confortables, la taille épaissie par des années de saucisses et de pâtes, et les lèvres encadrées par des bajoues tombantes. Angie hocha la tête.

« *Si.* »

En temps normal, elle aurait précisé – oui, je le parle, mais pas très bien – mais son téléphone émit un *bip*. Un texto de David : *Ça va ?*

L'homme lui prit la main, couvrant complètement le téléphone.

« *Cos'è successo ? Non capiamo perché sono tutti così sconvolti.* »

Son accent était plus difficile à comprendre que celui de sa mère, mais ce qu'il demandait n'était pas difficile à deviner : *Qu'est-ce qui se passe ? On ne comprend pas pourquoi tout le monde est dans tous ses états.* Elle lui répondit dans un italien haché, tentant d'expliquer la situation du mieux qu'elle put.

Ils étaient perdus, expliqua-t-il. Ils étaient venus d'Italie en visite et gardaient le bébé – qui suçait une tétine Elmo dans sa poussette, miraculeusement inconscient du déluge d'émotions tout autour – pendant que ses parents, le fils et la belle-fille du couple, travaillaient. Angie baissa les yeux sur le bébé, une enfant minuscule, toute neuve, que la vie n'avait pas encore malmenée, si ce n'était lors de son passage par le canal génital de sa mère, et se dit : *C'est exactement ce que je ne veux pas, amener un enfant dans ce monde, un monde où des gens peuvent précipiter des avions dans des immeubles, un monde dans lequel, même si ça ne se produit pas, elle va souffrir et faire souffrir, et ne jamais connaître la paix.*

La femme ouvrit son sac à main et tendit à Angie un morceau de papier froissé, une adresse, à seulement quelques rues de là où ils se trouvaient. Angie hocha la tête. Elle allait les y accompagner, dit-elle. *Aspetta tuo figlio lì.* Votre fils va rentrer bientôt, promit-elle, même si elle n'en avait aucun droit. Son téléphone émit un nouveau *bip* insistant, encore un SMS de David, puis, enfin, un de Julian. Le soulagement l'inonda. Elle répondit aux deux, les doigts plus lents que d'habitude sur les touches minuscules, puis conduisit le couple à l'adresse indiquée. Ils marchaient à un rythme encore plus haché que son italien. Ils ne seraient plus en mesure de garder l'enfant, une fois qu'elle commencerait à ramper; s'ils n'étaient pas capables de se hâter en plein chaos, ils seraient d'emblée débordés. Tout autour d'eux, les sirènes retentissaient, filant en direction du nuage de fumée qui avait doublé de volume.

Lorsque Julian eut traversé le Brooklyn Bridge avec la masse humaine qui fuyait Manhattan, il avait chaud et soif. C'était le cas de tout le monde. Plusieurs femmes avaient retiré leurs talons hauts et marchaient pieds nus, et des hommes en costume avaient ôté leur veste. Des cercles humides se laissaient voir aux aisselles des chemises et tout le monde sentait fort, même s'il était difficile de savoir s'il s'agissait de simple sueur, de peur, ou de fumée âcre. Les delis distribuaient des bouteilles d'eau gratuites aux passants qui tentaient de rentrer chez eux, mais chaque fois que Julian attrapait une bouteille, il trouvait quelqu'un d'autre à qui la donner, si bien qu'il avait encore soif. Angie allait bien, sa grand-mère allait bien, il allait bien, mais il sentait encore son pouls battre dans la veine de son cou et dans ses doigts chauds et gonflés, son cœur qui cognait à un rythme frénétique.

Quand il passa devant Oskar's, la porte était maintenue ouverte par une cale en caoutchouc. Il ne se rappelait pas à quel moment de la journée, exactement, l'angoisse avait commencé à circuler en lui – dans un premier temps, la terreur était minime, sur quoi elle avait enflé à mesure qu'il comprenait ce qui se passait – mais il avait la sensation d'avoir pris un coup violent dans la poitrine, et il lui fallait faire cesser ce martèlement interne, ne serait-ce qu'un instant, avant de rentrer retrouver Angie. Il ne boirait pas devant elle, pas ce soir. Ce serait trop perturbant. La télé par câble, au-dessus du bar, repassait, son à fond, les images des avions percutant les tours, des tours s'effondrant comme des crêpes, et des New-Yorkais qui s'enfuyaient, couverts de sang et de cendres. Quatre hommes, assis au bar, étaient rivés au spectacle du désastre, et le barman, torchon en main derrière le comptoir, ne bougeait pas. Juste un verre, pour être plus posé une fois rentré. Il sentait presque déjà le soulagement l'inonder et l'anesthésie se répandre dans son corps. Il jeta un coup d'œil à son portable, mais il n'avait plus de batterie. Il hésita, et entra.

À mesure que les heures passaient et que les rues se vidaient, un silence étrange enveloppa Brooklyn. Tout le monde était rentré chez soi, et regardait en boucle les chaînes d'infos, pour ceux qui avait le câble. Tout le monde sauf Julian. En regardant les images, Angie alternait entre terreur atroce, colère et incompréhension, et gardait le doigt sur la télécommande, passant de chaîne en chaîne pour voir si quelqu'un, sur NBC, savait quelque chose que CNN ignorait ou si quelqu'un, sur CBS, savait quelque chose que Fox ignorait. Personne ne savait rien, pas vraiment, si ce n'était que les deux tours s'étaient effondrées et que des milliers, voire des dizaines de milliers de personnes étaient mortes. Toutes les quelques minutes, elle jetait un coup d'œil dans la rue et tentait d'appeler des amis sur leur fixe pour savoir s'ils avaient vu Julian, ou eu de ses nouvelles. Angie composa le numéro de sa mère encore et encore et parvint finalement à l'avoir et à la rassurer. Elle rappela le portable de Julian, mais même une fois que l'appel fonctionna, elle tomba directement sur la messagerie. David lui envoya des messages, trois, quatre, cinq fois. *J'ai besoin d'entendre ta voix*, suppliait-il. Elle restait prostrée devant les infos, à contempler le chaos dont elle venait de faire l'expérience dans la réalité, s'attendant à ce que Julian entre d'une minute à l'autre, mais finit par répondre à David : *Chez une amie, t'appelle bientôt*. Quand Julian ne parut pas alors même que les rues s'étaient vidées, elle composa le numéro de David. Elle savait que Julian n'allait pas rentrer et la trouver au téléphone avec un autre homme, car elle avait compris, peu à peu, où il était. Il avait écrit qu'il était sain et sauf mais, à ce moment-là, il était encore à Manhattan, avant que la deuxième tour ne s'écroule. Puis il avait écrit du Brooklyn Bridge. Puis plus rien. Julian était indemne – probablement –, c'était juste qu'il n'était pas à la maison. Elle parla avec David, le tranquillisa, puis sortit et parcourut les quelques blocs qui la séparaient de chez Oskar's, où elle trouverait Julian, elle le savait.

Les quelques jours suivants, tandis que tout le pays restait chez soi, abasourdi, Angie se mit discrètement à ranger et à organiser l'appartement. Julian ne remarqua rien ; il pensait sans doute qu'elle se tenait occupée tandis qu'ils regardaient journalistes, politiciens et généraux tenter d'expliquer le comment et le pourquoi de ce qui s'était produit. Leur télé n'était jamais éteinte ; comme celle de tout le monde. Par moments, elle entendait les sons de la même émission qu'ils regardaient s'échapper de l'appartement du rez-de-chaussée ou du premier étage de leur brownstone, l'écho de la voix du présentateur rappelant l'information qui se répétait, encore et encore, à l'identique. Leurs amis qui n'avaient pas le câble passaient regarder les programmes chez eux, mais ce flux de visiteurs se tarit une fois que les grandes chaînes se remirent à émettre normalement.

Elle ne dit rien à Julian, pas encore. Elle ne voulait pas provoquer l'effondrement de son univers au moment où, comme tout le monde, il regardait encore l'effondrement des tours. Elle lui devait cet égard. Se concentrer sur sa propre vie, plutôt que sur toutes les vies perdues autour d'elle aurait été égoïste – méchant et méprisable, et quitter Julian l'était déjà – donc elle faisait comme si tout était normal entre eux, même si rien n'était normal à ce moment-là, même si rien, dans sa propre vie, ne l'était depuis un long moment. Aucune vie normale n'avait peut-être même existé, ni été une possibilité après la mort de Diana. Ou peut-être que de toute façon, la normalité n'était qu'une chimère. Pour l'heure, ils mangeaient, dormaient, faisaient l'amour. Elle avait l'impression d'être un robot, comme si elle était sur pilote automatique et n'avait pas son mot à dire sur le cours des événements. Pourtant, elle avait pris la décision en un éclair, à l'instant où elle était entrée chez Oskar's et avait trouvé Julian. Il avait les coudes sur le comptoir, la tête dans les bras, tournée de côté vers les infos, et ses yeux vitreux clignotaient au rythme des images criardes que déversait la télé derrière le bar.

Ce n'était pas seulement l'alcool. Il s'était plaint de ses absences quand elle quittait New York, mais lui était absent même quand il était là. Sa préoccupation pour son travail, en particulier ses dossiers *pro bono*, s'était muée en obsession. Sa croisade pour redresser tous les torts du système judiciaire était son seul sujet de conversation, la seule chose qu'il avait en tête. Elle ne se rappelait plus la dernière fois qu'il l'avait fait rire, ou qu'elle l'avait vu plaisanter. Toute légèreté, toute joie avaient disparu de leur vie. Tout le monde disait toujours que la vie de couple, ça peut être difficile, mais n'aurait-il pas dû y avoir de bons moments, à côté ? Et puis elle ne voulait plus vivre à New York. Elle ne cessait d'entendre la voix de David, critiquant les vêtements tape-à-l'œil que portaient les citadins, leur prétention culturelle. *Mais quel intérêt, tous ces trucs ?* avait-il dit. Elle avait eu l'impression d'être un insecte qui venait de se faire piétiner, et il s'était empressé de préciser qu'il ne parlait pas de l'art, mais de tout le reste ; et après tout, il avait peut-être raison. Peut-être qu'il n'y avait rien pour elle ici, plus maintenant. Il était temps pour elle d'honorer la promesse qu'elle avait faite à son père, d'être là pour sa mère, de rentrer à la maison.

Plusieurs fois, avec Julian, ils allèrent se promener dans la ville, sans courir. Une marée de drapeaux américains et d'avis de recherche de personnes portées disparues avait inondé la ville, unissant ses habitants aux rapports d'habitude ambivalents. Au début, l'accès au sud de Manhattan était interdit, mais ils allèrent marcher dans Brooklyn et le Queens, prirent le ferry pour Staten Island, et une semaine après les événements, traversèrent le Queensboro Bridge pour rejoindre Manhattan. Ils s'assirent sur un banc dans un petit parc qui surplombait FDR Drive et l'East River, et contemplèrent les voitures qui filaient sous eux. Les gens devaient travailler, car ils devaient continuer à vivre, et la circulation avait repris. Elle ferma les yeux, se laissa aller contre le dossier en bois dur du banc, et écouta la rumeur de la ville blessée qui revenait péniblement à la vie. Elle n'était pas certaine de se sentir ainsi elle-même – blessée – car cette ville n'était plus la sienne. New York ne remarquerait même pas son départ. Julian sortait marcher pour voir comment allait la ville, prendre son pouls et sa température, mais elle errait dans les rues en touriste, pour les contempler une dernière fois car elle ne voulait jamais y revenir.

Quand elle rouvrit les yeux, la clôture en fer forgé noire en face du banc gênait sa vue de l'East River, et elle remua, cherchant une position où son regard pourrait se poser au-dessus de la barre supérieure, ou entre celle-ci et le reste de la barrière. Pour la première fois, elle pensa à la quantité de barrières qu'on trouvait à New York ; dans les parcs, autour des cours ou des immeubles chics, les barbelés autour des parkings et des chantiers, les balustrades des ponts, pour empêcher les passants de sauter et les voitures de plonger dans l'eau glacée après un accident. Même les New-Yorkais les plus chanceux, ceux qui avaient un balcon, étaient confinés par des barres ou des vitres, ou des clôtures, enfermés comme des prisonniers.

Il était évident pour Angie, même si ça ne l'était pas pour Julian, qu'ils ne formaient plus un ensemble, qu'ils n'étaient plus un *nous*. Elle se demanda comment une telle division se produisait, comment ce pluriel se transformait en deux singuliers distincts, *le* garçon et *la* fille, l'homme et la femme. Quand cet éclatement se produisait (dans son cas, sans qu'aucune cause vienne justifier l'événement), il laissait derrière lui deux êtres distincts à la place d'une unité, du sujet qui autrefois les englobait tous deux, en couple, après des années de vie commune.

Une mouette vint se poser sur la clôture en fer forgé, piaillant pour réclamer de la nourriture, ou peut-être une véritable plage, puis laissa échapper une fiente. En voyant l'éclaboussure blanche sur la peinture noire écaillée, Angie prit conscience qu'elle n'allait laisser derrière elle qu'une seule chose qui comptait vraiment : ses toiles. C'étaient ses enfants, en un sens. Certaines étaient achevées, d'autres non, d'autres encore attendaient d'être mises en chantier, voire n'étaient qu'un germe dans son esprit. Elle avait pris soin d'elles comme une mère prendrait soin de ses enfants, les avait habillées, nettoyées et choyées. Elle avait caressé la toile avec son pinceau, l'avait nourrie de peintures. Cependant, ce seraient des enfants faciles à abandonner, puisqu'ils n'étaient rien de plus, au fond, que du tissu tendu sur des cadres en bois.

Elle se redressa et jeta un coup d'œil à Julian. Il avait encore les yeux fermés, peut-être pour se protéger de la réalité de ce qu'elle s'apprêtait à lui dire.

Certains des instants qui définissent une vie n'ont rien d'instants. Ils sont, au lieu de ça, les débris accumulés de notre histoire personnelle, qui atteignent un point de bascule, des débris qui pèsent trop lourd, et se renversent, ou s'élèvent trop haut vers le ciel et retombent, tout simplement, au sol, ramenés à terre par l'effet de la pesanteur, de l'hybris, ou juste par la conscience de ne pas se trouver au bon endroit dans l'univers. Une semaine après que la FAA eut autorisé la reprise du trafic aérien, Angie embarqua dans un avion, à LaGuardia, et attendit le décollage en chassant l'air de ses poumons dans une expiration calme. Ce qui était arrivé aux tours n'était pas un instant qui définissait sa propre vie, mais la culmination d'un processus déjà enclenché. L'homme à sa gauche regardait droit devant lui, les dents serrées, et la femme à sa droite se tordait les mains. L'avion était étrangement silencieux, à l'exception d'un bébé qui s'agitait vers l'avant. Face à toute cette terreur, tout ce chagrin, elle n'éprouvait que du soulagement, heureuse de retourner s'installer chez elle, d'échapper au zoo de béton qui s'était mis à lui faire l'effet d'une prison, mais elle n'en éprouvait aucune culpabilité. Elle ne se réjouissait pas que des innocents soient morts, mais elle se réjouissait que son couple n'ait pas survécu.

Pour d'autres, les instants décisifs, dans la vie, sont tels que leur nom l'indique : des moments, dans leur histoire, auxquels ils repensent et dans lesquels ils voient – ou croient voir – un mauvais choix, un bon choix, ou juste une transformation. Tandis que le personnel de bord fermait les portes de l'avion, Julian, qui n'était pas au courant qu'elle l'avait trompé avec David, était debout devant l'évier de leur cuisine et se haïssait, regrettant la moindre goutte d'alcool qu'il avait jamais bue. Il vida la bouteille de whisky qu'il avait cachée dans son tiroir à linge de corps, et la vodka de l'étagère du haut de l'armoire à linge de lit, celle qu'Angie ne pouvait pas atteindre sans monter sur un escabeau. *Tu ne veux pas, ou tu ne peux pas arrêter de boire. Mais ce n'est pas la seule raison. Ce n'est peut-être même pas la raison du tout. Je ne suis pas faite pour vivre ici. Je ne suis pas à ma place. Je rentre à la maison.* Il avait protesté : *C'est ici, ta maison.* Mais elle lui avait tout bonnement tourné le dos. *Non, ce n'est pas le cas. Je ne suis pas chez moi, ici. Je ne suis pas chez moi avec toi.* La ville était encore silencieuse, encore sous le choc, et lui aussi. Il prit un carton étiqueté « Randy Martin » dans un autre placard et sortit ce qu'il y avait dedans en réalité : trois petites toiles qu'il avait achetées anonymement dans une expo d'anciens élèves de l'École de design de Rhode Island. Il avait fait croire à un voyage d'affaires à Providence dans le seul but d'acheter ces toiles, afin qu'Angie pense que quelqu'un avait voulu de son travail et qu'elle ait un peu d'argent à elle. Il passa les doigts sur les tableaux et fit le vœu de réparer ça, de la reconquérir une fois qu'il aurait arrêté de boire – mais cela allait lui prendre des années, d'arrêter, et encore plus longtemps d'accomplir les douze étapes, en particulier celle qui consistait à faire amende honorable auprès des personnes qu'il avait lésées.

Les mères de Julian et d'Angie, celles qui les avaient conçus, puis séparés, étaient à l'autre bout du pays, elles ne s'adressaient toujours pas la parole, et ignoraient que la séparation qu'elles avaient cru imposer après la mort de Diana avait mis si longtemps à prendre effet. Livia s'affairait en cuisine chez DeLuca's. Elle était navrée de l'horreur qui s'était produite à New York, mais c'était à des milliers de kilomètres. Elle avait une vie à vivre, des repas à préparer, du prosciutto à écouler, et Angie, qui arrivait bientôt. Martine était au travail, sur le fauteuil en cuir noir que lui avait acheté Cyrus pour fêter les rénovations de son bureau, et elle se connectait à son ordinateur pour préparer le contrat de bail d'un nouveau magasin de spiritueux en ville. Sa mère et Julian étaient sains et saufs, tous les deux; c'était pour Gregory, qui courait le monde afin de traquer les dernières infos relatives à l'effondrement des tours, que Martine s'inquiétait.

Trois semaines plus tard, Angie attendait dans sa voiture, sur un parking de Rimrock Junction. Son rendez-vous était dans quinze minutes. Avec ses relents d'ail, l'odeur de la voiture, une Subaru vert sapin, lui rappelait son père. Quand elle était rentrée, Livia lui avait confié les clés et la carte grise, disant qu'il n'en aurait plus besoin. À présent, ce parfum la rassurait, même si elle ne savait pas du tout ce qu'aurait pensé Roberto s'il avait su ce qu'elle s'apprêtait à faire. Elle n'arrêtait pas d'entendre sa voix, mais ne parvenait pas à discerner la teneur de ses conseils, à deviner quelle direction il lui aurait recommandé d'emprunter pour échapper à ce dilemme. Si elle l'apprenait, Livia ne lui adresserait plus jamais la parole; elle penserait que ça ne valait pas mieux que d'avoir joué un rôle dans la mort de Diana, voire que c'était pire.

Angie s'affaissa sur son siège, pas encore prête à entrer. Elle ne savait pas si elle commençait une nouvelle vie, au Colorado, ou reprenait l'ancienne. Lodgepole n'était pas exactement telle qu'elle se la rappelait, et des souvenirs qu'elle ne voulait plus revivre la tourmentaient. Elle allait devoir se réinventer, réinventer ce que ça signifierait d'être chez elle. Derrière, des voitures filaient sur la desserte, un bourdonnement presque constant. De temps à autre, le gémissement des moteurs ralentissait et se transformait en crachotement, et une voiture entrait sur le parking. Pour la plupart, les gens se garaient un peu plus loin et s'engouffraient dans le magasin de spiritueux ou le Subway. Une seule voiture s'arrêta à côté. Angie suivit des yeux la conductrice mais ne se redressa pas. Il n'y avait pas de manifestants, personne pour la harceler, et elle était à trois heures de route de Lodgepole, mais elle ne voulait pas prendre le risque de croiser une connaissance. La femme fila, tête baissée, dans le bâtiment où l'attendait son rendez-vous. La porte claqua derrière elle et Angie ferma de nouveau les yeux.

Comment avait-elle pu laisser une chose pareille se produire ? Elle avait fait attention pendant tant d'années, plus que toutes les femmes de sa connaissance. Mais au cours des dernières semaines à New York, l'effritement de son monde l'avait rendue moins prudente. Voire négligente. Les jours suivant l'effondrement des tours, obnubilée par le chagrin national et son chagrin personnel, elle s'était lancée dans le ménage, le rangement. Elle avait jeté les aliments moisis du frigo, les médicaments périmés de l'armoire à pharmacie, mis de côté les habits devenus trop serrés pour les donner, et classé les CD par ordre alphabétique. Elle avait tout mis en place pour que, dès que les avions recommenceraient à voler, ce soit facile de faire sa valise, facile de partir. Facile de ne jamais se retourner. Le fait que Julian ne soit pas rentré ce jour-là – un abandon, dans le fond – avait été la goutte d'eau qui avait fait déborder le vase. Mais il y en avait eu bien d'autres, des gouttes, et elle n'avait hésité à aucun moment, n'avait jamais cessé de se préparer pour son départ. Dans sa frénésie de rangement, elle avait oublié ses pilules contraceptives dans une trousse de toilette de voyage qu'elle avait fourrée au fond d'une valise fermée. Quand elle avait fini par annoncer son départ à Julian, elle avait sorti la valise et les avait retrouvées. Le disque de comprimés lui avait jeté un regard mauvais, comme si chaque casier en plastique était un œil en colère, dont chaque pilule non prise était la pupille. Elle avait manqué sept jours. Elle en avait pris une, rangé la plaquette dans sa trousse de voyage et s'était remise à ses préparatifs. À ce moment-là, elle n'avait qu'un désir, partir.

Il ne lui avait pas fallu longtemps pour s'apercevoir que sa négligence, dans son malheur, avait des conséquences réelles. Quelques jours auparavant, sur les toilettes chez DeLuca's, elle avait jeté un regard vers sa culotte propre. Elle avait tenté de se rappeler la date de ses dernières règles, compté les jours dans un sens, puis dans l'autre, recompté et dit : « Merde. » Le test qu'elle avait acheté à la pharmacie l'avait confirmé. Deux choses étaient certaines : il était trop tôt pour qu'il soit de David, puisqu'il était en mission d'entretien de pistes les deux premières semaines suivant son retour, et elle ne voulait toujours pas d'enfants.

À présent, elle était là, seule sur un parking devant une clinique quelconque, et il lui restait dix minutes avant son rendez-vous. C'était le moment d'entrer, de s'annoncer à l'accueil. Il y avait une autre personne qui aurait été contre ce qu'elle s'apprêtait à faire, mais elle avait chassé sa voix de sa tête. Son refus de prendre en compte ce qu'il aurait voulu n'était pas pire que son refus, à lui, de rentrer à la maison en un jour où la maison était le seul endroit où il aurait dû être, que son refus d'arrêter de boire malgré toutes les supplications d'Angie.

Cinq minutes. Elle descendit de voiture, verrouilla la portière, et se dirigea vers la pancarte bleu et blanc. Des couleurs ternes, comme s'ils ne voulaient pas attirer l'attention sur ce qui se passait à l'intérieur. Ses mains tremblaient. Elle en enfonça une dans sa poche et avança l'autre vers la poignée en métal dur.

20
Avril 2017

Lorsque Julian et Martine entrent dans le petit vestibule, la secrétaire de Gil Stuckey se lève, mais vu ses genoux flageolants, Julian aurait préféré qu'elle s'abstienne ; elle leur fait signe de se diriger vers le bureau de Gil qui, en revanche, reste assis. Il laisse passer quelques secondes avant de lever les yeux pour prendre acte de leur présence.

« Prenez place, dit-il en montrant les deux chaises face à son bureau.

– On ne ferait pas mieux de s'installer dans une salle de réunion ? demande Julian. Ce serait plus pratique pour étaler les papiers, qu'on puisse vous exposer les éléments de notre dossier.

– Ce ne sera pas nécessaire. Vous pouvez très bien le faire ici. »

Julian jette un regard à Martine qui hausse les épaules, presque imperceptiblement. On savait que ça allait se passer comme ça, semble-t-elle signifier. Julian tend à Gil un cahier avec des onglets colorés. Ils espèrent faire en sorte que Nora puisse plaider coupable d'homicide involontaire, plutôt que d'assassinat. Le cas intermédiaire – meurtre sans préméditation – risquerait encore d'entraîner une peine allant jusqu'à vingt-quatre ans de prison voire, si le procès a lieu et que le juge décide qu'il existe des circonstances aggravantes, quarante-huit. S'ils parviennent à convaincre Gil d'accepter l'homicide involontaire et de tenir compte des circonstances atténuantes – son âge, sa santé mentale –, cela pourrait être beaucoup moins. Elle pourrait même purger l'intégralité de sa peine dans un établissement pour mineurs.

« Commençons par le premier onglet, dit Julian, s'éclaircissant la gorge. J'aimerais expliquer pourquoi la qualification d'assassinat ne convient pas. Comme vous le savez, pour qu'il y ait assassinat, il faut qu'il y ait intention et préméditation, et même si vous inculpez Nora comme une majeure, il est important de garder à l'esprit qu'elle n'a que treize ans…

– Pratiquement quatorze, coupe Gil. Elle les aura dans très peu de temps.

– Nous voulons parler de son âge au moment du crime, et vous le savez », réplique sèchement Julian. Il prend une profonde inspiration pour se calmer. Chaque fois qu'il a affaire à lui, Gil Stuckey l'horripile, bien plus que tous les procureurs qu'il a affrontés au cours de sa carrière. « Quoi qu'il en soit, prouver l'intention et la préméditation chez une enfant de treize ans va être difficile, car à cet âge, le cerveau n'est pas pleinement développé.

– Laissez-moi vous interrompre tout de suite, Mr Dumont. Je sais que votre argument suivant va être que meurtre sans préméditation, c'est trop également, mais il n'est absolument pas question que j'accepte une qualification moins sévère. Le meurtre était intentionnel, il ne s'agit pas d'une simple imprudence, alors il n'est pas question de le faire passer pour un homicide involontaire (la secrétaire entre et pose un bol ébréché de chocolats sur le bureau, et Gil poursuit après lui avoir adressé un signe de tête imperceptible) mais je veux bien envisager le meurtre sans préméditation si vous me donnez une bonne raison. »

Julian répond aussi prudemment qu'il le peut. La vérité qu'ils ne peuvent éviter, Martine et lui, c'est que pour une qualification de meurtre sans préméditation, le dossier de Gil est solide. Il n'y a pas de preuve de préméditation, certes, mais même si ce n'est pas irréfutable, il n'est pas absurde d'avancer que Nora a provoqué sciemment la mort de Nico, dans la mesure où elle lui a tiré dessus à trois reprises.

« Nora n'a aucun antécédent de violence, elle n'a jamais eu aucun démêlé avec la police. Et c'est une enfant de treize ans en pleine crise psychotique. »

Gil prend deux chocolats, retire l'emballage rouge et vert – des restes de Noël, visiblement – et les fourre dans sa bouche, faisant travailler ses joues tel un bébé qui suce sa tétine.

« Peut-être qu'elle a un problème psychiatrique, peut-être pas. Peut-être que le psychiatre de l'État n'arrive pas aux mêmes conclusions que le vôtre. Après tout, à part un peu de dépression, on n'a aucune preuve d'une maladie entraînant l'abolition du discernement avant le crime. Et son comportement depuis pourrait très bien relever de la simulation.

– Elle ne simule pas. Elle a treize ans. Comment saurait-elle s'y prendre ?

– La télé. Évidemment. On voit ça dans suffisamment de séries pour qu'elle... »

Julian, de plus en plus agacé, ne parvient pas à se retenir de couper Gil.

« Vous avez déjà fait beaucoup de tort à Nora en l'inculpant comme une majeure, Mr Stuckey. Le Code pénal des majeurs impose des peines qui ne sont pas adaptées aux mineurs, et elle est bien plus loin de la majorité que la plupart des mineurs dans le système. Elle aurait été plus à sa place devant un tribunal pour enfants, car ceux-ci visent non seulement à punir, mais aussi à fournir éducation et traitements médicaux, ainsi que des activités en vue de la réhabilitation.

– Allons bon, fait Gil d'une voix traînante comme s'il se prenait pour un shérif de cinéma, et tout ce qui vient à Julian, c'est *Pauvre imbécile,* mais il se tait et hésite.

– Allons quoi ? demande Martine, irritée elle aussi.

– Écoutez, dit Gil, d'une voix sincère pour la première fois, et Julian est pris d'une bouffée d'espoir. Je comprends bien que notre système pénal n'est pas parfait. Franchement, je comprends. Et ce n'est pas pour rien qu'on n'applique pas le même Code pénal aux mineurs et aux majeurs. Mais Nora a commis un crime qu'en général les jeunes de cet âge ne commettent pas. Elle a tué son propre frère, et ce n'est pas non plus pour rien que certains États autorisent d'inculper une mineure comme une majeure quand elle commet un meurtre.

– Encore une fois, elle est en pleine crise psychotique..., commence Julian.

– Je suis chargé de faire appliquer la loi, reprend Gil. Et c'est ce que je fais. Les actes de Nora ne peuvent pas rester sans conséquences. »

Julian comprend que la minute de sincérité de Gil est terminée, et il reformule son argument.

« Dans tout le pays, des réformes sont mises en place pour réduire le nombre de mineurs inculpés comme des majeurs, parce qu'incarcérer des enfants dans des prisons pour adultes ne fait que les transformer en criminels encore plus endurcis. Non seulement vous ne mettez pas une criminelle derrière les barreaux, vous allez en créer une. Et Nora sortira de prison avec une inscription indélébile à son casier, qui lui fermera les portes de l'emploi, du logement et lui interdira tout avantage social. Tout sera fait pour l'empêcher de réussir un jour.

– Vous êtes ici pour faire de grands discours, ou pour négocier, Mr Dumont ? Nancy, vous pouvez nous apporter du café ? » Il crie sa demande dans le même souffle, comme si le café et les négociations se situaient sur le même plan : il a remonté sa garde. Seul un silence lui répond dans l'autre pièce, mais Gil a l'air de considérer ça comme un oui. « Se montrer indulgent envers les coupables de crimes graves, y compris les mineurs, ne fait que les encourager à en commettre d'autres. Je ne vais pas déclencher un cycle d'arrestation, libération et ainsi de suite dans ma juridiction. Et de plus, si je demandais la prise en compte de circonstances aggravantes, je l'obtiendrais. »

Martine pousse un soupir théâtral. Elle faisait tout le temps ce soupir à Julian quand il était petit.

« Rien n'est moins sûr, Mr Stuckey. Rien n'est moins sûr, et vous le savez. Vous essayez de monter tout le monde contre une violente criminelle, mais si votre jury n'est pas sur la même longueur d'onde, il est tout à fait possible qu'il prenne en pitié cette jeune fille, compte tenu de son âge et de ses troubles mentaux.

– Et inversement. Vous n'êtes pas du tout sûrs de ça non plus. »

Nancy entre en boitillant avec trois gobelets en plastique et une cafetière. Elle pose celle-ci sur un dossier, entourée de petits sachets de lait en poudre.

« Café ? » demande Martine, s'adressant à Julian.

Il secoue la tête. Il a les mains qui tremblent depuis maintenant quelques semaines, à cause du stress, des trop nombreux voyages, ou d'allez savoir quoi, et il n'a pas envie de laisser voir sa nervosité. Elle n'en propose pas à Gil.

« Écoutez, reprend Julian. On n'est pas d'accord sur Nora, c'est entendu. Mais visiblement, on est d'accord sur une chose : le procès, c'est une loterie, dans un sens comme dans l'autre. Et si vous la laissiez plaider coupable d'homicide involontaire, avec une peine de six ans dans une prison pour mineurs ? »

Gil secoue la tête.

« Jamais de la vie. Je peux descendre à meurtre sans préméditation. Plus bas, c'est non.

– Vous oubliez une chose, Gil. » L'énervement de Julian prend le dessus et il s'éloigne délibérément de la politesse de *Mr Stuckey.* « La section 24-4.1-303. Les procureurs sont contraints de consulter la victime au sujet des négociations de plaider-coupable. Votre propre site Internet ne proclame-t-il pas le rôle essentiel de la victime dans ce processus ?

– La victime, elle est décédée.

– Ses parents, qui sont aussi les parents de Nora, pourraient faire une déclaration de la victime en son nom pour affirmer qu'ils ne veulent pas que leur fille finisse ses jours en prison. Le juge les entendrait – sans parler des médias – et prendrait leur point de vue en considération.

– Meurtre sans préméditation, dit Gil, obstiné.

– Bon, d'accord. Si vous autorisez une peine de quinze ans, effectuée à l'établissement pénitentiaire pour mineurs du comté de Pinyon jusqu'à ses vingt et un ans, avec possibilité de mise en liberté conditionnelle au bout de sept ans, j'accepte le meurtre sans préméditation. »

Cette affaire va suivre Nora toute sa vie – on en a parlé assez souvent aux infos pour que dorénavant, quiconque cherche son nom sur Internet découvre ce qui s'est produit – donc que l'on qualifie son acte d'homicide involontaire ou de meurtre sans préméditation, c'est moins important que le temps qu'elle va devoir passer en prison, et dans quelle structure. Si Nora est libérée sur parole au bout de sept ans, elle n'aura jamais à mettre le pied dans une prison pour majeurs, et c'est ce qui compte dans l'avenir immédiat. Il retient son souffle pendant que Gil rumine de l'autre côté du bureau.

Finalement celui-ci se lève et tend la main :

« Marché conclu. »

« Quinze ans, dit David. Quinze. »

Il semble abasourdi, plutôt que content. Julian regrette de ne pas pouvoir lui révéler les peines des clients mineurs dont il s'occupe *pro bono* à New York. Presque tous noirs ou latinos, tous pauvres. Le système se montre rarement tendre avec eux. Quinze ans, c'est ce qu'ils prennent pour une agression ou une affaire de drogue, pas pour un meurtre. Ce qu'il voudrait vraiment dire à Angie, c'est : *Tu te souviens de Randy Martin ? Nora, elle a de la chance, par rapport à lui*, mais il se retient *in extremis*. Ce ne serait pas professionnel de faire ce type de comparaison. Il regarde par la fenêtre du bureau de Martine et se force à compter jusqu'à dix. Les cimes de San Moreno ont été assombries par un ciel orageux toute la journée, et à présent, les nuages bas sont descendus sur la ville, lâchant parfois de gros flocons de neige, ou, quand la température monte un peu, un crachin constant, sinistre.

« C'est une bonne chose, renchérit Martine. Étant donné les circonstances, c'est un résultat positif.

– Je croyais que tu pourrais faire mieux, dit David en jetant un regard amer à Julian. Je croyais qu'à cause de la psychose, elle irait à l'hôpital psychiatrique. »

La mâchoire carrée de David n'a pas changé du tout depuis le lycée. Un début de barbe d'homme des montagnes – du moins c'est comme ça que Julian la décrit quand il plaisante avec Mayumi sur les hommes de sa ville – assombrit ses pommettes, encadrant deux plaques blanches de chaque côté de sa bouche, des moustaches qui trahissent son âge, le stress de la situation, ou les deux. Il a les yeux bleu glacier de Nora, ou elle a les siens, et son nez est trop parfait, mais la peau sous ses yeux est gonflée, et ses épaules tombent. Il a l'air d'être un bon père. Il est venu aux audiences de Nora. Il lui a rendu visite aussi souvent qu'il a pu, a fait des recherches sur la maladie mentale et les effets secondaires possibles des antidépresseurs, et envoyé des liens d'articles à Julian en pleine nuit. Pourtant, Julian éprouve encore un soupçon du mépris qu'il ressentait à son égard au lycée.

« On en a déjà parlé, dit Julian. Rappelle-toi, on a décidé, ensemble, de ne pas chercher à plaider l'irresponsabilité car le risque de perdre est toujours élevé, et parce qu'il se peut que l'expert du procureur ait rendu un rapport n'indiquant aucune maladie mentale. Si on perdait, Nora aurait pu être jugée coupable d'assassinat, et condamnée à la prison à vie. Et même si on gagnait, elle aurait été internée dans un hôpital psychiatrique pour une période indéfinie. L'hôpital aurait pu la garder bien plus de quinze ans.

– C'est pas juste, dit David. C'est seulement une gosse. »

David – et Angie – ont fait de leur mieux, ils aiment leurs enfants, qu'est-ce que l'idée de justice vient faire là-dedans ? Et de toute façon, la vie est-elle jamais juste ? Tout à coup, Julian se sent de nouveau irrité, déraisonnablement en colère, bien qu'il sache à quel point ce genre d'affaire est difficile pour les parents, et il finit par lancer la comparaison qu'il a essayé de garder pour lui :

« Si, c'est juste. Si c'était une de mes clientes à New York, une ado noire du Bronx qui avait tué son frère, elle ferait bien plus de quinze ans de prison. Nora a de la chance d'avoir une peine si légère. Elle a *de la chance.* »

Angie plisse les lèvres.

« Il a raison, Dav…

– Toi… » David montre furieusement Julian du doigt. « Cette négociation, c'est une blague. Je pensais que tu t'en sortirais mieux. Mais j'aurais dû savoir que j'avais rien à espérer. Ce que tu as fait va juste nous causer encore plus de souffrance. Encore plus de souffrance que tu en as déjà causé.

– Bon sang, David », dit Julian. C'est comme ça qu'on le remercie d'avoir aidé Angie ? En l'accusant d'avoir causé de la souffrance ? Il se demande, encore une fois, si David est au courant pour sa collision avec Diana. Mais même Angie ne l'est pas ; personne ne sait à part Mayumi. Alors de quoi parle-t-il ? « Tout le monde souffre, tout le temps. On a tous nos souffrances. Si on ne les voit pas, c'est juste que tout le monde les cache. Ta souffrance, la souffrance de Nora… il va falloir que tu apprennes à vivre avec. »

Martine pose sa main sur l'épaule de Julian, un contact léger pour lui faire comprendre que sa colère est déplacée, et il expire bruyamment. C'est normal que les parents soient bouleversés lorsqu'ils apprennent la peine dont écope leur enfant et, en général, il parvient mieux à ne pas se laisser déstabiliser. Son irritabilité et son agacement envers le monde entier ont grimpé en flèche. Il a besoin de vacances.

Un silence se fait dans la pièce, et David reprend la parole.

« Tu sais, Nico, c'était un gamin exceptionnel. »

Sa voix est plus calme, mais quelque chose dans son ton fait qu'Angie contracte les épaules, comme autrefois quand Livia la grondait.

« Je regrette de ne pas l'avoir rencontré », dit Julian.

C'est une réponse automatique, polie. Il a déjà dit cette phrase quand Angie ou David évoquaient leur fils.

« Non, je veux dire qu'il n'était pas comme les autres. On a reçu je ne sais pas combien d'appels de médecins, après son diagnostic. »

Julian pose son stylo sur la table de réunion.

« Comment ça ? À cause de la rareté de la maladie de Huntington ?

– Non. Même dans la communauté Huntington, il était différent. La plupart du temps, on hérite la maladie d'un de ses deux parents. Pour d'autres affections, il faut que les deux parents soient porteurs pour que le gêne soit transmis. »

Julian acquiesce sans rien dire.

« Les médecins pensaient que l'un d'entre nous devait être porteur et selon eux, il ou elle risquait de développer la maladie, donc ils nous ont conseillé de faire un dépistage génétique. » Angie tourne la tête vers la fenêtre, et Julian cherche à voir ce qu'elle regarde. Les flocons de neige se sont mués en pluie, de grosses gouttes qui ricochent contre la vitre. De l'autre côté de la rue, deux femmes dont le souvenir remonte au lycée passent sur le trottoir, balançant les bras dans leurs imperméables. La mâchoire d'Angie se contracte et David continue : « Sauf qu'apparemment, faire un dépistage de la maladie de Huntington quand on est asymptomatique, ça représente un dilemme éthique.

– Un dilemme éthique ? demande Martine.

– Comme il n'existe pas de traitement, savoir ne présente aucun intérêt. Or c'est accablant, d'apprendre qu'on est porteur du gène, étant donné les effets de la maladie. Angie trouvait qu'il valait mieux qu'on ne le fasse pas, pour cette raison, et aussi parce que si le résultat était positif, ça nous ferait un antécédent médical qui allait nous barrer l'accès des assurances santé.

– En plus, ça coûte cher, le dépistage, ajoute Angie, visiblement nerveuse.

– On l'a fait quand même. » David le regarde droit dans les yeux, et Julian se demande ce que signifie cette intensité. « On devait absolument faire dépister Nora, car on pensait qu'elle avait peut-être des symptômes. La dépression, l'irritabilité, ça fait partie des signes avant-coureurs de la maladie de Huntington, chez les enfants, et ça, elle avait. Alors puisqu'elle faisait le test, c'était aussi bien qu'on le fasse tous.

– Je comprends. Ça devait être difficile de supporter l'incertitude, dit Julian.

– On était négatifs. » David croise les bras et se rappuie contre le dossier de sa chaise. « La dépression de Nora était juste une dépression, et Angie et moi, on n'est pas porteurs. Nos parents ne l'étaient pas non plus, vu que les personnes atteintes de la maladie de Huntington la développent, en général, un peu avant cinquante ans, or aucun d'eux n'a jamais présenté le moindre symptôme. Et puisque le plus souvent, c'est le père qui est porteur, j'étais soulagé que ce ne soit pas ma faute. »

Julian est perdu.

« Alors c'était une bonne nouvelle, non ? Aucun d'entre vous ne va tomber malade ?

– Oui, intervient Angie. Nico n'a pas eu de chance, c'est tout. Donc il était exceptionnel, mais ce n'était pas à son avantage. »

David garde les yeux rivés sur Julian et ignore Angie.

« Les médecins ont pensé que Nico était tombé malade à la suite d'une mutation spontanée de son ADN, ce qui est plutôt rare. Un phénomène idiopathique, ils ont dit.

– C'est terrible », commente Martine.

David hausse les épaules et regarde par la fenêtre, cessant finalement de fixer Julian, puis se tourne de nouveau vers eux.

« C'est les médecins, qui pensaient qu'il était exceptionnel. Une exception médicale. Ils voulaient étudier son cas pour comprendre ce qui avait déclenché cette mutation spontanée. »

Il passe un bras autour des épaules d'Angie et les presse sans la regarder, avec son sourire creux, un sourire qui n'est ni hypocrite ni sincère ; une ombre de sourire, à peine une contraction musculaire.

Angie est raide comme un piquet, elle a les épaules tendues, remontées, et elle regarde David, les yeux fixes et écarquillés. Julian repense au temps où ils étaient ensemble, à la façon dont elle se comportait quand il avait fait quelque chose pour la mettre en colère. S'il lui demandait comment elle allait, elle répondait sèchement : « Très bien », et il savait qu'elle allait lui faire la tête pendant un bon moment. En cet instant, tout son corps crie ce « Ça va très bien » – et peut-être quelque chose en plus – et Julian sait qu'il ne comprendra jamais en quoi cette vie qu'elle a choisie valait mieux que celle qu'ils auraient pu avoir ensemble.

« Bref, fait David, on aurait préféré qu'il ne tombe jamais malade, évidemment, mais au moins Nora n'est pas porteuse et elle pourra avoir des enfants – quand elle sera libérée – sans avoir à redouter de transmettre ce gène. Et Angie et moi, on n'est pas responsables d'avoir transmis une terrible maladie à Nico. Le défaut génétique ne vient pas de nous. »

Une expression un peu hâbleuse se fait jour sur le visage de David, une espèce d'autosatisfaction, comme s'il savait qu'il a gagné une partie de poker alors que tout le monde en est encore à analyser son jeu, et Julian s'interroge brièvement sur le sens de son expression, puis un effroi terrible s'installe dans le creux de son ventre. Quand il a pris connaissance de la date de naissance de Nico, il s'est demandé s'il était de lui – comment aurait-il pu ne pas se poser la question ? – mais il a chassé ses doutes quand il a appris que Nico était né avant terme ; et puis il savait, ou croyait savoir, qu'Angie ne lui aurait jamais fait ça. À présent, il ne veut pas croire ce qu'il soupçonne, ne veut pas croire qu'Angie lui aurait menti sur une chose pareille, donc il range ses papiers dans son attaché-case et le referme, les mains tremblantes, les aisselles dégoulinantes de sueur. Cette pensée qui lui est venue ne peut pas être vraie. Les symptômes de la maladie de Huntington juvénile de Nico, les symptômes de la maladie de Huntington chez les adultes. Tous les hommes de la famille biologique de Julian qui sont morts jeunes. Ses maladresses répétées, ces derniers temps, ses tremblements bizarres, son irritabilité, même pendant ce rendez-vous...

« Je dois y aller, dit-il. J'ai une téléconférence pour un autre client. On vous donnera la date du jugement. »

Il sort de la salle de réunion, du bureau de Martine et reste immobile sous la pluie, dans Main Street, hébété, tandis que la porte se referme derrière lui avec un bruit sourd.

Plus tard dans la journée, Julian et Martine apprennent que la cour a fixé le rendu de la décision judiciaire à la troisième semaine d'avril. Ils sont attablés dans la salle à manger, en train de terminer un nouveau plat persan, un *kuku* aux aubergines.

Martine cuisine un des plats préférés de Cyrus chaque fois que Julian est là. Elle dit que grâce à ça, il lui manque un peu moins, mais parfois, quand elle raconte une anecdote autour d'un dîner, comme la fois où elle a servi du *kuku* aux aubergines pour leur anniversaire de mariage, ou celle où elle a oublié de mettre du bicarbonate dans le gâteau aux pistaches pour les quarante ans de Cyrus, les larmes lui montent aux yeux. Elle fait toujours comme s'il n'y avait pas de problème, prétendant qu'elle souffre seulement d'allergies.

« Je rentre à New York, annonce Julian. On a tout le temps avant le jugement et j'ai des trucs à faire. »

Il ne mentionne pas que, parmi ces trucs, figure une visite chez le médecin. Il a eu beau passer l'après-midi dans sa chambre d'enfant à chercher la maladie de Huntington sur Google, il a eu du mal à se concentrer sur ce qu'il lisait. Un instant, la terreur d'un diagnostic fatal le paralysait, le suivant, penser à ce qu'avait fait Angie provoquait en lui une rage intense. Pendant des années, il s'était puni lui-même pour lui avoir caché la vérité sur la mort de Diana et pour avoir sabordé leur histoire, mais voilà qu'elle avait commis un acte tout aussi grave. Pire. Elle ne lui avait jamais dit qu'il avait un enfant – un fils ! Jamais dit qu'il était père. Elle lui avait volé sa chance de connaître son propre fils. Et elle avait gardé ce secret même après avoir découvert que Nico avait sans doute hérité une maladie mortelle de Julian, une maladie qui allait fatalement l'emporter lui aussi. *Comment avait-elle pu ?*

« Bien sûr. Et il faut que tu voies Mayumi. » Martine le regarde par-dessus son assiette. « Tu sais, ces derniers mois, c'était presque comme si chez toi, c'était aussi ici. C'était agréable. »

Il inspire par les narines et se concentre sur ces mots : *chez toi*. Les heures qu'il a passées à bûcher sur cette table se sont accumulées au fil des derniers mois. Quand il était ado, il s'y installait tous les soirs pour faire ses devoirs. Les chaises étaient différentes, elles étaient garnies de velours très années 1980 au lieu du tissu ocre avec lequel Martine les a retapissées, mais son empreinte sur la chaise sur laquelle il est assis épouse aussi parfaitement son corps que celle qu'il avait créée à l'époque. La familiarité de cette table l'attire tout en le repoussant. Il a son chez-lui, sa vie à New York, mais il regrette d'avoir maintenu sa vie à Lodgepole à distance pendant si longtemps. À présent, il est peut-être trop tard.

Il lui prend la main et la serre dans la sienne, tentant de repousser sa peur. Il ne saura pas avec certitude avant d'avoir fait le test. Et selon plusieurs sites Internet, les malades dépistés à un âge déjà mûr souffrent d'une forme moins grave et peuvent vivre vingt à trente ans après le diagnostic. Il pourrait vivre jusqu'à presque soixante-quinze ans. Il existe de nouveaux traitements, en particulier pour les cas les plus légers. La gravité des symptômes et la rapidité de la progression du mal empirent à chaque génération, et la forme juvénile étant la pire de toutes, il était logique que la maladie de Nico soit pire que la sienne. Ou peut-être que Nico n'était pas son fils. Peut-être que David s'est trompé.

« Je suis d'accord. C'est agréable, oui.

– Peut-être que quand tu reviendras, tu pourrais amener Mayumi ? demande-t-elle, pleine d'espoir. Maintenant qu'on en a presque terminé avec le dossier de Nora ?

– Je lui demanderai. » Toute la journée, il a repoussé le moment d'appeler Mayumi, s'en tenant aux messages texte afin qu'elle ne puisse pas deviner ses émotions au timbre de sa voix. Un autre site confirmait les dires de David : la maladie de Huntington est généralement transmise par le père, pas la mère. Ce qui signifie que lui, Julian, doit l'avoir héritée de Theodore, pas de Martine, donc Gregory ne risque rien. Martine est trop vieille, de toute façon : si elle était porteuse, elle serait déjà tombée malade. Et le bébé, le bébé miracle qu'il attend avec Mayumi, ne risquera rien non plus puisqu'ils ont utilisé un don de sperme. La chose même qui l'a empêché de dormir pendant toute une période, son angoisse absurde à l'idée de décevoir Mayumi parce que son sperme défaillant nuisait à leur fertilité – c'est ce qui va sauver le bébé : le fait de ne pas lui être lié génétiquement. *Fais attention à ta mère,* se dit-il. *Il ne faut pas qu'elle soupçonne quelque chose ; il ne faut pas que tu l'effraies.* « Si elle ne se déplace pas pour le jugement, on pourrait venir en mai. Elle sera enceinte de six mois, donc elle pourra encore prendre l'avion, tout juste. Je pourrais lui montrer mes coins préférés de Lodgepole, et s'il fait assez doux, on pourra déguster ces délicieux plats persans sur la terrasse en parlant de papa. »

Martine sourit et regarde les montagnes par la fenêtre.

Le jour du rendu de la décision judiciaire, Julian attend le tour de Nora avec Martine, Angie et David au fond de la salle d'audience lambrissée. David bat du pied nerveusement, faisant trembler tout le banc, et Angie murmure : « Arrête. »

Elle est nerveuse aussi, mais plus douée pour le cacher. Peut-être qu'elle est meilleure pour cacher les choses en général. Elle ramène ses cheveux derrière son épaule, et des effluves de parfum parviennent jusqu'à Julian : une odeur sucrée, qui rappelle la lavande, le même shampooing qu'elle utilisait quand ils étaient ensemble. Quand elle l'a quitté, il en a acheté à son tour, s'en est servi pendant une semaine, puis a vidé le flacon dans l'évier. Il a essayé de l'appeler, de lui envoyer des messages, mais elle n'a répondu qu'une fois : *Arrête de m'écrire, s'il te plaît.* Des années plus tard, quand il a enfin arrêté de boire et qu'il a abordé la neuvième étape du programme des AA, il lui a écrit une lettre pour faire amende honorable et l'a postée à la seule adresse dont il disposait, celle de DeLuca's, sans mettre la sienne au dos. Elle n'a jamais répondu, ce qui ne lui ressemblait pas, mais il s'est dit qu'elle était toujours en colère. Il repense à l'expression autosatisfaite de David, et prend conscience qu'elle ne l'a sans doute jamais reçue. La première fois qu'il a consulté le dossier de Nora, quand il s'est rendu compte que le mariage hâtif d'Angie signifiait qu'elle l'avait trompé, Julian a été furieux, mais il s'en est remis. À présent, il ne peut s'empêcher de se remémorer leurs derniers jours ensemble à New York, cette période qu'ils ont passée à pleurer les défunts, le saccage de leur ville, la menace envers leur pays. Le choc les avait abasourdis, et c'était tout juste s'ils mangeaient et dormaient, mais chaque nuit, ils se réconfortaient mutuellement. Il cherchait son corps, et elle répondait à son invitation, plus qu'à toute autre période au cours de la dernière année de leur relation. Mais Angie avait fait bien plus que le tromper. Comment est-il censé pardonner ça ? Pour Nora, il ravale sa fureur, mais il a envie de mettre son poing dans la figure de David et d'étrangler Angie.

« Le juge, il peut changer la peine ? »

David agite de nouveau son pied et Angie laisse échapper un soupir exaspéré. On dirait de vagues connaissances, pas un couple marié.

« Il ne le fera pas, répond Martine. Le juge Castro est un homme juste.

– C'est une formalité, plus ou moins. On s'est déjà mis d'accord sur les termes du plaider-coupable. Il faut juste que le juge donne son accord officiel. »

Julian se compose ce qu'il espère être un visage rassurant pour David et Angie. David l'ignore et tourne la tête à droite et à gauche, cherchant peut-être à se rassurer en regardant l'assistance.

Il y a quatre rangées de bancs en bois dans la salle d'audience, presque comme dans une église. Devant le premier, une cloison basse – qui annonce en douceur les murs de la prison à venir, puisqu'elle n'arrive qu'à la taille – divise la salle entre les participants malchanceux attendant leur tour d'un côté, et les professions juridiques et le juge de l'autre. Le juge Castro est assis derrière un pupitre face à la salle. Un col de chemise blanc dépasse de sa robe noire. Il écoute attentivement un procureur adjoint, l'un des clones de Gil Stuckey, présenter les affaires l'une après l'autre – détention de meth, négligence parentale, attaque à main armée – depuis un bureau à droite de la salle. Le juge prend de temps en temps la parole, pose des questions, parcourt les dossiers étalés devant lui. Gil, quant à lui, est aux abonnés absents.

Un greffier est assis à un petit bureau en dessous du pupitre du juge, ainsi qu'un huissier de justice sur le côté, près d'une porte. Certains accusés, ceux qui sont actuellement en détention, entrent par cette porte, escortés par l'huissier, mains et pieds entravés jusqu'au moment où ils ont rejoint leur avocat à la table à la gauche de la salle. D'autres, ceux qui sont jugés pour des délits moins graves ou ont trouvé le moyen de payer leur caution, se lèvent de leurs bancs et s'avancent à pas lents pour aller rejoindre leur avocat. Certains comparaissent sans avocat ; ils se représentent eux-mêmes. Tous les prévenus sont évalués et jugés efficacement et rapidement, défilant comme des moutons à la tonte.

Le calme qui règne ici allège l'atmosphère, si l'on compare ce lieu à une cour d'assises new-yorkaise. Là-bas, il règne toujours un plus grand chaos, on entend des cris stridents, des disputes, ou simplement des voix plus tranchantes. Certes, les crimes sont en général plus graves, même si c'est juste que dans cette seule agglomération s'entassent plus de gens que dans tout le Colorado, tout le Colorado ajouté à l'Utah, au Wyoming et au Montana. Mais le calme ne va pas durer. Hier, Julian et Martine ont reçu un exemplaire d'une demande adressée au juge Castro par un média sollicitant le droit de couvrir la procédure. En vertu du Code pénal du Colorado, seuls un appareil photo et une caméra vidéo sont autorisés, mais cela suffira à perturber la tranquillité de l'audience, et forcément, à déstabiliser Nora, Angie et David. Même s'il n'y aura pas grand-chose à montrer – le jugement ne devrait pas prendre longtemps –, Julian regrette que le juge n'ait pas rejeté la demande. L'appareil photo et la caméra sont déjà dans la salle, sur les genoux de deux hommes en chemise sombre. L'un d'eux se tourne à deux reprises vers David et Angie, prenant chaque fois une photo sans être très discret.

Ils sont arrivés en avance car Martine déteste être en retard, et ce n'est toujours pas le tour de Nora. Julian ravale un gémissement quand un homme hirsute, accusé d'avoir mis le feu dans un parc national de deux cents hectares, est escorté dans la salle par l'huissier – le photographe fait aussi un cliché de lui –, puis enfin, le juge appelle Nora. Julian et Martine se rendent à la table des avocats de la défense et s'installent, et David et Angie s'assoient dans la rangée juste derrière eux. L'huissier disparaît derrière la porte latérale, puis réapparaît avec Nora. Elle passe devant eux, traînant les pieds, poignets et chevilles enchaînés à sa taille, un soupçon d'espoir sur le visage. Les yeux un peu écarquillés, elle regarde sa mère et son père. Peut-être qu'elle espère qu'ils la prennent dans leurs bras, même si elle devrait savoir à ce stade que c'est interdit aux accusés dans la salle d'audience. La chaîne à sa taille, trop large pour sa carcasse de petit oiseau, fait un bruit de ferraille, et l'huissier déverrouille ses menottes une fois qu'elle est assise entre Julian et Martine. Gil est arrivé à présent, et son assistant-clone est assis à ses côtés, relégué au silence.

Nora prête serment, son « Je le jure » est faible, mais audible. Le déclic de l'appareil photo se fait entendre à l'autre bout de la salle, et elle tressaille.

Gil Stuckey lui pose des questions.

« Est-ce que vous comprenez la nature des accusations qui pèsent contre vous ?

« Avez-vous discuté de ces accusations avec votre défense ?

« Vous plaidez coupable de meurtre sans préméditation. »

Gil s'interrompt et remue ses papiers. On entend un nouveau déclic. Julian comprend les poses et le désir de faire sensation dans la presse, mais il a toujours évité de donner dans la mise en scène, au tribunal, et il pousse un soupir, pressé de voir la procédure prendre fin. Nora n'a pas bougé depuis qu'elle s'est assise, à part pour répondre aux questions du juge Castro et de Gil par oui ou par non. Quand c'est le juge qui pose des questions, sa voix est bienveillante, mais sévère. Nora garde les yeux baissés sur ses mains, et avec sa tête et son cou qui roulent vers l'avant, dépassant de ses épaules et de son dos voûté, elle ressemble à une tortue qui se serait aventurée hors de sa carapace protectrice.

« La peine maximale pour ce crime est de quarante-huit ans, mais votre avocat et moi nous sommes mis d'accord pour que, en acceptant de plaider coupable, vous soyez condamnée à une peine de quinze ans de prison. Est-ce que cet arrangement correspond bien à vos souhaits ? »

Nora répond oui à toutes les questions ; elle jette de temps en temps un regard à Julian pour confirmation, et il hoche la tête chaque fois. Quand Angie, David et lui sont allés trouver Nora pour lui soumettre le résultat des négociations et faire une répétition de la procédure qui se déroule aujourd'hui, sa réaction les a surpris. Au lieu d'exprimer de la peur face à une peine de quinze ans de prison, elle a seulement dit :

« Je veux juste que ça s'arrête. Je suis coupable. »

Angie l'a regardée avec étonnement :

« Tu te souviens de ce qui s'est passé cette nuit-là ?

– C'est ma voix sur l'appel à la police, mes empreintes sur le revolver.

– Mais tu t'en souviens ?

– J'ai presque quatorze ans, je suis pratiquement une femme. Je décide de mes actes. Mon frère est mort et je mérite la chaise électrique.

– Où est-ce que t'as entendu ça ? » a demandé David. Il parlait d'une voix impatiente, et s'est tourné vers Julian, puis vers Nora. « Il n'en a jamais été question.

– Je le sais, c'est tout.

– Ton père a raison. Il n'en a jamais été question, a dit Julian. D'ailleurs, personne ne mérite ça. Personne. Et tu es… Nora, tu es davantage que la pire chose que tu aies jamais faite. »

En répétant les mots de Mayumi, il s'est demandé si Nora allait y croire. Il a pensé à ce qu'il avait fait à Diana, et à ce qu'Angie lui avait fait. Croyait-il vraiment à ces mots, lui-même ?

Nora n'a regardé ni sa mère ni son père quand elle a dit finalement :

« J'accepte la punition. »

Elle ne regardait que Julian, et ressemblait plus à une enfant qui accepte d'être envoyée au coin qu'à une accusée de meurtre qui accepte de plaider coupable.

Assise dans cette salle à présent, il est difficile de savoir ce qui se passe dans sa tête, si elle comprend ce qu'on lui demande, si elle écoute, ou si son esprit est ailleurs, en train de se remémorer son frère ou un aspect de cette nuit dont elle refuse d'avouer se souvenir. Elle est demeurée aussi mystérieuse pour Julian qu'à leur première rencontre. Il réprime l'impulsion de se tourner vers Angie pour observer sa réaction et se concentre sur la question suivante.

« Votre avocat vous a-t-il avertie des conséquences de votre plaider-coupable ?

« Ce plaider-coupable repose-t-il sur des faits ? »

Les épaules de Nora s'affaissent un peu à cette question, mais elle répond de la même voix douce et distincte : *Oui, oui.* Elle tousse dans son coude, et Julian lui tapote le dos, et lui tend un verre d'eau, tandis que l'appareil photo ne cesse de crépiter. La caméra vidéo doit tourner depuis le début, et il se demande si l'audience va passer aux infos locales. Avec un peu de chance, les médias nationaux se sont lassés de cette histoire et vont les ignorer.

À la fin de ses questions, Gil se tourne vers le juge.

« Monsieur le juge, je recommande que ce plaider-coupable, sanctionné par la peine sur laquelle maître Dumont et moi sommes tombés d'accord, soit accepté par la cour. »

Le juge hoche la tête.

« Avant que je passe à l'acceptation de la cour, a-t-on une déclaration des victimes ?

– Non, monsieur le juge.

– Ce tribunal condamne par le présent acte Nora Sheehan à une peine de quinze ans dans une prison de l'État, dit le juge. Toutefois, jusqu'à ses vingt et un ans, elle purgera sa peine dans l'établissement pénitentiaire pour mineurs du comté de Pinyon. Avant de terminer, Miss Sheehan, aimeriez-vous ajouter quelque chose ? »

Angie renifle, et le son se répercute dans la salle comme dans un canyon. C'est difficile à expliquer, mais aujourd'hui, Nora a l'air d'être la personne la plus innocente de sa famille, peut-être la personne la plus innocente de la salle. Elle hoche la tête et se lève, dit : « Je suis désolée », et se rassoit, si vite et si doucement que Julian n'est pas sûr qu'à part lui, quelqu'un l'ait entendue. Que ses mots soient creux ou sincères, elle les a dits tout haut. Ce sont des mots qu'il n'a jamais pu prononcer après la mort de Diana, et maintenant, il n'a plus personne à qui demander pardon. Le juge se tourne vers l'huissier et lui adresse un signe de tête, puis écarte le dossier de Nora et en tire un autre vers lui, appelle un autre prévenu.

L'huissier vient se planter devant Nora, et elle tend les mains pour être de nouveau enchaînée.

« Attendez, intervient Julian. Elle peut embrasser ses parents, vite fait, avant que vous l'emmeniez ? »

L'huissier regarde le juge, qui accepte d'un bref hochement de tête, et Angie et David se penchent pour embrasser gauchement leur fille, malgré le panneau de bois qui les sépare.

21
Mai 2017

En mai, l'herbe du cimetière se réveille et des petits brins vert tendre jaillissent du sol, perçant le chaume resté de l'automne. Les gardiens ont ensemencé la terre des trois nouvelles tombes, dont celle de Nico, plus tôt dans le printemps, et ce sont les plus vertes, vu qu'ici, l'herbe n'a pas besoin de traverser une couche de végétation desséchée. Des élans ont arrosé libéralement les pierres tombales d'excréments au cours de l'hiver, et cet engrais naturel a accéléré la pousse.

La veille de son déménagement, David se promène avec Angie dans les allées. Ils se rendent sur la tombe de Nico. Angie a un paquet de graines d'ancolies bleues dans la main gauche, et sa main droite se balance librement le long de son corps. Quand elle heurte celle de David par accident, ni l'un ni l'autre n'esquisse le geste de se prendre la main.

« Désolée, murmure Angie, et elle change son paquet de graines de main.

– Pas de problème. »

Il s'écarte, presque imperceptiblement, et ils continuent de marcher.

Elle ne sait pas encore ce qu'elle éprouve quant à leur nouvel arrangement, en partie parce qu'elle ne sait pas s'il s'agit d'un arrangement, ou simplement de l'étape suivante sur un chemin sans destination claire. Il a déclaré que les souvenirs dans la maison mauve le dévoraient, et il a loué une maison plus bas dans la vallée, dans une petite ville avec un bureau de poste délabré et une station-service qui vend des vers pour la pêche en été. Angie la connaît, cette maison : elle est nichée entre la route et la rivière San Moreno, on l'aperçoit furtivement quand on descend à cinquante kilomètres à l'heure pour traverser la ville. Elle est blanche, au lieu de mauve, et c'est un ranch, au lieu d'une maison victorienne. Elle se trouve vingt minutes plus près de Nora, vingt minutes plus près d'un boulot pour lequel il a passé un entretien, à Waring – un poste dans une ONG de protection de la nature qui ne paie pas mieux que son travail de garde forestier, mais ne l'obligera pas à porter une arme. Il ne l'a pas précisé, mais peut-être que ses souvenirs de ce travail-là le dévorent, également.

Il ne lui a pas demandé de s'installer avec lui dans la maison blanche, peut-être parce que ça aurait entraîné une discussion sur leur avenir, une discussion à laquelle ils ne sont prêts ni l'un ni l'autre. Il lui a dit, toutefois, que la clé se trouve dans un rocher artificiel posé sur un appui au-dessus de la lumière du porche – en ces termes, à cette cadence – exactement comme dans la maison mauve, mais son visage est resté aussi indéchiffrable que d'habitude quand il a prononcé ces mots. À un moment, elle avait pensé, peut-être avaient-ils pensé tous les deux que les choses pourraient revenir à ce qu'elles étaient avant que Nora tue Nico, revenir à la normale. Mais cette vie-là n'était pas normale, puisque Nico était déjà malade. Et avant cela, leur vie, leur mariage n'étaient pas normaux non plus. Elle s'en est rendu compte pendant la réunion au sujet du plaider-coupable de Nora. David savait – depuis longtemps – que Nico n'était pas de lui. Quand elle a voulu savoir comment, il lui a tout révélé : il avait intercepté une lettre de Julian, et avait pris conscience en la lisant qu'elle était avec celui-ci en même temps qu'elle était avec lui. Il avait revérifié le poids de Nico à sa naissance, la date de celle-ci et des échographies, et consulté de nouveau les dates de ses propres déplacements à la période où Angie était rentrée de New York. Il avait brûlé la lettre de Julian dans leur barbecue, pensant qu'il pouvait continuer en acceptant cet état de fait, mais la chose s'était révélée plus difficile qu'il l'avait cru. Et son amour pour Nico n'en avait pas été diminué – après, tout, ce n'était pas sa faute – mais son amour pour Nora en avait été renforcé. Du moins, c'était ce qu'il avait dit.

Ce qu'il n'avait pas précisé, en revanche, mais qu'elle se demandait, c'est si son amour pour Angie en avait été diminué.

Elle a essayé d'analyser tout ça, de comprendre lequel d'eux deux a le plus blessé l'autre, et si la préméditation de blesser l'autre aggravait la souffrance d'autant, comme dans les affaires de meurtre. Dans ce cas, David l'emportait. Non seulement il l'a blessée, elle, mais il a blessé Julian, en le faisant venir défendre Nora. D'une pierre deux coups, voilà ce qu'il s'est sans doute dit. Elle ne l'aurait jamais cru capable de se montrer vindicatif à ce point, mais il ne l'aurait sans doute jamais crue capable de lui mentir au sujet de la paternité de Nico. C'était une faute morale – elle l'avait toujours su – d'avoir fait croire à David que Nico était de lui, mais elle l'avait fait pour éviter de le blesser, pour lui épargner la douleur de savoir qu'elle était avec Julian en même temps qu'avec lui. Mais évaluer les torts de chacun ne servira à rien maintenant. Ça ne ramènera pas Nico, ça ne sortira pas Nora de prison. Ça ne fera pas qu'Angie et David se remettront à s'aimer comme par magie.

Quand elle lui a demandé d'entamer une thérapie de couple, David n'a pas dit non, mais il n'a pas dit oui non plus. Il a dit *Je ne suis pas prêt*, le visage indéchiffrable, comme toujours. Elle ne sait toujours pas ce qu'il voulait dire, s'il n'était pas prêt à lui pardonner, à recommencer à l'aimer, ou simplement à consulter. Elle ne sait pas si cette porte est ouverte ou fermée, mais ce n'est pas grave. Elle n'est plus très certaine de ce qu'elle éprouve pour lui, elle non plus, et elle a d'autres priorités pour l'instant. Il est temps qu'elle fasse quelque chose pour elle-même.

La brasserie a libéré les murs de l'ancien DeLuca's il y a plus de trois semaines – les gérants étaient furieux, mais résignés – et elle s'emploie à reconvertir cet espace en sa nouvelle incarnation : une galerie d'art. *Sa* galerie d'art. Elle en consacrera une partie à ses propres toiles, et le reste servira à accueillir des artistes de la région avec, deux fois par an, une exposition d'œuvres de mineurs incarcérés, mineurs qu'elle compte parrainer et auxquels elle projette de donner des cours si l'État l'autorise à faire du bénévolat dans les centres de détention et autres établissements pénitentiaires. Dans la première salle, il y aura un bar, qui servira du café et des pâtisseries le matin, du vin et des tapas le soir. Ce ne sera pas exactement un restaurant italien, mais c'en sera suffisamment proche pour qu'elle sache qu'elle aurait fait la fierté de Roberto. Peut-être même qu'elle mettra une vieille recette de pâtes de chez DeLuca's au menu.

Arrivés devant la tombe de Nico, ils s'accroupissent. Le cimetière est plein du croassement des corbeaux et des gazouillis des moineaux, l'enthousiasme de tous les volatiles à s'accoupler créant une cacophonie qui bouleverse le silence coutumier du lieu. Ces derniers mois, Angie a appris à ne pas demander *pourquoi*. Demander pourquoi ne menait qu'à imaginer la réponse, puis les circonstances ayant accompagné cette réponse, la nuit elle-même du meurtre et toutes les manières dont il a bien pu se dérouler. Si ces images s'installaient à demeure dans son esprit, elle ne pourrait pas supporter de continuer à vivre, ou à aimer Nora, donc elle les a bannies, autant qu'un être humain puisse bannir un mauvais souvenir. Elle a appris à oublier et appris à se souvenir, et à présent, elle peut se concentrer sur la tâche de trouver un espace convenable, dans son esprit, pour les bons souvenirs de Nico et Nora, les ranger chacun à leur place, de façon à pouvoir y accéder quand elle en a besoin.

Elle place sa main sur l'herbe là où le cœur de Nico devrait se trouver et presse la terre, regrettant de ne pouvoir raviver son pouls par sa volonté.

« Tu as la pelle ? » demande-t-elle.

David la sort de son sac à dos et se met à retourner le sol au bord de la tombe de Nico. Elle étend les doigts, dépasse le cœur silencieux et pose la main sur la pierre, pour caresser du bout des doigts le nom de Nico, la date de sa mort, sa date de naissance. Le 11 juin 2002 semble remonter à une éternité, mais ce pourrait tout aussi bien être hier.

Quand elle s'était rendue à la clinique de Rimrock Junction, à l'époque, elle n'avait pas pu aller jusqu'au bout. Elle était entrée, s'était présentée au guichet, puis était passée aux toilettes pendant que la secrétaire enregistrait son dossier. Elle s'était regardée dans la glace et son reflet lui avait rendu un regard noir, la narguant avec l'image d'un enfant qui aurait pu être, sur quoi elle était ressortie et s'en était allée.

Pendant les trois heures de route pour rentrer à Lodgepole, elle avait élaboré un plan. Quelques jours plus tard, alors qu'ils promenaient le chien de David au parc, elle lui avait confié que ses règles étaient en retard, et qu'elle voulait garder le bébé. Quand il s'était laissé tomber sur un genou, l'autre, celui qu'il tenait en l'air dans sa pose qui voulait dire « épouse-moi », tremblait comme les pattes grêles d'un poulain nouveau-né. Elle avait donné la seule réponse dont elle soit capable et hoché la tête, ne se faisant pas confiance pour le dire à haute voix. Il s'était relevé d'un bond et l'avait soulevée dans ses bras, la faisant tourbillonner, les jambes vers l'extérieur telle une balancelle dans un manège. Elle avait entendu des applaudissements au loin, et elle était vaguement consciente que ces spectateurs voulaient célébrer un moment de bonheur, mais son cœur restait impassible, fixe comme l'axe de ce manège, incapable de bouger. Le dire à Julian serait revenu à trahir David, et le dire à David serait revenu à trahir Julian, donc elle avait fermé les yeux pour échapper au tourbillon entêtant des trembles, vu une porte se fermer, et s'était tournée vers une autre.

Elle lui raconta que le terme était prévu pour six semaines plus tard qu'en réalité. Elle se prépara à un accouchement à la maison, afin d'éviter la présence de médecins qui s'étonneraient de la taille d'un bébé prétendument né six semaines avant terme. Quand la date réelle approcha, elle organisa un petit voyage avec David, leur dernier voyage en tête-à-tête, espérant que le bébé naîtrait loin des regards inquisiteurs et des commérages de Lodgepole. Ils roulèrent jusqu'à Santa Fe et descendirent dans un bed and breakfast avec piscine chauffée et cookies offerts dans le hall. Le matin, David allait faire de la randonnée dans le désert ou les monts Sangre de Cristo, et Angie s'installait sous un parasol, près de la voiture, et peignait des paysages roses, surréalistes, qui scintillaient dans le sable et ne lui rappelaient pas New York. L'après-midi, il la suivait dans sa tournée des galeries, sans trop râler, à condition qu'elle accepte de goûter des plats tex-mex épicés au dîner.

Chaque soir, elle goûtait, puis feignait de ne pas aimer. Elle faisait tout son possible pour prévenir un accouchement en avance ou à temps, y compris se tenir à l'écart de la nourriture épicée et du sexe ; en effet, elle s'était renseignée sur toutes les recettes de grands-mères pour précipiter le terme, et faisait tout le contraire. Éviter le sexe s'était révélé plus difficile que prévu, mais elle s'en sortait en taillant pipe sur pipe à David.

Quand le moment vint enfin, Angie avait dépassé le terme réel de neuf jours, et elle avait quatre semaines et demie d'avance sur la date qu'elle avait donnée à tout le monde. Elle perdit les eaux dans le hall du musée Georgia O'Keefe. Ça coulait le long de ses jambes tel un robinet qui fuit, rien à voir avec les cascades qu'elle avait vues au cinéma. David était terrifié, mais Angie avait bien préparé son coup. Elle avait pris l'adresse d'une maternité sur place, et David conduisit son pick-up tout neuf plus vite qu'elle ne l'avait jamais vu faire, arraché à son attitude en général placide. Il grilla des stops et prit tous les virages sur deux roues, ou du moins c'était ce qu'il dirait plus tard, quand il raconterait l'arrivée prématurée de Nico.

« Comment tu as su où aller ? » dit-il en grillant un des stops.

Elle avait pris ses dispositions des mois plus tôt, et elle avait juste de la chance que le timing fonctionne, mais entre deux contractions, elle gémit :

« J'ai cherché une adresse juste avant qu'on parte. On n'est jamais trop prudent. »

Du fait que c'était une maternité, et non un hôpital, il y avait un problème : pas de péridurale. Angie se vit rappeler sa supercherie à chaque contraction, chaque poussée. Elle avait toujours juré qu'elle ne choisirait jamais un accouchement naturel – *Pourquoi ?* demandait-elle toujours à ses amies enceintes, à New York. *Pourquoi s'infliger une douleur pareille si on n'y est pas obligée ?* – mais David n'en savait rien. Il la trouvait courageuse de vouloir faire l'expérience de l'accouchement ainsi que mère Nature l'avait prévu. Elle serra les dents et se dit que c'était un troc équitable : la douleur contre l'enfouissement d'une vérité.

Après la dernière poussée, Angie retint son souffle, attendant d'entendre le bébé pleurer, d'entendre qu'il était en bonne santé, d'entendre la voix de la doula quand elle annoncerait son poids. À sa naissance, Angie était toute petite, à peine trois kilos, et elle espérait que ce qu'elle avait lu – les filles tiennent souvent de leur mère pour ce qui est des grossesses – était vrai. Si le bébé était trop gros, sa taille pourrait susciter des interrogations quant à sa véritable date de conception.

« C'est un garçon ! » glapit David.

Il tenait la main d'Angie et lui essuyait le front avec un gant de toilette, et elle aurait voulu se réjouir, mais elle attendait encore de connaître ce détail ultime, celui qui assurerait la réussite de son stratagème.

Il pesait deux kilos neuf, ce qui était peu pour son âge gestationnel réel, mais beaucoup pour un bébé prétendument prématuré. Une bonne moyenne, qui collait parfaitement à son plan.

« Il est en excellente forme, pour un bébé né cinq semaines en avance.

– Quatre, corrigea Angie.

– Son poids est très satisfaisant. Vous avez dû bien manger pendant la grossesse. »

La doula lui plaça Nico sur le sein et l'aida à se suspendre à son mamelon, puis regarda Angie dans les yeux. Cette femme avait plus de soixante ans, avec des cheveux bouclés d'un gris incolore qui laissaient entendre qu'elle se moquait bien de ce qu'on pouvait penser d'elle. Elle portait un jean et un tee-shirt Grateful Dead à manches longues. Elle avait les yeux perçants, vigilants, mais sa mâchoire carrée était détendue.

Elle savait. Angie comprit qu'elle savait. Mais elle s'en fichait. Cette femme ne dirait rien. C'était facile à rationaliser : les femmes trompent leurs maris depuis l'époque du Christ. Avant, même. Depuis les Grecs ou les Égyptiens. Peut-être était-ce plus difficile à présent, car les hommes venaient parfois aux rendez-vous chez l'obstétricien, et avec une échographie, on pouvait établir l'âge gestationnel avec précision, mais Angie avait privilégié les rendez-vous avec des sages-femmes, limité les échographies au strict minimum, et s'était arrangée pour que David ne puisse pas l'accompagner trop souvent. Elle avait de la chance que Nico arrive en retard, si bien qu'il semblait être prématuré de quatre semaines, au lieu de six ; cela dit, Livia avait accouché de Diana et d'elle avec deux semaines de retard, donc Angie savait depuis le début qu'il y avait de fortes chances qu'il lui arrive la même chose.

À présent, c'est difficile de ne pas se demander si tout ce qui s'est passé est sa faute, si tout ça, ce n'est pas le karma qui revient prendre son dû. Elle regarde David qui creuse un trou devant la tombe de Nico pour semer les ancolies, et se demande s'il avait soupçonné quelque chose avant d'intercepter la lettre de Julian – en constatant que Nico était blond, plutôt que roux, qu'il était grand, plutôt que petit, qu'il avait les yeux marron, plutôt que bleus. S'il lui restait des doutes après la lettre, ils avaient dû voler en éclats lorsque Nico avait développé la maladie de Huntington et que leurs tests avaient prouvé qu'ils n'en étaient porteurs ni l'un ni l'autre. Elle avait accepté de procéder au dépistage car il ne portait que sur le gène de Huntington – ce n'était pas un test de paternité – et elle savait qu'il était possible, bien que rare, que la maladie se déclenche spontanément. Elle avait résisté tant qu'elle avait pu, mais David ne voulait rien savoir. Il tenait à faire ce test. Elle avait fini par accepter en serrant les dents, sachant que si c'était de cette façon qu'il découvrait sa supercherie, ce serait son châtiment, une punition bien pire que de réciter des Je vous salue Marie à genoux sur des bancs en bois durs. Quand le médecin avait annoncé que les résultats signifiaient que le cas de Nico était idiopathique, David n'avait pas remis son avis en doute, et elle avait poussé un soupir de soulagement. À présent, elle sait qu'il disposait déjà de toutes les preuves dont il avait besoin avec la lettre de Julian qu'il avait interceptée. David, le bouddhiste de jadis, disait toujours que le karma n'était rien d'autre que la malchance, mais elle n'est pas certaine qu'il ait raison dans ce cas. Dans son for intérieur, elle avait toujours justifié le fait d'avoir caché la paternité véritable de Nico par sa volonté d'épargner les sentiments de David ou de Julian, mais à un certain niveau, c'était également un acte égoïste : elle n'avait jamais cessé d'aimer Julian, pas vraiment, et Nico était son fils, mais il était plus encore. Il était son lien au passé, son lien à Julian. Comment une telle supercherie aurait-elle pu *ne pas* détruire la vie de Nico ? Comment aurait-elle pu ne pas détruire sa vie, à elle ?

Un corbeau posé sur la tombe voisine les observe attentivement. Ses plumes noir de suie s'ébouriffent dans la brise, puis se remettent en place, et ses croassements résonnent dans le cimetière maintenant silencieux. Nico a toujours aimé les corbeaux à cause de leur côté farceur, et elle se demande si celui-ci voit quelque chose à chaparder : le paquet de graines vide, la pelle brillante, ou les graines elles-mêmes. Elle s'agenouille et tapote la terre avec ses mains afin de s'assurer qu'elles sont enfouies suffisamment profond pour les protéger de ce voleur potentiel.

Angie ne sait pas si quinze ans, c'est trop ou pas assez, si elle est en colère contre David, contre Julian, contre le passé ou contre elle-même, ou prête au contraire à tourner la page, à aller de l'avant. Quand elle se réveille chaque matin, elle sait seulement que si elle s'arrête pour réfléchir, elle ne parviendra pas forcément à repartir. Elle avance tambour battant. Elle aide David à emballer ses vêtements, ses livres et ses fusils dans des cartons et à les charger dans son pick-up. Elle le salue de la main quand il s'éloigne. Elle retire le calendrier du frigo, celui où figurent les dates qui auraient été celles des audiences de Nora si elle avait été jugée comme une mineure, le froisse, et le jette à la poubelle. Elle va courir sur Wolf Creek Trail, jusqu'à la cascade, une fois par jour, quel que soit le temps. Quelquefois, en rentrant, elle voit des touristes ralentir en voiture pour prendre une photo, comme si la maison, le crime ou les êtres qui formaient autrefois cette famille n'étaient que des curiosités dont la place est dans un musée ; elle continue de courir et passe devant chez elle comme si elle n'y habitait pas. Elle donne les vêtements de Nora et de Nico à des œuvres de charité. Nico n'aura plus jamais besoin des siens ; ceux de Nora seront trop petits d'ici quinze ans. Angie conserve deux ou trois de leurs tee-shirts préférés, les plie soigneusement pour en faire de minuscules rectangles qu'elle cache dans sa commode. Elle espère encore voir Nico assis à table derrière elle quand elle se retourne dans la cuisine – peut-être le menton appuyé sur une main, tandis qu'il étudie un livre sur la fauconnerie, ou en train de réfléchir à un problème de maths – mais il n'y est jamais. Elle se demande comment un enfant, une personne qu'elle aimait, qui faisait partie d'elle, a pu disparaître si rapidement. Un jour, elle gratte les dernières traces du ruban jaune et noir indiquant la scène de crime, dont un fragment était resté logé dans une fissure à l'entrée de la chambre de Nico. Elle retire les petits filaments jaunes avec la pointe d'un tournevis. Un autre jour, elle trouve une batte de base-ball dans le placard de son fils. C'est une batte taille enfant, datant de l'année où il a voulu s'inscrire dans l'équipe. Elle caresse du bout des doigts le bois lisse et elle est stupéfaite de voir à quel point elle est en bon état. Pas d'entailles, pas d'éraflures. On la croirait toute neuve, car bien qu'il les ait suppliés de le laisser jouer, il avait décidé qu'il détestait ce sport deux semaines après le début de la saison.

Dehors, les oiseaux continuent de se livrer à leur débauche de gazouillements lascifs. Elle se redresse et va se promener dans le jardin, batte en main. Quand David est parti, elle lui a proposé de prendre les mangeoires – après tout, c'est lui qui les a installées – mais il n'en voulait pas davantage qu'elle. « Ouste ! » lance-t-elle aux oiseaux, qui se dispersent dans le ciel. Elle prend la batte fermement dans ses mains, se plante devant l'une des mangeoires et frappe. C'est comme de frapper sur une piñata, à un anniversaire, sauf qu'aucune friandise ne tombera au sol quand elle aura fini de l'éclater. Avec une joie mâtinée de tristesse, elle abat la batte encore et encore, de plus en plus fort, jusqu'à ce que le plastique craque et laisse échapper les graines.

En regardant les graines éparpillées par terre, et les oiseaux éparpillés dans le ciel, elle soupèse les vies de ses enfants, une dans chaque main. Elle ne saura jamais si quinze ans, c'est trop ou pas assez.

Elle donne à sa galerie d'art-café le seul nom qui lui vient, Angela's Art Cafe, car c'est exactement ce dont il s'agit. Ce ne serait pas assez sophistiqué pour une galerie new-yorkaise, mais ça lui est égal. Ce lieu est à elle, rien qu'à elle. Elle a perdu beaucoup de choses, oui, mais il lui reste ça. Elle peint l'enseigne puis l'accroche sur la devanture avec l'aide d'un homme à tout faire aux services duquel sa mère avait souvent recours après la mort de Roberto. Il est plus vieux, maintenant, il a les cheveux gris, mais il sait toujours tout faire, et il l'aide à mettre en ordre divers petits détails afin de préparer l'espace en vue de l'ouverture, pour Memorial Day. Roberto a toujours insisté : il était crucial d'être ouverts tous les jours pendant la haute saison – de Memorial Day à la fin septembre, puis de décembre à mars – et elle doit suivre son conseil afin que le lieu soit suffisamment rentable pour tenir. Le crédit hypothécaire qu'elle a obtenu en gageant le bâtiment suffira à couvrir ses frais quotidiens et les impôts fonciers de la maison mauve, et à faire vivre Angela's Art Cafe pendant un an, peut-être deux, mais Roberto et Livia détesteraient savoir qu'elle s'est encore endettée pour conserver ce bâtiment, et elle compte rembourser le plus vite possible. Si nécessaire, elle restera ouverte tous les jours, aussi bien pendant la haute que la basse saison. Et si ça marche, quand Nora sortira, elle aura un emploi qui l'attendra, une opportunité de vivre une vie normale. Et ses antécédents judiciaires n'entreront pas en ligne de compte.

Le jour où ils mettent les dernières touches, elle rédige un chèque pour l'homme à tout faire sur son bureau de fortune, une table dans le fond, puis ouvre la porte d'entrée pour aérer un peu.

Quand elle entend des pas derrière elle, elle ne lève pas les yeux du fichier de compta ouvert sur son ordi.

« Désolée, dit-elle, par-dessus son épaule, on n'est pas encore ouverts.

– C'est joli, comme lieu. L'aboutissement de tous tes rêves. »

C'est Julian, et le cœur d'Angie bat la chamade quand elle se retourne.

« Salut, dit-elle, gênée. Qu'est-ce que tu... on devait se voir au sujet de Nora, j'ai oublié un rendez-vous ?

– Non. On n'a pas rendez-vous.

– Martine va bien ? »

Elle cherche à lire dans ses yeux, mais au lieu de lui rendre son regard, il jette des coups d'œil autour de lui, admire le lieu.

« Martine va très bien. »

Il fait le tour de la salle, s'attardant devant certaines de ses toiles, passant plus vite devant celles des artistes locaux. Il s'arrête devant le présentoir qu'elle a installé pour vendre des souvenirs de la région : du papier à lettres avec des reproductions de ses paysages de montagne, un livre de recettes de chez DeLuca's, et des pots en verre étiquetés « La sauce tomate de Livia ».

Elle a essayé de ne pas penser à la prochaine fois qu'elle verrait Julian, mais elle n'a pas réussi à le chasser de son esprit. Chaque jour, elle a des conversations imaginaires avec lui. Elle lui explique pourquoi elle lui a caché la vérité sur Nico, même après son diagnostic, lui demande pardon pour l'attitude de David, ou encore, elle recommence tout, dit la vérité, dès alors, dès New York. Dans certaines discussions, ses joues la brûlent de honte. Dans d'autres, elle est en colère, sur la défensive, et justifie ses cachotteries. Chaque fois, il se montre clément et généreux, comme il l'a toujours été. Mais elle ne sait pas comment lui en parler dans la vraie vie.

« C'est la recette de ta mère ? »

Il tient un bocal de sauce tomate.

« Oui. Je vends ça pour faire un peu d'argent en plus. »

Sa main tremble violemment, et il repose le bocal sur son présentoir. Ce n'est pas la première fois qu'elle remarque ce tremblement, mais elle s'est toujours dit, résolument, que c'était juste la nervosité liée à l'affaire, qu'il avait l'air plutôt en forme, que la maladie de Nico venait peut-être réellement d'une mutation spontanée. À présent, il est impossible d'éviter la vérité, et elle prend une grande inspiration.

« Julian... Qu'est-ce qu'elle a, ta main ? » demande-t-elle. Il la regarde, puis se remet à faire le tour de la salle, effleurant certaines toiles du bout des doigts. Comme il ne répond pas, elle ajoute : « Je veux dire, ça ne va pas ? On dirait que tu as perdu du poids.

– Si tu veux savoir pourquoi j'ai perdu du poids et pourquoi j'ai les mains qui tremblent, interroge-moi sur les analyses médicales que j'ai faites récemment. »

Angie manque défaillir.

« Ou non, pas la peine de demander. Je vais te le dire. J'ai passé le printemps chez des médecins, Angie. Parce que j'avais des douleurs dans les articulations, de l'irritabilité, de la fatigue, des tremblements. Au départ, j'ai cru que c'était le stress, mais j'ai des problèmes d'équilibre, et j'arrête pas d'avoir des crampes. »

Angie remonte ses épaules et respire de nouveau un grand coup, mais elle ne parvient pas à regarder Julian dans les yeux. Sa honte cuisante est de retour.

« Je sais que tu fais des recherches, quand des problèmes médicaux se présentent. Je me rappelle que tu l'as fait pour ton père. Et comme je sais tout ça, je sais que ces symptômes te sont familiers. »

Elle hoche la tête, à grand-peine. Il parle d'une voix calme mais dure, prélude à ce qui, pense-t-elle, va être une explosion de colère ; elle s'y prépare.

« Oui, reprend-il. Tu sais, la première fois que j'ai lu le dossier de Nora, quand j'ai vu la date de ton mariage et que j'ai compris que tu m'avais trompé avec David, ça m'a blessé. Mais c'était le passé, et j'ai tenté de ne pas m'appesantir. Et quand ma mère m'a raconté que Nico était prématuré, j'y ai cru. Mais quand David a parlé du diagnostic de Nico, le jour où on s'est vus pour parler du plaider-coupable, j'ai pensé à mes problèmes de santé bizarres, et tout d'un coup, j'ai tilté. Alors en rentrant, je me suis fait dépister.

– Je suis désolée, murmure-t-elle. Je suis tellement, tellement désolée.

– Désolée de quoi ? Que j'aie la maladie de Huntington ? Ça va aller pour moi, ou à peu près. Mes symptômes ne sont pas si terribles que ça, et les médecins pensent que la maladie va progresser lentement, vu qu'elle s'est déclenchée très tard. Et ce n'est pas ta faute si je suis malade, de toute façon. Mais... » Il s'arrête de marcher en face d'Angie et la fixe, la forçant à soutenir son regard. Il respire fort à présent, mais quand elle cherche la colère dans son visage, ce n'est pas ce qu'elle voit. « Peut-être que ce que tu regrettes en fait, c'est de ne m'avoir jamais dit que Nico était de moi, jamais dit que tu étais enceinte après m'avoir quitté ? De ne pas m'avoir dit qu'en défendant Nora, je sautais tête la première dans un dilemme éthique et moral ? Est-ce que j'ai besoin d'expliquer à quel point c'était déplacé que ce soit moi, le père de la victime, qui défende Nora ? »

Quand Julian était arrivé pour participer à la défense de Nora, Angie avait remisé sa supercherie dans le fond de son cerveau, capable seulement de se concentrer sur sa propre survie, et sur ce qu'il allait arriver à sa fille après la mort de Nico. Elle n'aurait jamais ramené Julian volontairement dans leurs vies ; l'initiative venait de David, et elle lui en avait voulu dès la minute où il lui avait annoncé avoir sollicité l'aide de Julian.

« Ce n'est pas moi qui ai demandé ton aide.

– Tu l'as laissé faire, répond-il d'une voix sans émotion.

– Je ne savais pas quoi faire d'autre. »

Sa voix se brise. Elle s'est fait pendant si longtemps le récit de la trahison de Julian – son alcoolisme, le fait qu'il l'a abandonnée le 11 Septembre – qu'elle a toujours été convaincue d'avoir été dans son bon droit en lui préférant David. Et lui dissimuler qu'il était le père de Nico, ce n'était pas seulement protéger David, c'était protéger Julian, l'homme qu'elle aimait depuis son enfance, en lui cachant qu'elle l'avait trompé. Elle n'avait jamais eu la moindre intention de lui nuire. Elle se demande à présent si c'est Julian qu'elle a protégé, ou elle-même. S'il l'a trahie, ou si c'est elle qui l'a trahi.

« Pendant des années, pendant toute ma vie depuis le jour où Diana est morte, je me suis senti coupable parce que j'étais responsable de sa mort. J'ai failli me tuer à coups d'alcool à cause de ça. Mais tu sais quoi, Angel DeLuca ? Tu ne vaux pas mieux. Et on n'a plus rien à se dire.

– Tu veux de l'argent ? Tu veux que je te paie pour la défense de Nora ? »

Julian, sidéré, reste bouche bée, comme s'il venait de prendre un coup de poing dans la figure ou de faire une mauvaise chute dans une course qu'il était censé gagner.

« C'est ça que tu penses de moi, après tout ce temps ? Que je suis venu pour l'argent ? »

Il lui tourne le dos et se remet à faire les cent pas.

Angie se prend le visage dans les mains quelques instants, puis le regarde de nouveau.

« J'ai perdu toute ma famille.

– Tu m'as volé l'opportunité de faire partie de celle de Nico. J'étais son père. »

Sa voix s'étrangle, et Angie réalise qu'il pleure, chose qu'il n'a même pas faite quand elle lui a annoncé qu'elle quittait New York, qu'elle le quittait. La seule fois où elle l'a vu pleurer, c'est après la mort de Diana.

« Je suis désolée », répète-t-elle.

Revenu se poster devant le présentoir de sauce tomate, il attrape de nouveau un bocal qu'il fait tourner dans ses mains.

« Tu savais à quel point je voulais des enfants, à quel point je voulais une famille, et tu m'as caché que j'avais un fils. Je méritais mieux que ça.

– Je l'ai appelé Nico parce que je savais que tu voulais appeler un de tes fils Nicholas », dit-elle, bêtement, et elle regrette aussitôt ses mots.

Ce qu'elle voulait dire, en fait, c'est qu'elle aimait Nico parce qu'il était le fils de Julian, parce qu'elle aimait encore Julian, elle ne cesserait jamais de l'aimer.

Des taches rouges couvrent le visage de celui-ci. Le chagrin déborde de ses yeux et de sa voix pour se loger dans ses mains, qui se remettent à trembler, et il laisse échapper le bocal. Cela se produit aussi facilement que si de la glace fondue coulait de ses doigts écartés, et en heurtant le sol, le récipient en verre se fracasse et la sauce rouge jaillit, tachant le mur, le sol, la toile la plus proche. Il regarde les gouttes de sauce qui coulent, puis fait volte-face et sort de la galerie.

Angie a l'impression d'être collée à son fauteuil. *Maintenant*, ce serait le moment de lui courir après, de lui demander de nouveau pardon, mais *avant*, ç'aurait été le moment de dire la vérité, de reconnaître qu'elle avait eu tort, qu'il avait eu tort, qu'ils avaient eu tort tous les deux. Mais tout partage, même le partage des torts, est devenu impossible entre eux, et cela fait bien longtemps.

Le silence résonne dans la galerie, un écho solitaire auquel elle s'habitue. Quand elle se lève enfin pour nettoyer, la sauce tomate sur sa toile a séché, et elle passe les doigts dessus, pour sentir sa texture. Cela pourrait presque être le résultat d'une technique mixte, une manifestation du beau créée par elle dans cette nouvelle vie, mais on dirait plutôt une croûte sur une plaie, qui pourrait bien laisser une cicatrice.

22
Mai 2017

Depuis le jugement, Martine a fait de son mieux pour se détacher de l'affaire Nora. Elle a enfin pris sa retraite, vidé son bureau, et remisé les cartons de documents au sous-sol. Elle a poussé le vieux fauteuil noir offert par Cyrus dans un coin de sa salle à manger. Il prend trop de place, mais elle n'est pas prête à s'en séparer. Jack aime dormir sur son cuir souple, et s'amuse à le faire tourner en bondissant dessus en courant. C'est une raison comme une autre de le garder.

L'attention des médias s'est vite dissipée. Les infos nationales n'ont retenu de l'affaire qu'une brève, succincte et factuelle – le crime, le châtiment, Nora en délinquante juvénile ordinaire dont on s'était débarrassé, peut-être parce que les médias ont pris conscience que la décision rendue par la justice venait seulement confirmer le jugement formulé depuis longtemps par l'opinion publique. Le journal local a fait un petit encadré après le jugement, suivi d'un article sur l'importance de la santé mentale, puis plus rien. L'article sur la décision de justice louait Gil pour son doigté, et le juste milieu qu'il avait réussi à établir dans une affaire délicate. Martine a brûlé le quotidien de ce jour-là dans sa cheminée.

Sa vie, à présent, est à la fois plus et moins excitante. Maintenant qu'elle n'a plus son bureau au premier étage d'un immeuble de

Main Street pour regarder le monde passer sous ses fenêtres, il lui est devenu impossible d'avoir un regard en surplomb sur Lodgepole. Sa perspective se limite à ce que l'on voit du banc devant le kiosque à café. Mais en fin de compte, elle découvre qu'observer le monde, même là, dans la rue, n'est pas aussi amusant que discuter avec les autres passants qui s'arrêtent prendre leur café. Il y a des jeunes, qui reviennent de leur jogging matinal ou se dirigent vers leur travail. Et des vieux, comme elle, qui reviennent d'un exercice plus doux, une randonnée, ou une promenade avec leur chien, et qui ne vont pas travailler. Tout le monde se parle, les jeunes comme les vieux. Elle a sympathisé avec les habitués et projette de faire une randonnée avec un certain Tim, qui vient de s'installer en ville. C'est presque un rendez-vous. La retraite n'est pas aussi effrayante qu'elle l'aurait cru, et elle regrette de ne pas l'avoir prise plus tôt.

Un matin, elle voit Ignacio qui commande un mochaccino glacé pour sa fille et un café noir pour lui. Son visage bourru s'éclaire d'un sourire quand il se retourne.

« Mrs Dumont ! Comment allez-vous ?

– Bien, bien, et vous ?

– Je vous présente ma fille, Natalia. Elle sort d'un rendez-vous chez le dentiste, et c'est comme ça qu'elle fête ça, avec une boisson pleine de sucre. »

Natalia lève les yeux de son téléphone et fait un demi-sourire, puis baisse de nouveau la tête. Ses pouces s'activent furieusement, et Ignacio tient son gobelet.

« Elle est accro à son téléphone, dit-il. Je suis désolé.

– Ils le sont tous, dit Martine. C'est pas grave.

– Vous êtes en chemin pour le bureau ?

– J'ai pris ma retraite. Ça fait bizarre d'entendre ça, hein ? On dirait presque que je suis vieille. »

Le sourire d'Ignacio s'élargit.

« Félicitations ! Je vous serrerais volontiers la main, mais avec mes deux cafés, ça va être difficile.

– Je vais être en retard, fait sa fille, tirant sur sa manche.

– À bientôt », dit Martine.

Elle passe sa commande, puis se place sur le côté pour attendre. Ignacio et Natalia lui tournent le dos et s'éloignent, sans doute vers le lycée. Ignacio est en uniforme, son revolver à la ceinture. Il doit être en pause. Natalia a l'air plus vieille que Nora – peut-être qu'elle était dans la même classe que Nico, peut-être qu'ils sont sortis ensemble, qu'ils ont été partenaires de TD en sciences nat, qu'ils ont déjeuné à la même table – et Martine ne peut pas s'empêcher de se demander ce qu'elle sait et ce qu'elle pense des enfants Sheehan : le meurtre est-il désormais pour elle un racontar oublié, une leçon, ou simplement un événement qui vit dans son passé ? Même à la retraite, il est difficile pour Martine de chasser Nora et Nico de ses pensées, mais elle n'est pas certaine que ce serait très sain, de toute façon. Ce chagrin, elle ne doit pas en détourner les yeux – et elle ne le fera pas. Donc elle sourit chaque fois qu'elle croise Ignacio, prévoit d'aller visiter la galerie ouverte par Angie, et dira bonjour à David si elle le croise sur la piste le long de la rivière.

Julian et Mayumi sont là, ils restent toute la semaine. C'est la première fois qu'ils lui rendent visite depuis leur mariage il y a huit ans, et elle n'avait jamais passé un temps si long avec Mayumi. La jeune femme est intelligente et drôle, elle fait du bien à Julian et Martine l'adore. Elle la laisse lui toucher le ventre quand le bébé donne des coups de pied – c'est une fille – et traite Martine comme si c'était sa propre mère. Elle s'est extasiée sur le petit lit que Martine a installé dans la chambre de Julian, et elle lui a promis qu'elle pourrait garder la petite aussi souvent qu'elle voudrait. Martine ne lui a pas montré son stock de jouets caché ou la pile de vêtements qui monte sans cesse, mais elle est presque certaine que Mayumi n'est pas une de ces belles-filles qui prennent tout mal. Elle attend juste le bon moment.

Ils font une randonnée sur Miner's Peak ce matin, car Julian est déterminé à tout montrer de son enfance à Mayumi. Ils sont partis avant l'aube afin que la jeune femme puisse admirer le lever du soleil depuis le sommet, et ils doivent la retrouver ici pour le café. Les problèmes de santé de Julian ne sont toujours pas résolus, mais il lui a dit que les médecins pensaient que ses tremblements étaient dus à la maladie de Parkinson, et seraient facilement maîtrisés par un traitement. C'était crédible, sans doute, mais il y avait un truc pas net dans ce que disait Julian. Sa voix chevrotait légèrement – comme toujours quand il racontait des bobards – mais accuser son fils de quarante-quatre ans de mensonge ne serait guère productif, donc elle essaie de rester patiente en attendant la vérité.

L'une des serveuses appelle son prénom – Martin au lieu de Martine –, la regarde, vérifie les noms sur les gobelets, puis s'excuse et rougit.

« Aucune importance, dit Martine. Je vais être grand-mère », ajoute-t-elle, comme si ça expliquait que ça ne la dérange pas de se faire appeler Martin, et elle porte les trois gobelets jusqu'à un banc, sur le trottoir, pour les attendre.

Quand Julian et Mayumi s'approchent, leurs visages se fendent d'un grand sourire. Jack trottine à côté d'eux, remuant la queue. Leurs randonnées les amènent plus loin et plus haut que celles de Martine, et le chien est épuisé tous les soirs, mais sa queue est la fenêtre de son âme, or ces jours-ci, il la remue en permanence.

Elle se dépêche de prendre une photo d'eux, avec Main Street et le mont San Moreno en toile de fond, car elle compte en faire un album pour se souvenir de cette semaine. Avec leurs sacs à dos et leurs chaussures de marche, ils ont l'air à leur place ici. Même si ce n'est pas le cas, même s'ils habitent à New York, ils ont leur place auprès d'elle. C'est son fils, sa belle-fille. Elle a de nouveau une famille. *Je vais être grand-mère !* a-t-elle envie de crier vers le ciel, au supermarché, dans la rue, chaque minute de chaque jour. Il n'y a pas qu'à la serveuse qu'elle voudrait le proclamer.

La nuit dernière, elle a sorti le vieil album photo de sa mère. Les pages jaunissent davantage chaque année, teintant même les photos en noir et blanc d'une nuance sépia nostalgique. Organisé par décennies, il remonte aux années 1900, à Paris, où est née sa grand-mère maternelle. C'est plus un arbre généalogique qu'un recueil de souvenirs et de clichés pris sur le vif, mais Martine veut que Mayumi connaisse toute sa famille. Dans les pages consacrées aux années 1940, on la voit en robe de baptême blanche, dans les bras de sa mère, laquelle regarde son bébé tout juste baptisé avec des yeux hébétés. Sacrée mise à l'épreuve de l'amour maternel, se dit Martine, d'avoir six enfants.

Plus loin, dans la section années 1970, on voit Julian, souriant sur les genoux de sa grand-mère, cherchant son menton fendu d'une fossette de ses petits doigts potelés. Ces photos, où la couleur a remplacé le noir et blanc, ont une palette de nuances, une tonalité bien à elles. Julian portait un short jaune moutarde et des chaussettes marron qui lui arrivaient aux genoux, et Martine a éprouvé un tiraillement douloureux en essayant de se rappeler sa douceur de petit garçon, ce qu'elle ressentait quand il cherchait à pincer son menton, à elle, quand il lui tirait gentiment les cheveux, ou quand elle lui lisait son histoire préférée. Ce qu'elle ressentait quand un bisou sur son genou chassait sa douleur après une chute, quand elle l'interrogeait avant une dictée, quand elle préparait des cupcakes pour ses anniversaires, quand elle l'encourageait pendant ses courses de ski ou ses matches de foot. Elle n'arrive plus à se souvenir pleinement du plaisir d'entendre le mot *maman !* quand il était sorti en courant de l'école après son premier jour de classe. La mémoire peut être cruelle, et seuls les vieux films de famille ont le pouvoir de ressusciter le son de sa voix de petit garçon.

Mayumi a ri en voyant cette vieille photo, avec les coiffures et les tenues des années 1970, puis elle a avoué :

« Mes photos sont pires, cela dit. J'avais des dents de lapin et un appareil, et ma mère a essayé de me faire une permanente, un jour. Je suis affreuse sur toutes les photos jusqu'à la fac.

– Mais non, a protesté Julian. Tu es juste affreuse jusqu'en première. »

Mayumi lui a donné une claque sur le bras, et il a ri, puis elle a poussé un petit grognement mécontent et il a ri de plus belle. Martine sourit à présent en les revoyant exploser de rire comme des adolescents. Ils ont l'air heureux ensemble, aussi heureux qu'elle avec Cyrus autrefois.

À plusieurs reprises, elle a surpris Julian les yeux dans le vague, les dents serrés, l'air sombre, et elle se demande si ça lui est encore difficile de revenir ici, même après ces derniers mois, s'il redoute de croiser Angie avec Mayumi, ou si c'est encore autre chose. Un soir, tandis que Mayumi appelait sa sœur dans la pièce voisine, elle a essayé de l'encourager à se confier, mais il s'est contenté de fermer les yeux. Quand il les a rouverts, son visage était serein :

« Je ne suis pas encore tout à fait remis de l'affaire Sheehan. J'ai du mal à ne pas penser à Nora et Nico, à toute cette tragédie.

– Je comprends. Mais tu en as fini avec ce dossier, et il est temps que tu te concentres sur ta vie actuelle. »

Elle l'a regardé avec tendresse – elle n'a jamais oublié à quel point elle l'aime, il n'y a que lui qui l'avait oublié – et une bonne dose d'inquiétude. Elle est sa mère, et elle sait quand quelque chose ne va pas.

« Je fais de mon mieux.

– Promets-moi de continuer.

– Juré, craché. »

Elle a arrêté de se demander ce qui a poussé Nora à commettre son geste, car ça n'a pas, ça n'a plus d'importance. Les photos de la scène de crime dans le dossier donnent un cadre, un avant et un après, mais ce qui s'est passé entre – et le pourquoi – demeure, et demeurera peut-être toujours une énigme insoluble. De l'avis de Gil Stuckey, Nora est une adolescente en colère, violente. David et Angie étaient convaincus, dans un premier temps, que les coups de feu étaient partis par accident, puis ils s'étaient persuadés qu'un accès de psychose avait causé le drame, et ils étaient déterminés à découvrir ce qui l'avait déclenché. Ils ne le sauront jamais, sans doute, mais Martine imagine le coup de massue qu'avait dû représenter le diagnostic de Huntington, ce que ça avait dû signifier pour deux gamins qui s'adoraient, venant peut-être s'ajouter aux assauts d'une maladie mentale qui avait disloqué la personnalité profonde de Nora. Elle se représente l'acte de charger l'arme, de viser, de tirer. D'appeler le 911.

Et peut-être qu'une énigme insoluble n'a rien de remarquable. Peut-être que la question du *pourquoi* est celle que tout le monde pose, en toutes circonstances. Les étapes et les décisions qui se combinent pour former une vie, un choix, un acte – peut-être qu'elles ne s'additionnent pas comme une équation mathématique, ne se ramènent pas à une somme connaissable. Peut-être qu'elles ne le peuvent pas. Il vaut mieux, avait conclu Martine, se concentrer sur le *quoi* que sur le *pourquoi*, car le *quoi* se trouve toujours sous vos yeux. Et ce qui est sous ses yeux, en cet instant, c'est son fils et sa belle-fille. Ils se tiennent par le petit doigt, balançant leurs mains entre eux. Quand Jack la voit, il se précipite pour sauter sur ses genoux. Elle tend leurs cafés à Mayumi et Julian, et ils s'assoient sur le banc pour lui montrer des photos du lever de soleil de ce matin.

23

Mai 2017

Le 10 mai, jour de son anniversaire, Nora est toujours au centre de détention pour mineurs. Elle a de la chance, lui a dit un gardien, d'être autorisée à rester dans le comté de Pinyon. Elle va être transférée dans la partie prison du même établissement. Une place se libère en juin, quand une autre fille va sortir, et d'ici là, l'État ne va pas engager des frais pour l'envoyer ailleurs.

Jacqueline et elle sont assises sur leurs couchettes respectives, face à face. Ce matin, Jacqueline lui a chanté « Joyeux anniversaire », tout doucement, d'une voix qui ne cessait de se briser car elle ne tenait pas du tout les notes, et elles ont ri de son peu de talent pour le chant, mais ce que veut vraiment Nora, ce que veulent toutes les filles ici pour leur anniversaire, c'est une part de gâteau. Sa mère lui faisait toujours un gâteau au chocolat avec un glaçage blanc décoré de pépites de chocolat et de bougies ; certaines autres détenues ont eu droit à un cake à la crème ou à un gâteau aux trois laits. Quelques-unes n'ont rien eu.

« Tu l'as déjà vu, le côté prison ? demande Nora.

– Non. C'est réservé à celles qui ont été condamnées. Une fois que tu passes de ce côté-là, tu ne reviens plus. »

Jacqueline tresse et retresse une mèche de cheveux sur sa tempe gauche. Elle doit passer en procès la semaine prochaine, et c'est un nouveau tic qu'elle ne parvient pas à maîtriser. Nora lui prend la main, une fois qu'elle a fini, pour qu'elle ne recommence pas, mais Jacqueline se dégage vivement.

Le visage sans expression, Nora ajoute :

« Je me demande juste pourquoi ce serait une chance pour moi d'aller là plutôt qu'ailleurs. »

Jacqueline hausse les épaules.

« Va savoir. Parce que tes parents peuvent continuer à venir, j'imagine. Si t'avais été envoyée à Denver ou Pueblo, ils auraient dû rouler, genre, une éternité pour venir. Huit heures ou un truc comme ça. Ils viendraient jamais, si t'étais si loin, je parie. »

Ni Jacqueline ni Nora ne savent si c'est vrai ou pas. Ce sont de simples suppositions. Personne ne rend jamais visite à Jacqueline, à part sa grand-mère, une fois. Elle est venue de Denver en bus, puis elle a expliqué qu'elle ne pourrait pas recommencer parce que c'était trop loin et trop cher, donc Jacqueline pense peut-être que tout le monde réagirait pareil. Mais peut-être aussi qu'elle cherche à détourner la conversation, jalouse que Nora reçoive des visites presque chaque fois qu'elle y a droit.

« Y aura des cours, là-bas aussi ?

– Je sais pas. »

Nora regarde Jacqueline mâchonner sa tresse. La plupart des ados se sentent plus vieilles rien qu'à l'idée de pouvoir dire : « J'ai quatorze ans. » À treize ans, leurs douze ans sont encore trop proches. À quatorze, elles se rapprochent de leurs seize ans, donc du jour où elles passeront le permis de conduire, un grand pas vers la liberté. La plupart des ados. Elle se lève, un éclair de colère sur le visage.

« Je croyais que ça me ferait plus plaisir, dit-elle, et elle se met à arpenter la cellule, cinq pas dans un sens, cinq pas dans l'autre.

– Comment ça ? »

Nora gesticule dans le vide, mais comme la pièce est très petite, elle se retrouve à désigner le plafond.

« C'est fini. Tout a été décidé.

– Non, c'est pas fini. Ça sera jamais fini. Tu as tué quelqu'un.

– Je ne…

– Ne dis pas ce que tu t'apprêtes à dire. Je sais que tu te souviens de ce qui s'est passé. On finit toujours par s'en souvenir. »

Jacqueline regarde Nora d'un air interrogateur. Il y a longtemps qu'elle a confié son secret à Nora.

Nora contracte ses épaules. Si elle s'en souvenait, il n'y a qu'une seule personne à qui elle le dirait, et il a cessé de la presser de questions sur cette nuit-là une fois qu'il a compris que les réponses ne joueraient pas nécessairement en sa faveur. La vérité, c'est que pour ce qui est des faits significatifs et concrets, ses souvenirs ne feraient que confirmer ce que tout le monde sait déjà, qu'elle avoue ou pas en avoir gardé mémoire, que ce soit à Jacqueline ou à elle-même, et au fond, ça ne change rien qu'elle les possède ou non. Elle a ouvert le coffre en entrant le code qu'elle voyait toujours son père utiliser. En a sorti le revolver, a refermé le coffre. Elle s'est rendue à la chambre de Nico, a ouvert la porte, et appuyé sur la gâchette. Elle a appelé le 911. Ce ne sont pas de ces souvenirs-là que Julian se méfie.

Est-ce que reconnaître qu'elle garde le souvenir de portions insignifiantes de cette soirée présenterait le moindre intérêt pour quiconque ? Elle se souvient de l'avant : le chili pour le dîner – elle le détestait, ce chili, une bouillie de haricots, de poivrons et de viande hachée, avec cette consistance visqueuse, dégoulinante, et sa mère leur en servait toujours deux soirs de suite, voire trois, mais au moins, son père préparait du pain de maïs pour accompagner –, le jeu auquel elle avait joué sur la Xbox avant de se coucher, battant facilement Nico, et décidant de faire l'impasse sur le brossage de dents ce soir-là. Et elle se souvient de l'après : sa mère d'abord en larmes, puis stoïque. L'odeur dans la maison, encore sucrée à cause du pain de maïs, et la bile amère qui menaçait de jaillir du fond de sa gorge.

Mais il y a autre chose : le souvenir d'un sentiment, un souvenir qui se range dans la catégorie « après » mais pas dans la catégorie « insignifiant » : le regret, immédiat, mais obstinément immuable, parce qu'elle avait su tout de suite qu'elle avait fait une bêtise. Ce qui lui était apparu comme une bonne idée, une initiative altruiste pour sauver Nico du nuage noir d'un avenir qui était déjà là, n'en était pas une. Nico n'irait jamais à son camp de fauconnerie, il ne finirait jamais le lycée, et même pas sa troisième. Il n'irait jamais au bal de l'école – à l'école, on racontait qu'il avait invité une fille – et il n'embrasserait jamais cette fille. Il ne skierait plus jamais. Tous ces jamais étaient sa faute. Et tous ces jamais, ce regret immense qui palpitait, sourd, dans son ventre, elle s'en souviendrait toujours.

« Ça te transforme, tu sais. Tuer quelqu'un. Quoi que je fasse, je peux pas oublier, et pourtant je haïssais mon père. Toi, j'ai pas l'impression que tu le haïssais, ton frère. »

Nora ne comprend pas elle-même. Un jour elle est triste, le lendemain en colère, et le troisième jour elle s'en moque. Anesthésiée, c'est comme ça qu'elle se sent. Anesthésiée, et pleine de regrets. L'autre vérité, c'est qu'elle n'est pas prête à tout se remémorer. Les détails de ce jour-là restent en lisière de sa mémoire, là sans être là, inaccessibles tant qu'elle n'est pas prête à affronter les conséquences du fait d'avoir tué. Si elle devait révéler à Julian la vérité, toute la vérité, il lui dirait que le lien entre la mémoire et la vérité est complexe, et peut-être le sait-elle depuis le début.

« Ton procès, c'est la semaine prochaine, dit Nora. Qu'est-ce que t'en sais, de ce que je ressens ? »

Jacqueline sort sa tresse de sa bouche, se lève et sort de la cellule pour rejoindre la salle commune.

Nora s'allonge, face au mur.

« C'est mon anniversaire, aujourd'hui, murmure-t-elle. Ça va être le pire anniversaire de toute ma vie. L'an prochain, je serai habituée. Ça sera un peu mieux. J'aurai quinze ans, et je serai devenue une dure, comme Paradise. Peut-être même comme Maria-Elena. »

Le mois d'avant la nuit où Nora a tué Nico, c'était septembre. Autrefois, c'était sa saison préférée, parce que les touristes commençaient à quitter la ville, et il y avait moins de monde qu'en été ou en hiver. Main Street était rendue aux enfants de Lodgepole, qui allaient à l'école et en revenaient en bandes. L'anniversaire de sa mère tombait en septembre, et son père préparait toujours des cupcakes géants, jaunes, surmontés de caramel. Nora et Nico se glissaient toujours dans la cuisine en pleine nuit pour en manger, et Angie ne comprenait jamais pourquoi ils disparaissaient si rapidement. Quand Nora était petite, sa grand-mère disait que l'automne, c'était le bon moment pour commencer à préparer des plats d'hiver, comme les lasagnes. Mais au mois de septembre précédent, Livia avait disparu, car on l'avait enfermée dans un hospice pour qu'elle cesse d'errer dehors en pleine nuit. Angie et David avaient disparu aussi, ou du moins disparu de la maison, car ils étaient tout le temps à des rendez-vous médicaux avec Nico. Après les cours, Nora peignait seule dans sa chambre.

La semaine d'avant la nuit où Nora a tué Nico, c'était octobre. Angie avait failli oublier l'anniversaire de David et avait dû acheter un gâteau tout fait *in extremis* au supermarché. Nico était toujours de mauvaise humeur, et quand il n'était pas méchant, il était triste. Angie passait du temps avec lui à la table de la cuisine pour l'aider à faire ses devoirs car ses notes l'inquiétaient, mais la plupart du temps, il se contentait de regarder les oiseaux par la fenêtre, amorphe. Il savait, à ce moment-là, qu'il ne ferait plus de courses de ski, mais il espérait encore pouvoir aller à son camp de fauconnerie. Nora avait trouvé la brochure de présentation du camp d'été dans sa chambre, et un jour, pendant qu'ils étaient tous chez le médecin, elle y était retournée pour tenter de donner un air plus féroce au faucon sur le mur en lui ajoutant un petit capuchon en cuir, mais le résultat ne ressemblait pas du tout à la photo de la brochure.

La veille de la nuit où Nora a tué Nico, c'était le 12 octobre. Ce n'était l'anniversaire de personne. Avec sa mère, elles avaient rendu visite à Livia après les cours, et sa grand-mère lui avait crié dessus parce qu'elle interrompait son émission, alors que c'était seulement une pub, et elle l'avait appelée Angela, alors que tout le monde savait que Nora ressemblait à son père, pas à sa mère. Nora était censée aimer sa grand-mère, et elle l'aimait, mais ce jour-là, elle avait été écœurée par l'odeur régnant dans la chambre, les cheveux blancs en désordre, et la bave qui dégoulinait du coin de la bouche de Livia. Cette personne n'était pas sa grand-mère, elle ne l'était plus.

Le jour où elle a tué Nico, c'était le 13 octobre.

Depuis des mois et des mois, Angie s'escrime à déterrer de bons souvenirs, au moins un quotidiennement, mais le jour de l'anniversaire de Nora, au volant de son minivan encore vaillant quoique en fin de course, tandis qu'elle est en route pour rendre visite à sa fille, c'est un autre type de souvenir qui remonte à la surface.

Nico, quatorze ans ; Nora, treize.

Son dernier été. Il faisait un mètre soixante-dix-sept, et de toute évidence, ses gènes le projetaient grand, mais la maladie était également dans leurs plans. Sa chorée spastique s'était aggravée, et à cause de sa récente perte de poids, de sa bradykinésie et de son ataxie, des noms sophistiqués pour décrire un corps en plein déclin, Angie et David devaient avoir une conversation franche avec lui. Ils voulaient le rassurer – il existait des traitements pour maîtriser les mouvements incontrôlés du corps – mais ils savaient aussi qu'ils devaient être honnêtes quant à la progression de ses symptômes et la signification de celle-ci. Dans le cas contraire, il chercherait les réponses sur Internet, et trouverait des informations qui pouvaient être vraies, fausses, ou trompeuses. Un soir, après avoir fermé la porte de sa chambre pour éviter que Nora les entende, ils avaient eu cette conversation. Il n'y avait eu ni larmes ni questions, sans doute parce qu'il avait déjà tout cherché sur Google depuis longtemps, mais le lendemain, il avait pris Angie au dépourvu. David était au travail, Nora peignait dans sa chambre, et elle préparait le déjeuner dans la cuisine.

Il s'était éclairci la gorge avant de parler, pour l'avertir non seulement de sa présence mais de l'importance de ce qu'il avait à dire.

« Maman, j'ai une question, en fait. J'ai réfléchi. »

L'atmosphère dans la pièce, dans la maison, dans toute la ville, était stagnante, étranglée par un énorme dôme de chaleur qui pesait sur le Colorado, élevant les températures d'août à des niveaux rarement atteints dans une ville de montagne. Il n'y avait pas de climatisation dans la maison – quel intérêt, quand on habite à plus de 2 500 mètres ? – et Nico ne portait qu'un short. Son torse nu était presque concave. Angie l'avait regardé dans les yeux, évitant les preuves physiques de sa maladie.

« OK. Je t'écoute.

– C'est comment, d'être mort ? Vous n'avez parlé que de ce qui allait se passer pendant je serai encore vivant. »

Il avait les yeux écarquillés, non pas par la peur, mais par la curiosité.

C'était une question à laquelle elle n'avait pas de réponse. Comme tout le monde – sauf peut-être le père Lopez –, elle ne pouvait que supposer, ou espérer. Comment était-ce pour Diana, pour Roberto, ou pour le capitaine des pompiers mort quatre ans plus tôt ? Elle s'était assise à la table de la cuisine, l'attirant vers elle, et s'était efforcée de parler comme si elle savait.

« Paisible, je pense.

– Tu seras là ? »

Elle avait posé sa main sur le cœur de Nico – qui battait, chaud, sous sa peau, bien plus qu'un simple organe sous ce torse concave – puis avait placé celle de Nico sur le sien, à elle.

« Je serai là. Je serai toujours là, dans ton cœur. Et tu seras toujours dans le mien. »

Ils étaient restés comme ça un moment ; la respiration d'Angie tremblait.

« Mais maman, avait-il dit enfin. Ce n'est pas… je sais toujours pas comment c'est, et je sais pas si je crois au paradis. »

Elle avait lu une brochure sur la meilleure manière de parler de la mort aux enfants – que pouvait-elle faire d'autre, en mère d'un enfant mourant ? – mais c'était un guide pour les tout-petits, et elle se sentait perdue, plus perdue qu'elle ne s'était jamais sentie en tant que mère. Une sensation d'étranglement était montée dans sa gorge, et elle avait répété quelques phrases qu'elle avait lues dans la brochure, pour gagner du temps – *quand on est mort, on ne souffre plus, tu ne seras plus dans ce corps car il aura cessé de fonctionner, et tu ne dormiras plus, ne mangeras plus et n'éprouveras plus de douleur* – puis elle avait remarqué Nora qui les observait en silence, dans l'embrasure de la porte. Elle avait ouvert grand les bras pour lui faire signe d'approcher et les avait serrés tous les deux contre elle, s'essuyant les joues une fois qu'elle avait cru qu'ils ne pouvaient voir son visage.

Quand Angie arrive enfin, c'est la fin de l'après-midi, les dernières heures de visite de la journée. Elle a des peintures toutes neuves, des peintures qu'elle n'a pas le droit de laisser à Nora mais qu'elle apportera chaque fois qu'elle lui rend visite pour que sa fille puisse continuer de peindre pendant qu'elles discutent. Elle achète au distributeur un cupcake au chocolat Hostess avec un glaçage blanc et un Sprite. Les visiteurs ont le droit d'apporter du matériel de peinture pour que les détenues s'en servent pendant la visite, mais pas de plats préparés à la maison, pas même pour les anniversaires, et Angie est en train de pester à mi-voix contre cette règle inepte lorsqu'elle rentre dans le gardien stationné devant la salle de visite.

« Pardonnez-moi », dit-elle, mais il lève à peine les yeux de son téléphone, et elle pousse la porte elle-même.

Depuis que la peine de Nora a été annoncée, une étrange paix est descendue sur Angie, peut-être davantage un équilibre qu'une paix, même si elle ne comprend ni l'un ni l'autre, mais elle sait qu'elle doit s'employer à créer de nouveaux souvenirs et de nouvelles vies pour sa famille reconfigurée, plus petite. Entre-temps, il lui reste une chose à faire pour Nora, et elle va la faire aujourd'hui.

David n'est pas avec Angie, mais il a envoyé une carte rose qui dit « Tu as QUATORZE ANS ! » en lettres bleues sur le recto. Il a écrit un message à la main, en lettres d'imprimerie bien nettes, à l'intérieur. Le texte en est bref : *Bon anniversaire, ma chère Nora ! Je t'aime et je viendrai te voir bientôt* – parce qu'il ne veut pas expliquer où il se trouve en réalité : à une journée entière d'entretiens pour le poste dans l'ONG de protection de la nature. À l'instant où Angie entre dans le centre de détention, il est assis dans une salle de réunion, en face d'un homme et d'une femme. *Nous sommes désolés, mais nous sommes forcés de vous poser la question*, viennent-ils de dire. Ils se penchent légèrement en avant, comme pour mieux entendre sa réponse. Ils sont plus agréables qu'il ne s'y attendait, et ils lui ont déjà dit que cette dernière journée d'entretiens était une pure formalité, que tout le monde, dans l'ONG, avait hâte de le rencontrer, mais il reste muet. Son revolver était dans un coffre à armes, sous clé, à sa place. Il n'a rien fait de mal. Mais il ne peut pas justifier de n'avoir pas réussi à faire davantage. Il ne peut pas justifier d'avoir échoué à protéger sa famille. Il ne peut pas justifier le fait de ne pas vouloir retourner à la maison mauve, ou à son ancien poste, avec une arme.

Nora remarque immédiatement l'absence de son père, et son cœur bat fort dans sa poitrine, non pas de colère, mais d'une sourde résignation. Elle voit les peintures, le cupcake Hostess enveloppé dans son plastique, la carte, et sa mère. La même table, les mêmes chaises orange. Ses yeux suivent le gardien qui sort de la pièce, mais son père n'est pas dans le couloir. Les portes claquent derrière l'homme et elle se tourne vers Angie.

« Où est papa ?

– Il n'a pas pu venir. Il voulait venir, il voulait vraiment, mais il été retenu au travail. » Les peintures neuves sont déjà étalées sur la table, et Angie les montre d'un geste. « Bon anniversaire, Nora. C'est pour toi.

– Je voulais ton gâteau, pas ça. »

Nora prend un pinceau et se met à peindre, sans regarder Angie.

« Je sais, dit doucement celle-ci. Mais c'est le mieux que j'ai pu faire. »

Nora effleure le papier avec son pinceau, d'abord hésitante, puis une image prend forme, comme spontanément, de la même façon que dans les toiles d'Angie. C'est un paysage qu'Angie a souvent vu sa fille peindre. Une rivière, au premier plan, qui descend d'une montagne en arrière-plan. Les sommets et l'horizon vertigineux se confondent dans un brouillard. La silhouette déchiquetée des cimes n'est visible que parce que Nora les teinte d'alpenglow, mais il est impossible de savoir si le halo rose qui colore le ciel représente le lever ou le coucher du soleil. Un bosquet de trembles borde le sentier qui longe la rivière. Angie et Nora restent assises en silence, la mère observant la fille, la fille ignorant la mère. Au bout d'un long moment, Angie prend la parole.

« Papa et moi, on n'a jamais parlé de Nico avec toi parce que c'était déconseillé. Julian et Martine nous avaient demandé de ne pas le faire. Ils avaient peur que tu fasses une révélation inattendue, qui nous aurait obligés à témoigner contre toi. » Angie s'agite sur sa chaise, parce qu'elle n'est pas sûre d'avoir la force d'être la mère qu'il faut qu'elle soit, mais elle prend une profonde inspiration et reprend. « Mais maintenant qu'on sait qu'il n'y aura pas de procès, maintenant que ta peine a été prononcée, on peut parler de tout. Et je tiens à te dire que je sais que Nico te manque, et que je sais que tu l'aimais. »

Nora lève les yeux de son dessin, se mordant la lèvre comme elle le fait quand elle est concentrée, tel l'arrêt sur image d'une vidéo. Elle fouille les yeux de sa mère puis baisse de nouveau le regard. Du sang s'accumule sur ses lèvres et une goutte tombe sur la montagne peinte. Un garçon blond se dirige vers la montagne, marchant sur le sentier qui suit la rivière, dos au spectateur.

« Il me manque à moi aussi, dit Angie. Mais toi aussi, tu me manques. Et je t'aime. »

Nora hoche la tête, les yeux pleins de larmes.

« Je te pardonne », dit Angie. Elle tend la main et caresse le dos de celle de Nora. « Même s'il me manque, je te pardonne. »

La petite salle amplifie le sens de ses mots, pas que le son de sa voix, même si c'est peut-être seulement dans l'imagination d'Angie et celle de Nora. Celle-ci baisse de nouveau les yeux vers son dessin et passe les doigts sur le garçon. La peinture encore fraîche bave, et elle retire sa main. Des larmes coulent de ses yeux sur la forme brouillée du garçon mais elle ne sanglote pas à haute voix, et ses pleurs silencieux résonnent aussi fort que les paroles d'Angie.

Angie fait le tour de la table et tire doucement Nora de son siège pour la serrer contre elle. Les épaules de Nora s'affaissent quand elle l'embrasse, puis tout son corps s'écroule contre celui de sa mère. Là, elle se met à sangloter, sa poitrine se soulève violemment, et le poids et la force de son désespoir déséquilibrent Angie, qui tombe. Nora tombe sur elle, gémissant à présent, et Angie enveloppe sa fille dans ses bras comme si c'était une petite enfant, qui s'est crue abandonnée pendant une longue journée d'école, comme si elles étaient toutes deux allongées sur leur canapé. Une onde de chaleur traverse Angie et, stupéfaite, elle en prend conscience : c'est ça, le pardon. Le pardon n'a jamais été pour elle un but à atteindre au terme d'un processus ; il n'a jamais été une technique qu'elle devait apprendre, à laquelle il lui fallait s'entraîner. C'était un don reçu. Et ce don ne venait absolument pas d'elle. C'était un don fait *à* Angie, pas *par* Angie. Cela n'a rien à voir avec ce qu'elle attendait. Elle éprouve une drôle de sensation, comme une boisson chaude par une journée glaciale, un baiser de Roberto sur son front, ou les ancolies bleues qui fleurissent enfin sur la tombe de Nico. Tenir la main de Julian sous les trembles dans leur bosquet secret quand ils s'aimaient encore, avec sa peau chaude qui absorbait la beauté au-dessus d'eux et la transmettait à Angie comme s'ils faisaient partie de cet enchevêtrement de racines reliant les arbres entre eux. Le poids potentiel de la clé de la maison blanche de David dans sa main. Elle voudrait pouvoir recueillir cette sensation et la conserver dans un flacon, à portée de main.

Ce sentiment sublime, libérateur irradie d'elle, et Angie sait que Nora le ressent, car il transcende son incapacité à pardonner jusque-là, et même les actes qui ont entraîné la nécessité de ce pardon. L'esprit d'Angie vogue vers une autre époque, vers ce jour, au Mexique, où Nora et elle se sont laissées voguer ensemble sur l'océan, sous le ciel immense, allongées sur des canoës, côte à côte, à la merci des vagues qui montaient et descendaient. Elles s'étaient prises par le petit doigt pour empêcher leurs canoës de s'éloigner l'un de l'autre, mais de temps en temps, le doigt minuscule de Nora glissait de celui d'Angie et elle poussait un rire suraigu et pagayait furieusement pour la rejoindre. Le temps, la situation et des murs gris impénétrables les séparent du ciel à présent, mais Angie serre plus fort Nora dans ses bras, puis lui caresse les cheveux avec un émerveillement et un respect infinis. Sur le sol dur, leurs respirations synchrones ondulent comme celle de la mère et de la fille qui flottaient, autrefois, sur les ondulations de l'océan.

REMERCIEMENTS

L'inspiration pour *À propos de Nora* m'est venue de ma propre expérience du pardon, celle de recevoir le pardon, et celle de l'accorder aux autres. Arriver au pardon est difficile, mais peut aussi permettre une transformation profonde et décisive. Pendant longtemps, j'ai cherché le meilleur moyen de formuler ce sentiment. J'ai remarqué pour la première fois un article sur un fratricide en 2017, et je l'ai rangé dans ma tête parmi les tragédies, mais après avoir constaté une hausse de faits similaires, j'ai compris que le fratricide pourrait me donner le cadre que je recherchais pour un roman sur le pardon. Le fratricide est vieux comme le monde – Romulus et Remus, Caïn et Abel, sans parler des innombrables monarchies où frères et sœurs se sont entretués – mais il est tout aussi courant dans le monde moderne. D'après mes recherches, si certaines données sont variables (âge, arme du crime, mobile), d'autres présentent une similitude troublante (de nombreux coupables, notamment les plus jeunes, appelaient eux-mêmes la police, et le meurtre se produisait souvent pendant que la victime dormait). Mais quelles que soient les circonstances, mes pensées se tournaient toujours vers les parents. Seraient-ils enclins au pardon, ou pas ?

Ce livre ne s'appuie pas sur un fait divers réel ; les personnages et les événements relèvent de la fiction. En développant les personnages et leur histoire, j'ai résolument évité d'évoquer des personnes et faits réels, mais si en m'efforçant de me détourner de la réalité de quelqu'un, j'ai débouché accidentellement sur celle de quelqu'un d'autre, je m'en excuse. Lodgepole, Colorado, est une ville imaginaire, même si certains lecteurs reconnaîtront peut-être la topographie du sud du Colorado.

Le centre de détention pour mineurs du comté de Pinyon n'existe pas non plus, mais j'espère qu'il éclaire de façon réaliste certains dysfonctionnements du système judiciaire en Amérique. Bien que je sois une ancienne avocate, je n'en étais guère consciente avant de commencer la rédaction de ce roman. Au cours de mes recherches, les ouvrages suivants m'ont été particulièrement utiles : *Et la justice égale pour tous...* de Bryan Stevenson, *Redeeming Justice,* de Jarrett Adams et *A Closer Look at Juvenile Homicide: Kids Who Kill,* de Katelyn A. Hernandez, Sara Ferguson et Tom D. Kennedy. La devise de Mayumi : « Nous sommes tous davantage que la pire chose que nous ayons faite », est une citation de *Et la justice égale pour tous...* J'ai lu des articles et des dossiers du *New York Times,* du *Denver Post,* du site www.5280.com, du Sentencing Project, du Juvenile Sentencing Project et du Pew Charitable Trusts. J'ai regardé des documentaires sur la vie dans les centres de détention pour mineurs et étudié le *Guide for Colorado Families* et le *Youth Handbook,* de la Colorado Division of Youth Services; le rapport de la Colorado Child Safety Coalition de 2017 : *Bound and Broken,* et le *School Justice Roundtable Report* du bureau du procureur général du Colorado. En le rédigeant, j'étais consciente de ne pas être forcément la mieux placée pour faire ce récit, mais je tenais aussi à dresser un portrait exact du système de la justice des mineurs et de ses défauts, et j'espère que cela incitera mes lecteurs à tendre l'oreille quand les journalistes soulignent ces problèmes.

Je remercie Gail Hochman, mon agente, qui m'a soutenue bec et ongles, une vraie boule de feu humaine, qui est toujours là pour moi – et que j'espère garder éternellement à mes côtés – et Deb Futter, mon éditrice, extrêmement précise et à l'intuition sûre, qui a su faire en sorte que le processus reste agréable même quand j'avais la frousse des débutants. Gail et Deb ont su parier sur une primoromancière et voir ce roman pour ce qu'il pouvait être, et leur savoir et leurs conseils m'ont aidée à écrire le meilleur *À propos de Nora* possible. C'était un rêve de travailler avec ces deux-là. Elles et leurs formidables équipes (Marianne Merola chez Brandt & Hochman et Rachel Chou, Melissa Churchill, Anna Belle Hindenlang, Jennifer Jackson, Margaux Kanamori, Christine Mykityshyn, Jaime Noven, Emily Radell, Rebecca Ritchey, Anne Twomey, et Emily Walters chez Celadon, ainsi que la graphiste Catherine Casalino, et la conceptrice de la couverture, Nisha Ghela) aiment profondément leurs autrices et auteurs, et déploient un dévouement et un talent sans pareils. J'ai de la chance de faire partie de ces auteurs.

Les conseils impeccables de Lynn Steger-Strong pendant le cours que j'ai suivi avec elle sur un an m'ont aidée à structurer mon écriture. Mes camarades de classe, Xian Chiang-Waren, Ben Constantino, Deena Drewis, Lacey Dunham, Sonia Feldman, Ben Izzo, Sarah Kasbeer, Jean Kawahara, Shari MacDonald Strong, Peter Mayshle et Nicole VanderLinden étaient (et sont encore) un don du ciel. Les voies de l'existence sont impénétrables : si je n'avais pas consulté mon dossier spam par hasard, je n'aurais pas trouvé la lettre d'acceptation de Sewanee, sur le point d'expirer. À Sewanee, j'ai rencontré Laura Spence-Ash, qui m'a recommandé le cours de Lynn. Laura et moi sommes désormais sœurs d'agente et d'éditeur, et j'ai de la chance de recevoir constamment ses conseils. C'est le règne de la sérendipité.

Beaucoup de professeurs et de camarades incroyables (aux Lighthouse Writers Workshop, Aspen Summer Words, Sewanee Writers' Conference, New York State Summer Writers Institute et Boulder Writing Studio) ont contribué au développement de mon écriture. Un merci tout spécial à Lighthouse, une institution littéraire du Colorado qui apporte un soutien immense aux écrivains. Claire Messud m'a généreusement offert son temps et m'a donné des conseils particulièrement précieux au début de l'écriture de ce roman. La confiance de Mary Beth Keane dans les premières pages du roman m'a aidée à garder la foi. Les conseils de Angie Kim et Brad Meltzer quant à mes interrogations m'ont été d'une aide inestimable. Il y a longtemps, l'invitation de Shannon Costello-Duster à rejoindre un groupe d'écriture m'a permis de trouver une communauté quand j'en avais le plus besoin. Allison Snyder Kingsley m'a donné des informations précieuses sur la topographie du sud-ouest du Colorado. Delaney Koval m'a aidée à comprendre ce qui se passe dans la tête d'un garçon ou d'une fille de treize ans. Silvia Nesti a relu et corrigé mon italien. Quand j'ai commencé à écrire, Ali Kokmen – qui était mon voisin à la remise des diplômes au lycée – m'a donné son point de vue sur le monde littéraire. Merci à toutes et tous.

Je remercie les avocates de la défense Hannah Seigel Proff (qui a lu deux versions pour s'assurer que je ne me trompais pas sur les nuances du droit pénal et m'a permis d'assister à un de ses procès) et Ann Roan (avec qui je me suis entretenue au début de la rédaction de cet ouvrage). Elles ont répondu patiemment à mes questions techniques et m'ont orientée vers des ressources utiles. Mon amie Julie Talano, docteure en médecine, m'a aidée à trouver la maladie infantile qui fonctionnerait dans le contexte de ce roman, et m'a indiqué le *Nelson Textbook of Pediatrics*. Merci à un certain monsieur (que je citerai plus bas avec la profondeur qu'il mérite) pour avoir corroboré mes recherches Internet sur la santé cardiaque et la maladie d'Alzheimer. S'il subsiste des erreurs juridiques ou médicales, elles sont de mon fait.

Merci à mes chers amis Catleen Kendall et Winston Berry, et à ma défunte amie Hilaree Nelson. Nos promenades et conversations m'ont permis de tenir pendant tout le processus d'écriture.

Mes parents Bea et Bernie m'ont donné l'amour de la lecture – et ne se moquaient gentiment de moi que quand j'étais tellement immergée dans un livre que je ne les entendais pas. J'ai de la chance qu'ils m'aient faite, aimée et élevée. Mon frère Jay et sa chère famille m'ont toujours demandé des nouvelles de ce projet d'« écriture » qui a pu paraître improductif pendant de longues années. Janie, Jim et Joe, merci pour votre curiosité sur l'évolution de mon travail et votre soutien constant. Merci à mes fils, pour leur foi : Alex, celui qui était toujours là pour me dire de ne pas baisser les bras et ne doutait pas une seconde que je verrais un jour mon travail publié ; et Nicholas, celui qui s'y intéressait toujours assez pour être mon premier lecteur, même quand il aurait dû être en train de faire ses devoirs. Par-dessus tout, mon mari. Quand j'ai décidé de quitter le barreau, j'avais peur d'avouer que je voulais écrire. J. P. m'a donné le meilleur conseil que j'ai jamais reçu : il fallait que j'assume mon désir, afin de pouvoir m'y consacrer entièrement. Nous sommes partis en vacances une semaine après que je suis sortie de mon cabinet d'avocats pour la dernière fois, et quand il a rempli pour nous le registre de l'hôtel où nous séjournions à Carthagène, dans l'espace pour ma profession, il a marqué : *Écrivaine*. Son amour m'a toujours donné de la force.

Imprimé en France
par Normandie Roto Impression à Lonrai
N° d'impression : 2505261